# LA GUERRE DES SEXES

OU

## LE PROBLÈME EST DANS LA SOLUTION

roman

Données de catalogage avant publication (Canada)

Michaud, Nando
La guerre des sexes, ou, Le problème est dans la solution
(Collection l'Épaulard)

ISBN 978-2-89031-565-5
ISBN 2-89031-565-7

I. Titre.  II. Titre : Problème est dans la solution.  III. Collection.

PS8576.I243G83  2006          C843'.54          C2006-940892-0
PS9576.I243G83  2006

Nous remercions le Conseil des Arts du Canada ainsi que la Société de développement des entreprises culturelles du Québec de l'aide apportée à notre programme de publication. Nous reconnaissons également l'aide financière du gouvernement du Canada par l'entremise du Programme d'aide au développement de l'industrie de l'édition (PADIÉ) pour nos activités d'édition.
Gouvernement du Québec – Programme de crédit d'impôt pour l'édition de livres – Gestion SODEC.

Mise en pages : Nadia Roy
Maquette de la couverture : Raymond Martin
Illustration : Fenneker, Joseph, *Blondes Gift*, 1920

DISTRIBUTION :

**Canada**
Dimedia
539, boul. Lebeau
Saint-Laurent (Québec)
H4N 1S2
Tél. : (514) 336-3941
Téléc. : (514) 331-3916
general@dimedia.qc.ca

**Europe francophone**
Librairie du Québec / D.N.M.
30, rue Gay Lussac
75005 Paris
France
Tél. : (1) 43 54 49 02
Téléc. : (1) 43 54 39 15
liquebec@noos.fr

Dépôt légal : B.N.Q. et B.N.C., 3ᵉ trimestre 2006
Imprimé au Canada

Nando Michaud

# LA GUERRE DES SEXES

OU

LE PROBLÈME EST DANS LA SOLUTION

roman

Collection *L'épaulard*

Triptyque

DU MÊME AUTEUR :

*Virages dangereux et autres mauvais tournants*, nouvelles, Triptyque, 2003.

*Du dino pour le dîner*, roman jeunesse, Soulières éditeur, 2003.

*Un pied dans l'hécatombe*, roman, coll. L'épaulard, Triptyque, 2001.

*Le hasard défait bien des choses*, roman, Triptyque, 2000.

*Mon amie d'en France*, roman jeunesse, coll. Conquête, Pierre Tisseyre, 1996.

*Le 2 de pique perd la carte*, roman jeunesse, coll. Conquête, Pierre Tisseyre, 1995.

*Le 2 de pique met le paquet*, roman jeunesse, coll. Conquête, Pierre Tisseyre, 1994.

*Drames de cœur pour un 2 de pique*, roman jeunesse, coll. Conquête, Pierre Tisseyre, 1992.

*Les montres sont molles mais les temps sont durs*, roman, Pierre Tisseyre, 1988.

# AVERTISSEMENT

Les avis et opinions émis par les personnages de ce roman – narrateur y compris – sont sous l'entière responsabilité de ceux-ci et ne reflètent pas nécessairement les convictions de l'auteur. Ce sont des entités autonomes, syndiquées, jouissant du libre arbitre et responsables de leurs actes devant la Cour de récréation, la seule instance qui ait juridiction dans la république des lettres.

Merci de votre compréhension !

Nando Michaud

*Parti de rien, je suis revenu de tout,*
*ce qui suppose un sens peu commun de l'orientation.*

Walter Hégault

# 1

Je les écoute depuis un moment et je sais que la brune se nomme Juliette et la blonde, Léa. À vue de nez, elles naviguent dans la jeune trentaine, cap sur la joie de vivre, avec une microjupe à faire damner les anges en guise de grand-voile. Le verbe haut, le ton frondeur, elles parlent de matous et de rien sans se préoccuper des convenances et des qu'en-dira-t-on.

Autour d'elles, sur la terrasse, des grappes de roburots communs refont le plein des soutes à poutine avant de rempiler pour l'après-midi dans l'un des régiments de gratte-papiers en garnison dans la capitale. Ils mastiquent comme on marche au pas en affichant cette mine d'indifférence un rien maussade que l'*homo urbanus* assimile à de la distinction. Mais le masque n'abuserait personne : ils sont tout ouïe, eux aussi.

La conversation vient de prendre une tournure laissant croire que Juliette a tâté de la thérapie, récemment. Elle pose son verre et joint les mains sur sa poitrine, comme si elle se recueillait avant d'avouer une faute grave. Après un moment de silence, elle incline la tête sur l'épaule et déclare avec le sérieux d'une divette de théâtre d'été jouant le rôle de la victime dans *Les miroirs d'une jeune fille mangée* :

— Le psy se disait freudien et il me prétendait nymphomane ; on était faits pour s'entendre.

Ces mots arrivent aux oreilles de Léa alors qu'elle trempe les lèvres dans sa bière. Elle éclate de rire et la mousse arrose trois jeunes cadres dynamiques, en costard sombre et cravate claire, qui discutent nouvelle économie, crédits d'impôt, volatilité des marchés NASDAQ et autres matières fiscales à la mode du jour. Ces gugusses sont si semblables qu'on dirait des clones fabriqués en série à seule fin d'incarner une certaine idée de la fadeur. Je ne vois qu'une explication : un savant fou les aura engendrés en *downloadant* le programme *Permapress* d'une machine à laver dans le cerveau d'un gérant de caisse populaire. Avec un tel bagage génétique, la mutation est inévitable. Un jour, ces zigotos seront frappés de catatonie et finiront leur carrière comme guichets automatiques dans un centre commercial de banlieue. Une analyse sommaire pourrait conclure à un recul professionnel mais, à bien y penser, il n'y a pas de meilleure situation pour quiconque a couru toute sa vie après l'avancement en vue de satisfaire un besoin de stabilité.

En attendant, Costard Un a été atteint à l'œil par un postillon houblonné et il fait une sale gueule. Mus par un réflexe de solidarité tribale, Costard Deux et Costard Trois s'empressent de l'imiter. L'offre, la demande, la valeur ajoutée, l'indice composite, les Bourses de New York et de Zurich, celles du patriarche de Constantinople, tout ça n'a plus d'importance. L'honneur d'un guerrier de l'émergence a été bafoué : il faut obtenir réparation.

Mais les guerriers de l'émergence ne sont que des tigres de clavier. Ils ne savent se battre qu'avec des chiffres et à coups de mots de passe dans l'anonymat feutré d'Internet. Hors la réalité virtuelle, ils perdent toute substance ; ils n'ont de dur que le disque du même nom. Pour se donner une contenance, ils ouvrent leur laptop et se mettent à pitonner avec une rage fiévreuse en roulant des yeux furibonds. Pendant qu'ils concoctent on ne sait quel cybersortilège, leurs prunelles encolérées oscillent entre leur écran et les malapprises de la table voisine.

De toute évidence, Juliette se contrefout de ces regards qui les fusillent. Elle poursuit sur sa lancée en haussant le ton. Les gardiens de la loi du marché n'en manqueront pas une bribe, c'est certain.

— Tu me connais, Léa ? Je déteste contrarier les gens et je suis prête à n'importe quoi pour leur donner raison. Puisque le psy me disait nymphomane, je ne voulais pas le décevoir. Au lieu de m'allonger sur le divan de fonction, j'ai glissé une main fureteuse dans son pantalon – un vêtement adapté aux urgences : seul un carré de velcro en défendait l'accès – et j'y ai pêché une conscience professionnelle de belle taille qui jouissait déjà d'une rigidité indéniablement freudienne. La compassion le disputait à l'ardeur à la tâche, la soif d'apaiser la souffrance pondérait la rigueur scientifique.

— Arrête ! je vais pisser dans ma culotte, implore Léa.

Elle baisse le ton. Grâce à mon matériel de journaleux moderne, je l'entends ajouter :

— Pire : tu vas déclencher mes ragnagnas avant terme ! Je te préviens : si tu bouleverses mon calendrier biologique, je te traîne en cour !

Juliette poursuit son histoire sans tenir compte de la mise en garde.

— J'avais pris les devants, le psy s'est empressé d'assurer les arrières. Il me fit mettre à genoux sur le meuble de tous les aveux, les coudes appuyés contre le dossier de façon à présenter à hauteur utile la face cachée de ma lune.

Léa ne se tient plus de rire. Juliette continue sa description en illustrant son propos de gestes éloquents.

— Homme de doigté et soucieux d'esthétique, il a étudié la scène afin de régler la chorégraphie dans les moindres détails. « Un peu plus haut, un peu plus à gauche, non revenez légèrement à droite ; c'est ça, relevez le fessier. » Et ainsi de suite. La mise en place a nécessité de longues minutes.

— Légèrement clinique comme approche, mais ça vaut mieux que pas de préliminaires du tout.

— En effet ! et je n'ai rien perdu pour attendre. Lorsque la figure a paru satisfaire la procédure établie par le Père Fondateur, le psy a déployé les ressources de son art – je le répète : un fier gourdin comme on n'en voit pas toutes les nuits – et, avec le tact et le flegme propres aux thérapeutes chevronnés, il m'en a mis plein la cure !

Léa rit si fort que presque tous les clients de la terrasse se taisent.

Ce silence n'est troublé que par la voix de deux autres costards – plus âgés et plus enveloppés, ceux-là – qui gueulent dans des cellulaires en regardant dans le vide avec l'intensité bovine d'une vache de synthèse qui regarderait passer un train d'ondes probabilistes. On dirait que l'un cherche à mêler son interlocuteur à une histoire de contrat de plusieurs millions, tandis que l'autre soulève des doutes quant à la faisabilité d'un projet. Ça pue le promoteur immobilier. Leurs propos se complètent si bien qu'il est clair qu'ils se parlent par l'intermédiaire d'un satellite. En dépit du silence, ils ne se rendent pas compte qu'à peine deux mètres cinquante les séparent. Ça me rappelle un vieux slogan de Bell Canada : *La distance n'a plus d'importance !*

Le reste de la clientèle ne semble pas prendre acte du saugrenu de la scène. Tous les yeux sont tournés vers les deux femmes qui se permettent des libertés inadmissibles avec la bienséance en étalant au grand jour leurs secrets d'alcôve, et dans des termes d'un goût discutable, de surcroît.

Nullement impressionnée, Juliette prend une mine compassée et, d'une voix de basse, en articulant chaque mot avec une lenteur académique, elle ajoute :

— Il ne faut pas croire, me disait le psy avec tout le sérieux du monde, que nous nous livrons ici à quelque décadente lubricité qui ne poursuivrait d'autre objet que l'assouvissement primaire de nos sens. Non ! En sondant les profondeurs de votre libido, nous faisons œuvre de science, Madame ! Nous remontons aux sources mêmes de tous les refoulements, là où germent et se multiplient les démons de l'angoisse…

Juliette retrouve une voix normale. En même temps, une mimique joyeuse, filigranée d'ironie ravageuse, éclaire sa figure.

— Je voulais bien avaler n'importe quelles sornettes, pourvu qu'il continue à me besogner jusqu'à ce que je m'accroche les neurones aux nues. Le prétexte de la science, tu parles si je m'en tamponnais l'oignon dans les grandes largeurs ! Mais loin de moi l'idée de le lui laisser savoir : ce n'est pas tous les jours qu'on a la chance de se faire bricoler l'abricot à moustache par un théoricien de la chose et je voulais en profiter au max.

— Bricoler l'abricot à moustache ! On se demande où tu vas chercher de pareilles expressions.

— Les séquelles de ma jeunesse en France. J'y suis née, tu sais.

— Tu n'as pourtant pas l'accent hexagonal.

— Je suis arrivée au Québec le jour de mes quatorze ans et je l'ai perdu la semaine suivante… en même temps que ma virginité.

— Un moment d'inattention ?

— Oh, que non ! Le Pure-laine pressé qui m'a déflorée avait des tendresses de marteau-piqueur. Je suppose que j'ai oublié l'accent pointu par une sorte de mesure compensatoire inconsciente.

Je hèle le garçon et commande une nouvelle bière, ce qui cadre mal avec mon horaire. Je devrais déjà être en route vers le palais de Justesse, dans la basse-ville. Mon journal – *La Leçon* – m'a expédié à Québec pour couvrir le procès d'un couple soupçonné d'avoir donné trop d'extension au concept de devoirs parentaux en matière d'éducation. Papa et maman qui unissent leurs efforts pour initier la progéniture aux joies du sexe, c'est mal vu sous nos latitudes. Les accusés doivent être interrogés par le procureur de la Couronne aujourd'hui et ça risque d'être assez juteux.

En rentrant au bureau ce matin, mon patron, le gros dégueulasse de Bellefeuille, m'a sauté dessus. Excité comme un pou qui vient de découvrir la philosophie rasta, il m'a dit :

— Une histoire de cul à Québec, on ne peut pas rater ça ! Prends la voiture du journal et fonce aux nouvelles ! Je veux que ça suinte épais à la une de demain !

J'avais passé la nuit à escalader des monts de Vénus en avalant des torrents de scotch et j'étais assez gommé, merci. Me taper deux heures et demie de char pour un trip de fesses, fût-il hors norme, ne me disait rien qui vaille. Aussi ai-je rétorqué :

— À quoi bon ? Le sexe suinte déjà des pages de *La Leçon*. Ce n'est plus un journal, c'est une banque de sperme ! Tes lecteurs vont finir par en faire une indigestion.

— M'en fous, ce n'est pas moi qui dégueule.

— Faux ! Tu vomis chaque fois que tu t'ouvres la trappe. Tu dois souffrir de gastro cervicale chronique, je ne vois pas d'autre explication.

Il n'a pas réagi à mes amabilités ; entre lui et moi, le cérémonial de l'insulte est sacré. Si je cessais de l'invectiver, il s'en inquiéterait. Sans compter que je le tiens par la peau des couilles de son porte-monnaie. Depuis que j'ai acquis une certaine notoriété en sauvant la vie de deux cent mille personnes (voir *Un pied dans l'hécatombe*), il encaisse n'importe quelle vacherie. Mon aventure et ma photo ont été diffusées à travers le monde et je lui fais vendre plus de papier que le reste du staff réuni.

Il a quand même senti le besoin de se justifier :

— Débloque autant que tu veux, mon petit François Langlois, les chiffres sont éloquents : une affaire d'inceste à la une, c'est une hausse de quinze à vingt pour cent sur le tirage moyen. C'est prouvé !

— Prouvée aussi ton incapacité à produire un vrai journal.

— Je ne donne aux lecteurs que ce qu'ils réclament.

— Les Mister-Nice-Guy de la radio et de la télé radotent en privé la même rengaine. Comme toi, ils méprisent leur clientèle parce qu'elle leur ressemble. Comme toi, ils lui servent de la merde parce qu'ils ne sont pas foutus de lui offrir autre chose. Comme toi, ce sont de tonitruants étrons tellement pourris de talent qu'on les sent venir à dix milles.

— Monsieur Le Pur n'a qu'à porter plainte devant le Conseil de presse.

— Le purin de porc relève plutôt du ministère de l'Environnement.

— Trêve de sociologie d'étable ! Ta convention collective ne t'oblige pas à la politesse, mais elle t'oblige à accepter les affectations. Des mesures dis…

— Laisse dormir le directeur du personnel et ses reptiles de choc ! Je préfère aller perdre mon temps « en région » que de discutailler avec des lombrics qui se déguiseraient en vipères pour me faire avaler des couleuvres.

Bellefeuille m'a remis les clés de la minoune du journal – une Plymouth Reliant K 1986, standing oblige ! – et j'ai quitté mes îles chéries pour aller courir l'ennui sur le continent.

En mettant les roues à Québec, j'ai senti le besoin de me jeter une bibine derrière le jabot. Je voulais me laver de la monotonie de la 20 avant de m'engluer dans les labyrinthes byzantins de l'institution pénale. C'est humain.

Je me suis donc retrouvé avenue Cartier en train d'épier la conversation de deux nénettes pas trop complexées. Rien qu'à les entendre massacrer des tabous, j'ai oublié le scotch et la baise de la nuit, et l'envie de me remettre à l'alpinisme carno-pileux m'est revenue. Sans compter que je suis curieux de connaître la suite des aventures de Juliette en milieu analytique. Que faire ?

Tant pis, je reste ! Bellefeuille ne sort jamais de son bureau, il n'en saura rien. Je n'aurai qu'à donner un coup de fil à un ami qui tient une chronique judiciaire dans une feuille de chou concurrente. Il me téléchargera ses notes en échange de la promesse de lui rendre la pareille un jour où il souffrira de procrastination. Il suffira de remplir les trous avec les clichés habituels.

*

Je reviens à mes cocottes délurées. Juliette poursuit le compte rendu de sa cure par voies naturelles.

— Comme je viens de te le dire, je n'étais pas dupe du cérémonial. Qu'ils soient freudiens, jungiens, raëliens ou démocrates chrétiens, ils ont tous la même ambition : se vidanger les burettes marsupiales dans les plus brefs délais. Malgré tout, je dois avouer que celui-là avait des attentions qui me changeaient du pif-paf-pof-merci-bonsoir-à-la-prochaine des après-bars que tu connais aussi bien que moi.

— Je sais trop à quels animaux tu fais allusion. Je les ai baptisés les ptitevitacés à queue pendante. Plusieurs représentants de l'espèce ruminent autour de nous en ce moment. Fatal : ils sont majoritaires sur la planète.

— C'est bêtement darwinien : plus vite et plus souvent ils éjaculent, plus ils augmentent les chances de se reproduire, et donc, de transmettre leur tare à une plus vaste descendance, laquelle fera de même à son tour… et ainsi de suite en progression géométrique.

— Si Darwin a vu juste, la proportion d'éjaculateurs précoces ne cessera jamais de s'accroître.

— Un jour, on n'aura plus que ça à se mettre sous la dent. Il suffira de les regarder dans le blanc des yeux pour déclencher la débâcle.

— Raison de plus pour prendre les bouchées doubles avant qu'il soit trop tard !

— Et on a le culot de parler d'évolution !

— Ne nous égarons pas. Poursuis plutôt ton histoire.

— Tout en justifiant sa conduite par le souci de soulager la misère humaine, le psy continuait ses va-et-vient lents, harmonieux et puissants qui me fouillaient jusqu'aux entrailles de l'âme.

Ce disant, elle mime le geste.

— Il avait parlé de refoulement et ce n'était pas sans à-propos. Ça refoulait si bien que la tête du joufflu toucha la vanne et mon sexe se mit à graillonner à tout-va. À chaque retour du piston curateur, de brûlantes viscosités étaient éjectées en un clapotis spongieux ; des coulures se formaient le long de mes cuisses…

— Les chaudes laves de la baise !

— En tout cas, je me faisais baratter le cratère noster de jolie façon, tu peux me croire.

— Percutée par un Strombolide, en quelque sorte !

— Et comment ! D'ailleurs, l'éruption approchait.

— La décharge du fusil Yama ! rétorque Léa en pouffant.

— Tu as le calembour pour le moins explosif, aujourd'hui.

— C'est toi avec tes descriptions salaces. J'en ai la marmite qui menace d'éclater ; j'ai l'impression d'être assise sur un volcan, justement. Il va falloir que je me fasse grimper par un vulvecanologue pour éviter la catastrophe. Allez, continue !

— D'instinct, j'ondulais de la croupe en tâchant de maintenir ce rythme qui m'instillait des langueurs méridiennes dans ce qu'il me restait de conscience.

— L'Etna de grâce dans la Krakatoa ! ajoute Léa à demi étouffée.

— Si tu réussis à caser le Kilimandjaro dans ton délire, je te paie une bière.

— Kili mange d'la quoi ? Ne fais pas attention, c'est maladif. Une variante bénigne du syndrome de La Tourette. Je me tais et je t'écoute.

— Le plaisir me montait du ventre et irradiait dans chacune de mes fibres. Le nectar du bonheur coulait dans mes veines. Je ne sais pourquoi, mais de me faire ballotter ainsi, ça me donnait l'impression de rouler à bord de l'une de ces grosses américaines de jadis à la suspension nonchalante qui me transportait vers les sommets de l'ivresse – tiens, tu m'as contaminée avec tes calembours à la con ! – par la route des cols. Bref, j'étais en bonne voie de m'offrir un pied de belle pointure.

Juliette reprend le masque de la componction et la voix grave du thérapeute.

— Nous procédons à un transfert, disait-il en continuant de m'embrocher. Cette étape est nécessaire pour provoquer la catharsis qui vous délivrera de vos fantômes.

— Là, je dois avouer qu'il pédalait dans la poutine double fromage, le ramoneur en chambre. Je ne ressens ni n'ai jamais ressenti aucun besoin de catharsis et je ne crois pas donner asile à un plus grand nombre de fantômes que la moyenne de mes contemporains.

— Pourquoi consulter un psy, alors ?

— C'est un truc pour me procurer des amants aux frais de l'État. Avant de tâter de l'analyste, j'ai enrôlé, dans l'armée des mercenaires chargés d'apaiser ma libido, un échantillon d'intervenants du réseau de la santé. Au lieu de me ruiner le foie et le portefeuille dans les bars de drague, je papillonne…

Elle fait une pause avant d'ajouter :

— Je devrais plutôt dire : je papillonnais…

— Pourquoi ?

— Attends, tu vas comprendre. Donc, je papillonnais entre un généraliste, un gynécologue…

— Un pro, je suppose ?

— Même pas ! C'est vraiment pas de chance : il souffre du syndrome du cordonnier. À vrai dire, il baise avec autant de chaleur qu'un spéculum frais sorti d'un bac d'azote liquide. Il a failli me rendre frigide, à force.

Léa est au bord de l'apoplexie. Juliette la laisse reprendre haleine et poursuit :

— J'ai aussi recruté un cardiologue…

— Tu ne vas pas me dire que c'était un fieffé sans-cœur ?

— Non, non, rassure-toi, je ne filerai pas la métaphore jusque-là. Donc, un cardiologue, un neurologue, un pédiatre et un vétérinaire. Avec ce dernier, je devais y aller de ma poche, mais sa fougue d'étalon valait le débours. Enfin, pour les jours où j'avais besoin de tendresse désintéressée, je me tapais – et me tape encore – une infirmière à moustache. La meilleure minette en ville…

— Et je sais que tu sais de quoi tu parles.

— M'est avis qu'elle a dû potasser son sujet et tourner sa langue sept mille sept cent sept fois dans autant de vulves avant d'acquérir une telle agilité. Il faudrait que tu voies comment elle te déniche le bitoniau, te l'enroule dans son appendice onctueux et te le titille avec une patience et une délicatesse rares. Infatigable ! Le don des langues dont parlent les Évangiles, ça devait être quelque chose dans ce goût-là. En tout cas, elle te fait chanter le coq avec une adresse que saint Pierre n'aurait pas reniée.

Entre deux éclats de rire, Léa parvient à dire :

— À ta description, on croirait qu'elle a été veau dans une vie antérieure.

— Possible. Il y a cependant une contrepartie agaçante. Dans sa présente incarnation, c'est une lesbienne militante et elle me prêche sa religion avec encore plus d'insistance qu'un Témoin de Jéhovah couronné colporteur du mois.

Trois éminents membres de la « fierté gaie » de sexe plus ou moins féminin sont justement attablés derrière Juliette. Celle qui lui fait dos roule des épaules de body-buildeuse coincées dans un *top* en lycra qui lui aplatit les tétons et les moule en forme de chapeaux de roues. Elle n'a ni taille, ni hanche, ni cul – un vrai baloné ! –, mais elle se reprend côté bras et cuisses. On dirait une nageuse olympique, c'est-à-dire qu'elle ressemble à un homme qui ressemblerait à une vachasse boustée aux stéroïdes.

Cette chose musclée est couverte de bijoux de récupération qui tintinnabulent au moindre mouvement. Entre autres, elle porte au cou et aux poignets des chaînes capables de tracter un 15 tonnes embourbé jusqu'aux essieux. Elle fait penser à une sorte de Rambo de cour à scrap.

(Il y a quelques mois, j'ai eu une aventure avec une jeune punk bardée de métal que j'avais surnommée Rona. Pour faire preuve d'équité, celle-là, il faudrait l'appeler Rona l'Entrepôt.)

Ses coreligionnaires, d'un gabarit plus conforme, semblent lui vouer un respect craintif. À l'évidence, il s'agit d'un cas de bigamie acceptée et gérée par une main de fer dans un gant de velcro.

La matrone et ses fidèles épouses ne rigolaient pas trop jusque-là, mais en entendant les derniers propos de Juliette, elles se renfrognent comme des guenons ménopausées. Ça ne s'arrange pas lorsque l'hérétique ajoute :

— De la « collusion avec l'ennemi héréditaire ! » jusqu'au « non à la pénétration ! », en passant par « le Mal Absolu, c'est le pénis ! », j'ai tout entendu. Je n'ai jamais compris pourquoi certaines brouteuses de cresson consacraient tant d'énergie à détester un organe dont elles ne font pas usage. Ça rime à quoi ? Et de quel droit se mêlent-elles de ce qui ne les concerne pas ?

Inconsciente du danger, Léa ose dire :

— Laisse ta gouine à sa phallophobie et viens-en au fait. Je meurs d'envie de connaître la fin de ton histoire. La minette a ses bons côtés, mais je suis persuadée qu'elle compte peu dans la conclusion de ton aventure.

— Tu as raison, c'est avant tout une affaire de queue. Une belle queue joufflue qui avait du cœur à l'ouvrage et de la fermeté dans ses opinions. Un organe primesautier qu'une langue peut seconder, mais qu'elle ne remplacera jamais. Malheureusement, en dépit de ses qualités, ladite queue avait...

C'en est trop. Celle qui semble la plus fière et la plus gaie des trois tondeuses de pubis de Chavannes n'y tient plus. Elle se retourne, le torse à moitié dévissé, et laisse tomber une pattoune de dix kilos sur l'épaule de Juliette comme si elle voulait lui déboîter une clavicule. Ses breloques carillonnent un angélus *heavy metal* du plus bel effet. Elle grogne en fumant des naseaux :

— Te pâs honte, kriss de pleute ! Tu marches dans game du patriarcât qui nous garde la tête dans marde depuis tejours ! Tu trahis la Cause ! T'es une obstac à libération des feimmes ! Tu liches eul cul d'ces cochons de phallocrates, tu t'laisses parcer par leu sec dégoûtint – pis tu t'en vantes en public ! J't'avartis : si tu t'la farmes pas, nuzôtes on vâ t'la farmer ! Stu assez clair ?

Sans se retourner, Juliette rétorque :

— Quand on me parle de liberté et qu'on cherche à m'imposer le silence dans la même foulée, un sérieux doute m'envahit.

— Tu t'prends pour qui, toué, ac tes phrâses à pentures ? Continue à nous niaiser sus ton-là, pis tu vâs vouère que tu doutrâs pus d'arien pantoutte, stie d'chienne à hommes !

Ce disant, elle accentue la pression sur l'épaule de Juliette. Ses breloques continuent leurs roulades métalliques.

Juliette prend une voix trop douce pour qu'elle le soit vraiment et dit en détachant chacune des syllabes :

— Je vous conseillerais de cesser ces familiarités de mauvais goût, madame. Je vous préviens, je ne le répéterai pas. Ma patience est à la mesure de votre savoir-vivre : elle a des limites.

— Hou lâlâ ! J'ai peûûûr ! Au secours ! J'câll tusuite le 9-1-1 !

Juliette pivote vivement sur ses fesses, attrape la gouine par le collier, imprime une torsion à la chaîne, et tire vers le bas en y mettant les deux mains.

Surprise par la vivacité de la réaction, Lesbos est déséquilibrée et s'affale vers Juliette. Celle-ci se lève, appuie un genou sur ses mains réunies autour de la chaîne et se laisse choir de tout son poids. Miss Baloné se retrouve le gosier écrasé sur le tranchant du dossier de la chaise où elle est à demi couchée.

Du coup, elle tourne au cramoisi en battant des ailes pour essayer de se rétablir. Le concerto de breloques, mes aïeux ! Elle a beau être baraquée, le manque d'air gruge ses forces. Son agitation perd de l'amplitude. Des borborygmes glaglateux lui montent du ventre en même temps qu'une écume jaunâtre mousse à sa bouche. Une poule de cent kilos en train de se noyer n'agirait pas autrement. Elle va bientôt tourner de l'œil. Sa quincaillerie n'émet plus qu'un frisson décroissant. On dirait les dernières notes d'un glas lugubre qui s'éteint dans le brouillard d'une nuit de novembre.

— On ne vous enseigne pas la politesse dans votre secte ? demande Juliette. Vivre et laisser vivre, c'est pourtant ce que vous réclamez, non ?

Le service d'ordre de l'établissement rapplique. Celui qui semble être le patron y va de ses « voyons, voyons, mesdames, un peu de tenue s'il vous plaît, où vous croyez-vous, à la fin ? »

Juliette lâche prise.

Occupée à reprendre souffle, Miss Baloné bat en retraite. Ses yeux pleins de larmes crachent des flammes, ce qui tient du tour de force. Elle a été humiliée dans sa fierté gaie et dans sa fierté tout court ; on sent qu'elle caresse des projets de revanches glorieuses. Du reste, elle déclare sur le ton de bravade mal assurée du type qui a perdu la face et qui cherche la réplique qui va panser son orgueil sans pousser l'adversaire à reprendre les hostilités :

— C'est ptit Québec, on vâ ben s'arvouère un jour ou l'aute, hein ?

— Si vous avez quelque chose à régler avec moi, pourquoi ne pas profiter de l'occasion ? Ça ne sera pas plus facile la prochaine fois, vous savez.

Rona l'Entrepôt bafouille à vide et fait mine de reprendre la conversation avec son harem inquiet.

Léa regarde son amie avec des yeux étonnés et déclare :

— Dis donc ! je ne te connaissais pas ce talent.

— Ce n'est pas du talent. Seulement le résultat d'un entraînement intensif. J'ai vécu une mauvaise expérience avec une brute il y a cinq ans et je me suis juré qu'on ne me reprendrait plus jamais les culottes à terre...

— Façon de parler, remarque Léa en riant.

— Très drôle ! En tout cas, Miss Univers ne se doute pas de la chance qu'elle a eue : si j'avais appliqué toute la recette, je lui cassais le cou comme on brise un bretzel. De végétarienne du sexe, elle aurait viré légume à vie.

Elle se lève et ajoute :

— Excuse-moi un moment : ma mère m'a appris qu'il fallait se laver les paluches après avoir manipulé des matières suspectes.

Le calme revient.

À deux tables de la mienne, je remarque un aréopage de représentantes de la « discrimination positive » des années quatre-vingts de l'autre siècle qui ont été perturbées par l'empoignade. On les dirait sorties du même moule homologué par une Mauline Parois qui a fait école en matière d'accoutrement féminin marqueur d'autorité. Les subtilités de l'uniforme sont nombreuses, mais le large foulard posé sur les épaules est sans doute l'accessoire qui identifie le mieux l'appartenance au cercle des décideuses.

En ce qui concerne le baratin, on les reconnaît au vocabulaire abscons inventé par des indigestionnaires qui ont compris qu'en parlant pour ne rien dire, on ne risque pas d'être pris en défaut. Selon les modes du moment, elles « adressent des issues », elles « s'approprient le dossier », elles « font des wrap-up » ou elles « ouvrent des fenêtres d'opportunités » sur Dieu sait quel néant administratif. De la poésie !

Je tourne mon gadget fureteur en direction de ces quatre Dame-Foulard… Ah oui, je ne vous ai pas encore expliqué de quoi il s'agit. Rien de sorcier à notre époque hi-tech. Un micro directionnel logé dans un stylo et relié par Bluetooth au casque d'écoute de mon baladeur. L'appareil est à la fois si sensible et si sélectif qu'il peut isoler un pet de morpion à trente mètres au milieu d'un show punk rock. Un trésor pour les fouille-merde de mon espèce.

J'élargis le faisceau de mon oreille à rallonge pour couvrir le ramage des quatre dames au plumage enfoulardé. Elles commentent l'altercation entre Juliette et Rona l'Entrepôt à tour de rôle – et en suivant l'ordre hiérarchique, me semble-t-il.

La première à donner son avis est frisée et tondue à la manière de ces caniches fébriles toilettés pour la parade. Sous un minuscule nez en trompette sévit une petite bouche ronde bordée de lèvres charnues qui s'avancent et se rétractent sans arrêt comme celles d'une carpe suçant la boue des fonds lacustres. Pour s'assurer que cet orifice ne passera pas inaperçu, la dame ne cesse de refaire son rouge. Peine perdue : les va-et-vient labiaux ont tôt fait de gommer la substance carminée qui lui donne des airs de vampire après la tétée. N'écoutant que son courage, elle réitère le traitement encore et encore.

— *En quelque part*, commence-t-elle, et nonobstant que cette femme ait choisi une orientation sexuelle minoritaire, elle a raison de s'élever contre les déviances de nos sœurs esclaves de la gratification amoureuse traditionnelle et, conséquemment, soumises à tous les caprices du sacro-saint phallus.

— Tout à fait ! martèle sa voisine qui est manifestement la lèche-cul du quatuor, celle qui rêve de devenir caniche à la place du caniche lorsqu'il sera appelé à « relever d'autres défis ».

Celle-là, je l'imagine en marxiste-léniniste, tendance repentie. Il y en a partout de ces M-L reformatés. Ils sont faciles à reconnaître : ce sont les plus fervents défenseurs du capitalisme néolibéral. À la suite d'un glissement sémantique qui les a fait tomber de cheval sur le chemin de Damas (du cash), ils ont rejeté la dictature du prolétariat au profit de la dictature du marché. Désormais, quand ils pensent « lutte de classe », « plus-value » et « force de travail », ils disent plutôt « compétitivité », « productivité » et « coûts de main-d'œuvre ». Dans leur grille d'analyse, le matérialisme historique a cédé la place au mercantilisme hystérique. La thèse s'est métamorphosée en foutaise estampillée Milton Friedman. Le pauvre Marx doit en faire des plaies de lit posthumes à force de se retourner dans sa tombe.

— Il s'agit là d'une problématique en émergence, enchaîne la suivante. Nos indicateurs comportementiels nous le montrent, du reste.

Rien à signaler à propos de celle-ci, sinon qu'elle semble davantage introvertie que les autres. Le genre qui préfère tirer les ficelles en coulisses. Ce sont souvent de redoutables coupe-jarrets.

— Un cas patent de résurgence patriarcale mal éradiquée, ajoute la moins gradée (son foulard est plus discret). Les mouvements masculinistes qui naissent un peu partout en sont la preuve.

— Tout à fait ! réplique l'aspirante caniche. Ces groupes poussent comme des petits pains chauds depuis quelque temps. Ils ne sont que la pointe de l'as bègue d'une vague de fond qui risque de mettre le feu à nos plates-bandes. C'est comme si on avait ouvert un panier de Pandore ; des crabes bisqueux s'en écharpent. Des mesures énergétiques s'implosent !

Celle qui semble être la patronne achève de se beurrer les mandibules pour la énième fois et reprend :

— Il faudra en reparler lors du conseil de direction. J'en touche un mot à *ma* homologue du conseil du Trésor cet après-midi. Des correctifs congruents dans les programmes idoines seront sans doute des avenues pertinentes à explorer et, pour ce faire, des argents neufs devront être investis dans la prospection et la destruction des germes de déviance sexiste incubés par la mouvance des rapports de force imputable aux éléments patriarco-réactionnaires qui resurgissent depuis quelque temps dans tous les espaces décisionnels de l'appareil d'État.

Elle observe une pause pour reprendre souffle et ajoute en refaisant son rouge :

— Nous avons un devoir de sororité à remplir et nous allons le remplir coûte que coûte !

Le caniche en devenir aboie de nouveau :

— Tout à fait ! Mais il ne faudra pas se berner d'allusions. L'intendance lourde des derniers mois laisse entrevoir des remue-ménage noirs au filament des allocutions budgétaires. On doit s'attendre à ce que les coupures deviennent la pierre angulaire qui va drainer dans son sillon le tarissement des ressources qui cimentent notre action et la propulsent vers l'avant. Vagissons sans plus attendre ! Emparons-nous de l'épée de dame O'Clès et tranchons ce nœud gardien qui pend au-dessus de nos têtes !

Une autre approuve :

— Louise-Pierrette a raison. Le nouveau gouvernement est déjà en train de démanteler le système de garderies subventionnées si utiles aux familles démunies. On peut s'attendre à tout.

— Tout à fait ! Bien sûr, ce sont les mères monoparenthèses qui vont écloper. En dépit des promesses d'érection du parti au couvoir, il va falloir se méfier des tentacules et faire pieuvre de circonscription ! Ils nous prennent pour des moutons de panure, il faut leur montrer de quelle croûte on se chauffe ! Pas question de jeter la serviette avec l'eau du bain !

— Le projet de doter chacune des municipalités régionales de comté du Québec d'une maison d'accueil pour les femmes victimes de violence risque aussi d'être renvoyé aux calendes grecques. Une entente a été signée avec le gouvernement précédent, les contrats ont même été accordés…

— Si les contrats ont été accordés, où est le problème ?

— La coutume veut qu'en fin de mandat, toutes les ententes soient assorties d'une clause stipulant qu'elles sont sujettes à ratification par le nouveau Conseil des ministres. C'est une astuce pour inciter les gens concernés à voter pour le parti au pouvoir et même à travailler à sa réélection.

Aussi, je crains qu'il faille se battre bec et ongles pour que la procédure suive son cours.

Petit-foulard lève une main apaisante et dit :

— Ne gâchons pas davantage notre dîner avec ces problèmes. Nous sommes en période de repos, après tout. Je t'en prie, Octavia, continue de nous raconter ton voyage au Japon.

Octavia, c'est Caniche-Gueule-de-Carpe, la patronne.

— Tu as raison, Agnès-Louise, il faut savoir décrocher ; nous aurons beaucoup de boulot à abattre au cours des prochains mois. Comme Louise-Claude vient de l'évoquer, plusieurs projets touchant à la qualité de vie des femmes risquent d'être abandonnés. Nous devons préparer des argumentaires serrés pour faire échec aux ruses qu'on ne manquera pas de déployer pour faire payer à notre sexe déjà défavorisé la réduction des dépenses de l'État. Il faut rassembler nos forces et discuter des moyens à prendre pour trouver une parade à l'attaque dont nous sommes victimes.

Elle refait son rouge et ajoute en s'adressant à petit-foulard :

— Contacte nos militantes, Louise-Renée, et organise une réunion dans les meilleurs délais. En attendant, profitons de ce moment de détente avant de reprendre le collier.

— Pour en revenir à ton voyage au Japon, poursuit Agnès-Louise, tu as dû rapporter des souvenirs intéressants ?

Mon cerveau tombe en bas de sa chaise lorsque Octavia déclare :

— Et comment ! Figurez-vous que je me suis offert un couple de carpes koï. Une folie, mais elles sont si belles !

Beau cas de solidarité d'espèce !

Avant que je me remette de mon étonnement, Futur-Caniche ouvre de grands yeux interrogatifs et dit d'un ton outré :

— Des carpes coïts ! Voyons Octavia ! comment peux-tu tolérer des poissons fornicateurs dans ta maison ? Je suppose que le gros cochon de mâle ne cesse de harceler la pauvre femelle. Des carpes coïts chez toi ! On aura tout vu !

— Pas coït, Louise-Pierrette, koï. Ce sont des carpes japonaises aux couleurs vives. C'est très tendance en Californie. Toutes les vedettes ont les leurs. Les tachetées rouge orangé comme les miennes sont les plus recherchées. Elles sont d'ailleurs hors de prix. Mais elles sont tellement belles…

Je me désintéresse de ces dames et de leurs californiaiseries poissonnantes lorsque Juliette revient des toilettes.

La curiosité de Léa n'a fait que croître (et la mienne, alors !) ; elle revient à la charge à propos des aventures psychanalytiques de son amie :

— Nous en étions au moment où tu exprimais des doutes à propos de la catharsis qui devait te délivrer des fantômes que tu estimais ne pas héberger.

— Soit ! Mais je n'étais pas contre la procédure mise en œuvre pour déloger ces spectres inexistants.

— Tu veux dire qu'il n'est pas nécessaire de croire au résultat pour apprécier les moyens déployés pour ne pas y parvenir ?

— Tu as tout compris. À un changement de cadence dans les saillies qui me labouraient le ventre, j'ai deviné que nous abordions la phase capitale de la thérapie. La guérison approchait. Celle du psy, s'entend…

Léa recommence à se tenir les côtes.

— … L'homme de science venait de passer en surmultiplié. Si je voulais profiter de l'envol vers le septième ciel, c'était le moment de présenter ma carte d'embarquement. Ses grognements laissaient croire qu'il allait procéder au transfert annoncé. Et c'est bien ce qu'il fit. Malheureusement, la promesse dépassa – et de beaucoup ! – ses plus fols espoirs.

— Que veux-tu dire ?

— Il m'a refilé la gono du siècle, le salaud !

Léa s'étouffe de rire.

— Ce n'est pas drôle ! Pour moi et pour une foule de gens. Avant que les symptômes n'apparaissent, la chtouille a fait du chemin dans la plomberie du corps médical de Québec.

— Avec un pareil foyer de rayonnement, le virus a dû connaître une vaste descendance.

— Seule la moustachue clitophage a été épargnée. J'en déduis que les enzymes de la salive sont friandes de tartare de gonocoques.

La smala gouinesque grogne à la table voisine, mais n'ose pas repartir en campagne de représailles.

— Ça s'est terminé de quelle façon ? demande Léa entre deux fous rires.

— Doses massives d'antibiotiques et de longs jours d'abstinence ponctués de roulements frénétiques de la bille, tu penses bien.

— Je veux dire : avec tes amants.

— Qu'est-ce que tu crois ? Ils m'ont traitée de roulure vérolée et accusée de les avoir contaminés de propos délibéré. Barrée partout ! Colères et menaces, j'ai eu droit à la totale. Sans compter que je continue de recevoir des courriels d'insultes infestés de virus.

— Ô profond symbolisme !

— La violence de la réaction m'a jetée par terre. Bien sûr, c'est le psy qui m'a inoculé sa saloperie qui s'est montré le plus vindicatif. Lui qui était le flegme et l'onctuosité incarnés, il s'est mis à hurler comme un dément. Une furieuse tirade où l'absurdité le disputait à l'incohérence. Le digne homme prétendait que sa noble semence pouvait être infectée mais que, grâce au serment d'Hypocrate, elle ne pouvait souiller une patiente. « Im-pos-si-ble, martelait-il, le Collège des médecins me l'interdit ! » Je savais les psys un brin dérangés, mais givrés à ce point, je n'aurais pas cru. Après tout, ce n'est pas moi qui l'ai mise sur le feu, cette foutue chaude-pisse !

Léa est en larmes tellement elle se paie une pinte de bon sang.

Tout à coup, elle se fige en roulant des yeux inquiets. Elle baisse le ton jusqu'au murmure et dit :

— Merde, ça y est ! Tes conneries ont hâté le débarquement de mes Anglais. Et je n'ai rien pour les endiguer. Je fais un saut à la pharmacie d'à côté.

— Pas de panique ! je suis armée, répond Juliette en chuchotant.

Elle fouille dans son sac et en extrait un étui en plastique qu'elle passe à sa copine sous la table. Elle garde la voix basse ; ces histoires de bonnes femmes, ça ne fait pas trop bon genre pendant les repas.

— Prends ça. Trois tampons en parfait ordre de marche ; super absorbants, jamais sortis l'hiver, c'est un curé qui les avait avant. Ça devrait suffire à tenir l'envahisseur en échec. À la vie à la mort, ma chérie ! La cause des femmes repose entre nos cuisses – et c'est tant mieux ! Ça laisse les mains libres pour palper les zizis bourgeonnants et ainsi s'assurer qu'ils sont de consistance utile… ou alors pour les y amener en cas de timidité mal placée.

Léa s'empare de l'étui et fonce vers les toilettes. Ses tressautements d'épaules indiquent que l'hilarité continue de la secouer malgré l'urgence.

Moi, le gros colon qui observe la scène, je sirote ma bière en cherchant un moyen de m'inviter à cette table où l'on rigole sans se demander si ça se fait dans les bonnes familles. Le coup de « ma bite et vous chez vos parents » jouit d'un excellent taux de réussite, mais je l'ai déjà si souvent employé que tous les ptits mononcles doivent l'avoir inclus à leur répertoire.

Je n'ai ni le temps ni le goût de creuser la question. Léa revient des toilettes et le tableau n'est pas de nature à favoriser la réflexion ontologique assistée par ordinateur.

Les coudes aux flancs, les avant-bras un peu écartés marquant la cadence, elle contourne les tables en tortillant une croupe insolente et charnue. Sa minijupe taillée dans je-ne-sais-quoi-de-léger-et-de-blanc-qui-ondule-même-quand-il-ne-vente-pas dessine dans l'air une séguedille à faire bander la statue équestre d'Innocent III (1160-1216), comte de Segni par héritage et pape par décret divin (avec un coup de pouce de ses copains cardinaux ; quand on transige en haut lieu, il faut se prévaloir de recommandations solides).

D'une enjambée à l'autre (je parle ici des enjambées de Léa), le tissu se soulève et laisse voir le haut du haut de la cuisse jusqu'à l'endroit où les pans de la petite culotte se rejoignent pour s'accrocher à la courbure de la hanche. À l'étage supérieur, les amuse-braillards battent la mesure à contretemps. Les tensions résultantes soulèvent la chemisette de façon périodique : j'ai l'impression que son nombril me fait des clins d'œil.

Il faudrait que mon copain Walter Hégault voit ça. Il se dit ombilicomancien et prétend qu'en analysant le nombril de quiconque il peut prédire son destin. Pourquoi, demande-t-il, chercher dans les astres lointains des augures que chacun porte en soi depuis le coup de scalpel qui l'a séparé de sa mère ? Pourquoi consulter les cartes, les feuilles de thé, les entrailles de poulet et autres tarots pour découvrir des présages, alors que ceux-ci sont (ou saucisson… pour ceux qui ont la fibre charcutière) déjà inscrits dans la chair (à saucisse) de chacun au centre de son propre corps ? C'est une lubie qui en vaut une autre.

Léa continue d'avancer en multipliant ses œillades ombilicales. Toutes les têtes se retournent sur son passage. Les disciples de Sapho la suivent des yeux, la baboune tordue. Les Dame-foulard pincent le bec en faisant mine de regarder ailleurs. Même les Costard affairés sont entraînés dans le mouvement. Les uns lèvent une paupière par-dessus leur laptop en ayant l'air de chercher un mot de passe, tandis que les autres restent un instant bouche bée devant leur cellulaire, le regard fixe, le geste suspendu, comme si on les avait mis en attente. On aurait envie de prendre une photo, tiens !

Ça me donne des idées. Mon Nikon numérique de journaleux est sur la table. J'enclenche la fonction vidéo – c'est bon pour cent vingt secondes – et j'oriente l'objectif de manière à cadrer cette femme qui contourne les obstacles en jouant de son popotin racoleur avec une efficacité redoutable. J'obtiens ainsi un zoom avant sur un bassin plus girond que celui de l'Aquitaine.

Juliette se rend compte de mon manège. Elle pointe un doigt accusateur vers moi et proteste d'un ton taquin :

— Tsst ! tsst ! tsst ! Monsieur Langlois ! Vous vous livrez là à une violation de la vie privée. Ça peut vous coûter cher.

Tiens, elle m'a reconnu. Pendant une seconde, je suis tenté de mettre ma célébrité au service de mes pulsions queutardes. Je me ressaisis avant de tomber dans le piège de la pop star qui choisit ses partenaires de crampette comme un maquignon son bétail. La séduction par l'image ne fonctionne qu'avec des individus sans substance. Or, Juliette et Léa ne semblent pas appartenir à cette catégorie de femmes vaporeuses attirées par les ectoplasmes. C'est pourquoi je voudrais rétorquer un truc vachement spirituel pour montrer que j'ai plus de *contenu* qu'un halo médiatique qui s'évanouit dès qu'on coupe le jus.

Le hasard ne l'entend pas de cette oreille. Avant que je puisse placer la réplique qui doit m'assurer l'invitation recherchée, le centre d'intérêt se déplace à la vitesse grand Vide.

C'est tellement fulgurant que la suite des événements n'est pas descriptible en temps réel. Une cassure se produit dans le continuum. On dirait un bref arrêt sur image suivi d'un déchaînement apocalyptique en accéléré.

Avant le bruit, c'est le souffle de l'explosion qui porte à penser qu'il se passe quelque chose de pas catholique. Je n'arrive pas à y croire : la partie médiane de Léa se disloque, comme éclate une grenade. Pulvérisée de la mi-cuisse jusqu'au nombril, alors que le reste demeure intact. Une pluie brunâtre chargée de pestilences se répand tout autour.

Les jambes tombent en premier. Pendant une fraction de seconde, un tourbillon ascendant maintient la moitié supérieure du corps dans les airs. Mais la gravité impose vite sa loi : la pauvre Léa chute d'un étage et se retrouve plantée « debout » dans une marmelade de tripes et d'abats déchiquetés. En dépit de ses efforts pour rester à la verticale, elle pique du nez dans la fange.

D'une torsion réflexe, elle se retourne sur le dos en achevant de se vider. Quelques battements de cils, un râle qui meurt dans sa gorge et elle s'éteint.

# 2

Après un moment d'incrédulité, la clientèle réagit. Un cri d'épouvante monte de la terrasse. Une bousculade monstre s'ensuit.

Mon Nikon a été emporté par la tornade. Heureusement, j'ai eu le réflexe de plonger par-dessus la table et de l'attraper avant qu'il ne s'écrase sur le sol dallé. Je jette un coup d'œil à l'écran. C'est de la bonne mécanique nipponne : l'appareil continue d'engranger des images comme si de rien n'était.

Dans le temps de le dire, tous les badauds, flâneurs et autres voyantes chochottes qui testaient leurs effets de hanches sur les trottoirs s'agglutinent autour de la « terrasse tragique », comme ne manquera pas de titrer *Le Soleil* à la une de demain. Ils forment un cordon qui retient la foule effrayée.

Concert de sirènes dans le lointain.

Avant que l'institution médicolégale rapplique et établisse un périmètre de sécurité, je fais mon métier de nécrophage salarié. J'introduis un carte mémoire vierge dans mon appareil photo. J'active la fonction rafale en tournant autour du cadavre. Je canarde la scène et les alentours jusqu'à saturation de la mémoire. Je dois avoir mis quatre cents photos en conserve. C'est bien le diable s'il n'y en a pas une dans le lot qui va faire bander Bellefeuille.

Je termine mon travail au moment où arrivent l'ambulance et une première vague de flics. Deux jeunes mecs athlétiques sautent du véhicule jaune et se précipitent sur le cadavre. Ils sont suivis (lentement) par un couple qui doit davantage fréquenter les Dunkin' Donuts que les salles de gym. Une petite grosse évasée, modèle « pas versant », poilue comme un bataillon de quatorze-dix-huit, déboule de l'auto-patrouille.

Elle claque la portière et se dirige vers la scène du crime avec la prestance d'un roi nègre qui se prendrait pour Napoléon le jour où il a fait la nique à Pie VII en se couronnant lui-même à Notre-Dame. Une sorte de gorille obèse lui file le train en singeant sa solennelle majesté. Il a les yeux en œillets de bottine et le menton tellement fuyant qu'il a de la peine à le suivre.

Le plus beau de l'affaire, c'est que ces choses gélatineuses n'ont pas trente ans. Vous pouvez dormir en paix braves gens de Québec : un pareil étalage d'adiposité policière n'est possible que dans les villes vraiment sûres.

Pendant que la flicaille déploie son jeu de puissance, les brancardiers s'intéressent à la victime. Ils se rendent compte qu'ils ne pourront jamais ranimer ni ressouder les portions de cadavre qui gisent sur le sol. L'un d'eux se jette sur le sac à main de la malheureuse et en sort un porte-cartes.

La petite grosse pas versante s'interpose.

— Décolle-toé de dlâ ! Faut pâs toucher àr djyien avant d'câller à centrale.

Elle ponctue ses paroles d'un robuste coup de cul. La masse est telle que le choc envoie le jeune homme valdinguer contre une table renversée.

Il se relève en se frottant les côtelettes. Il tente d'argumenter :

— Regardez sa carte d'assurance-maladie : elle fait don de ses organes. Le cœur, les poumons et les cornées sont intacts. Dans cinq minutes, il sera trop tard. Avec cette chaleur…

— Faut attende les ordes du sargin. Envoyèe, fas dlair !

L'ambulancier insiste :

— Le sergent va s'informer auprès du capitaine et on n'en finira plus. Mettez-vous à la place des malheureux qui ont besoin d'une greffe et qui se demandent chaque jour si ce ne sera pas le dernier.

Le gorille obèse entre en scène. La tête rejetée en arrière, les pouces plantés dans sa ceinture, il s'avance, précédé de ce qu'il a de plus cher : ses intestins. Il marche en se dandinant comme un canard. On voit qu'il y a chez lui adéquation entre le fond et la forme : la lourdeur d'esprit plonge ses racines dans la masse adipeuse et s'en nourrit. Il pense gras et agit de même.

— Te pâs compris, stie ? grogne-t-il. Fas dlair, katâdzi, la madame !

L'ambulancier bat en retraite, la mine déconfite. Il regarde son collègue en hochant la tête. L'autre hausse les épaules en signe d'impuissance.

Pendant ce temps, les témoins se sont dit qu'ils avaient autre chose à branler que de subir un interrogatoire de police. Ils s'égaillent en douce.

Les guichets automatiques ont été les premiers à disparaître. Je ne vois Juliette nulle part. Idem pour la gouine qui l'a attaquée. Ses épouses ont suivi. Les Dame-Foulard se sont trouvé d'autres zurgences gestionnelles jouissant d'un plus haut niveau de priorisation. Il y a encore des opportunistes qui ont profité de l'occasion pour partir sans payer.

Seule exception : les Costard à cellulaire continuent de s'assener des chiffres à travers les oreilles comme si rien ne s'était passé. D'après ce que j'en comprends, ils discutent d'affaires brumeuses qu'ils comptent faire, ou qu'ils ont déjà faites, avec des contrées lointaines. Ils sont tellement absorbés par la discussion qu'ils ne se rendent toujours pas compte qu'ils occupent des tables voisines. Belle concentration !

À part ce double cas de conscience professionnelle exemplaire, il ne reste plus autour du cadavre que les curieux arrivés après l'explosion.

Je me sens bouillir de rage devant l'imbécillité insondable des flics. On peut me traiter d'anarchiste, de cynique, de misanthrope, d'ours mal léché (ça dépend par qui), mais pas de sans-cœur. Je suis incapable de laisser la connerie imposer sa loi sans réagir. Mon casier judiciaire est là pour en témoigner, d'ailleurs. La cause est noble ; je serai son champion.

Je planque mes cartes mémoire dans des fentes aménagées dans la doublure de mon veston. Ce que je projette risque de me valoir des ennuis avec les forces du désordre institutionnel. La fouille sera inévitable.

Je m'approche de l'ambulancier bousculé par la pas-versante et lui souffle à l'oreille :

— Embarque la partie supérieure du cadavre pendant que j'opère une diversion sur la ligne des bœufs. On va peut-être sauver des vies. Si tu réussis ton coup, les autorités de la Ville n'oseront pas pousser l'affaire. L'opinion publique les roulerait dans la boue. On a le bon droit de notre côté.

Je n'ai pas prêché dans le désert. Il me lance un clin d'œil complice avant de prévenir son collègue de se tenir prêt.

L'auto-patrouille est garée en double file, vitres ouvertes, moteur en marche, gyrophares, klaxon et sirène branchés sur le jus. Les gallinaceus-lipoïdus sont occupés à surveiller le corps de la pauvre Léa, comme s'il pouvait s'envoler.

Je m'approche de la voiture, défait ma braguette et commence à pisser dans le cockpit en visant la radio et l'ordinateur. Le clavier grésille et l'écran se met à déconner. Ma prostate en sourit de ravissement.

En moins de temps qu'il n'en faut pour me vider la moitié du quart de la vessie, un bon Samaritain dénonce ma forfaiture aux flics. Mille mercis, petit collabo de merde, c'est précisément ce que j'attendais de toi.

La suite se joue en mode *mi* dièse douleur avec le *sol* à la clé. La pas-versante me charge de dos et m'écrase contre la portière. Elle empoigne le bas de mon pantalon (elle n'a pas besoin de se pencher) et tire d'un coup sec. Je perds pied, m'affale de tout mon long et me rive la qué-quette sur le trottoir.

Dans la foule, quelques crypto-fascistes applaudissent. Des braves gens les conspuent. Il y a encore du bon monde, malgré tout. C'est la proportion qui fait défaut.

Pendant que les flics me jettent à l'arrière de la voiture, j'aperçois l'ambulance qui file boulevard René-Lévesque. Mission accomplie ! Reste à espérer que les précieux organes tiendront le coup jusqu'à la prochaine glacière.

La pas-versante remonte les vitres et arrête la clim. Avec un méchant sourire qui redresse sa moustache en forme de balai de chiottes, elle mâ-chouille :

— Kiens, mon smat ! On vâ t'arranger un ptit sun tan gratis. Tu vâs êtes cuit jusse à point pour le face lift qui t'attind à centrale ! On vâ t'souègner l'portrat, tu vâs vouèrre ! Ta mére t'arconnaîtrâ même pus !

Avec la canicule qui sévit, ça devient vite invivable dans cette soue à roulettes. L'odeur de gros culs suiffeux se mélange aux relents d'urine et transforme la place en chambre à gaz. Bientôt, ce sera le four crématoire.

Une Chevrolet Caprice tourne le coin sur les chapeaux de roues. Elle est tellement banalisée qu'elle pue le flic à quinze années-lumière. Un camion laboratoire la suit. Reste à souhaiter qu'il y a un cerveau en ordre de marche parmi les arrivants.

La chaleur ne cesse d'augmenter. Un solide plexiglas sépare la partie avant de la voiture du reste de l'habitacle. Je me couche sur le dos et cogne dans une vitre latérale à coups de talons. Le sécurit résiste. Inutile d'insister.

Dehors, le troupeau m'observe sans réagir. Que des faces aussi expressives que des têtes de cochon bouillies.

Je suffoque. Il faut que je me tire d'ici. Comment ? La banquette a été enlevée et remplacée par un moulage en résine de synthèse fixé à la carrosserie par des rivets gros comme le pouce. Impossible de fuir par le coffre arrière. La chaleur continue de croître. Je vais bientôt tourner de l'œil.

Un flic en civil descend de la Caprice. Mais je le connais ! Nous avons fait la bringue ensemble pendant ces années d'insouciance où nous avons traîné à l'université, persuadés que la fête ne finirait jamais. Un cas particulier ! Sans doute le seul flic en Amérique du Nord à détenir un doctorat en littérature. Sujet de thèse ? Ben voyons, le polar, Adélard !

Nos chemins ont bifurqué quand il a fallu jouer à devenir adultes, ne serait-ce que pour rembourser nos prêts étudiants. Nous n'avons jamais décidé de garder le contact mais, depuis dix ans, le hasard ne cesse de nous ménager des rencontres impromptues. Ça doit venir de nos années de jeunesse : les liens tissés par un cocuage systématique et réciproque sont à la fois tellement forts et élastiques que rien ne saurait les briser. Les rapports de parenté naissant dans des vagins, à force de fréquenter les mêmes, nous sommes devenus beaux-frères siamois.

J'ouvre mon cellulaire et affiche le carnet d'adresses à l'écran. Le numéro du flic y figure. Je lui donne un coup de sans-fil.

— Inspecteur Hector Lebra, j'écoute.

En trois mots, je lui explique la situation. Il s'avance et ouvre la portière. Il était temps !

— Tu me sauves la vie !

— C'est à voir. Entrave au travail des policiers et dégradation des biens de la Municipalité, ça va chercher loin.

— J'ai des circonstances atténuantes à faire valoir.

Je lui narre les événements sans oublier la conduite des patrouilleurs. Je laisse aussi entendre que je possède des documents pouvant aider l'enquête. Je termine en demandant :

— Vous vous les procurez dans quel chenil, vos pitbulls, par les temps qui courent ?

— Au cégep Garneau. Le collège en fait l'élevage intensif.

— Je me disais aussi. Tant de connerie, ça ne pouvait pas être naturel. Ou bien il s'agit d'un effet pervers de la prime au rendement, ou bien on se trouve devant un cas de compétences transversales acquises… de travers.

C'est alors que la pas-versante m'aperçoit hors de la voiture où elle m'a mis à frire. Son visage se gonfle, se gonfle et se gonfle encore. Le phénomène se répand de proche en proche en glissant par vagues graisseuses vers les zones inférieures. Elle s'élargit, s'élargit et s'élargit encore. Elle ne va pas se faire plus grosse que le bœuf pour la simple raison que c'est déjà fait. Elle aspire au gabarit éléphant en modèle basset, peut-être ?

Après un moment, elle sort de sa léthargie indignée et, matraque brandie au-dessus de la tête, me fonce dessus en crachant des flammes. La charge du taureau avachi ! À moi la muleta ! Où sont passés les picadors ? Qui va lui donner l'estocade ?

Heureusement, Lebra bloque son élan en se plaçant devant moi.

— Je vous en prie, agent Grotâdehem, modérez vos transports. On n'est pas dans un western. Je me charge d'interroger cet homme. Essayez plutôt de démêler les voyeurs des témoins visuels… s'il en reste encore un seul… et enregistrez leur déposition.

Elle s'en retourne vers son collègue, la moue hargneuse, le postérieur déprimé et le clito entre les jambes.

— Viens, me dit Lebra, on va commencer par le plus pressant.

Nous pénétrons dans le bar. Il y règne une fraîcheur qui me fait oublier la fournaise d'où je viens de m'extraire.

On s'installe au comptoir. La barmaid a les boules accrochées à la bonne place et elles sont contrebalancées par un cul qui donne soif dans un premier temps et qui enflamme l'instinct de reproduction dans un second. Tout ce qu'il faut pour stimuler le commerce. Lebra lui réclame deux pressions. Je reprends goût à la vie.

— Et ces documents ? demande Lebra.

— D'abord, donne-moi ta parole qu'aucune procédure ne sera entreprise contre moi. J'ai agi pour le bien commun, après tout.

— Tu vas te fier à la parole d'un flic ? Tu cours de gros risques, mon pauvre vieux. Tu ne sais pas que le métier fonctionne sur la duplicité, le mensonge et l'hypocrisie ?

— Tu n'es pas un flic comme les autres. Je te fais confiance.

— Si tu savais le nombre de fois que je me suis parjuré pour faire condamner un petit crosseur, tu serais peut-être plus prudent.

— Puisque c'est comme ça, je garde mes documents.

— O.K. ça va, je passe l'éponge, mais prends note que tu m'en dois une.

— Quand je t'aurai fait part de ce que je sais et de ce que je possède, c'est toi qui vas te retrouver en déficit.

Je lui résume la conversation des deux femmes avant le drame, les Costard indignés, la gouine humiliée, les Dame-Foulard outrées et tout.

— Et cette Juliette, où est-elle ?

— Elle s'est envolée pendant que tes courageux collègues s'en prenaient à moi.

— Son nom de famille a-t-il été mentionné ?

— Non. Quant à l'autre, j'ai entrevu sa carte d'assurance-maladie. Elle s'appelle Léa Painchaud, je crois.

— Tu peux me fournir le signalement de la première ?

— Je peux te fournir beaucoup mieux.

— Mais encore ?

— Que dirais-tu de quelques photos ? Mon laptop est dans ma voiture garée à l'îlot Saint-Patrick. Je reviens tout de suite.

— Pas la peine, j'en ai un dans mon char.

Il rapplique avec l'objet. J'y branche mon Nikon et charge le fichier de photos. J'isole un cliché de Juliette. L'horreur se lit sur son visage. Le cliché suivant la montre en train de se lever de table. Cette fois, c'est la panique qui bouleverse ses traits. Sur l'autre, on la voit de dos ; elle fuit en vitesse.

— Pourquoi est-elle si pressée de décamper ? demande Lebra. N'est-ce pas un peu louche ?

— Ça s'explique. As-tu *RealPlayer* ou *Quick Time* installé sur ta machine ?

— Bien sûr.

Je charge la vidéo de l'explosion et la lui montre à vitesse normale. Les images sont insupportables de réalisme. Je reprends au début, au ralenti cette fois. C'est encore pire. Le bassin de Léa se gonfle avant de se disloquer en mille morceaux. Puis l'appareil photo est soufflé par l'explosion et l'image se met à tournoyer. On voit passer des têtes, des bras, des torses, des bouts de ciel et des objets volants difficilement identifiables.

Lebra est vert pâle comme une chartreuse servie à un touriste de Des Moines, Iowa, sur une terrasse de la Grande Allée. Il demande :

— Comment est-ce dieu possible ?

Je lui explique l'épisode des tampons hygiéniques.

— On les avait trafiqués, c'est évident. Un explosif très puissant. Et à spectre restreint : seul le bassin a été détruit. Du moins, je ne vois pas d'autre explication. Juliette aura compris que c'était elle qui était visée. La panique lui est tombée dessus et elle a cherché à se mettre à l'abri.

— Il n'y a pas de lieu qui puisse vous garantir contre un tel piège.

— Sans doute, mais dans l'état où elle se trouvait, ce n'était pas la raison qui commandait. Elle a obéi à un réflexe tout à fait humain : dékrisser sans attendre que la ouétrice lui prépare un *doggy bag* !

— À moins que ce soit elle la coupable. Après tout, elle a fourni l'arme du crime.

— Ne reste plus qu'à la retrouver et le lui demander.

— Il y a aussi cette gouine qu'elle a ridiculisée.

— Ça m'étonnerait que miss Baloné soit pour quelque chose dans cette affaire.

— Pourquoi ?

— L'altercation ressemblait trop à une bataille de coqs spontanée. Et puis, si la brouteuse de cresson avait été l'auteur du piège, elle aurait été mal avisée d'attirer l'attention sur elle quelques minutes avant l'explosion. Les témoins étaient nombreux sur la terrasse.

— Ça se défend.

— Il y a encore ces types que Juliette a enchtouillés. Tu n'as pas envie de leur dire deux mots ?

— Sûr ! On va mettre la routine en branle.

Lebra appelle à l'écran une photo de Juliette et tourne le portable vers la barmaid.

— Vous connaissez cette femme ?

— Il me semble l'avoir déjà vue ici, mais je ne saurais vous en dire plus. Je sers tellement de gens, vous savez. Peut-être que le propriétaire pourra vous aider. Attendez, je le fais appeler.

L'homme est catastrophé. La réputation de son bouiboui de luxe risque d'en prendre un coup. Déjà que l'altercation entre Juliette et la gouine ne faisait pas trop bon genre, voilà qu'un meurtre achève de jeter le discrédit sur l'établissement. Sans compter que plusieurs dîneurs ont profité de l'occasion pour filer sans payer. Il ne tient pas en place et ne cesse de consulter sa montre (une superbe Tissot de plongée comme la Suisse en fabriquait dans les années cinquante de l'autre siècle).

Lebra lui fait comprendre que les retombées négatives pour son commerce vont se révéler encore plus lourdes si l'affaire traîne. Ça le motive.

— Vous connaissez cette femme ?

Il regarde l'écran en plissant le front. On lui montre aussi la photo de Léa couchée par terre. Après un moment d'hésitation, il dit :

— Oui, ce sont des habituées. Je crois qu'elles travaillent dans une boîte de pub de la Grande Allée. À moins que ce soit dans un bureau d'avocats. Je ne suis pas trop sûr pour le métier, mais elles bossent sur la Grande Allée.

— Et la lesbienne qui a été humiliée, c'est une cliente ?

— C'est la première fois que je la remarque ici. Vous auriez plus de chance dans certains bars du quartier Saint-Jean-Baptiste.

— Merci, ça sera tout pour l'instant.

Lebra réclame les pages jaunes à la barmaid.

— Grande Allée, ce n'est pas la fin du monde. Je vais dresser une liste et faire du porte-à-porte.

Pendant qu'il note les adresses, il ajoute à mon intention :

— Je réquisitionne tes cartes mémoire.

— On va procéder autrement, si tu n'y vois pas d'objection : tu te fais une copie CD et tu me laisses mes cartes. J'en ai besoin pour mon travail. Je veux aussi t'accompagner et avoir la primeur absolue et l'exclusivité totale sur l'affaire. Un service en attire un autre, non ?

— Ton deal tient la route. Ramène ta viande ! on va passer à mon bureau pour faire des copies papier de tes photos. Tu veux l'exclusivité, tu vas l'avoir, mais tu vas la gagner. Je me tape un côté de Grande Allée et toi l'autre. Le premier qui fait mouche a droit à une bibine. Ça joue ?

— Ça joue. Cela dit, qui en doit une à qui à l'heure qu'il est ?

— Je ne vois pas de quoi tu causes.

— Si je n'avais pas surpris la conversation de ces deux femmes, si je n'avais pas pris de photos, si je n'étais pas là pour t'en parler, tu serais en train de te perdre dans des conjectures toutes plus improbables les unes que les autres. Et pas près d'en sortir. Note que personne d'autre que moi n'a vu Juliette remettre son étui à tampons à sa copine. Tu aurais donc fondé ton enquête sur l'hypothèse que c'était Léa qui était visée.

— C'est le hasard qu'il faut remercier.

— La gratitude ne pousse pas dans le cœur des cochons, on dirait.

— Je t'avais prévenu : il ne faut jamais, au grand jamais, faire confiance à un flic.

# 3

Un technicien en scènes de crime exerce son métier sur la terrasse. Lebra lui transmet les informations que je lui ai fournies avant de demander :

— T'as une idée de la nature de l'explosif ?

— L'odeur de gomme balloune laisse croire à du C4 ou à du Semtex.

— C'est-à-dire ?

— Du plastic, en langage populaire. Les deux produits sont semblables et aussi dévastateurs l'un que l'autre. Trente pour cent plus puissants que le TNT, pour te donner un point de comparaison. L'un est américain et l'autre, tchèque. On trouve ça partout sur les chantiers de démolition. C'est malléable comme du mastic et la forme qu'on lui donne détermine le sens dans lequel il agit. Utilisé par un expert, ça coupe le métal mieux qu'un chalumeau.

— Et le mode de mise à feu ?

— Deux possibilités : télécommande ou allumage automatique.

— Ça fait toute la différence du monde.

— Je sais. Cela dit, on peut éliminer l'hypothèse de la télécommande. Loger un récepteur dans un tampon bourré d'explosif, ça relèverait du prodige. C'est faisable, mais il faudrait réunir une équipe de spécialistes et disposer de moyens que seule une grosse organisation pourrait se payer.

J'interviens :

— Il y a une autre difficulté. L'utilisation d'une télécommande supposerait que le meurtrier se trouvait sur place et qu'il aurait décidé de déclencher l'explosion, même si la victime n'était pas celle qu'il avait choisie.

Lebra enchaîne :

— Ou alors on a affaire à un malade qui ne s'attaque pas à des individus, mais qui vise les femmes en général. Comme le givré qui a abattu quatorze étudiantes à Polytechnique pour la seule raison qu'elles étaient des femelles.

— Tuer ne lui suffit pas ; il faut encore que son carnage soit spectaculaire. Vous vous rendez compte ? Trafiquer un tampon ! Il y a un message derrière cette façon de faire.

— En effet ! J'ignore à qui il s'adresse, mais j'ai l'impression que la communication débute à peine. Ça risque de faire des petits.

Lebra revient au technicien :

— Et l'allumage automatique, c'est possible ?

— Bien sûr, même si le terme n'est pas tout à fait juste.

— C'est-à-dire ?

— Il existe des substances stables prises séparément, mais qui explosent lorsqu'on les mélange. On parle alors de réaction hypergolique. Le tampon contenait peut-être deux de ces liquides isolés l'un de l'autre. En poussant ou en tirant sur l'applicateur, la victime les aura mis en contact.

— En ce cas, le décès aurait dû avoir lieu dans les toilettes, non ?

— Pas forcément. La vitesse de la réaction hypergolique varie selon les produits en présence. Elle peut commencer par dégager de la chaleur puis, au-delà d'un seuil critique, l'explosion se déclenche. En dosant le mélange, on peut obtenir des délais de deux ou trois minutes et même davantage.

— Tu parlais de plastic tout à l'heure. Il me semble qu'il ne possède pas cette propriété.

— Non. D'ailleurs, en quantité si minime, les hypergols n'auraient pas causé autant de dommage.

— Alors ?

— Ils ont seulement servi d'amorce.

— Une petite bombe qui aurait fait sauter la grosse ?

— C'est ça. Enfin, c'est ce qui m'apparaît le plus plausible. Pour se faire une opinion plus juste, il faudra procéder à des analyses… en admettant qu'on trouve des morceaux analysables.

— Rameute le laboratoire et appelle-moi dès que tu tiens quelque chose.

— On planche là-dessus tant que le budget le permettra, mais ne rêve pas trop. Le puzzle ne sera pas facile à reconstituer. Tu vois ce gâchis ?

— Fais de ton mieux. Si ça ne suffit pas, appelle le gérant des miracles à Sainte-Anne-de-Beaupré et promets-lui un don substantiel. Les bons pères sont sensibles aux espèces sonnantes qui trébuchent dans les goussets de la communauté.

Lebra a récupéré la carte d'assurance-maladie de la victime. Elle se nomme Léa Painchaud et elle habite rue Boulanger dans Saint-Sacrement.

— On s'occupera d'elle plus tard, dit-il. Essayons plutôt d'identifier la survivante. Allez, on y va.

— On oublie quelque chose.

— C'est-à-dire ?

— Les tampons. Il y en avait trois. Les deux qui restent sont peut-être piégés. Léa tenait l'étui à la main au moment de l'explosion. Le souffle a dû le projeter quelque part dans les environs.

— Pas bête pour un journaliste.

Lebra interpelle l'agent Grotâdehem (elle doit avoir du sang hollandais).

— Vous savez à quoi ça ressemble, un étui à tampons hygiéniques ?

— Heu… oui, bien sûr.

— Scrutez chaque centimètre carré sur un rayon de cent mètres autour de la déflagration. Si vous trouvez quelque chose qui ressemble à ça, ne serait-ce que sous forme de miettes de plastique, de flocons de ouate, de bouts de corde ou de morceaux de carton, alertez le technicien. Compris ?

— À vos ordres, inspecteur.

C'est tout juste si elle ne se met pas au garde-à-vous en claquant des talons.

— Tu m'en dois une autre, fais-je remarquer à Lebra.

— Profil bas, Langlois ! Je te tiens encore par la peau des gosses. Je n'ai qu'un mot à dire et l'agent Grotâdehem va se faire un plaisir de t'embarquer. Encore heureux si elle ne te viole pas pendant le transfert.

— À la voir te manger des yeux, j'ai plutôt l'impression que c'est toi qui es dans son collimateur. Vous feriez un beau couple, d'ailleurs. Et la descendance, alors ! Ton intelligence et sa beauté réunies dans le même corps, tu vois le fardeau génétique que ces pauvres petits êtres devraient porter ?

Sur ces paroles qui suintent la charité chrétienne malmenée, on met les voiles vers le parc Victoria où se trouve le poste de police.

*

Chemin faisant, Lebra me fait part de ses inquiétudes.

— Tu te rends compte de la boîte de Pandorre qu'on vient d'ouvrir ? Qu'un Ben Laden mette la main sur un gadget de ce genre et ça va chier carré dans les avions ! Au lieu de trafiquer les bottines de ses têtes brûlées prêtes à mourir pour la plus grande gloire d'Allah, il n'aura qu'à leur farcir le rectum de suppositoires fourrés au plastic.

— Le pet, mes aïeux !

— Le dernier, mais non le moindre.

— Pour déjouer les chiens renifleurs, le candidat au suicide n'aura qu'à porter les mêmes bobettes pendant deux semaines. Les pauvres clebs n'y verront que du feu.

— Du feu, enfin…

— Une fois au milieu de l'Atlantique, il suffira d'activer le détonateur et bang ! le tapis volant va sauter trois mailles vite fait.

— À douze mille mètres, le paradis, c'est la porte à côté. Suffit de se pencher… Il faut quand même être gravement atteint pour accepter de se bousiller ainsi.

— Moi, je les comprends, ces fous de dieu.

— Ah, oui ?

— Ils sont persuadés que six douzaines de jeunes houris plantureuses seront mises à leur disposition dès qu'ils atterriront chez Allah. Soixante-douze ravissantes moukères expérimentées et dédiées à la satisfaction de tous – je dis bien de tous ! – leurs caprices.

— Tu charries !

— Pas du tout ! Selon Al Suyuti…

— Qui c'est, ce zigoto-là ?

— Un commentateur coranique qui a vécu de 1445 à 1505 et qui fait encore école en Islamie. Je te le cite dans une traduction française dégotée sur le web : « Chaque fois qu'un homme touche une houri, il la trouve vierge. Le pénis des élus ne faiblit jamais ; l'érection est éternelle. La sensation ressentie en faisant l'amour est chaque fois absolument délicieuse et extraordinaire, et quiconque la ressentirait en ce monde s'évanouirait. Chaque élu épousera soixante-douze houris, en plus des femmes qu'il a épousées en ce monde, et elles auront toutes des vagins appétissants. »

— Wow !

— Alors, que valent quelques années de vie terrestre en moins quand il s'agit de se faire reluire la glande pendant l'éternité. Le ciel chrétien, en comparaison, apparaît bien terne. Tu te vois en péplum, avec tes vieilles couilles poilues qui dépassent de la jupette, en train de chanter des cantiques non-stop en t'accompagnant à la lyre, toi ?

— Ça va, tu m'as convaincu : je me convertis. J'ai beau apprécier la musique, le luth ne remplacera jamais une bonne turlutte.

Et nous continuons à déconner ainsi jusqu'au poste de police.

Pendant que Lebra s'occupe des copies, je joins le gros Bellefeuille à Montréal. Je tiens le genre de scoop dont il raffole. J'ai aussi à lui offrir des photos qu'il chérit encore davantage. *La Leçon* de demain va se vendre comme des petits pinsons. La primeur absolue ! Enfoncée, la concurrence ! Le rédac'chef va en mouiller sa couche d'incontinent précoce.

Pendant que ça sonne, je verse une larme virtuelle pour les hectares de forêt qui vont être sacrifiés dans l'opération. Au fond, je ne suis qu'un assassin sylvestre. Mon succès se mesure à l'aune (!) des arbres abattus.

Bellefeuille décroche avant que la culpabilité ne me pousse à renoncer à mon projet. Dommage.

Son afficheur à dû me trahir : La Flaque se met à râler avant que j'aie placé un mot. Ce n'est pas pour m'étonner, il râle chaque fois qu'il sollicite ses cordes vocales. C'est un mode de vie, un plan de carrière, une sorte de mantra.

— Qu'est-ce que tu branles, Langlois ? Je ne te paie pas pour draguer la pitoune à Québec. Tu devrais être au Palais de justice à l'heure qu'il est.

— Qu'est-ce qui te laisse croire que je n'y suis pas ?

— Je t'ai à l'œil ! Tu as intérêt à marcher droit, je te préviens. Tiens, tu es présentement au 46° 48' 49" de latitude nord par 71° 13' 57" de longitude ouest. Qu'est-ce que tu dis de ça ?

— Tu racontes n'importe quoi.

— Attends, je vais être plus précis. Ma parole ! tu es chez les flics du parc Victoria.

— Tu me fais suivre ou quoi ?

— Pas besoin. Le portable qu'on t'a offert est muni d'un GPS.

Ah, le foutu salaud !

— Dans quel bordel tu t'es encore fourré ? poursuit-il. On t'a ramassé dans une affaire de prostitution juvénile, je parierais. Les petites guédailles de quinze ans, ça va chercher loin, tu sais.

— Pas plus loin que les garçonnets de neuf ans, Ducon ! Si j'étais toi, je ne m'aventurerais pas sur ce terrain pour le moins… glissant.

Je l'entends déglutir avec peine. C'est un secret de polichinelle : Bellefeuille carbure aux jeunes garçons et la rumeur veut qu'il les achète par paire – et ce ne serait pas les économies d'échelle qui le motivent. Il combine sodomie active et feuille de rose passive, paraît-il. Un panaché fort prisé par une certaine variété de pédos. Des garderies pas trop clean des quartiers défavorisés (comme on dit poliment) lui serviraient de pépinière.

Avant qu'il ne retrouve sa superbe, je l'apostrophe :

— Ferme ta poubelle et écoute ça, sac à merde ! Un titre d'abord : *Québec : une femme explose !*

Il a dû s'enfiler sa snifette de début d'après-midi (une track de six pouces, au moins), car il réplique d'une voix excitée et avec un débit qui ferait concurrence à celui du Zambèse au plus fort de la saison des pluies :

— Des femmes qui explosent, on voit ça tous les jours. Après quarante ans de revendications féministes, l'explosion est même devenue le mode de négociation domestique par excellence. Canal Vie la recommande à ses téléspectatrices pour éviter l'accumulation de frustrations. Combinée au 9-1-1, l'explosion fait des miracles pour l'harmonie des foyers…

Je voudrais placer un mot, mais impossible de juguler sa tirade.

— …*Une femme explose !* Tu n'y penses pas ? Avec un titre pareil, la mafia matriarcale va nous tomber dessus à trompes jointes. Tu connais la cassette aussi bien que moi : stéréotype sexiste, violence insidieuse à l'endroit de LA femme, exploitation éhontée du corps de LA femme, harcèlement psychologique et toute la sauce bien-pensante qui nappe le propos. Ma tante Rita de Rosemont va téléphoner pour crier son indignation et menacer d'annuler son abonnement. On pourra se compter chanceux si on ne nous tient pas responsables d'une épidémie de salpingite en Australie. On laissera même entendre que des propos comme les nôtres encouragent « en quelque part » la pratique de l'excision en Afrique noire. Avec les gonzesses, c'est comme avec les minorités nuisibles : tu fais le plus petit reproche à l'une d'entre elles et c'est toutes les femmes du monde que tu attaques au plus profond de leur féminitude. L'individu femelle a cessé d'exister. Désormais, plus moyen de dire ta façon de penser à une poufiasse qui te fait chier, c'est toujours la sainte nitouche globale que tu rabaisses au rang d'objet.

— Holà, furoncle ambulant ! Mets un bouchon sur ta diarrhée et coule trois mètres de paraffine par-dessus. Il y a une nuance et elle est de taille, si je puis oser : cette femme-là, elle a explosé *pour de vrai*. Coupée en deux au niveau du bassin. Plastic ou quelque chose d'aussi puissant. Tout laisse croire que l'explosif a été dissimulé dans un tampon hygiénique. Très laid comme dégâts. Tu vas adorer !

— Fallait le dire ! Ça change tout ! Tant qu'on ne s'aventure pas dans le champ miné des symboles, tout est permis. La mafia matriarcale ne pourra quand même pas nous reprocher de rapporter les faits bruts.

Je le sens frétiller comme un poisson à l'autre bout de la non-ligne.

— Pour le titre, inutile d'en faire de l'urticaire, j'en ai un autre que la rédaction de *Voir* ne renierait pas : *Chirurgie plastic !* Cela dit, je préfèrerais attendre les résultats de l'autopsie avant de rédiger mon article. J'accompagne le flic chargé de l'enquête ; il se pourrait que j'obtienne des détails intéressants dans les prochaines heures. Ça me permettra de pondre un papier plus étoffé.

— Hors de question ! La viande froide, il faut la servir chaude, autrement on va se faire piquer le scoop.

— Il y a tout de même une limite à prendre les lecteurs pour des cons.

— Tu me chieras une suite demain, c'est tout ! On tient un filon, on ne va pas le lâcher. Tes scrupules de diva de la feuille de chou n'ont pas

49

cours à la banque. Nos actionnaires n'éprouvent d'émoi que pour les retours sur investissement – et seulement lorsqu'ils sont gros.

— C'est à eux que je pense. Quelqu'un qui prend la peine de bricoler un tampon de cette manière a sûrement un plan derrière la tête. Il ne s'arrêtera pas là, c'est certain. Pour que ton canard garde la pole position, je dois suivre l'enquête en personne. Or, je ne peux pas à la fois écrire mon article et cavaler à droite et à gauche pour collecter l'information. Je ne vis pas dans un soap de Réjean Tremblay.

— Fais-moi un topo et je vais trouver un nègre qui va m'arranger un papier plus réel que la réalité. J'ai en filière une quinzaine de canevas tout usage. Ça couvre toutes les possibilités et ça vaut pour toutes les gazettes, du *Paris Match* au *Monde diplomatique* en passant par le *Canard enchaîné*. Le nègre en question n'aura qu'à remplir les blancs. Pour une fois que ça ne sera pas l'inverse. Vas-y, déballe ta marchandise, j'enclenche l'enregistreuse.

J'y vais de mon résumé. Lorsque j'en ai terminé, Bellefeuille est au bord de l'orgasme. Entre deux râles glaireux, il dit :

— Shoote-moi tes meilleures photos par Internet et annexe aussi la vidéo de l'explosion.

— Nenni, mon coco ! Pour les photos, ça va, mais le cinoche, oublie ça, ça m'appartient en propre. Ta boutique, c'est la presse et c'est pour l'alimenter, elle et elle seule, que tu me paies. Profite de la primeur : demain je vends la vidéo au réseau de télé qui m'offrira la plus grosse galette. Allez, ciao ! baril d'excréments… et n'oublie pas de te torcher la gueule après avoir raccroché. Des traces d'étron aux commissures, ça ne fait pas chic.

Il laisse échapper un ricanement méphistophélique et dit :

— Abuse de la situation pendant que ça passe, mon petit Langlois. La gloire est éphémère et la dégringolade qui lui succède est inévitable et proportionnelle à la hauteur de la renommée atteinte. Je t'attends au détour avec une brique, un fanal et ton quatre pour cent. Des journalistes à la mode qui se prenaient pour Dieu le Père, j'en ai vu plusieurs se planter. Ils courent maintenant les piges entre deux chèques de BS… et moi, je suis toujours là.

— Une sorte de tache, quoi. Une tache qui n'a pas encore rencontré son détergent. Patience, les chercheurs ne désespèrent pas de trouver le solvant idoine. Il faudra faire preuve de prudence, cependant : dissoudre un tel paquet de merde, ça risque de faire déborder les égouts pendant un moment.

Une grande amitié, je le sens, est en train de naître. Une haine chaleureuse va finir par nous enchaîner l'un à l'autre. Comme les membres d'un vieux couple qui ne peuvent plus se sentir, mais qui restent ensemble pour le plaisir de se détester de visu.

\*

— Allons-y ! ordonne Lebra en me remettant mes cartes Compact-Flash.

Nous remontons vers la haute-ville.

— Laisse-moi avenue Cartier, s'il te plaît.

— Pourquoi ?

— J'ai besoin d'un autre téléphone. Le mien est buggé et il me déplaît énormément de savoir que Bellefeuille me suit à la trace.

Après avoir acheté un Fidel, je mets le cellulaire du journal hors circuit et remonte la rue, heureux d'avoir coupé la laisse électronique.

Les études d'avocats et les boîtes de pub qui n'ont pas migré dans Saint-Roch ou vers les parcs industriels des banlieues sont maintenant concentrées en haut de la Grande Allée. Dans le bas, ce n'est plus que bars, discos, restaurants et autres trappes à touristes d'un excellent rapport. On y croise des aventuriers venus d'aussi loin que Sainte-Foy, Val-Bélair ou Charlesbourg. En 4X4 ! Avec treuil électrique, GPS et tout le tralala, s'il vous plaît !

Me voilà en train de butiner sur la rive nord de ce qu'on appelle pompeusement les Champs Élysée de Québec en écoutant distraitement la radio grâce aux multiples ressources de mon baladeur.

Les nouvelles locales ne manquent pas d'épiloguer sur le meurtre de l'avenue Cartier. Le journaliste qui tient le crachoir n'était pas là, il n'a rien vu et il ne sait rien, mais il va quand même – quel talent ! – tout nous dire.

Les nouvelles internationales viennent heureusement rappeler qu'en ce qui concerne la sauvagerie, le Québec joue encore dans les ligues mineures. À peu près au moment où Léa Painchaud rendait l'âme, une organisation pro-vie revendiquait le dynamitage d'une clinique d'avortements en Caroline du Sud. La médecine, son assistante, trois femmes enceintes et quatre jeunes enfants ont été tués.

Je me demande comment les bons chrétiens fondamentalistes, craignant Dieu et Diable, qui sont derrière ces attentats s'arrangent pour faire avaler cette barbarie à leur conscience par ailleurs tatillonne. Tuer pour protéger la vie, ça ne doit pas être facile à défendre devant l'ombrageux cerbère qui garde les portes du Paradis.

Il y a mieux encore. Depuis quelques semaines, les services de renseignement étatsuniens s'attendaient à une attaque d'Al Qaïda sur le territoire. En bien, ça y est, CIA et FBI n'ont pas pronostiqué à vide : des bombes auraient explosé à quelques minutes d'intervalle dans des centres commerciaux situés dans les dix-neuf plus grandes villes du pays.

Les attentats ont été revendiqués, mais on s'étonne de ne pas reconnaître la signature du mouvement islamiste. Pas de kamikaze, pas de gros dégâts matériels, à peine une vingtaine de victimes ; bref, aucune ressemblance avec les tueries à grand spectacle auxquelles on nous a habitués.

La nébuleuse terroriste serait-elle en train de muter ? Le recrutement des martyrs connaîtrait-il des difficultés ? L'appel des houris salaces ne suffirait-il plus à les convaincre de se jeter dans la mort ? Les experts glosent à qui mieux mieux sur la signification de cette nouvelle tactique. Ils ne s'entendent que sur un point : le chiffre 19 ne relève pas du hasard, puisque ce serait le nombre magique qui, par de savants calculs, prouverait l'origine divine du Coran.

L'intérêt de ce changement de stratégie me semble pourtant évident : les princes du désert qui tirent les ficelles ont compris la nature du paradoxe qui maintient l'économie américaine à flot. Le commerce extérieur étant déficitaire année après année, le tigre de papier ne survit que par le commerce intérieur et par les capitaux étrangers transformés en dollars refuge. Il suffit de provoquer une psychose qui éloigne le pachyderme étatsunien de son lieu de culte préféré – *holy shopping centers, my brother!* – et le moteur de l'économie va connaître des ratés. Une baisse de seulement 15 % dans les affaires et ce sera la catastrophe. Il est clair également que devant les ratés de l'économie interne, les investisseurs étrangers vont perdre confiance et se tourner vers une autre devise pour mettre leurs pécunes à l'abri des tourmentes. En répétant la médication tous les quinze jours, on peut tuer le tigre en moins de six mois.

Sans compter que ce type d'attentats n'exige pas de logistique rodée au quart de poil, ne coûte presque rien et épargne la vie des croyants. On peut même soudoyer de petites racailles blanches *all american* pour poser les bombes, quitte à les liquider par la suite. Rien de plus facile.

Nous vivons une époque formidable. Les intégrismes de tous poils sont en train de nous préparer des lendemains qui chantent.

Et c'est ainsi qu'Allah est grand… et que Yahvé fait de son mieux.

Dégoûté, je ferme la radio et me consacre à ma mission.

Côté boîtes de pub, on ne fait pas trop d'histoires pour me répondre ; on est dans les communications et le look branché-décontracté-blasé fait partie de l'image de marque à projeter.

Chez les bavards patentés, c'est une autre paire de manches de toge. Je ne répondrai qu'en présence de mon avocat et moyennant honoraires – honoraires hénaurmes ! –, et si vous pouviez me régler tout de suite, et en *cold cash*, je vous ferais une faveur. Là aussi, c'est affaire de déformation professionnelle. Ce n'est que sous la menace de mauvaise publicité dans le journal que l'on finit par m'accorder un peu d'attention.

Partout, on prétend avoir déjà croisé Léa et Juliette. On ne sait pas trop où. Les uns m'envoient ici et les autres disent qu'il faudrait plutôt aller là. J'entends de tout : « Québec est un gros village », « Tout le monde se connaît sans se connaître vraiment » et autres lieux communs du même tonneau.

Je continue de remonter la Grande Allée. Il ne me reste qu'une boîte à visiter. Elle a ses bureaux dans un édifice récent dont les promoteurs disent qu'il est du dernier chic. Fasse le ciel qu'ils aient raison, car s'ils devaient aller un cran plus haut dans l'idée qu'ils se font du chic, il faudrait leur enlever leur permis.

Au moment où je bifurque vers l'entrée de l'immeuble, un punk déguisé en Iroquois dépenaillé s'avance vers moi avec la nonchalance caoutchouteuse qui caractérise l'espèce. Je suppose qu'il va me demander si « t'arais pâs un peu d'change de spère, man ? ».

Je me trompe. Il sort un exacto de sa poche, en fait jaillir la lame et me fonce dessus en hurlant à la mort.

# 4

Surpris, je fige sur place. Le punk poursuit son élan en dirigeant son arme vers ma poitrine. Avant que je sorte de ma stupeur, il tranche la courroie de mon appareil photo et tente de fuir avec le butin.

Je me ressaisis et attrape mon Nikon d'une poigne solide. En même temps, j'allonge le pied et un croc-en-jambe envoie rouler l'agresseur cinq mètres plus loin.

Je me précipite, mais il est déjà debout. Il traverse la Grande Allée en se faufilant entre les voitures et court en direction des plaines d'Abraham. Je renonce à le poursuivre à travers ce flot de malades qui foncent vers le prochain feu rouge.

Cette agression en plein jour dans un quartier bécébégé me laisse perplexe. La chambre de commerce aurait-elle engagé des figurants pour faire croire aux touristes que Québec jouit désormais du statut de ville nord-américaine digne de ce nom ?

Bof ! Au moins, je n'ai rien perdu.

Je pénètre dans l'immeuble où je trouve une boîte de pub différente de celles déjà visitées. Ça s'appelle le Nombril Verbe. Une nuée de nerds piaillards bossent dans une grande salle devant des moniteurs géants. Les tonalités bleues dominent et créent une ambiance irréelle. On entre ici dans l'antichambre du cyberespace, ça ne fait aucun doute.

La réceptionniste me réceptionne en mâchant une grosse gomme balloune bleue. La masse de chiclé qu'elle malmène lui confère l'asymétrie faciale des bovidés en train de s'alimenter. Elle est peinturlurée de bleu de la tête au pied. Le jarret de veau qu'elle a de travers dans le nez accentue encore son côté ruminant. Cet aspect bovin est cependant contrebalancé par deux cent quarante-trois colifichets en toc argenté qui lui percent la viande çà et là et sans doute ailleurs.

Cela dit, elle est roulée comme un green de golf et elle a une petite gueule de suceuse olympique qui doit parler le glandais moderne en plaçant l'accent tonique là où il le faut, toutes choses qui méritent une cote anticipée de 8 sur 10 à mon échelle personnelle de baisabilité.

Je lui montre la photo de Juliette.

— La nympho-graphiste ? dit-elle avant que je lui pose la moindre question. Elle est beaucoup demandée, vous savez. Désolée, elle n'est pas encore rentrée. Elle a dû se ramasser un jules en dînant. Les petites vites dans l'après-midi, c'est son style. Elle prend de la bite comme d'autres de l'aspirine. L'idée n'est pas mauvaise : c'est moins dommageable pour l'estomac… et il n'y a rien de meilleur pour le cœur.

Elle dit « Ne quittez pas, s'il vous plaît » à son micro et ajoute à mon intention :

— Qu'est-ce qu'elle a fait, encore ? Attentat à la pudeur sur un agent de police ? Elle s'est foutu une matraque quelque part et on l'accuse de vol de matériel judiciaire ? On l'a surprise en train de se faire lécher la chatte par le bedeau dans un confessionnal de l'église Saint-Dominique ? Elle est capable de tout, vous savez.

— Ça, je m'en doutais.

Au lieu de me perdre en vaines paroles, je glisse la photo du cadavre de Léa par-dessus celle de Juliette. Du coup, la réceptionniste a un haut-le-corps, puis sa quincaillerie se met à carillonner comme si elle avait attrapé la tremblante du mouton.

— Mon dieu, qu'est-ce qu'elle a eu ? On dirait que… Non, ce n'est pas possible, je lui ai encore parlé ce matin et…

— Parler à quelqu'un ne le met pas à l'abri du trépas. Autrement, vous imaginez un peu la cacophonie dans les deux hémisphères ?

— Dites-moi que c'est une mauvaise plaisanterie. Dites-le, je vous en prie !

— Hélas ! c'est la triste vérité. Elle a été assassinée vers une heure. Son amie Juliette a disparu au même moment. Pourrais-je parler à votre patron ?

La pauvre tressaille avec tellement de conviction que sa ferraille menace de l'écorcher vive. Pour limiter les dégâts, elle choisit de s'évanouir.

Je la laisse reposer dans les limbes de l'inconscience et compose le numéro de mon inspecteur préféré.

— Lebra, j'écoute.

— Tu me dois une bière, j'ai mis dans le mille.

— Où es-tu ?

— Une boîte qui s'appelle Le Nombril Verbe logée dans l'immeuble de l'îlot Saint-Patrick. Le genre « nouvelle génération », si tu vois ce que je veux dire. Coco rasé, body piercing et teinture flashée sont les mamelles de l'originalité prête à porter. La vie est belle, le monde est un jeu vidéo et la réalité, une opinion parmi d'autres.

— J'ai eu moins de chance de mon côté. L'agent Grotâdehem vient de m'appeler. Aucune trace de l'étui à tampons. C'est à croire que l'explosion l'a mis en orbite. Bouge pas, j'arrive !

En attendant Lebra, je musarde dans la salle où l'on infographise sur une base industrielle. Probablement la plus forte concentration de casquettes au monde. Seul un congrès de *farmers* du Middle West pourrait faire mieux. C'est jeune, c'est enjoué comme des chiots et ça cause par monosyllabes saccadées. Tu enlèves les mots « man », « cool », « full » et il ne reste plus qu'une fricassée de borborygmes mâchouillés et d'onomatopées cannibalesques.

Je m'aventure dans un corridor aux murs bleus. De chaque côté se trouvent des bureaux où œuvrent les « idéateurs » de la maison. Vous savez, les cerveaux de choc qui vous pondent des slogans du genre « Paradez votre costume ! » ou « La fierté a une ville » et qui ne sont pas peu contents de leur contribution au renouvellement du patrimoine idiomatique de la langue française. Sus aux verbes intransitifs ! Mort à la syntaxe contraignante ! Longue vie à la prosopopée processionnaire !

Tout à coup, j'entends une voix familière. Les syllabes en R sont rocailleuses et semblent enrobées d'un glaviot épais qui roule dans la gorge du locuteur. On devine que ses cordes vocales ont pris des bains d'alcool plus souvent qu'à leur tour. Ça provient du fond du couloir. Une odeur d'herbe brûlée arrive de la même région. D'ailleurs, des volutes de fumée transitent mollement par une porte entrebâillée.

Je m'approche, tend le cou dans l'ouverture et reste stupéfait.

Affalé sur une débauche de coussins se prélasse une sorte de gourou à barbe et à cheveux longs en tunique blanche et sandales asiatiques comme on les tressait avant que l'Asie ne découvre l'Amérique. Une pièce d'anthologie des années soixante de l'autre siècle. Woodstock à lui tout seul !

De taille modeste, la cinquantaine avancée pour son âge, le pif et ses contreforts assaillis par une rosacée de force douze à l'échelle couperose, il darde tout de même sur vous des yeux pétillants qui ont l'air de dire : assaisonne tes salades si tu veux que je les avale. On sent que l'homme en a déjà vu d'autres et qu'il en sait de bien meilleures.

Lovée à ses pieds, une jeune « Hindoue » prend des poses inspirées du *National Geographic*. Un tatouage en forme de nombril lui fait un troisième œil au milieu du front. La bande de coton à fromage qui l'habille couvre à peine les seins et descend en diagonale, avant de tourner sur la hanche en laissant le ventre à découvert. Malgré le déguisement, on devine qu'elle débarque de son Village huron natal. Elle doit s'appeler Sioui comme tout le monde et, dans les veines de sa mère, coule du « Tremblay » garanti pur jus depuis douze générations, sans compter la souche picarde qui remonte aux croisades (l'ancêtre fondateur se nommait Lancelot « Tremblay du Lac »).

Pour l'heure, le gourou et sa gourette flottent à la surface placide d'une transe profonde. La bouteille de Glenlivett aux trois quarts vide que le premier tient à la main et le pétard format feu de camp que la seconde tutoie avec une belle conviction y sont pour quelque chose.

— Walter Hégault ! Qu'est-ce que tu fabriques dans cet accoutrement de brahmane d'opérette ? Aurais-tu abandonné l'ombilicomancie pour te consacrer à l'adoration de Kali, la si bien membrée qu'elle fout des complexes à la Vénus de Milo ?

Ses cristallins font des efforts d'adaptation. La mise au point est lente.

— Mon fils, commence-t-il d'une voix pâteuse, l'illusion des apparences est un voile qui obscurcit la conscience. Quiconque n'aurait jamais ouvert une noix ne pourrait en deviner le contenu à partir de l'analyse de l'écale.

— C'est gaspiller beaucoup de rhétorique pour dire que l'habit ne fait pas le moine.

— Que veux-tu, j'ai des faiblesses et l'Origine les excuse, sinon les explique.

Les yeux exaltés comme ceux de Moïse descendant du Sinaï, il regarde dans un lointain fictif (son bureau n'a pas de fenêtre et mesure trois mètres sur quatre, mais la véritable clairvoyance se moque de l'impure matière).

Après un moment, il poursuit :

— Comme tout un chacun, je ne suis qu'un sous-produit de l'univers ; et comme la créature ne saurait être supérieure à son créateur, je suis condamné à la médiocrité, puisque l'univers n'est qu'un vide sans fond.

— Alors que toi, tu es plein comme un œuf !

— À ce jeu de mots suspect, j'ai la certitude d'avoir devant moi François Langlois, distingué pisse-copie au journal *La Leçon*. Je me trompe ?

— Qu'est-ce que tu branles dans cette boîte de jeunots ?

— Je la dirige… non, le terme n'est pas juste, il n'y a pas ici de hiérarchie qui flatte l'ego du boss, mais qui tue la créativité des subalternes. J'en suis plutôt le nombril, c'est-à-dire l'âme.

— Il n'y a pas si longtemps, grâce à l'ombilicomancie, tu roulais sur l'or.

— Je roulais, justement. Et Confucius l'a dit : à force de rouler, on finit par arriver ailleurs, c'est inévitable. Il existe une autre grande loi de la fatalité : les visionnaires finissent toujours impécunieux. Prends l'exemple de Gutenberg : mort dans la dèche ! Mozart ? La fosse commune ! Walter Hégault ? Un bureau de la Grande Allée !

— Je n'arrive pas à y croire : toi, travailler *pour de vrai*.

— Que veux-tu ? Allah est grand, mais mon compte en banque est petit. À vrai dire, il y a à peine dix mois, les huissiers me couraient encore après.

— Que s'est-il passé ?

— On m'a rendu la monnaie de ma pièce. Quand j'ai commencé à pratiquer l'ombilicomancie, j'ai ruiné un concurrent qui prétendait lire l'avenir dans les fissures de l'anus.

— Celui qui se disait rectomancien ?

— C'est ça. Je croyais avoir débarrassé la planète d'un profiteur, mais je négligeais une évidence : le charlatan authentique ne détèle jamais.

Loin de s'avouer vaincu, il a pris sa revanche en créant l'Église de schiantologie.

— Passer de la rectomancie à la schiantologie, faut pas craindre les redites.

— Ou avoir de la suite dans les idées. D'ailleurs, sa secte est organisée selon les principes exposés dans une bible dont il est l'auteur et qui a pour titre *La diarrhénétique*.

— C'est un scatholique pratiquant, en quelque sorte?

— De la tendance « étron des pauvres ». Tu devrais entendre son baratin. Un furieux délire appuyé sur le postulat de la toute-puissance de la pensée.

— Rien de nouveau sous le soleil! Partout et toujours, les postulants messies ont radoté peu ou prou cette sorte de fadaises.

— Il y a tout de même un élément original dans sa doctrine. La pensée prime tout, enseigne-t-il, sauf ce qui lui permet d'exister : l'alimentation, la digestion et l'évacuation. Cela étant établi, il a inversé l'ordre de préséance suivant l'idée qu'on peut suspendre la première activité, alors que la dernière est inéluctable. Je t'épargne les détails. Note seulement qu'il officie dans un entrepôt reconverti en toilettes à aire ouverte. Il y réunit une cinquantaine de jobards et ça pousse à qui mieux mieux en bêlant les mantras que tu imagines. À la fin de l'office, il vend même les produits de ses méditations[1]. L'odeur de sainteté règne autour du Saint-Siège, tu peux me croire.

Il fait une pause, se jette une lampée de scotch dans le dalot et ajoute :

— Alors, tu vois, moi et ma méthode d'analyse scientifique, on l'a eu dans le dos, c'est le cas de le dire. J'ai dû me recycler dans le commerce.

— Qu'est-ce que tu vends comme boulchite?

— Notre raison sociale le dit : nous donnons la parole aux nombrils en mettant l'ombilicomancie au service de la création publicitaire.

— Ça demande des explications.

— La pub est le dernier refuge des créateurs qui ne veulent pas crever de faim. Notre société admire les artistes, mais ça ne se traduit que très

---

[1] On pourrait croire que l'auteur exagère, mais c'est précisément ce que faisait le gourou de la secte japonaise Aum vérité suprême. Et il trouvait preneur!

rarement en revenus. On les paie en capital symbolique, comme disait l'autre.

— Ça, je sais. N'importe quel flic qui a terminé une sixième année gagne plus en une semaine que la plupart des romanciers en une année.

— C'est pourquoi j'ai décidé de m'insérer dans le réseau de distribution de l'art le plus vaste et le plus efficace qui soit : les messages commerciaux.

— Tu te prostitues, en somme.

— Et j'en suis fier ! Confucius l'a dit, ça aussi : ne devient pas pute qui veut. Il faut d'abord obtenir le consentement du client.

— Voilà des réflexions profondes, mais elles n'expliquent pas comment fonctionne ton truc.

— Que font les vendeurs de publicité ? Ils disent aux patrons d'entreprises : confiez-nous votre budget-réclame et nous vous prédisons des lendemains radieux. De la pure vaticination ! Je procède autrement. Dans un premier temps, je fais venir l'intéressé ici et lui prédis son avenir grâce à ma méthode d'analyse des circonvolutions de la cicatrice originelle.

— Tu préécris sa biographie, si je peux dire.

— La formule ne me déplaît pas et je vais la reprendre en ne t'accordant aucun crédit ; la pratique est courante dans le métier ; on appelle ça avoir du flair. Dans un second temps, donc, nous montons une campagne de pub conçue de façon à favoriser les aspects positifs de mes prédictions. On suit un fil conducteur solide : on ne peut pas rater la cible.

— Et ça marche ?

— Nous sommes en train de prendre une part du marché qui commence à faire trembler la concurrence. Ça se devine aux avances qu'elle nous fait. Et pas seulement dans la région de Québec.

— Tu envisages de t'implanter à Montréal ?

— Je rêve, mais pas à ce point ! Deux et deux font quatre, quand ça vient de Québec, Montréal exige un recomptage judiciaire. Non, c'est de Toronto que souffle le vent. On recherche la *french touch* pour sortir des ornières de la pub américaine qui n'accroche plus que les red-necks du Canada engrais.

— Tout ça est exaltant, mais je suis ici pour une raison plus prosaïque.

Je lui montre la photo de Juliette.

— Je suis à la recherche de cette femme.

— Tu n'es pas le seul, je te préviens. Tu as intérêt à prendre un numéro et à t'armer de patience. Ici, on la surnomme la nympho-graphiste.

— Je sais, la réceptionniste vient de me faire le coup. Rassure-toi, je ne suis pas là pour me soulager la grosse veine bleue.

Je lui résume les événements. Il fait une sale tête.

— Mon Dieu ! J'espère que la mort de son amie ne l'affectera pas trop.

— Tu réagis comme un vulgaire exploiteur.

— C'est-à-dire ?

— Tu t'inquiètes de la survivante à ton service au lieu d'éprouver de la compassion pour la victime.

— Tu viens de me dire que c'est Juliette qui était visée. Si le tueur a des convictions solides – et sa méthode laisse croire que ce n'est pas un impulsif –, il va faire une autre tentative. Léa est hors de danger puisqu'elle est morte. Alors que pour Juliette, le risque demeure : c'était elle la proie et elle l'a compris. Voilà pourquoi je me soucie de son sort.

— C'est une façon d'envisager les choses. Avoue quand même que ce qui te tracasse, c'est surtout l'idée qu'elle ne sera pas trop productive pendant un moment.

— Je me serais passé de cette tuile, en effet.

— Tu n'analyses pas le nombril de tes employés pour contrer ce genre d'imprévus ? Y aurait-il des failles dans ta méthode ?

J'ai dû toucher une corde sensible ; une ombre furtive passe sur son visage, tandis que ses yeux roulent dans la graisse d'hasbeen. Au lieu de répondre à ma question, il entreprend le panégyrique de Juliette :

— C'est ma meilleure conceptrice-réalisatrice. Des nerds capables d'extirper ce qu'un ordinateur a dans le ventre, on en trouve à la douzaine. Mais quand il s'agit de créativité, c'est une autre histoire. Ils ont autant d'imagination que leur machine. Et je ne te parle pas de leur français : ils ne savent pas que ça existe ! Juliette, elle, touche à tout du concept jusqu'au produit fini. Dans une langue impeccable et en faisant preuve d'une originalité rare. De A à Z, je te dis…

— En passant par Q, d'après ce que j'ai compris.

— Et en s'y attardant, tu peux me croire. C'est pour cette raison qu'elle est efficace. Vois-tu, elle liquide ses désirs à mesure qu'ils se pointent.

Comme ça, elle garde l'esprit clair. Évidemment, cette particularité la pousse à des audaces que peu de concepteurs osent se permettre.

Il farfouille dans un porte-folio et en sort une affiche aux couleurs vives. Il s'agit d'une réclame pour une marque de rouge à lèvres : le *Lick Stick* d'Elisabeth Hardon.

— Voilà une de ses créations.

— Wow ! Si ce n'est pas de l'incitation au péché, je me demande ce que c'est. Ça existe pour vrai, ce rouge à lèvres phallique ?

— Bien sûr ! On le trouve dans les boutiques de matériel érotique.

Imaginez une bouche gourmande au milieu d'un visage qu'on devine ravagé par la jouissance. Sorti de sa gangue couleur peau de zob couverte de nervures en relief, le bâton de cosmétique rouge vif, luisant comme une bite d'adolescent, effleure les lèvres entrouvertes. En lettres coulantes comme du sperme chaud sur des joues brûlantes, ce slogan : *On en mangerait !...*

— Elle ne se fera pas beaucoup d'amis chez les mormons et les cathos avec cette pub. Au fait, tu lui connais des ennemis ?

— Pas vraiment. C'est une femme charmante, généreuse et empathique. Mais allez savoir ? Une jolie nénette qui cueille le gland avec autant de frénésie que de détachement, ça peut froisser certains mecs.

— Ici dans la boîte ?

— Pas ici ; dans l'immeuble, peut-être. Tu sais la grande fraternité qui règne lors des partys de Noël ? Un type qui travaille à côté dans un bureau d'architectes s'est mêlé au nôtre et il a fait une cour empressée à Juliette.

— Et elle l'a envoyé sur les roses ?

— Elle est partie avec notre commissionnaire. Monsieur n'a pas apprécié. D'autant plus que c'est un tombeur qui possède un tableau de chasse bien garni. Cela dit, s'il fallait que les mâles tuent chaque fois qu'ils rentrent la bite sous le bras, l'espérance de vie des femelles ne serait pas ce qu'elle est.

Il pousse un soupir et se jette une autre lampée de scotch dans le dalot.

— Me voilà dans de beaux draps ! Juliette travaille sur un projet dans les sept chiffres qui ne peut souffrir de retard. Il faut la retrouver !

— Où habite-t-elle ?

— Pas loin d'ici, en face du Musée des beaux-arts. Elle s'est peut-être réfugiée dans ses meubles. Je lui donne un coup de fil.

Il compose un numéro. Après un moment, il commence à parler sur le ton « répondeur » et demande de rappeler sans faute.

— Merde ! râle-t-il en raccrochant.

— Elle n'a pas de cellulaire ?

— Elle ne veut rien savoir de ce gadget. Elle dit que cellulaire, ça lui fait penser au wagon du même nom.

— Il y a longtemps qu'elle travaille ici ?

— Depuis l'ouverture, il y a dix mois.

— Et avant ?

— Elle se faisait presser le citron chez Clochette Communication. Je ne suis pas au courant des détails, mais on l'aurait virée pour abus d'audace, justement. Elle cherchait du boulot depuis deux ans quand je l'ai embauchée. Barrée partout, comme si elle portait la poisse. Tu ne peux pas imaginer à quel point les boîtes de pub c'est un petit monde de branleurs pontifiants qui carburent à l'esbroufe et qui, naturellement, sont encore plus superstitieux que des vieilles Gitanes à bout filtre.

— Et sa copine, Léa Painchaud, tu la connaissais ?

— Vaguement. Elle travaillait en face, à l'étude Duplain-Dumm-Hard. Une méchante foireuse, elle aussi. C'était une criminaliste réputée. D'après Juliette, elle aurait défendu récemment des gros dealers de dope membres d'une bande de motards. Je n'en sais pas davantage.

Des coups de gueule parviennent de l'enclos de la réceptionniste. Je reconnais la voix de Lebra.

— Viens par ici, dis-je en passant la tête par l'entrebâillement de la porte.

Je conseille à Indira Sioui de planquer son pétard. Il ne faut pas abuser des bonnes dispositions d'un bon flic. On peut se défoncer aux Valium, Ativan et autres Prosac pharmaco-légaux, on peut s'embouser le foie au tord-boyaux pourvu qu'il porte le label SAQ, on peut aussi fumer à en crever la merde d'Imperial Tobacco, mais respirer un peu d'herbe du diable, c'est un crime. On appelle ça faire preuve de bon sens.

Évidemment, Hector Lebra et Walter Hégault se connaissent depuis longtemps. Entre eux, c'est à tu et à toile à matelas. Tous les « comment vas-tu yau de poêle ? » du répertoire classique y passent. Les calembours volent bas et l'esprit fiente épais, histoire de donner raison à Victor Hugo.

Après avoir caboté à vide, Lebra réclame la fiche personnelle de Juliette. Il communique ensuite avec l'auto-patrouille de l'agent Grotâdehem.

— J'ai du travail pour vous deux. Je vous donne un numéro d'assurance sociale. Notez-le et faites un saut à la Régie de l'assurance-maladie. Je veux les coordonnées des professionnels qui ont produit des réclamations pour des soins fournis à cette personne au cours des six derniers mois. Enlevez-vous les doigts du nez : ça urge !

Lebra a choisi d'explorer la filière chtouille. D'ailleurs, je le lui ai moi-même conseillé tout à l'heure. Pourtant, après réflexion, je me dis qu'il n'y a rien à glaner du côté de la bande à gono. J'ose croire qu'on ne tue pas pour une chaude-pisse. Et surtout pas de cette façon. Les guérisseurs conventionnés ont trop à perdre pour courir de tels risques. Seul un givré de la calebasse peut avoir manigancé une telle horreur.

Je laisse Lebra en compagnie de Walter Hégault et de sa gourette. Je retourne fureter dans la salle de production.

Un moniteur géant attire mon attention. Un prodige de haute définition. Un jeune nerd y travaille. Il s'est rasé le coco en attendant d'être chauve pour de bon. Je suppose qu'il ne veut pas prendre de mauvaises habitudes dont il aurait du mal à se défaire lorsque l'inéluctable se sera produit. Il combat la nostalgie à la source.

La qualité de l'image me donne une idée.

— Ta machine peut lire les cartes CompactFlash ?

— Yeah et full speed, man !

Je lui remets la carte contenant la vidéo de l'explosion. Il l'insère dans un lecteur et clique sur l'icône. L'image est d'une netteté étonnante.

— Full beau body ! dit-il en voyant les hanches de Léa emplir l'écran.

Lorsque l'explosion se produit, il ajoute :

— Méga cool comme blastage ! C'est comme full flash, genre ! Dans quel jeu t'as piqué ça, man ?

— Un truc qui s'appelle : *La mort comme si vous y étiez*. C'est une version bêta qui n'est pas encore disponible à la vente grand public.

— Jamais rien looké d'aussi réalistic, man ! Ça t'fat arien si que j'l'duplicate ? Jusse à dubber du son là-dsus, pis ça va fesser rare !

Je voudrais protester, mais la copie est déjà dans la boîte.

— Bon, quosse-tu veux faire ac ça, man ?

— Reviens sur l'image juste avant l'explosion.

Clic, clic, clac ! et ça y est.

— Zoom avant sur la main gauche. Je veux un gros plan maximum.

La main remplit l'écran. L'étui à tampons apparaît clairement.

— Avance cadre par cadre et essaie de maintenir le cadrage sur l'objet que la femme tient à la main.

— Quosse-tu veux dire ? Je te suis pus, là, man ! Tu parles ac des mots full biz. Ça me buze le brain, genre, pis ça me mixe toute le wiring, comme.

— Excuse-moi, j'ai un peu de difficulté avec le français moderne. Je voulais dire : forward frame by frame et assaye de focusser sur l'affaire en plastique. Je veux savoir où qui va, genre, comme, tsé.

— Téléphone le programmeur, y va comme teul dire.

— Il n'est pas branché et il habite comme très loin.

Le nerd s'exécute. D'un cadre à l'autre, on voit la main s'éloigner de la hanche, les doigts s'ouvrir et l'étui partir en tournoyant. Puis, il sort du cadrage du côté droit. C'est à ce moment que mon Nikon a été soufflé par l'explosion.

— Reviens au début, fais un léger zoom arrière et augmente un peu la vitesse.

On voit clairement l'étui traverser l'écran. Ensuite le tourbillon de l'appareil photo produit une succession d'images incohérentes. Je les analyse une à une. Vraiment surréel comme séquence.

— Stoppe !

L'image s'immobilise. On dirait un bout de ciel piqué de points sombres. Dans un coin, on distingue un objet allongé de couleur crème.

— Gros plan sur ce truc en forme de cigare aplati.

C'est bien ce que je croyais : l'étui en plein vol.

— Essaie de le suivre.

Les cadres se succèdent à vitesse réduite. L'étui continue de tournoyer, frappe l'auvent et tombe à la verticale. Une main surgit au bas de l'écran. Gauche, si j'en crois la position du pouce. Les doigts s'ouvrent puis se referment, tandis que la main se retire par où elle est apparue.

— Repasse la dernière seconde frame par frame.

Les doigts apparaissent au bas de l'écran. L'auriculaire porte un anneau semblable à ceux qu'arborent les ingénieurs pour se donner l'illusion d'appartenir à une caste de grosses bolles. Laissons-les rêver, ça ne mange pas de pain et si ça les rend heureux, ils nous feront peut-être de meilleures routes.

La main continue de monter. Elle attrape l'étui. Le poignet apparaît. Une montre y est attachée.

— Reviens en très gros plan sur la montre.

J'ai presque crié.

— Cool, man, tu vas faire crasher mon pacemaker.

Je n'ai cure de sa remarque. J'appelle Lebra !

— Viens un peu par ici, flic de mes deux.

Il rapplique.

— Nous avons du nouveau.

— C'est-à-dire ?

Je visse mon index sur l'écran.

— Cette montre ne te dit rien ?

— Non.

— C'est une Tissot de plongée d'un modèle ancien.

— Et alors ? je ne te savais pas collectionneur de vieilles patraques.

— Le proprio de la terrasse en porte une semblable.

— Ça nous mène où ?

— À un suspect, sinon à un témoin qui retient une pièce à conviction. Ouvre grand les yeux et regarde bien ceci.

Je demande au nerd de reprendre la séance au début.

— Tu vois, le gérant a attrapé l'étui en plein vol.

— Ce n'est peut-être pas lui. Les coïncidences sont si fréquentes. Ces images sont d'ailleurs le résultat d'une improbable série de coïncidences.

— C'est possible, un flic qui réfléchit à ce point ?

— Non, c'est une coïncidence.

— O. K. On efface et on reprend. Une personne qui porte à la fois une vieille Tissot et un anneau d'ingénieur attrape l'étui en vol. Si cette personne n'avait rien à se reprocher, elle aurait remis l'objet à la police. Ou, du moins, elle l'aurait laissé sur place. Il y a aussi l'aspect technologique à considérer. La bombe a forcément été fabriquée par un individu qui possède des connaissances et des habiletés au-dessus de la moyenne.

— Alors, tu vois bien que ça ne peut pas être un ingénieur. Mais je plaisante ; on va aller dire deux mots au proprio du restaurant. S'il porte un anneau à l'auriculaire, il nous devra des explications.

— Cette trouvaille-là, tu la mets sur le compte du hasard, je suppose ?

— Coïncidence ! coïncidence ! je te dis. Nous ne sommes que des cueilleurs de coïncidences !

Avant de partir, nous allons présenter nos civilités à Walter Hégault.

— On a peut-être une piste, dis-je.

Je lui explique ma découverte. Il soulève une objection qui nous fait un peu débander, Lebra et moi.

— Et le mobile ? Vous imaginez qu'un commerçant soucieux de son chiffre d'affaires ferait sauter une cliente sur sa terrasse alors que celle-ci est bondée ? Laissez-moi douter…

— Les voies des saigneurs sont impénétrables. La méthode du meurtrier laisse croire qu'il fonctionne selon une logique échappant au sens commun.

J'argumente, mais je manque de conviction. Le déchiffreur de nombrils parle de sagesse, il faut bien l'admettre.

Lebra trouve une objection.

— Le restaurateur ne pouvait savoir à quel moment Juliette utiliserait ses tampons. Il pouvait croire que la probabilité que l'événement se produise chez lui tendait vers zéro. Je vais quand même vérifier l'hypothèse de Langlois.

Nous sortons.

En passant, je remarque que la réceptionniste est revenue de sa cure de repos. Son jarret de veau a glissé et elle est en train de le remettre en place dans l'orifice percé dans la cloison nasale médiane.

En s'évanouissant, elle a déchiré son chemisier et un des oisillons a été délogé du nid. Une goutte blanchâtre perle à la pointe du téton gonflé. Ses yeux langoureux sont larmoyants. On dirait une vache laitière en manque de train. Il faudrait quelqu'un pour la traire ou, tout au moins, pour la distraire.

Je ne crois pas si bien deviner. Elle replace le sein baladeur dans sa niche à balconnet et m'interpelle d'une voix plaintive :

— Dites, Monsieur Langlois…

— Vous me connaissez ?

— Le contraire supposerait que je suis aveugle. On vous voit partout depuis six mois.

La rançon de la gloire.

— Ça vous ennuierait de venir dormir chez moi, cette nuit ? Depuis que je sais pour Léa, j'ai une envie folle de me faire sauter par une célébrité.

Sauter ? Étant donné les circonstances, elle aurait dû choisir un autre verbe. Allez savoir, elle est peut-être piégée, elle aussi. À cette idée, j'en ai les couilles qui me remontent dans la gorge.

— Ça m'a prise tout d'un coup, poursuit-elle. On dirait que ça me démange par en dedans. C'est à rendre dingue.

Elle me tend une carte de visite.

— Vous viendrez, dites ?

Elle me roule des yeux si implorants que j'en suis subjugué.

Va pour le rodéo.

Ma bonté me perdra, un jour.


En sortant dans le hall, j'aperçois les trois futurs guichets automatiques qui sévissaient sur la terrasse tout à l'heure. Rien d'étonnant, ils croisent ici dans leurs eaux territoriales.

Un quatrième aspirant au guichétisme débouche d'un couloir et se joint à eux. Il a la mine préoccupée des gens qui veulent faire croire qu'ils brassent de grosses affaires. Sa tête de Casanova de foire agricole me donne une impression de déjà-vu que je n'arrive pas à préciser. D'ailleurs, il me jette un œil en coin interrogatif. Sans doute un autre loustic qui a vu ma photo quelque part et qui cherche à mettre un nom sur la version *live*. Il détourne aussitôt le regard, le front barré d'une ride, et presse le pas pour prendre la tête du peloton. Mais pourquoi semble-t-il angoissé tout à coup ?

Le quatuor amorce un virage en parfaite synchronie et se dirige vers les locaux de la firme d'architectes Grandmaison, Dutoit et Perron.

L'aspirant guichet tend la main gauche et appuie sur le bouton qui actionne la porte. Bordel ! il a une vieille Tissot au poignet et un anneau à l'auriculaire !

Je repasse mentalement la séquence de l'étui à tampons en vol captée par mon Nikon : c'est la sénestre qui l'a attrapé.

Je me monte peut-être le chou avec des riens, mais j'ai la conviction que ce bellâtre préoccupé et le tarla que Juliette a éconduit lors du dernier party de Noël ne forment qu'un seul et même gugusse. Pourquoi ai-je le vague sentiment de le connaître sans savoir comment ? Et pourquoi semble-t-il me craindre ou me détester ? Que fabrique-t-il avec les trois robots en costard ? Se peut-il que ?...

En attendant, Lebra avait raison tout à l'heure : nous ne sommes que de misérables cueilleurs de coïncidences. J'ai l'impression que je viens d'en lever une qui mériterait de figurer au Guiness des records.

À suivre de près.

# 5

À suivre de près, certes, mais seul.

Je fais celui qui n'a rien remarqué et m'invente une urgence professionnelle. Lebra n'a pas été témoin de ma conversation avec Bellefeuille ; il va avaler mon histoire sans que sa crédulité en soit meurtrie.

— Ma voiture est garée au sous-sol, dis-je. Je vais récupérer mon laptop. Je dois pondre un article. Si le filon de l'avenue Cartier se révèle prometteur, tiens-moi au courant et je rapplique dans la seconde.

— Pas de problème !

Lebra ne connaît pas non plus l'anecdote du party de Noël et je n'ai pas l'intention de le mettre au parfum pour le moment. Le réflexe du *lonesome cow-boy* s'est emparé de moi.

Lebra a beau être le flic le plus intelligent de l'hémisphère Nord, il a fatalement attrapé certains travers du métier. Il épinglerait le suspect sans attendre, alors qu'on n'a rien d'autre à lui reprocher que son anneau et sa montre. Je préfère observer l'animal dans son habitat naturel et aviser.

Dès que Lebra est hors de vue, je retourne au Nombril Verbe. Je pense tirer les vers du nez de Walter Hégault, mais j'abandonne l'idée. Il va tout raconter à son copain dans la minute qui va suivre.

Je vais plutôt cuisiner la réceptionniste. Elle a formé le projet de m'héberger le piccolo à bec-de-lièvre dans sa bonbonnière ; j'aurais tort de ne pas tirer partie de la complicité que l'événement anticipé a créée.

Sa carte de visite affirme qu'elle se nomme Amanda Darais. Je ne suis pas contre. Elle pourrait s'appeler Émma Skulacion ou Gisèle de Poulais ou Éva Tpherfoutr, ou même Odile Pikeul — et je ne trouverais rien à y redire. En ce qui concerne les patronymes, ma tolérance est exemplaire.

— Déjà vous ! s'étonne Amanda avec un sourire large comme la porte Saint-Jean en été. Je ne sais pas si je vais pouvoir me libérer.

— Ce n'est pas ce que vous croyez. J'ai besoin d'un renseignement.

Je lui raconte l'affaire du party de Noël.

— Ah ! le Gino qui travaille à côté, sans doute.

Elle me le décrit. Le signalement correspond.

— Comment se nomme-t-il ?

— Rémy Rinfrette.

— Il fait quoi dans la vie ?

— Il conçoit des systèmes de climatisation destinés aux immeubles construits par son employeur, la firme Grandmaison, Dutoit et Perron.

Un ingénieur en réfrigération. Voilà qui devient intéressant. Un déclic se fait dans ma tête lorsque Amanda ajoute :

— Figurez-vous qu'il a mis sur pied une organisation qui se veut un pendant masculin au féminisme.

À ces mots, l'impression de déjà-vu s'explique. Il y a quelques jours, je l'ai vu dans un show de chaises à Télé-Québec. Il y avait été invité pour exprimer le point de vue du groupe qu'il disait diriger. Le MEC. Un acronyme pour Mâles En Colère (en Crisse, dans la version taverne). Sa thèse ne péchait pas par excès d'intelligence. Il constatait qu'il y avait maintenant des femmes plombières et il trouvait la chose inadmissible.

Amanda poursuit :

— Le pauvre en est à son quatrième divorce et à sa huit centième maîtresse. Il en veut à toutes les femmes de la planète, même s'il a formé le projet de se les taper une à une. Vous devriez aller jeter un coup d'œil sur son site web. Édifiant ! Le forum de discussion, surtout.

Je jubile. Tout concorde : le mobile, la formation scientifique, l'accès à des chantiers où l'on fait éventuellement usage de plastic. Et il est gaucher ! C'est presque trop beau pour être vrai.

— Vous savez où il habite ?

— Ici même dans le complexe. Vous trouverez son nom dans l'entrée des condos de l'avenue de Salaberry.

— Il vit seul ?

— Oui. Le jour, du moins.

Elle me regarde avec des points d'interrogation plein les yeux et ajoute :

— Pourquoi me posez-vous ces questions ?

— Pour savoir si vous êtes capable de garder un secret.

Sur ces paroles dont la puissance d'évocation n'échappera à personne, je vide les lieux.

J'ai besoin d'effectuer des vérifications avant de partir en chasse. Je récupère mon ordinateur et me mets en frais de visionner les photos prises après l'explosion. Quatre cents clichés à scruter. À seulement vingt secondes la pièce, j'en ai pour plus de deux heures.

Les dieux me sont favorables : je découvre ce que je cherche en moins de dix minutes. Rémy Rinfrette se tient debout au troisième rang des curieux qui entourent le cadavre de Léa.

J'essaie de juguler l'enthousiasme qui m'envahit. Rien ne prouve qu'il était sur la terrasse pour assister au spectacle. D'ailleurs, il ne pouvait deviner le moment de l'explosion. Il devait être là pour bouffer comme le font les gens qui travaillent dans les environs de l'avenue Cartier.

Les photos suivantes sont plus révélatrices. On y voit Rinfrette jouer des coudes pour s'approcher de la morte. Lorsqu'il arrive en première ligne, il la regarde intensément. Son visage exprime une contrariété qui ressemble à de la déception. Il jette un œil à la ronde avant de fixer l'objectif de mon appareil. La surprise se lit dans ses yeux. Il se rend compte que je le photographie et ça lui déplaît. Je poursuis le diaporama. Il garde la pose sur trois clichés en affichant un malaise croissant, puis il se détourne et se fond dans la foule.

Du coup, je comprends son attitude lorsque je l'ai croisé tout à l'heure. Il a eu une montée d'adrénaline provoquée par la peur. Il sait que j'ai des photos sur lesquelles il figure et il croit que la police est en train de les éplucher. En plus, je sortais du bureau où travaille la femme qu'il aurait voulu tuer. Si je vois juste, il a de bonnes raisons de se faire un sang de cochon. J'ai intérêt à prendre garde à mes fesses.

Je me sens fébrile comme un chien pisteur qui flaire la proie et prend sa course. En même temps, une bouffée de paranoïa me bouleverse les neurones. Qui sait ? Il va peut-être tenter de me tuer.

J'y pense : et si l'agression du punk avait été télécommandée par Rinfrette ? Il ignorait que Lebra avait déjà une copie de mes photos. S'il croit que je peux contribuer à son arrestation, il va devenir dangereux.

Un type qui trafique un tampax pour venger une déception galante est capable de tout. Il faut que je sache s'il trempe dans cette affaire. Je vais lui téléphoner.

Mais avant, je me branche sur le site web du MEC, histoire de prendre la mesure de sa bêtise.

Première constatation : il ne suffit pas d'avoir des couilles au cul (les siennes, de préférence) pour écrire en français. Deuxième découverte : le discours masculiniste de Rinfrette flirte avec des idées que ne renierait pas l'extrême-droite ; il suffit de remplacer « suprématie blanche » par « suprématie mâle » et ça y est. Il postulerait la norme Miso 9001 que ça n'aurait rien d'étonnant.

En butinant d'un hyperlien à l'autre, je découvre que ces groupes masculinistes sont nombreux et qu'ils radotent peu ou prou les mêmes salades sous des emballages de qualité variable. Dans certains forums de discussion, des hordes de phallocrates au sceptre pendouillant se vident le cœur ; le fumier résultant pue l'acrimonie fermentée.

En gros, les messages véhiculés dénoncent la monopolisation féministe de l'aide publique. Il n'existe pas, clament-ils, d'équivalents masculins du Conseil du statut de la femme, du Secrétariat à la condition féminine, de la Fédération des femmes du Québec, des maisons d'accueil, des chaires d'études féministes dans les universités, etc. Tous ces organismes, disent-ils encore, sont financés par les impôts. Puisque les hommes en paient davantage – les féministes n'affirment-elles pas que le travail mâle est mieux rémunéré ?–, ils fournissent les ressources qui contribuent à les transformer peu à peu en citoyens de seconde zone.

Par ailleurs, une recherche dans des sites de femmes montre que l'étiquette féministe ne met personne à l'abri des âneries. À titre d'exemple, cette fleur dans un site français : *1975, l'année de la femme ; 1998, 23 ans après, les femmes ne peuvent toujours pas choisir la date de leurs règles.* En sous-entendu : c'est la faute aux sales mecs qui accaparent les fonds de recherche. Il me semble que c'est pousser un peu loin le bouchon de la victimisation sur l'étang de la niaiserie.

En continuant à glaner au hasard, je tombe sur une étude « rigoureusement scientifique » issue de la très respectable Université Laval qui bouleverse la science, justement. De vaillantes chercheuses dépourvues de tout parti pris y démontrent que le fort taux de décrochage scolaire des garçons est surtout préjudiciable aux… filles. Il ne faut pas craindre le ridicule.

Je dois cependant admettre que les théoriciennes du mouvement ont réussi un tour de force sans précédent dans l'histoire des philosophies. Elles ont inventé le concept de « minorisation objective ». Groupe majoritaire en nombre, les femmes n'en appartiendraient pas moins à une minorité exploitée. Chapeau, les filles ! Vous faites lever les contradictions encore mieux que nos queues avides de vos chatounes uligineuses.

De part et d'autre, on se traite de frustré(e)s sans se soucier de cohérence. Je pourrais me réjouir de constater que la stupidité est équitablement répartie sur la planète, mais ça ne fait que nourrir ma misanthropie qui souffre déjà d'une surcharge pondérale inquiétante. Je ne sais où tout ça va nous mener, mais si cette polarisation homme/femme s'accentue, les escarmouches risquent de devenir sanglantes aux abords du fossé entre les sexes.

Les sites féministes sont beaucoup plus nombreux et relèvent d'institutions légitimantes comme les universités ou les centrales syndicales. On décèle quelques variantes idéologiques de l'un à l'autre, mais une même inquiétude émane de chacun d'eux et il s'agirait d'une préoccupation récente. Les attaques, naguère dirigées vers les hommes en général (*Une femme sans homme, c'est comme un poisson sans bicyclette*, disait un slogan de la belle époque), visent les masculinistes, désormais. Il n'y a pas à tortiller, on craint l'ennemi parce qu'il cherche à saper le mouvement en frappant son point faible : le financement à même les deniers des contribuables.

Je crois comprendre le raisonnement à la base de ce changement d'attitude. Le dogme selon lequel le patriarcat est aux commandes de la société entraîne un corollaire embêtant : c'est le grand patriarche qui opère le robinet à doublezons et on ne peut le contraindre à le laisser ouvert qu'en brandissant le gourdin de l'opinion publique. Or, cette opinion publique se forge à travers les médias, lesquels, selon le même dogme, sont dirigés par les sbires du patriarcat perfide. D'où la nécessité de se concilier les « moins mauvais » parmi les hommes, histoire d'éviter les dommages collatéraux qui pourraient ébranler des alliances tactiques déjà fragiles.

Nous vivons une époque fascinante ; à défaut d'avoir des idées, nous élaborons des stratégies.

Je quitte la cyber connerie et donne un coup de sans-fil à Rinfrette en me faisant passer pour un mâle intéressé à joindre les rangs du MEC. J'insiste pour le rencontrer séance tenante.

— Impossible, dit-il. Je suis pris tout l'après-midi. Venez me rejoindre après le travail au café ESPACE PUBLICITAIRE À LOUER , avenue Cartier. Cinq heures, ça vous va ?

— Parfait ! Je serai là.

— Vous saurez me reconnaître ?

— Je vous ai vu à la télé. C'est d'ailleurs ce qui m'a donné l'idée de militer au sein de votre groupe. Les femmes nous ont assez fait chier comme ça. Si des plombières viennent en plus massacrer nos tuyaux, on va en voir de toutes les couleurs. Il faut réagir sans attendre à cette castration symbolique qui n'est qu'une répétition avant la grande chaponnisation collective !

— Je vois que vous êtes dans de bonnes dispositions. Il me fera plaisir de vous accueillir dans notre confrérie. Alors, à bientôt !

La voie est libre, à moi de jouer.

Cinq minutes plus tard, je pénètre dans le hall des condos, avenue de Salaberry. L'accès aux étages est défendu par une serrure à pitons. Barrière ridicule ! Je pêche un surligneur dans ma poche et badigeonne les touches du clavier d'une couche d'encre. J'active ensuite la fonction macro de mon Nikon et prends une photo en très gros plan du mécanisme.

J'ai à peine le temps de ressortir dans la rue qu'une rombière à bichon maltais et à nichons mal traits se pointe et compose le mot de passe. Dès qu'elle disparaît, je rentre et prends une seconde photo des boutons.

Je ressors, m'assois dans les marches et transfère les deux clichés dans mon ordinateur. Une fois ces images affichées côte à côte, c'est un jeu d'enfant de retracer les quatre chiffres du code. J'ignore l'ordre de la séquence, mais il suffit d'épuiser les vingt-quatre permutations possibles.

À la cinquième tentative, la porte se sésame. Ne comptez pas sur moi pour révéler ici comment je compte m'y prendre pour forcer le condo de Rémy Rinfrette. J'en ai déjà trop dit ; je ne veux pas être responsable de la prolifération des rats d'appartement.

Surprise! La poignée tourne sans que j'aie besoin de bricoler la serrure. Le loup aurait-il regagné son antre ?

Je pousse l'huis avec la délicatesse d'un neurochirurgien en train de se récurer les fosses nasales dans sa voiture en attendant que le feu tourne au vert.

Rien ne bouge. J'entre sur la pointe des pieds (je ne vais pas me mettre à marcher sur la tête à seule fin d'éviter les clichés). Aucun bruit dans la place.

J'avance encore. Je suis d'abord frappé par les photos qui couvrent les murs. Que des pin-up modelées façon Silicone Valley ne portant que leur peau pour tout vêtement.

Et puis, je suis frappé tout court avant d'avoir pu apprécier les volumes de ces dames frivoles, glabres comme des saucisses aux endroits où la nature a coutume de jeter quelques poils antipoussières. Ma tête s'emplit soudain d'une substance néantielle d'un noir plus profond que les ténèbres primordiales. Mes genoux perdent tout tonus et je pique du nez.

# 6

La panne d'image se résorbe. J'ai la tête et le torse trempés. Quelqu'un a dû hâter mon retour à la réalité avec un seau d'eau dans la gueule.

Je suis couché sur le dos. Si ce n'était du mal de bloc, je pourrais me croire au paradis des obsédés de la crapounette. En ouvrant l'œil, j'ai droit à une vue en contre-plongée sur la plus formidable paire de cuisses qu'il m'ait été donné de contempler. À leur jonction, une petite culotte coincée dans une craquette florissante cache mal un mont de Vénus rebondi et laisse deviner un clito qui semble frémir sous le mince tissu.

Je poursuis l'exploration au-delà de la salle des fêtes, passe par-dessus les zones vallonnées et... Enfer et damnation! Suis-je en train d'halluciner?

Juliette se penche vers moi et me tend la main en disant :

— Allez, un petit effort.

Je me lève.

— Excusez le coup de marteau, je vous ai pris pour un autre.

Quand elle a fui la terrasse, elle était couverte de jus organique provenant de son amie Léa et la voilà nickel de partout. Elle a dû passer chez elle pour se doucher et se changer.

Comme deux perroquets synchronisés, nous nous exclamons :

— Que faites-vous ici ?

— Vous, d'abord.

— Je suis un journaliste en train de faire son travail. Et vous ?

— J'essaie de coincer le salaud qui a assassiné mon amie en voulant me tuer.

— Vous vous substituez à la police ?

— Vous êtes mal placé pour donner des leçons ! rétorque-t-elle, l'œil combatif.

— Comment pouvez-vous être certaine que Rinfrette est derrière l'attentat de ce midi ?

— Pas besoin d'être Sherlock Holmes. Ça fait six mois que ce chien sale multiplie les menaces à mon endroit. Il me l'a dit et répété plusieurs fois : je vais te tuer, kriss de pleute !

— Pourquoi ne pas avoir prévenu les flics ?

— Il ne les criait pas sur les toits, ses menaces. C'était ma parole contre la sienne. Or, un haut gradé de la police est trésorier de son organisation.

— Vous connaissez le MEC ?

— Bien sûr ! Un autre de ses membres est juge à la cour criminelle. Un autre encore est procureur à la même cour. Alors, vous voyez… De plus, j'étais persuadée que Rinfrette cherchait seulement à me terroriser et qu'il ne passerait jamais à l'acte. Mais vous, comment êtes-vous remonté jusqu'à ce malotru ?

— À la suite d'une incroyable série de coïncidences.

Je lui en fais un résumé et termine en demandant :

— Vous avez trouvé des indices dans l'appart ?

— Venez voir.

Je la suis dans le couloir, les yeux accrochés à ses parties charnues. Je n'y peux rien, c'est hormonal à défaut d'être normal. Des glandes endocrines dissimulées sous les replis du cerveau. Un atome de ceci, trois molécules de cela versés dans le système sanguin et voilà le travail : la mâchoire se décroche, la langue pendouille, la queue frétille et le reste se transforme en automate. Le nom de ce vicieux cocktail ? Mélanocortine.

Ça tient à peu de choses, quand même, ce réflexe glandulaire qui jette de l'émoi dans la viande. Certaines rondeurs, une certaine façon de les faire rouler les unes sur les autres… et voilà le programme chargé des érections canoniques qui s'enclenche.

Ah ! pauvres mâles ! Nous ne sommes que de malheureux chiens de Pavlov tenus en laisse par la bienséance. Chauffés à blanc dans l'hémisphère sud, il faut garder la tête froide et les idées chastes sous la calotte nord. Cent fois par jour, nous sommes victimes d'attaques perfides. Cent fois par jour, nous luttons contre un insidieux complot endocrinien.

Cent fois par jour, nous perdons et reperdons la guerre des Sécrétions. Ce n'est pas humain.

Grâce à ce lien invisible, Juliette me remorque dans une pièce où se trouve un établi propre comme une table d'opération.

Plusieurs petits outils sont rangés dans des alvéoles. Une machine pleine de ceci et de cela permet vraisemblablement d'usiner des pièces complexes. Un instrument d'optique monté sur bras articulé flotte au-dessus du plan de travail. Ce dernier est constitué d'une vitre en verre dépoli rétroéclairée à la manière d'une visionneuse de photographe. Un câble relie l'appareil à un ordinateur. On dirait un hybride tenant à la fois de la loupe et du microscope électronique.

— Je crois qu'on tient notre homme, dis-je.

— Ce n'est pas une croyance, c'est une certitude !

Juliette ouvre un tiroir et me fait signe d'approcher.

— Regardez !

L'étui à tampons qui gît au fond ne laisse planer aucun doute.

Voilà qui change la donne. Je me suis peut-être débarrassé de Lebra un peu trop vite. En taisant ce que nous savons, Juliette et moi, nous risquons d'être accusés de complicité après le fait.

— Il faudrait peut-être passer le relais à la maréchaussée. Avec les tampons et l'outillage qu'il y a ici, Rinfrette est bon pour passer le prochain quart de siècle dans les geôles de Sa Majesté Elisabête.

— Hors de question ! Il va faire jouer ses relations et se faufiler entre les mailles du filet judiciaire en criant sardine. Je dois un chien de ma chienne à ce trou du cul et je ne laisserai pas la justice lui donner l'absolution.

— Vous risquez de gros ennuis légaux.

— Écoutez-moi bien, monsieur Langlois. Je dois la vie à un miracle. Si les règles de Léa s'étaient déclenchées un peu avant ou un peu après, c'est moi qui aurais dégusté. Tôt ou tard. Statistiquement parlant, je suis déjà morte. Je n'ai donc plus rien à perdre et je vais venger mon amie en dépit des inconvénients que cela pourrait me causer. Vous ne vous doutez pas combien on se rend compte de la futilité de toute chose après avoir vécu un événement pareil. J'ai pris conscience de ma précarité, voyez-vous. Nous nous comportons tous comme si nous ne devions jamais crever et pourtant chaque seconde de notre existence est un outrage répété au calcul des probabilités. Nous sommes des erreurs comptables qui se perpétuent contre toute logique.

Elle a raison. La vie est un état singulier de la matière qui repose sur un ensemble de coïncidences hautement improbables prises une à une et dont la conjonction l'est encore davantage. Il suffit que l'une d'elles cesse de collaborer et pfuittt ! le gérant des probabilités tire la plogue et ce vacillant désir d'être est aspiré par le néant comme un étron dans le tourbillon des chiottes.

Je tente malgré tout d'amener Juliette à reconsidérer sa décision :

— Je pourrais vous dénoncer.

— Vous n'en ferez rien.

— Qu'est-ce qui vous le laisse croire ?

— Votre métier. Vous tenez un feuilleton gratiné et vous allez l'exploiter jusqu'à la corde, et en espérant qu'il dure le plus longtemps possible.

On n'apprend pas à une jeune guenon à faire des grimaces, on dirait. En tout cas, elle a bien saisi le personnage. Je n'ai aucune envie de moucharder qui que ce soit aux flics. Et surtout pas elle.

— Venger votre amie, soit ; mais comment ?

— Je vais lui faire goûter à sa médecine, à cette bite ambulante.

Je garde la réflexion pour moi mais, d'après ce que je sais, elle souffre d'une monomanie équivalente. Il est vrai, à sa décharge, qu'elle semble assumer son obsession plus joyeusement que le fabricant de froidure. Et puis, comme elle vient de le dire, je suis mal placé pour faire la morale.

— L'eau sur la moquette n'aura pas le temps de sécher avant que Rinfrette réintègre sa piaule. Il en déduira que quelqu'un s'est introduit chez lui. Si ce n'est pas un imbécile consommé, il vous soupçonnera.

— Ça tombe bien. Je tiens à ce qu'il sache que je suis à ses trousses. Je vais d'ailleurs le mettre au courant dès que je sortirai d'ici. Je veux qu'il tâte du syndrome de la bête traquée.

— Il va s'empresser de faire disparaître tout ce qui pourrait l'incriminer.

— Et alors ? Je n'ai pas l'intention de le citer à un procès. Je l'ai déjà condamné. Ne reste plus qu'à appliquer la sentence.

— Il ne peut pas vous laisser vivre. Vous courez un grave danger en essayant de vous rendre justice vous-même.

— Je vous l'ai dit : je suis déjà morte. Et puis, après le traitement que je lui réserve, il sera moins redoutable.

— S'il ne vous prend pas de vitesse. Vous avez visité le site web du MEC ?

— Je m'y suis astreinte. Une poubelle où les mâles frustrés de la planète vomissent leur haine des femmes. Une pitié !

— Vous voyez bien que Rinfrette est dangereux. Même si on l'élimine, un de ses hommes va prendre le relais. L'organisation a peut-être décidé de mener la guerre sur les fronts idéologique et militaire simultanément. Vous ne pouvez pas vous battre seule contre cette bande de malades. Surtout qu'il y a du flic et de la toge qui grouillent dans ce panier de crabes. Les deux espèces ne sont pas reconnues pour leur mansuétude et elles disposent de moyens que vous n'avez pas.

— J'aviserai en temps et lieu.

— Rinfrette est aux abois. J'ai de bonnes raisons de croire qu'il a payé un punk pour me piquer mon appareil photo. Quand il va se sentir coincé, il va mettre le paquet. L'homme est aussi vicieux que rancunier. L'équipement regroupé ici prouve qu'il a plus d'un tour dans son sac à malices. Ce n'est pas parce qu'il vous a ratée qu'il va abandonner la partie. Au contraire !

Rien à faire. Encore sous le choc, elle a perdu le sens des réalités.

À l'aide d'un kleenex, je retire l'étui du tiroir. Je trouve des pinces à mâchoires longues et fines avec lesquelles j'attrape un des tampons et le dépose sur la visionneuse rétro-éclairée. L'image apparaît à l'écran. Un bouton virtuel permet de régler le grossissement.

À première vue, l'objet semble casher. La gaine en papier ne présente pas de déchirure. En augmentant la puissance, je constate que l'une des extrémités a été décollée à la vapeur et recollée. Je défais le repli et retire le tampon de son enveloppe. Des éraflures sont visibles sur l'applicateur. Ce machin a subi des manipulations après sa sortie d'usine. Je voudrais tirer sur la corde pour scruter le cylindre de ouate, mais je redoute que ça me pète à la figure.

Je m'intéresse au logiciel qui gère l'appareil optique. En consultant les menus déroulants, je découvre que la fonction *X-ray* est disponible. Mon dentiste utilise un bidule semblable quand il s'agit de déceler les abcès (ont toujours tort) qui font enfler son compte en banque.

J'active la commande. Un gradateur permet de moduler la force de pénétration ; l'analyse par strates est donc possible... et fort édifiante.

La couche ouatée est mince. Elle recouvre une matière compacte ayant la consistance de la plasticine. Deux poches séparées de trois millimètres ont été creusées dans la masse. En modifiant la puissance des rayons, je constate que ces cavités contiennent des liquides d'opacité différente. Une tige de métal terminée par une surface aplatie en forme de tête de clou est assujettie à l'applicateur. En poussant le piston, la « tête de clou » défonce la mince paroi séparant les alvéoles, les hypergoles se mélangent et amorcent leur réaction au cœur de la charge explosive. Vicieuse machine !

L'autre tampon est pareillement trafiqué. Une question me saute aux yeux (comme dirait une charmante journaliste du *Soleil*) ; je la pose tout haut :

— Pourquoi trois tampons explosifs ? Un seul aurait suffi.

Juliette avance une explication qui se défend :

— Il a dû faire des tests et découvrir que le dispositif avait des ratés.

Je remballe ces engins de mort et les replace dans l'étui en prenant soin de ne pas brouiller les empreintes.

— Nous avons affaire à un génie du mal, dis-je en un soliloque désabusé. Et rien n'indique qu'il n'a pas conçu d'autres pièges plus terribles encore.

— Voilà pourquoi il faut le neutraliser avant que la police le retire de la circulation comme suspect pour relâcher ensuite la malheureuse victime d'une erreur judiciaire.

Pendant que Juliette continue à fureter dans l'appartement, j'appelle Walter Hégault pour lui apprendre que j'ai retrouvé sa collaboratrice. Je lui signale ses velléités de vengeance et l'enjoint d'user de son influence pour lui faire entendre raison.

— Rassure-toi, dit-il, je vais l'attacher à une patte de son bureau. Si tu pouvais me la ramener ici, je t'en serais reconnaissant. Passe-la-moi.

Le bruit de la chasse d'eau m'informe que Juliette est dans la salle de bains. Elle a dû satisfaire un petit besoin. Lorsqu'elle en sort, je lui tends mon portable. Elle le porte à son oreille.

J'ignore ce que l'ombilicomancien lui raconte, mais après un moment, elle déclare :

— J'ai une urgence. Donne-moi une demi-heure et j'arrive.

Elle me remet ma diffuseuse de conneries, relève sa minijupe, retire son string, tourne son mignon postérieur vers moi et se penche en prenant appui sur le chambranle. Sans autre cérémonie, elle dit dans un râle :

— Je t'en prie, baise-moi, autrement je vais devenir folle ! J'en ai besoin, tu m'entends ?

Message reçu : Éros est convié à gommer les horreurs du vilain Thanatos. La chose est fréquente. Si les bonnes gens savaient le nombre d'enfants qui ont été conçus sur des tombes encore fraîches, ils en resteraient pantois.

Sous les replis de mon cerveau, les endocrines enregistrent la requête et préparent un cocktail approprié à la circonstance. La commande est relayée aux régions concernées et le chauve à col roulé tend le cou vers le zénith. Le voilà installé sur sa rampe de lancement, prêt à foncer vers les étoiles en passant par le plus délicieux des raccourcis : la chattoune de madame.

L'angle est parfait et la hauteur adéquate (je n'ai pas oublié la conversation de ce midi). J'empoigne Juliette par les hanches et je l'envulve jusqu'à la garde, tandis qu'un gémissement voluptueux me monte du ventre. Aussitôt, elle se met à onduler de la croupe en poussant des petits cris étouffés. Je m'ajuste au rythme proposé – et vogue la galère !

Toute bonne chose a une fin, les plus grands penseurs de la postmodernité vous le diront. Après un apogée bruyant suivi d'un atterrissage en douceur, on se débarbouille les zones de turbulences et on remballe la marchandise. Je me sens plus léger et Juliette semble moins préoccupée. On ne vantera jamais trop les vertus apaisantes des voluptés culières.

Nous quittons le condo de Rinfrette comme de vieux amants après un échange de bons procédés. Je suis assez d'accord avec Woody Allen : le sexe sans amour est une expérience vide de sens, mais parmi les expériences vides de sens, c'est sans doute la meilleure.

Je raccompagne Juliette au Nombril Verbe et la confie aux bons soins de Walter Hégault. Il jubile. Pas de doute, il va la séquestrer pendant quelques jours.

Je confirme mon rendez-vous avec Amanda Darais – à 8 heures, chez elle, rue d'Aiguillon – avant de prendre le chemin de l'avenue Cartier.

5 heures 10 ; Rinfrette doit m'attendre au café Machin. Je suis curieux de voir sa réaction quand il se rendra compte qu'il a affaire au type qui l'a pris en photo après l'assassinat dont il s'est rendu coupable.

Je fais le tour de l'établissement à la recherche du défenseur des hommes opprimés. En vain. Je ne vais pas en contracter la colique verte, cependant. Je m'installe à une table côté trottoir, décidé à siffler une bière en m'adonnant au voyeurisme urbain. La journée a été riche en émotions et j'ai besoin de me rafraîchir la plomberie en rechargeant mon stock de fantasmes.

Mais c'est compter sans le personnel qui semble avoir été formé pour assurer le non-service dans le plus raffiné des styles.

Un serveur à lunettes de fort en thème et à gueule de faible en fer daigne enfin m'accorder un semblant d'attention en m'écrasant de sa supériorité intellectuelle. Le regard torve qu'il me jette est si précieux qu'il doit le déplacer dans un camion de la Brink's.

Lorsque je lui réclame une pression, il me retourne une grimace de dégoût. Oser consommer des liquides fermentés dans ce cénacle où se réunissent des êtres exceptionnels rompus aux plus abstraites spéculations philosophiques. Abjection visqueuse ! Fienteux reptile ! Étronique cloporte !

Après de longues minutes, Narcisse 1er revient avec une bière qui a cessé de respirer depuis longtemps. En revanche, le montant exigé pour cette pisse de chat malade est encore plus gonflé que les boules de Pamela Anderson au lendemain de la remise à niveau semestrielle. En plus, ce larbin d'opérette a le culot de faire le pied de grue, le coude collé au flanc et la main arrondie en forme de sébile.

Je le regarde droit dans les yeux en ayant l'air de dire : tu peux toujours courir, Casimir !

— Le service n'est pas compris, insiste-t-il.

— N'est-ce pas là – hélas ! – le lot de tous les grands artistes ?

— Monsieur se croit drôle, peut-être ?

— C'est plus fort que moi. L'ambiance m'inspire. Tenez, rien qu'à vous regarder, je suis pris d'une prodigieuse envie de rire qui révèle un potentiel d'humour que vous auriez tort de ne pas exploiter. Avec une pomme dans la gueule, du persil dans les oreilles et un raisin dans les trous de nez, vous seriez irrésistible. Le rôle du petit cochon de lait sur lit de patates pilées, il a été taillé pour un talent comme le vôtre – je l'affirme sans basse flagornerie.

Il fulmine, le ti-pit. Après un moment d'hésitation outrée, il se drape dans sa dignité et tourne les talons en débitant des quolibets d'usage courant. D'évidence, son vocabulaire imprécatoire est moins vaste que ses prétentions intellectuelles pourraient le laisser croire. Pour compenser cette faiblesse lexicale, tout son corps participe à la détestation qu'il me prodigue. Même son dos me fait la gueule.

Ça jacasse ferme tout autour. Les bribes glanées au hasard démontrent que l'explosion de ce midi alimente les conversations. Le téléphone arabe a fait son œuvre par l'intermédiaire des stations de radio et les commentaires « personnels » vont bon train. « Résultat du ressac masculiniste », disent les unes. « Contre-offensive du patriarcat sanguinaire », affirment les autres. « Ces cochons de phallocrates défendent leurs privilèges », crache-t-on ailleurs. Un homme rose qui carbure à la culpabilité collective prétend « qu'on a tous une part de responsabilité dans ce drame ». Et tutti quanti !

On parle encore de règlement de compte, on évoque les Hells (les faiseurs de nouvelles ont dû découvrir que Léa avait déjà défendu des gros dealers), on met en cause la mafia, Oussama Ben Laden, les séparatistes, Stéphane Dino, l'Ordre du Temple solaire, la mondialisation, le virus du Nil, les transnationales tant enculaires, etc., il y en a pour tous les dégoûts et allégeances.

Mais cette salade de décibels n'est qu'un plaisant prologue en comparaison du tohu qui va se bohufier d'ici peu. Ça va brasser dans les chaumières quand l'arme du crime sera connue et quand on saura que le meurtrier est un militant masculiniste miso à chialer.

Les testiculifères n'auront qu'à bien se tenir. Des commandos d'amazones vont écumer les rues, sécateur à la main. Pour éviter le lynchage, il va falloir rosir séance tenante. Se repentir publiquement ! Signer des déclarations de conformité ! Se plier à des évaluations hebdomadaires d'orthodoxie ! Participer à des programmes intensifs de rééducation ! Se livrer à la traque et à la délation des irréductibles ! Collaborer aux épurations subséquentes ! On va vivre des moments délicieux, je le crains.

Je téléphone à Lebra. Loin de moi l'idée de l'informer des intentions de Juliette, mais je me sens un devoir envers mes sœurs : il faut retirer Rinfrette de la circulation avant que d'autres femmes soient victimes de sa folie. Ça placera en même temps Juliette dans l'impossibilité de faire des bêtises. Walter Hégault a beau poser au vieux retors difficile à berner, il n'est pas certain qu'il saura contenir cette passionnaria déterminée à venger son amie.

Il faut croire que je suis télépathe sans le savoir. Dès que je déplie mon cellulaire, il se met à vibrer ; c'est Lebra qui appelle.

— Excuse le retard, dit-il. J'ai dû répondre à une urgence. Un cas d'overdose de PCP au carré d'Youville. Un punk qui a joué à pile ou face avec ses neurones et ses neurones ont perdu. J'ai dû le conduire à l'Hôtel-Dieu. Le médecin est d'avis que, s'il sort du coma, ce sera pour entreprendre une fructueuse carrière de légume top niveau. Quant à notre affaire…

— Ne te fatigue pas. Je sais que le restaurateur est hors de cause.

— Oui, mais comment as-tu…

— Facile : j'ai identifié le coupable.

Il ne me croit pas spontanément, le fin limier. Je l'exhorte à aller fureter dans le condo de Rinfrette sans lui révéler comment j'en suis arrivé à me convaincre de sa culpabilité. Il insiste pour obtenir des précisions, mais je demeure inflexible.

— Secret professionnel !

— Secret de Polichinelle, tu veux dire. Avec Internet, le copier-coller s'est substitué aux scribouilleurs dans les salles de rédaction. Les métaphores tournent si vite qu'elles risquent la satellisation. Vous êtes en train d'inventer le mouvement pertextuel ! Alors, quand on me parle de protéger ses sources…

— Cesse de faire du texte, justement, et va fouiner chez Rinfrette. Des découvertes édifiantes n'attendent que ta légendaire sagacité. Tiens, je te donne le code de l'entrée de l'immeuble. Si l'oiseau est rentré au nid, tu pourras le surprendre au milieu de ses trésors.

Je lui fournis les quatre chiffres et coupe la communication.

La réaction ne tarde pas. Dix minutes plus tard, Lebra me rappelle avec un brin d'excitation dans la voix. D'emblée, je crois qu'il va me remercier pour le coup de main. Il me détrompe aussitôt :

— J'espère que tu n'as pas laissé d'empreintes chez Rinfrette.

— Pourquoi ? Il veut porter plainte ?

— Il le ferait certainement, mais pour réussir un pareil exploit, il faudrait qu'il soit un peu moins mort.

# 7

Un étron volant vient de percuter le ventilateur. Et c'est le courageux *lonesome cow-boy* qui prend la bombe à fragmentation dans la gueule.

Mon avenir commence à sentir le renfermé, si je peux oser ce raccourci. Pour être franc, passer le reste de ma vie à Port-Cartier ou à Donnacona ne me dit rien qui vaille. Le bronzage en quadrillé convient mal à mon genre de beauté. Quant à l'œil de bronze, je ne suis pas chaud à l'idée qu'on l'opère de la cataracte trois fois par jour.

Il est certain que mon passage chez Rinfrette a laissé des traces. Celui de Juliette aussi. Notre bref mais tumultueux échange a dû projeter quelques gouttes de sucs corporels sur le plancher. Un simple test d'ADN, et on va l'avoir profond dans le céhuhel. Sans parler des empreintes, des brins de cheveux, des desquamations que chacun laisse derrière lui comme autant de pièces d'identité bavardes comme des pies shootées aux amphétamines.

De toute façon, en donnant à Lebra le code de l'immeuble de l'avenue de Salaberry, je me suis désigné comme suspect. Même si je réussis à me disculper du meurtre, je ne pourrai éviter l'accusation de complicité, puisque j'ai retenu des informations qui auraient pu conduire à l'arrestation de Rinfrette avant qu'on ne le rende muet. De là à conclure qu'un complice l'a éliminé pour le faire taire, il n'y a qu'un pas que les flics n'hésiteront pas à franchir.

Sans compter que Rinfrette avait des accointances au sein de l'appareil judiciaire. Cet esprit vindicatif a dû recruter des individus qui lui ressemblent ; ils vont se jeter sur moi comme des vautours sur une charogne.

Tout ça me passe par la tête dans l'instant de stupeur qui suit l'annonce de la mort de Rinfrette. Lebra ne me sera d'aucun secours. Notre amitié est connue et toute tentative pour me couvrir pourrait lui coûter son emploi… et peut-être davantage.

Déjà qu'avec son doctorat ès lettres, il fait figure de vilain canard aux yeux de ses collègues. Ils ne lui feront pas de passe-droit. D'ailleurs, les nuls sont toujours du côté de la tolérance zéro. Question d'affinités. De plus, Lebra a commis une irrégularité à mon profit ce midi et deux zélés agents en ont été témoins. Il a intérêt à se tenir à carreau.

Je finis par me ressaisir. Pour me fabriquer un semblant de naturel, je risque un cliché de circonstance :

— Comment est-ce arrivé ?

— Tu ne le sais pas ?

La machine à soupçons est enclenchée.

— Écoute, on ne va pas jouer au chat et à la souris. J'avoue avoir pénétré chez Rinfrette, mais en son absence. L'initiative a d'ailleurs été fructueuse. Tu as vu ses outils ? Les tampons piégés, c'est lui à coup sûr.

— En effet. J'ai trouvé un pain de plastic habillé de beurre dans le frigo. Cependant, si tu as résolu un mystère, tu en as créé un autre par la même occasion.

Lebra laisse passer la moitié d'un ange (l'autre moitié se coince les plumes dans les ressorts de la narration) avant d'ajouter :

— Je ne vais pas pouvoir balayer ce cadavre sous le tapis.

— Pourquoi aurais-je tué un type que je ne connaissais ni des lèvres ni des dents ? Où est le fameux mobile ?

— Ça reste à déterminer. En attendant, les apparences sont contre toi. Non seulement tu as été témoin du meurtre de Léa Painchaud, mais en plus tu as capté des images vidéo de l'événement, comme si tu avais su qu'il allait se produire à ce moment précis. Tu identifies ensuite le coupable en trois coups de cuiller à pot et, dans les minutes qui suivent, le monstre est retrouvé tout frais mort dans l'appartement que tu viens de quitter. Ça fait beaucoup de coïncidences pour un seul homme.

— Tout à l'heure, tu ne jurais que par la force du hasard. Il faudrait te brancher !

J'argumente sans grande conviction ; la séquence est accablante, en effet.

Et Juliette dans tout ça ? Elle n'a pas caché son intention de venger son amie, mais comment aurait-elle pu y arriver en si peu de temps ?

Walter Hégault, alors ? Aurait-il décidé de liquider Rinfrette pour empêcher son employée de commettre l'irréparable ? La spéculation est audacieuse, mais ce vieux baroudeur est capable de tout et de pire encore. C'est à son entreprise que le crime profite, après tout.

Je me garde bien de lancer Lebra sur la piste du mage. Un ami est un ami et mon code de loyauté ne souffre pas d'entorse : je n'éprouverais aucun remords à le faire mille fois cocu, mais le balancer aux flics, ça, non, jamais ! J'ai mes principes et j'y tiens comme à la prunelle de Bourgogne.

Je reviens à la charge :

— Me diras-tu enfin comment Rinfrette a été tué ?

— Il faut attendre l'autopsie. Aucune blessure visible, aucune trace de violence.

— Qu'est-ce qui te fait croire qu'il a été assassiné, alors ? Il s'agit peut-être de mort naturelle. Ça ne ferait toujours qu'une coïncidence de plus.

— Ce n'est pas exclu.

— Pourquoi ne l'as-tu pas dit plus tôt ?

— Je voulais tester ta réaction, Ducon !

— En somme, tu as essayé de me faire marcher. Rinfrette serait mort de quoi, alors ?

— Je ne peux rien affirmer, sinon que le cadavre est tout bleu comme après une crise cardiaque. Par ailleurs, les seringues et les ampoules d'insuline trouvées dans sa pharmacie prouvent qu'il souffrait de diabète.

— Ces gens sont sujets à des comas inopinés et souvent fatals.

Cette remarque vise à conforter Lebra dans l'opinion du malaise diabétique. Dans ma tête, un autre scénario se dessine et Juliette y tient le premier rôle. Elle était dans la salle de bains lorsque Walter Hégault l'a réclamée au téléphone. Elle y est restée quelques minutes. Aurait-elle tendu un piège à Rinfrette ? En remplissant une ampoule d'insuline de poison, par exemple ?

Il s'est écoulé trois heures entre l'explosion à la terrasse et le moment où Juliette m'a assommé chez Rinfrette. Si elle connaissait sa maladie, elle a eu le temps d'imaginer un piège et de le tendre. On trouve de quoi tuer dix fois dans le plus conventionnel des foyers. Sans parler des Jean Coutu et des Rona qui regorgent de produits capables de tuer une vache en criant lapin. Je pense à ces liquides déboucheurs de toilettes, entre autres. Quelques gouttes dans une seringue et hop! un aller simple au royaume des ectoplasmes.

Il y a aussi l'aspect symbolique à considérer : la mort de Léa est imputable à une substitution et, si je vois juste, celle de Rinfrette le serait également. Il est d'ailleurs fréquent que la vengeance emprunte les voies de l'agression qui a créé le besoin de l'assouvir. Juliette n'a-t-elle pas dit qu'elle allait « lui faire goûter à sa médecine, à cette bite ambulante » ?

Plus j'y pense, plus ce scénario paraît plausible. Juliette était déterminée à venger son amie, alors qu'elle n'a pas fait d'histoire pour retourner à son travail. Elle aurait changé d'avis ? Je n'en crois rien. Il n'y a qu'une explication : son piège était en place. Elle l'a peut-être mis au point chez Rinfrette où elle a pu trouver tout ce qu'il fallait. Je suppose qu'une fois revenue à son bureau, elle s'est empressée d'appeler le meurtrier pour l'aviser qu'elle l'avait à l'œil. Elle a peut-être fait allusion à un piège pour « qu'il tâte du syndrome de la bête traquée ». Il se sera précipité chez lui pour tomber dans la chausse-trappe. Les émotions fortes provoquent toujours d'importantes fluctuations de la glycémie. Il se sera fait un *hit* qui l'a guéri à jamais.

Enfin, on saura si j'ai vu juste lorsque la science se sera prononcée.

Une fois encore, je me garde bien d'informer Lebra de mes spéculations. La reconnaissance des glandes me pousse à protéger Juliette. Après tout, elle n'a fait qu'éliminer un psychopathe qui aurait recommencé le carnage à la première frustration.

Lebra n'est pas la moitié du quart d'un crétin. Il demande :

— Incidemment, as-tu des nouvelles de Juliette ?

Je parierais qu'en posant cette question sur un ton anodin, il affiche le sourire sardonique de celui qui vient de toucher un point sensible et qui en est conscient. Même si je m'attendais à ce qu'il ramène le sujet sur le tapis, je marque un moment d'hésitation qui ne lui échappe pas.

— Dis donc Langlois, me cacherais-tu quelque chose ? Obstruction à une enquête criminelle, tu connais le tarif ?

— Pour qu'il y ait enquête criminelle, il faut qu'il y ait crime, Onésime ! Attends le rapport du légiste avant de monter sur tes grands chevaux.

— Tu oublies le cas de Léa.

— C'est Rinfrette qui l'a tuée.

— C'est lui qui a fabriqué la bombe, mais c'est Juliette qui l'a acheminée jusqu'à la victime. Je la considère donc comme principal témoin de l'affaire.

— Ta conviction ne repose que sur mon témoignage. De deux choses l'une : ou je le maintiens et il devient difficile de prétendre que je cherche à protéger Juliette ; ou je nie t'avoir avoué quoi que ce soit, et il n'existe plus de preuve que Juliette ait fourni le tampon qui a tué son amie. Tu ne feras pas beaucoup de millage avec ça devant une cour de justesse.

J'essaie d'endormir Lebra à force d'arguties sans me bercer d'illusions. Il contre-attaque :

— Il faudra que tu expliques au juge ton passage chez Rinfrette. Les techniciens sont à la recherche d'indices et ils en trouveront. De belles empreintes bien grasses sont visibles sur la souris de l'ordinateur.

— Comment justifieras-tu ce déploiement de ressources si la médecine conclut à une mort naturelle ?

— Et si elle penche pour le crime ?

— Il faudra convaincre les jurés que je suis un parfait imbécile.

— C'est-à-dire ?

— Sachant Rinfrette mort, et l'ayant tué par surcroît, je t'aurais suggéré d'aller jeter un coup d'œil chez lui, alors que tu n'avais aucun moyen de le relier au meurtre de Léa ? Difficile à croire. Lorsqu'on aurait trouvé le corps – aujourd'hui, demain, dans une semaine, peu importe –, qui aurait pu établir une relation entre les deux affaires ? Je n'avais qu'à lui chiper sa montre ou son anneau, emporter les tampons piégés et fermer ma grande gue...

— Les tampons ? Ils étaient chez Rinfrette ?

— Oui, dans un tiroir de bureau.

— Eh bien, ils n'y sont plus.

Cette fois, c'est comme si un astéroïde de purin de la taille de l'île d'Anticosti frappait le parc éolien de la Gaspésie pendant une tempête.

Juliette aurait-elle subtilisé les tampons sans que je m'en rende compte ?

Je m'empresse de suggérer une autre piste :

— Un complice de Rinfrette sera passé chez lui. Le trouvant mort, il aura fait disparaître ces pièces à conviction pour préserver la réputation du MEC.

— Du mec ? Quel mec ? Rinfrette ?

— Ah oui, ça aussi tu l'ignores. Ce n'est pas un individu, c'est un acronyme pour « Mâles En Colère ». Un groupe masculiniste que Rinfrette a créé et qui a déclaré la guerre aux féministes. Voilà un mobile bien frais, bien croquant à te mettre sous la dent.

— Difficile de croire que Juliette puisse être considérée comme militante après ce que tu m'as dis de son penchant pour la bite en fleur.

— Va jeter un coup d'œil sur le site web du MEC. Tu verras que ces malades donnent beaucoup d'extension à la notion de féminisme. Toute femme qui ne correspond pas à l'image de la femme soumise et respectueuse de la morale sexuelle courante est suspecte. Crois-moi, il y a là un filon. Tu vas trouver la liste des membres sur l'ordinateur du gourou. Cuisine-les, tu vas apprendre des choses intéressantes.

— À propos des tampons, qu'est-ce qui me prouve qu'ils étaient chez Rinfrette ?

— Je les ai inspectés aux rayons X. Je n'ai pas sauvegardé d'image, mais le logiciel a dû créer plusieurs fichiers de travail sur le disque dur. N'importe quel informaticien va te servir ça en un tournemain sur un lit de pixels. En attendant, je t'informe que le technicien en scènes de crime a vu juste à propos du détonateur : il s'agit bien d'une réaction hypergolique.

— Comment le sais-tu ?

Je lui explique l'affaire.

Lebra hésite. Il n'aime pas beaucoup que je lui force la main. Il finit tout de même par dire :

— Je te donne une dernière chance. Je te demanderai seulement de ne pas quitter Québec.

— Ça tombe bien, j'ai justement envie de me livrer au tourisme sexuel avec une majeure consentante.

— Tu comptes crécher où ?

Je lui donne l'adresse d'Amanda Darais et on se dit à bientôt.

Ouf ! J'ai cru que j'allais dormir en cabane ce soir.

# 8

Une promesse est une promesse. En dépit des événements de la journée qui m'ont laissé un tantinet pantois, j'ai passé la nuit avec Amanda Darais.

Je ne m'étais pas gouré : elle parle le glandais avec des inflexions qui vous filent des raideurs bienfaisantes dans le prolongement de l'épine dorsale. L'accent tonique, elle sait où le placer et le moduler avec une efficacité inspirante. Quand on pense à tous ces pisse-vinaigre qui passent leur vie à ronger leur frein, alors qu'il est tellement plus agréable de se le faire lécher.

Pendant qu'elle me faisait bénéficier de ses talents linguistiques, la mise en garde de Santé Canada affirmant que « l'usage de la cigarette peut conduire à des déficiences érectiles » m'est revenue à la mémoire et j'ai eu envie d'y ajouter : « contrairement à la pipe ».

Après ce hors-d'œuvre, je lui ai remis la moniche de sa pièce, histoire d'acquitter la taxe de bienvenue. Je me suis ensuite extrait des cantons humides et me suis glissé vers les zones de culture intensive. Allongés l'un sur l'autre, nous avons poursuivi la séance en nous livrant à des ébats plus conventionnels, ceux qui se pratiquent dans le « vase procréateur » (cf. *Le manuel du parfait confesseur*, diocèse de Québec, 1921), mais qui n'en sont pas moins prisés pour autant.

Lorsque la viande a été satisfaite (pour un moment, du moins), nous nous sommes endormis, emmêlés comme des chiots repus. Au matin, on a fait rebelote, histoire de démarrer la journée du bon pied.

Amanda m'a si bien impressionné que j'ai révisé sa cote de baisabilité à 9 sur 10, la plus élevée accordée à ce jour à une Terrienne mesurée à température et pression normales. Elle habite rue d'Aiguillon, ce qui est de nature à inspirer l'émulation (rue Couillard, ça aurait été une autre paire… de manches). À vrai dire, son ardeur au lit m'a donné envie de m'attarder à Québec quelques jours.

Pendant qu'elle était au travail, j'allais me baguenauder dans le Vieux. J'enfilais mes lunettes filtreuses de touristes et je me livrais à la nostalgie. Mes vingt ans, mes amours, mes déceptions de jeunesse, mes frasques du même nom, mes coups de bite heureux autant que ratés, tout ça repose ici entre fleuve et porte Saint-Jean. Quinze ans déjà que j'ai mis les voiles vers les îles enchanteresses à la poursuite de je ne sais quelle vahiné boréale que je n'ai jamais rattrapée.

Évidemment, le meurtre de Léa a soulevé l'indignation générale. Le lendemain, dans les médias, on ne parlait que de cette attaque sauvage contre le principe même de la féminitude. Le message était clair : en donnant la mort avec un objet d'hygiène intime en forme de phallus, le patriarcat cherchait à affirmer la supériorité de son sexe et la toute-puissance de sa semence. La motivation était limpide : écraser toute velléité de revendication en jetant la terreur dans l'esprit des militantes.

Les convictions masculinistes du coupable apportaient de l'eau au moulin de cette analyse (si je persiste à écrire de cette façon, je vais finir éditorialiste dans un des canards de l'empire Gesca). Loin d'être perçu comme un psychopathe isolé, le tueur était plutôt réputé appartenir à l'avant-garde de la phallocratie. Quant à sa mort suspecte, elle appuyait la démonstration : on l'avait exécuté pour protéger les dirigeants de la clique de machos qui s'est donné mission de contrer la marche des femmes vers la liberté.

La tuerie de Polytechnique servait de caution aux spéculations – des plus fumeuses jusqu'aux plus pertinentes – mais, curieusement, personne n'a songé à réclamer la mise en place d'un programme national d'enregistrement obligatoire des tampons hygiéniques.

J'ai apporté ma contribution au tumulte médiatique en racontant dans *La Leçon* comment j'en étais arrivé à remonter la filière Rinfrette. Les photos, la Tissot, l'anneau à l'auriculaire, les tampons fourrés de plastic, la réaction hypergolique, l'erreur sur la personne et toute l'affaire. J'ai aussi vendu ma bande vidéo au réseau T.Q.Q., qui l'a diffusée en boucle jusqu'à plus soif. Les cotes d'écoute ont failli s'envoler, paraît-il.

La nouvelle a fait le tour du monde au grand dam de la multinationale qui monopolise le marché des tampons hygiéniques. N'ayant pas la certitude que Rinfrette n'avait pas semé ses pièges dans plusieurs magasins, on a rappelé toute la production en circulation en Amérique du Nord. Malgré les messages rassurants diffusés en rafale, les ventes ont chuté dramatiquement, victimes du syndrome du choc toxique. Des milliers de personnes ont été mises à pied. L'effet domino a joué et l'ensemble de l'économie mondiale s'en trouve affectée. Petite planète !

D'autant plus qu'Al Qaïda continue de saupoudrer ses bombettes dans les centres commerciaux étatsuniens. Le président a beau multiplier les appels au calme, les magasins sont vides et la panique commence à faire son œuvre dans les rangs capitalistes. Les banques asiatiques qui financent une bonne part du déficit américain montrent des signes d'impatience. Encore un peu de cette médecine et le tigre de papier va attraper la fièvre jaune.

Du côté des autorités québécoises, on marche sur des œufs. La volonté de procéder à un dégraissage de la ponction publique risque de créer du mécontentement. Certains Conseils, Régies, Sociétés et autres excroissances de l'appareil d'État pourraient disparaître dans l'aventure. Les indigestionnaires concernés vont déployer l'artillerie lourde pour défendre leur gagne-pain. Les groupes de pression n'hésiteront pas à profiter de ce crime odieux pour rameuter l'opinion. Ça fait pas mal de monde dans le tableau.

La médecine légale s'est penchée sur le cadavre de Rinfrette trois jours plus tard. Mon histoire de poison s'est révélée fausse. On a décelé une glycémie très basse qui a provoqué un coma profond, mais qui n'a pas entraîné le décès. Celui-ci serait imputable à une crise cardiaque atypique, comme disent les toubibs quand ils identifient un effet sans pouvoir mettre un nom sur la cause. Il est vrai qu'ils n'ont plus les budgets qu'ils avaient naguère et qu'ils doivent tourner les coins rond dans le découpage de la viande froide. Et puis, à quoi bon fendre les poils de cul en quatre pour déterminer ce qui a tué un meurtrier avéré ?

Puisqu'on n'a pu démontrer que Rinfrette avait été assassiné, Juliette n'a pas été davantage importunée. J'ai pris soin de réitérer mon avertissement à Lebra. S'il l'embarquait comme témoin important dans l'affaire du meurtre de Léa, je niais lui avoir avoué quoi que ce soit. Il a laissé tomber cette piste pour concentrer son activité autour des membres du MEC.

J'ai rallumé le portable bogué dont Bellefeuille m'a fait cadeau. Il doit disposer d'un système de repérage en ligne, puisqu'il a rappliqué aussitôt.

— Tu m'entends, Langlois ? Je t'interdis de fermer ton cellulaire !

— Rien dans ma convention collective ne m'oblige à obéir à tes caprices. Au surplus, je pourrais invoquer la Charte des droits et libertés. Alors, ce trip de pouvoir, tu peux te l'enfoncer dans l'estuaire du tube digestif !

Il s'y est pris autrement :

— Ramène ta carcasse à Montréal, les chiens écrasés te réclament !

Je me suis inventé une excuse :

— Je prépare une série d'articles sur la nouvelle députation. Je compte interviewer…

— Arrête de déconner ! On est en été ! L'Assemblée nationale est en vacances et le bon peuple ne quitte la piscine que pour allumer le barbecue, avant de se fraiser la gueule à l'Oiseau Bleu. Mon oncle Roger s'intéresse autant aux politiciens qu'à la prostate de son beauf en train de pourrir dans une poubelle de Santa-Cabrini. C'est du sang et du cul qu'il veut, le bon peuple !

— Laisse-moi finir. J'ai mes entrées dans une agence d'escortes de Québec qui fait de bonnes affaires sur la colline parlementaire. Ces filles en savent plus long sur les élus que leurs attachés de presse. Je pourrai recueillir des propos croustillants et même mettre la main sur des photos olé olé.

— Génial ! Prends tout ton temps.

Le leurre est gros, mais il fonctionne à tout coup.

Je me suis empressé de désactiver le mouchard.


Je farniente à Québec depuis six jours en payant mon loyer comme les castors construisent leur nid. Pourtant, le parfum des îles commence à me manquer. Je dois être intoxiqué au smog comme d'autres à la nicotine. Demain, je rentre à Morial.

Je me suis acquitté de ma dernière nuitée et j'ai rassemblé mes affaires.

Avant de faire mes adieux à Amanda, je prends connaissance de mes courriels. Vu la quantité de *junk mail* que je reçois, je devrais plutôt parler de vider ma poubelle.

Le serveur m'informe que ma boîte contient 77 messages. Soixante-dix-sept néants qu'il va falloir évaluer un à un parce que, on ne sait jamais, il peut se trouver une perle sous le tas de fumier.

Un message comportant un document graphique attaché est en train de se charger. À l'item Objet, il est écrit : *Toutes des chiennes... surtout ma mère !* Une invitation à visiter un site de cul, sans doute. Intrigué, je clique sur l'icône. L'antivirus palpe la chose, n'y décèle pas de bitophage et donne son aval. Ce n'est pas ce que je croyais ; il s'agit d'une pub de tampon hygiénique. Assez intrigante, d'ailleurs. Surtout en la circonstance.

Amanda sort de la salle de bains. En voyant la chose à l'écran, elle s'exclame :

— Qu'est-ce que cette pub fait dans ta machine ? Elle n'a jamais été diffusée. C'est une création de Juliette du temps qu'elle bossait chez Clochette.

Elle demeure un moment songeuse avant d'ajouter :

— Un nouveau produit visant la jeune clientèle francophone branchée. À l'époque, ça avait fait du bruit dans la boîte. C'est pour ça qu'on a viré Juliette. Le client, une multinationale américaine, avait refusé la proposition et refilé le contrat à une entreprise concurrente.

C'est du Juliette tout craché : un tampon d'un blanc immaculé sorti de son applicateur est couché sur un lit de cœurs roses tellement stylisés qu'on dirait des glands. Le cordon donne à l'ensemble un air de petit animal soyeux au repos. Ça me rappelle un poème de Boris Vian qui parle d'une souris blanche au museau ensanglanté. Mais le meilleur, c'est le nom du produit et le slogan qui l'accompagne : *Temps Paix, le tampon qui vous aime !*

Sous l'image, l'expéditeur a ajouté : *Il y en aura d'autres ; ça leur apprendra à s'habiller comme des putes !*

— Tu es certaine que cette pub n'est jamais sortie de chez Clochette ?

— Elle n'a pas été diffusée, mais quelqu'un en a peut-être gardé une copie numérisée. L'affaire remonte à presque trois ans ; cette copie a pu faire quarante mille fois le tour de la Terre.

Où l'expéditeur veut-il en venir ? Il faut que j'en parle à Lebra avant de regagner mes îles chéries.

Je l'appelle et nous convenons d'aller dîner sur la terrasse où Léa a connu une fin atroce. J'aime les histoires circulaires, le mythe de l'Éternel Retour m'apparaissant plus rassurant que celui de l'Armageddon.

À 12 heures 30, je rejoins le flic. Après les civilités d'usage, je lui fais voir la pub de Juliette. Il a la réaction de celui qui en a vu d'autres :

— Un malade qui a lu tes salades dans *La Leçon* et qui veut se rendre intéressant en laissant croire qu'il y aura des suites, rien de plus.

— Peut-être. Mais il y a une autre possibilité : on s'est trompés de coupable et le vrai meurtrier m'utilise pour te relancer sur l'affaire.

— Pourquoi ? Il devrait plutôt se tenir à carreau en remerciant le ciel de l'aubaine.

— Si l'hypothèse est juste, on a affaire à un psychopathe qui tue pour le plaisir de se montrer plus fort que la police. Il supporte mal qu'un faux coupable l'ait frustré de sa récompense. Voilà pourquoi il rapplique.

— Tu devrais écrire des romans. Tout incrimine Rinfrette. On a retrouvé sur son disque dur des morceaux d'images provenant de différentes étapes de la mise au point des tampons piégés.

— Rien ne prouve qu'il les a placés dans les affaires de Juliette.

— Les archives sont unanimes : les psychopathes ne vont jamais par paire. Puisqu'ils tuent pour informer le monde de leur supériorité intellectuelle, il n'est pas question de partager le frisson avec un complice. Non, ça ne fonctionne pas. Rinfrette n'était peut-être pas tout à fait sain d'esprit, mais je suis persuadé qu'il n'avait pas d'autre motif que la vengeance.

Vu de cette façon, *ça fait du sens*, comme disent les critiques d'art.

— Donne-moi tout de même l'adresse de courriel de l'expéditeur, je vais demander une vérification de routine.

— Oublie ça, c'est une adresse *hotmail*. S'il n'est pas complètement cinglé, il s'est inscrit à partir d'un café Internet. Impossible de remonter la filière. Par ailleurs, je suppose que tu as interrogé les membres du MEC.

— Bien sûr.

— Même les huiles de la police et de la magistrature ?

— Ils ont tous nié appartenir au MEC.

— Leurs noms apparaissent pourtant sur la liste.

— Une liste trouvée sur un disque dur, ça ne vaut rien devant la cour.

— Mais poursuis.

— On a interrogé les mecquistes et on n'a rien appris qu'on ne savait déjà. On y a trouvé des casiers judiciaires pour des affaires de violence conjugale, mais rien d'extrême. Les plus récentes remontent à cinq ans. Il semble que si ces hommes souffrent de misogynie, ils ont abandonné les agressions physiques. Ils ont pris exemple sur l'ennemie femelle et font plutôt dans l'agit-prop, maintenant. Ils copient la démarche en se présentant comme les victimes d'un complot de vaginocrates prêtes à toutes les infamies pour conserver leurs privilèges. Symétrie stratégique parfaite ! Par ailleurs, j'ai été étonné de découvrir une forte proportion d'ingénieurs dans les rangs du MEC. Dix sur vingt-trois en incluant Rinfrette.

— Bof ! C'est toujours comme ça dans les groupuscules. Le gourou commence par faire des adeptes dans son milieu. Prends l'exemple de l'Ordre du Temple solaire : l'organisation recrutait parmi les cadres d'Hydro-Québec dans une proportion sans rapport avec leur poids démographique. Mais qu'en est-il des tampons ?

— Perdus dans la nature.

— Tu as interrogé les trois guichets automatiques ?

— Rien non plus de ce côté-là. D'ailleurs, qu'est-ce que je pouvais leur reprocher ? D'avoir été présents au moment de l'explosion ? Et comme mobile quelques gouttes de bière sur des cravates griffées ? C'est maigre. De toute façon, les tampons étaient déjà dans le sac de Juliette lors de l'incident.

— Ils semblaient pourtant familiers avec l'assassin.

— Normal, ils appartiennent à une firme chargée de la comptabilité de l'entreprise où Rinfrette travaillait. Les deux compagnies ont leurs bureaux dans le même immeuble.

— As-tu retrouvé la trace de miss Baloné et de ses épouses ?

— Ça n'a pas été sorcier. Je me suis pointé en Nouvelle-Gouinée, un bar de la côte Sainte-Geneviève spécialisé dans le gigot à l'ail persillé. Le triumvirat s'y trouvait, mais je n'en ai rien tiré. Ce sont d'aimables rumi-nantes qui n'ont qu'un ennemi : l'odieux phallus et le dispositif bio-chimique qui lui permet de se déplacer. Je le répète : Rinfrette a agi seul et n'avait pas d'autre motif que la vengeance. Un groupe organisé aurait eu des visées plus larges et aurait multiplié les attaques pour en augmenter les effets. Or, une semaine après le drame, rien ne s'est passé.

— Morte la bête, mort le venin ! Je suppose que tu as aussi cuisiné le psy de Juliette et ses autres amants gastonguettes ?

— Je me suis déplacé pour des prunes. Le psy, notamment, m'a donné un excellent numéro d'exactitude dans l'approximation – à moins que ce ne soit le contraire –, mais rien de plus.

— Et la gratte-malade clitophage ?

— La mère Teresa du gouinisme, tu veux dire ? Il faudrait que tu voies le dragon. Au CLSC où elle travaille, on semble la redouter, mais on n'a rien à lui reprocher, sinon son militantisme de broute-en-train insatiable. Je pense qu'elle aime trop les femmes pour leur vouloir du mal. Cela dit, après tous les détails que tu as fournis à tes cons de lecteurs dans *La Leçon*, je suis étonné que le geste de Rinfrette n'ait pas suscité un *copycat* plus sérieux que celui qui t'a fait parvenir la pub de Juliette...

Il aurait dû fermer sa grande gueule. À peine a-t-il prononcé le mot « copycat » que son téléphone se met à sonner.

Lebra jette un coup d'œil à l'afficheur.

— C'est le centre de répartition du 9-1-1 qui appelle.

Il prend la communication.

— Inspecteur Lebra, j'écoute.

— ...

— Qu'est-ce que vous me racontez là ? Une femme trouvée morte dans une cabine d'essayage à place Laurier ? Un magasin de lingerie fine, dites-vous ?

— ...

— Donnez l'ordre à la personne qui a appelé de ne toucher à rien, j'arrive !

# 9

Nous sautons dans la Chevrolet Caprice et fonçons à tombeau béant vers le lieu de la tragédie.

Il s'agit d'une boutique de sous-vêtements fripons qui s'appelle *Ose toujours, tu m'intéresses !* La vitrine est déjà une incitation à s'abandonner au fétichisme bénin de la dentelle suggestive et de la guipure polissonne.

À l'intérieur, c'est carrément la caverne d'Ali Babasse et ses quarante voyeurs. Des mannequins plus vrais que nature, tordus dans des poses lascives à la limite de l'obscénité (au sens où les calotins la conçoivent), donnent un avant-goût de l'effet que les harnais en vente ici doivent produire lorsque portés par de vraies femelles fabriquées en vraie viande.

Les tons roses et les formes rondes dominent ; l'ambiance est chaude et voluptueuse. Un bruit de fond à peine audible vous saute à l'oreille dès l'entrée et ne vous lâche plus. Ça ressemble à des battements de cœur additionnés de sonorités humorales sourdes auxquelles se superposent des soupirs discrets. C'est ce genre de salade que doit entendre le fœtus dans le sein de sa mère lorsque celle-ci s'envoie en l'air une dernière fois avant la mise en quarantaine préparturition. Ça devient vite obsédant.

En plus de la lingerie fine, la boutique propose des accessoires pour jeux érotiques, tels vibrateurs, boules vaginales, lubrifiant anal, etc. Dans un coin, un présentoir offre le rouge à lèvres *Lick Stick* d'Elisabeth Hardon. L'affiche de Juliette, osée au Nombril Verbe, apparaît presque fade dans ce décor.

Il faut dire que la quincaillerie déployée céans relativise les audaces de la nympho-graphiste. On se croirait dans une plantation d'asperges de toutes dimensions. Du modèle pour débutante timide jusqu'au braque-mard de trente centimètres pour dame jouissant d'une grande profondeur d'esprit, en passant par le double branche muni de sangles et agrémenté d'un stimulateur clitoridien ajustable, l'assortiment est complet. À côté de ces déferlements phalliques, le bâton de rouge a l'air d'une quéquette de sapajou.

La patronne nous reçoit. Selon ses dires, elle est en même temps l'unique employée. Une sorte de femme-orchestre de la griffe aguichante. Elle se nomme Irma Latendresse et elle est encore plus française qu'une vue de l'esprit constituée d'un tiers de pain baguette, de deux tiers de Jean-Marie Le Pen et de quatre tiers de garçon de café parisien. Cocarde, bagou et compagnie ! Une nature d'exception, on va bientôt le découvrir.

Au premier coup d'œil, on devine que la commerçante est une ancienne belle qui a pris de l'expansion et qui s'accroche à l'épave de sa beauté flétrie. Elle s'est si souvent fait étirer la face qu'elle en a les narines écartées et ouvertes comme celles d'une truie étonnée. On lui verrait le cerveau par les trous de nez, si ce n'était des stalactites qui font rideaux.

En dépit des avaries à la carène, elle prêche par l'exemple. Sous sa robe de tulle moulante, elle est ficelée serrée dans les plus affriolantes pièces de sa collection *Audace*. Ces appareils de contention ont beau être des chefs-d'œuvre de calcul tensoriel, ils ont peine à contenir la gélatine. Elle déborde de partout. On dirait une glande gonflée qui menace de s'épancher.

Bien qu'au bord de la crise de nerfs, elle nous fait du charme comme d'autres de la bedaine : sans s'en rendre compte. Une maladie industrielle, sans doute.

Lorsqu'elle a terminé son numéro de Vénus « passée date », elle en arrive à nous parler de l'affaire.

— MESsieurs, c'est terrible ! ME faire ça à MOI, dans MON magasin, au milieu de MES trésors ! D'ailleurs, en voyant cette garce entrer ici, J'ai eu un pressentiment.

— Comme quoi ? demande Lebra.

— L'insolence de ses vingt ans ne ME disait rien qui vaille. Avec un corps pareil, on n'a pas besoin de MES services. Elle voulait ME narguer, JE ne vois pas la chose autrement. Sexy à ce point, c'est une insulte à la raison d'être de MON commerce. Elle niait le bien-fondé de MON œuvre ! En plus, elle ose mourir dans MES terres. JE suis finie ! Comment voulez-vous qu'une femme se recycle alors qu'elle a consacré sa vie aux sous-vêtements coquins et qu'elle vient de doubler le cap de ses trente-cinq ans ?

À mon avis, elle a tellement doublé le cap de ses trente-cinq ans que, si Einstein a vu juste à propos de la courbure de l'espace-temps, elle est sur le point d'y revenir.

Elle se glisse entre Lebra et moi et nous empoigne par une aile en pressant sa laiterie plantureuse sur nos bras pris en sandwich. C'est spongieux, mais encore palpitant comme au premier batifolage. La chair refuse de rendre son tablier. La grande faucheuse la cueillera en train de séduire.

Elle nous entraîne vers les cabines d'essayage.

— Constatez par vous-mêmes, MESsieurs. A-t-on besoin d'avoir recours à l'artifice du froufrou salace quand on possède un corps pareil ? C'est de la provocation pure et simple !

La morte est couchée sur le dos et ne porte qu'une petite culotte et un soutien-gorge minimaliste à moitié enfilé. Elle est effectivement très bien roulée. On dirait que la mort l'a surprise au moment où elle allait passer la deuxième bretelle. Tout son corps est bleu ; une écume jaunâtre bouillonne encore à sa bouche et à son nez.

— Étrange, déclare Lebra, le cadavre de Rinfrette présentait les mêmes symptômes.

Il ouvre le sac à main de la victime et en extrait un permis de conduire au nom de Sandra Kontour, rue Dubord-Dhuly, à Sainte-Foy. Il y trouve également une carte attestant qu'elle étudiait en génie électrique à l'Université Laval. Il empoche ces pièces et demande :

— Il s'est écoulé combien de temps entre le moment où elle est entrée dans la cabine et celui où vous l'avez découverte ?

— Une affaire de quinze secondes, pas plus. J'ai entendu un hurlement suivi de spasmes bruyants. J'ai cru qu'elle était en train de ME saloper MA cabine en vomissant. JE ME suis précipitée. Elle était déjà morte.

— C'est le soutien-gorge qu'elle essayait, n'est-ce pas ?

— Évidemment ! Rien qu'à voir, on voit bien que cette culotte mal foutue provient de chez Wall-Marde. Regardez-MOI cette guenille ! JE n'en voudrais pas pour en faire une couche à MA chienne !

— Apportez-moi des ciseaux, je vous prie.

— Pourquoi ? Vous n'allez pas M'abîmer une pièce de cette qualité ? Vous savez ce que ça coûte un 34 C comme celui-là ? Qui va ME rembourser ? J'ai des frais, MOI !

— Quand on héberge la victime d'un meurtre dans son magasin, on a intérêt à collaborer avec la police. Je me fais bien comprendre ?

Elle change soudain d'attitude.

— Oui, oui.

— Je peux vous faire un dessin, si vous voulez…

— Non, non, JE comprends ; excusez-MOI, l'émotion. Tout ce que vous voudrez pour vous être agréable. Vous avez l'air tendu ; vous désirez que JE vous fasse une petite pipe pour vous calmer les nerfs – et les MIENS par la même occasion ? Non ? JE ME permets d'insister. Sans façon ? Vous avez tort : J'ai sucé plus de quinze mille hommes dans MA vie et aucun n'a eu à se plaindre de MA technique. Tout réside dans l'onctuosité et l'abondance de lubrifiant, voyez-vous. Quand JE fais une turlutte à un mec, MES glandes salivaires fonctionnent à un point tel que J'en ai le tiroir à saucisses qui s'assèche. C'est ce qu'on appelle prendre le métier à cœur, ça, MONsieur !

Elle se compose une mine dégoûtée et ajoute :

— Ce n'est pas comme avec ces nénettes d'aujourd'hui qui vous la suçotent du bout des badigoinces et qui se retirent quand les vannes s'ouvrent…

Là, elle se trompe. Je connais d'ailleurs quelques contre-exemples.

— … J'avale, MOI, MONsieur ! J'avale et M'en délecte, MOI, MONsieur ! JE pompe jusqu'à la dernière goutte, MOI, MONsieur ! Et avec autant de conviction à la fin qu'au début, MOI, MONsieur ! JE ne suis pas une feignante, MOI, MONsieur !

— Des ciseaux, j'ai dit !

— Ça va, ça va, JE n'insiste pas.

Elle se dirige vers la caisse en maugréant :

— C'est un monde ! JE lui offre une pipe et il ME réclame des ciseaux. Ce n'est pas MON ami, le regretté Jean Renoir, qui M'aurait fait une vacherie pareille. Ah ! ça, non !

Elle est tenace. À mi-chemin, elle se retourne. Ses faux cils battent l'air avec une telle fréquence que la tornade est imminente. Elle ajoute à mon intention :

— Et vous, beau gosse, ça vous dit ? Non ? Vraiment ? Tenez, JE vous offre un complément de programme : quand JE sentirai monter la mayonnaise, JE vous file le majeur dans le rectum et vous fais un massage de prostate que vous M'en direz des nouvelles. J'y ajoute l'index, si vous avez les idées larges. Dans le temps, avant que Pigalle ne devienne la poubelle maghrébine qu'elle est devenue, les jules montaient de Marseille pour goûter à cette gâterie. Ah, c'était la belle époque ! Les mecs avaient des chibres comme ça et ils savaient s'en servir autrement que pour pisser, eux. Ah ! ça, oui !

Lebra lui roule de gros yeux. Elle reprend sa marche en ronchonnant :

— Quels mufles ! Ç'a dû être élevés par des fuministes ! Ou alors, c'est pédé comme Fend Marais et sa grande fofolle de Cock-toe dans le film *Tu seras un homme mon fif.*

Elle revient avec les ciseaux. Lebra coupe la bretelle enfilée sur l'épaule et dénude le sein en repoussant le bonnet avec la lame. Un point rouge est visible à l'amorce de la poitrine. Il sonde ensuite l'intérieur du bonnet.

— Regardez, une pointe de métal émerge du tissu.

Avec d'infinies précautions, il entaille la doublure et met à jour un bidule étrange. Une pastille grande comme un trente-sous et à peine plus épaisse. Une des faces est faite de plastique semi-rigide et l'autre de polythène souple. Une courte aiguille creuse – au plus deux millimètres – est assujettie au centre de la première face à l'aide d'une goutte d'époxy.

Lebra retire la chose de sa cavité avec le bout des ciseaux en prenant soin de ne pas brouiller les empreintes éventuelles.

— Ingénieux, dit-il. Voyez : l'ensemble forme un petit réservoir. En attachant le soutien-gorge, la malheureuse a déclenché le piège. La pression de l'élastique a d'abord fait pénétrer la pointe dans la chair, puis y a injecté le venin. Simple comme bonjour…

— Et efficace comme adieu ! Comment se fait-il que le réservoir ne se soit pas vidé avant ?

— La pointe devait être cachetée d'une façon ou d'une autre. Le laboratoire nous dira comment, mais j'imagine déjà une minuscule boule de paraffine ayant un point de fusion inférieur à la température du corps.

— Elle se serait liquéfiée en pénétrant dans la peau ? Dément !

— Quant au poison, il s'agit sans doute de curare. La substance sert en médecine comme stimulant cardiaque. N'importe qui peut s'en procurer.

— Par contre, fabriquer ce bijou de miniaturisation n'est pas à la portée de tous les doigts. Rinfrette aurait-il construit et distribué plusieurs de ces traquenards avant de crever ?

— Possible. Possible également que tes articles dans *La Leçon* aient donné des idées à un autre miso qui a pété les plombs. En tout cas, on ne peut pas nier qu'il existe une parenté entre le meurtre de Léa et celui-ci. Et même avec la mort de Rinfrette. N'aurait-il pas été empoisonné lui aussi ? Je commence à croire que le médecin légiste a cochonné son travail.

— On doit aussi admettre que la pub que j'ai reçue par courriel prend maintenant une signification qui dépasse le simple canular. *Ça leur apprendra à s'habiller comme des putes !* disait le message. Pour beaucoup, dessous affriolants et petite vertu vont de paire. Il n'est plus défendable d'invoquer la mauvaise plaisanterie. Nous avons affaire à un *copycat* qui veut faire parler de lui, c'est évident ! Il provoque pour augmenter son plaisir.

— La chose est envisageable.

— Heureusement, il reste assez de liquide dans l'inoculateur pour procéder à une analyse.

Lebra s'adresse à la commerçante :

— Dites-moi, Madame Latendresse, vous vous approvisionnez où ?

— À Paris, voyons ! Croyez-vous que c'est à Shanghai que l'on puisse concevoir des sous-vêtements de cette qualité ? Les dames chinetoques en sont encore à la culotte de toile écrue qui leur râpe la cramouille. Quant au soutien-loloches, elles ne savent même pas que ça existe. À quoi ça leur servirait, JE vous le demande ? Elles se trimballent des nénés format pâtes wong-tong fripées. Et ce n'est pas la seule difficulté : y a-t-il quelque chose au monde de moins érotique que la Chine ? Soyez honnêtes : avez-vous déjà bandé en songeant à la Chine ?

Soucieux de relations internationales harmonieuses, nous gardons le silence.

— Soyons sérieux, à la fin ! poursuit-elle. Toutes ces faces plates qui sourient pisseux comme on défèque, vous croyez que ça fantasme assez pour inventer des dessous excitants ? MOI, JE dis : des clous ! Il faut une culture, une tradition, pour tout dire une civilisation *sérieuse* derrière l'artisan.

— Comment expliquez-vous que les Chinois soient si nombreux, alors ?

— Ils en sont restés à la technique du lapin, JE suppose. Un coup de bite par-ci, par-là, ça vous peuple un continent... en criant lapin, justement. *Nuits de Chine, nuits lapines* qu'elle aurait dû dire, la chanson.

— Laissons ces charmants lagomorphes à leurs activités reproductrices et revenons à nos moutons. Donc, vous vous approvisionnez à Paris. Un grossiste se charge de l'importation ?

— Vous n'y pensez pas ! Hors de question de ME faire arnaquer par des intermédiaires inutiles. JE traite directement avec les producteurs.

— Et la marchandise transite de quelle façon ?

— Par bateau. Dans un container scellé. JE prends personnellement livraison des stocks. J'entrepose ici la griffe pour laquelle J'ai l'exclusivité nord-américaine et JE distribue les autres marques dans des boutiques spécialisées un peu partout au Québec.

— De deux choses l'une, donc : ou bien ce soutien-gorge a été trafiqué dans votre magasin, ou bien il l'a été à l'usine d'assemblage. Il n'y a pas de troisième terme possible. On s'entend là-dessus ?

— MA foi, il serait difficile de vous contredire. Et J'irai plus loin au risque d'attirer sur MOI la suspicion qui, JE le devine, est en train de germer dans votre tête. Le traquenard n'a pu être installé ailleurs qu'ici.

— Et pourquoi donc ?

— Parce que MA conscience professionnelle confine à l'obsession, MONsieur. J'inspecte sous toutes les coutures chaque morceau que JE mets en vente. Un soutien-gorge à 250 $ doit être parfait. J'aurais remarqué la modification. D'ailleurs, si vous aviez l'œil, vous verriez que l'ourlet de la doublure a été recousu avec un fil différent sur trois centimètres. Regardez : les trous de la couture originale sont encore visibles.

— Votre franchise vous honore, mais vos propos n'en demeurent pas moins accablants.

— Quel avantage trouverais-JE à assassiner MA clientèle ? Chez MOI et avec MES produits, de surcroît. Ça ne tient pas debout, cette histoire ! On ne vous apprend pas ça chez les flics : chercher à qui profite le crime ?

Le mobile n'est pas clair, en effet. Elle poursuit sur sa lancée :

— Et une fois MON forfait accompli, J'aurais appelé la police ? Dites que JE suis complètement marteau pendant que vous y êtes !

— Alors, on est obligé de conclure que quelqu'un a pénétré ici par effraction.

— Impossible ! Un rideau de fer protège l'entrée et la porte de service est fermée à triple tour. L'une et l'autre sont munies d'une alarme reliée à la console de la sécurité du centre commercial. De plus, JE tiens un inventaire serré de MES stocks et JE sais qu'on ne M'a pas volé de soutien-gorge. Aucun !

— Vous n'êtes pas en train d'arranger votre cas.

J'interviens :

— On peut imaginer un autre scénario. Le meurtrier achète le soutien-gorge, rentre chez lui, installe le piège et vient le placer en douce sur les tablettes.

— Merci pour le coup de main, beau gosse.

Elle déniche un bout de papier et y inscrit quelques chiffres avant de le fourrer dans ma poche de chemise.

— C'est le numéro de MON cellulaire, roucoule-t-elle. Si vous changez d'avis à propos de la pipe, vous saurez où ME trouver. JE devine que vous devez avoir de belles grosses roubignoles gonflées à bloc qu'il fait bon empoigner à pleine main pendant qu'on vous astique le casque de pompier et que le frisson monte dans la colonne de dilection.

Joignant le geste à la parole, elle me soupèse le sac à graines d'une main à la fois déterminée et respectueuse de la fragilité de la mécanique. La conduite est cavalière, mais le doigté de l'experte en manipulation testiculaire est indéniable.

Au lieu de voler à mon secours, Lebra soulève une objection à propos du scénario que je viens d'esquisser :

— Ce pourrait être plus simple et moins risqué pour le meurtrier : il se procure le soutien-gorge dans une autre boutique et le rapporte ici après l'avoir trafiqué.

Madame Latendresse cesse de me tripoter les siamoises et clame d'une voix indignée :

— Impossible! MES produits sont exclusifs. Ex-clu-ziiiffffs, vous entendez? Une pièce d'un autre faiseur détonnerait autant dans MA boutique qu'un nez posé à l'envers dans un visage.

— Encore une fois, vous êtes en train de tresser la corde qui va peut-être vous pendre. Mais laissons ça pour le moment. Dites-moi, vous avez des caméras de surveillance dans vos cabines?

— Je respecte trop MES clientes pour les espionner.

— Il ne s'agit pas d'espionner, il s'agit de se prémunir contre les voleuses. La pratique est courante.

— JE ne mange pas de ce pain-là.

Lebra pointe le doigt vers une prise de courant qui se trouve à hauteur de ceinture, ce qui est peu courant pour une prise du même nom.

— Et cette prise, elle fonctionne?

— JE n'en sais rien, JE ne l'ai jamais utilisée.

À l'aide d'une pièce de dix cents, Lebra dévisse la plaque de plastique. Son flair ne l'a pas trompé. À l'intérieur, se trouve une minicaméra comme celles utilisées par les services d'espionnage. Les trois trous de la pseudo prise s'ouvrent sur autant d'objectifs orientables de façon à couvrir le plus large champ possible. Avec les miroirs qui tapissent les murs et le dos de la porte, aucun recoin n'échappe à l'appareil.

— Et ça, dit Lebra, c'est un détecteur de fumée, je suppose? C'est pour le cas où vos clientes feraient de l'autoallumage en s'admirant dans la glace?

Madame Latendresse se réfugie dans une dignité silencieuse.

Lebra inspecte l'autre cabine et y trouve le même dispositif.

— Beaux joujoux high tech pour un petit commerce comme le vôtre.

Madame Latendresse ne pipe mot (ce qui surprend, vu les penchants qu'elle avoue).

— Encore une fois, il est à votre avantage de collaborer. Où sont les moniteurs branchés à ces caméras?

La dame devient nerveuse. Elle semble avoir perdu sa faconde. Lebra essaie de rester poli.

— Puisque c'est comme ça, je vous explique les choix possibles. Scénario un: vous collaborez, je fais mon travail discrètement et, disons dans trois jours, votre commerce reprend ses activités sans plus d'ennuis. Scénario deux: mon ami ici présent est journaliste…

— Si vous croyez que JE ne l'ai pas reconnu ! Le Sauveur de Québec ! On le voit partout !

— Alors, vous savez de quoi il est capable.

Pour appuyer son propos, je prends plusieurs photos du cadavre. Lebra poursuit :

— Scénario deux, donc : je vous accuse de meurtre, Langlois raconte l'affaire dans son canard, il mentionne le nom de votre commerce et…

— Ça va, ne ME faites pas l'article, J'ai compris. Suivez-MOI. JE vais tout vous montrer, tout vous dire et broder d'après motif s'il le faut. Ce n'est pas que JE cède au chantage, n'allez pas croire. JE vous trouve sympa et JE ne désespère pas de vous bouffer la pine avant la fin de la journée. Après toutes ces emmerdes, il faudra bien que JE ME rattrape quelque part. Si JE n'ai pas MA ration avant la nuit, JE craque, c'est certain !

On lui file le train sans chercher à briser ses illusions. La viande a vieilli en s'accumulant dans les régions tropicales, mais le croupion à bascule n'a rien perdu de son agilité. Quelle bombe ça devait être à l'époque où elle taillait des pipes à Alphonse Allais et à son ami Francisque Sarcey !

Elle nous entraîne dans l'arrière-boutique. Plusieurs moniteurs couvrent un pan de mur. Un système de balayage propose un choix d'images provenant des cabines d'essayage et de l'intérieur du magasin. Un ordinateur permet de gérer l'ensemble, de faire des fondus, des enchaînements, etc. Ça ressemble plus à un studio de montage qu'à un poste de surveillance.

Madame Latendresse lance la séquence qui nous intéresse et nous assistons à la mort de la jeune femme. C'est bref, mais les convulsions qui la secouent laissent croire que ce fut très douloureux. Dans le coin supérieur gauche de l'écran le *time code* indique 13: 15: 27. Treize heures quinze minutes et vingt-sept secondes. À part l'heure exacte du décès, nous n'apprenons rien de nouveau, sinon que la victime était beaucoup plus jolie vivante que morte. On s'enlaidit en vieillissant.

Cependant, la quincaillerie qu'il y a ici impressionne. Lebra demande :

— Ôtez-moi d'un doute, madame Latendresse : ce n'est pas le vol de quelques bobettes par-ci par-là qui motive cet équipement ? À vingt dollars la pièce, disons même quarante, il faudrait qu'on vous en ait chipé des quantités inimaginables pour justifier un tel investissement.

Du coup, son panache tombe à plat. Une immense lassitude envahit son visage mille fois étiré. Elle en devient pathétique.

— J'abandonne : vous êtes trop fort ! J'avais déjà vu ça au cinéma, mais JE n'y croyais pas.

Elle échappe un long soupir et poursuit :

— Écoutez, les temps sont durs et J'exploite un commerce d'appoint pour arrondir MES fins de mois.

— De quel ordre ?

— C'est inoffensif, rassurez-vous.

— Mais encore ?

— JE soulage des laissés pour compte de notre société. Des incompris qui ne feraient pas de mal à une mouche et que la loi pourchasse inutilement.

— Encore un petit effort.

— Des pauvres types que les contacts personnels effraient.

— Des voyeurs, vous voulez dire ?

— Des philosophes du sexe, plutôt. Ils court-circuitent la procédure : ils prennent leur plaisir par les yeux. JE ne fais que leur donner à voir.

— Et ça se passe comment dans la vie de tous les jours ?

— Oh ! rien qui ne soit très simple. Un site web sans prétention. Quelques liens. Des aiguillages qui permettent de passer d'une caméra à l'autre pour que l'usager puisse personnaliser son menu. Ajoutez un système sécurisé de paiement par carte de crédit et vous avez l'affaire. Vous trouvez ça partout. C'est livré clé en main, de nos jours. Une misère, JE vous dis !

— Attendez, je cherche à comprendre. Vous filmez vos clientes en train d'essayer vos harnais et des zigotos paient pour avoir accès à ces images ?

— C'est ça.

— Pourquoi ne se rabattent-ils pas sur les vidéos de cul disponibles sur Internet ? C'est gratuit et on trouve de tout et pour tous les goûts.

— MES clients ne consomment pas de *hardcore*. Ce type de porno ne plaît qu'aux brutes sans imagination. MES abonnés sont des gens raffinés qui ont seulement besoin de matériel pour donner corps à leurs fantasmes.

— Pourquoi des caméras dans le magasin également ?

— Des suggestions acheminées pas courriel. J'ai cru comprendre que certains ont besoin d'une progression dramatique pour parvenir à l'extase. J'imagine qu'ils jettent leur dévolu sur une femme et qu'ils la suivent dès qu'elle entre et qu'elle se fait montrer MES collections.

— Et l'apothéose, c'est quand elle se fout à poil dans la cabine.

— Dans certains cas, sans doute. Il y a des rustres, vous savez, qui ne font pas dans la dentelle, si JE puis dire. Mais JE ME plais à croire que c'est plutôt lorsqu'elle se pare de MES sous-vêtements que l'excitation atteint des sommets. Parmi ces figurantes…

— Involontaires.

— JE vous le concède. Parmi ces figurantes, laissez-MOI vous dire qu'il y a des exhibitionnistes rentrées qui s'en paient une tranche. Vous frôliez la vérité tout à l'heure quand vous parliez d'autoallumage. Faut les voir prendre la pose devant les miroirs. Elles se croient seules et ne se privent de rien. Certaines se taillent même une plume en s'admirant dans la glace. Du nougat pour ceux qui apprécient le genre.

— Je vois que les caméras fonctionnent. Est-ce à dire que ces images sont diffusées sur Internet en ce moment ?

— J'ai coupé le lien avant d'appeler le 9-1-1. Les disques durs ne les enregistrent pas non plus.

— Votre site est un site *live*, mais je suppose que vous conservez des copies ?

— Bien sûr, MES cyberclients ont accès à des archives. Certaines séquences sont très demandées, vous savez.

— Vous enregistrez tout ?

— Absolument tout… sauf les moments où rien ne bouge dans la boutique.

— Mon cher Langlois, on va se taper une séance de cinéma maison. Ton hypothèse se tient. On va visionner les trésors de madame et tenter d'isoler la séquence où le type remet le soutien-gorge trafiqué sur les tablettes. Il s'agira ensuite de revenir en arrière pour retapisser le même individu lorsqu'il fait l'emplette de l'objet.

— Tu parles d'un type, mais ça pourrait être une typesse. Je suppose que ce sont surtout des femmes qui fréquentent l'établissement. N'est-ce pas, madame Latendresse ?

— Il y a de tout : des hommes, des femmes, des travestis des deux sexes, des transsexuels achevés ou en devenir, des couples assortis de toutes les façons possibles, des qui se déguisent parce qu'ils ne veulent pas être vus dans un commerce comme le MIEN. De tout, JE vous dis.

Elle adopte une mine soudain préoccupée, regarde à gauche et à droite comme si elle redoutait d'être épiée et ajoute en baissant la voix :

— JE vais vous faire un aveu, mais ne le répétez à personne : JE compte même quelques Chinois parmi MES clients. Ce n'est plus une boutique, c'est la société des nations !

— Alors, au travail !

Au train où vont les choses, ce n'est pas aujourd'hui que je vais rentrer à Montréal...

# 10

Avant de commencer à visionner les archives de Madame Latendresse, Lebra donne quelques coups de téléphone pour passer la main à la brigade médicolégale. La cavalerie de l'équarrisseur judiciaire ne tarde pas à rappliquer. Le cadavre est pris en charge.

Lebra réclame en priorité l'analyse du contenu du bidule qui a tué Sandra Kontour et ordonne la saisie des livres de comptabilité de la boutique.

Pendant qu'il procède, je copie les trésors de Madame Latendresse sur DVD. Ça peut toujours servir.

Les appels de Lebra ont dû être interceptés par un petit malin qui passe ses journées à scanner les ondes de la police : une meute de confrères des médias électroniques s'agglutinent à la porte du magasin. Madame Latendresse va connaître son quinze minutes de gloire, mais la ruine de son commerce est assurée par la même occasion. Lebra les rejoint à l'extérieur.

— Scène de crime, reculez !

Il se prête ensuite au jeu des interviews pour hâter le départ des détrousseurs de cadavres. On voit qu'il a l'habitude du baratin « point de presse ». Il leur brode une histoire qui pourrait convenir à n'importe quelle situation et qui a le mérite d'épouser le « format nouvelle ». Il refuse de divulguer l'identité de la victime, mais termine son laïus en échappant un os à ronger qui ne tombe pas dans l'oreille d'un sourd :

— Je peux seulement vous dire que la jeune femme étudiait en génie électrique à l'Université Laval.

Ce renseignement a un effet foudroyant. Les vampires ont obtenu le *lead* de leur topo et ils dégagent la place dans un chahut épouvantable. On n'a pas fini d'entendre parler d'un certain Marc Lépine.

Après le départ des faiseurs de nouvelles, les techniciens se mettent au travail dans le magasin, pendant que Lebra et moi on commence à visionner les documents vidéo de Madame Latendresse.

Heureusement, les caméras sont équipées d'un détecteur de mouvement qui stoppait l'enregistrement après cinq secondes d'immobilité. Autant de temps morts épargnés. Pour hâter la procédure, on utilise l'accéléré jusqu'à ce qu'il se passe quelque chose au rayon des soutiens-gorge. On scrute ensuite la séquence à vitesse réelle pour voir si elle ne recèle pas un détail digne d'intérêt.

Pendant que l'on peine sur ces documents d'anthropologie, Madame Latendresse multiplie ses offensives libidineuses, mais on reste de marbre.

À 20 heures, on trouve ce qu'on cherche. Une personne – homme ou femme? impossible de savoir – habillée pour affronter un blizzard, portant chapeau, perruque et verres fumés, entre dans la boutique et furète çà et là.

Une autre personne – une femme celle-là... ou alors, l'opération a vachement bien réussi – entre à son tour et monopolise l'attention de la vendeuse. Type méditerranéen foncé, tendance côte méridionale.

La première, qui s'attardait au rayon des godemichés, se déplace vers celui des soutiens-gorge. Elle extrait une boîte de sa poche, la place sur une étagère parmi ses semblables et continue à fouiner dans le magasin.

Le *time code* indique 13: 09: 12. Six minutes et quinze secondes plus tard, Sandra Kontour défuntait.

— Aucun doute, dit Lebra, c'est lui ou elle. Reste à savoir si la femme est complice ou si elle se trouve là par hasard.

Il se penche sous la console devant laquelle nous sommes assis et dit:

— Je vous en prie, Madame Latendresse, reprenez vos esprits et sortez de sous la table. Vous perdez votre temps, on n'est pas des émules de Bill Clinton. Venez, on a besoin de vos lumières.

Elle se relève en se frictionnant les reins.

— Regardez bien. Ce client est passé en début d'après-midi.

— JE sais. Mais ce n'était pas un client. Il a fourré son nez partout et il est reparti sans rien acheter.

— Vous l'avez vu en chair et en os. Malgré le déguisement, il y a des façons d'agir qui se sentent. Surtout de la part d'une spécialiste. Est-ce un homme ou une femme ?

— JE n'en sais foutrement rien ! Vous voyez bien que cette chose est fagotée comme l'as de pique au mois de janvier. Impossible de déceler une silhouette sous ces hardes à la con.

— Et la femme qui vous parle, qu'est-ce qu'elle voulait ?

— Du temps perdu, encore. Elle cherchait quelqu'un.

Tout à coup la commerçante ouvre de grands yeux surpris en couvrant sa bouche étonnée d'une main stupéfaite (la gymnastique n'est pas à la portée de tout un chacun). Elle ajoute :

— Maintenant que J'y repense, la description qu'elle M'a fournie correspond à celle de la victime.

Lebra me regarde en haussant les épaules. Cette nouvelle donnée l'embarrasse autant qu'elle me turlupine. Une question traduit sa pensée et la mienne.

— Si cette femme est complice, pourquoi ne s'est-elle pas déguisée ?

— Cheez Wiz[2] et boule de gomme !

L'esprit analytique de Lebra se heurte à un cul-de-sac. Pour satisfaire son obsession du classement, il va devoir recourir une fois de plus à ce fourre-tout commode que l'on nomme coïncidence.

On progresse, tout de même. Pour achever de confirmer ma thèse, on repasse les vidéos des jours précédents dans l'espoir d'isoler le moment où le suspect achète le soutien-gorge fatal.

On ne trouve rien.

— L'individu se sera déguisé autrement ou sera venu à l'état nature.

— Voilà ce qu'on va faire : on copie chacune des séquences où il y a achat de soutien-gorge et on visionne tout ça demain à tête reposée.

— Ça peut être long.

— Posons une limite arbitraire : on remonte à dix jours, pas plus. Le meurtrier n'avait aucune raison de faire traîner les choses.

---

[2] Je voulais écrire « Munster et boule de gomme », mais des esprits chagrins m'auraient accusé de verser dans la facilité.

On procède. Trente-huit cas émergent de la masse des clients. On se propose de les enregistrer bout à bout sur CD. On s'y met. En copiant le huitième dans le buffer, un détail me saute aux yeux.

— Stoppe ! Vise-moi cette personne à la caisse en train de tendre des billets à Madame Latendresse. Que vois-tu à son poignet ?

— Une montre. Si on s'arrête à tous ceux qui portent des montres, on n'est pas sortis de l'auberge.

— Fais un zoom avant, tu vas comprendre.

Il se rend à ma demande.

— Tu vois ? Une vieille Tissot de plongée identique à celle que portait Rinfrette. Grossis encore. Regarde la main.

— Un anneau à l'auriculaire ! Eh bien ! L'affaire est en train de devenir haute sur pattes ! Un vicieux démiurge aurait-il ressuscité le monstre ?

— Pas obligatoire. L'achat remonte à neuf jours, soit 48 heures avant la mort de Rinfrette.

On reprend la séquence dans l'espoir de se faire une idée du personnage. Impossible de mettre un sexe sur cette silhouette qui flotte dans des vêtements amples. Il (ou elle) garde la tête baissée ; l'éclairage provenant du plafond, son visage reste dans l'ombre. La montre est un modèle pour homme, mais les femmes se fichent de ces différences de nos jours. Quant à la main, elle pourrait appartenir à un homme autant qu'à une femme un peu forte.

— Repassons la séquence montrant le suspect en train de replacer le soutien-gorge sur la tablette.

Encore un autre gaucher. L'angle de la prise de vue n'est pas favorable, mais il me semble apercevoir un scintillement furtif au doigt débusqueur de cérumen. Malheureusement, le poignet n'est pas visible.

Par ailleurs, rien dans les vêtements ni dans la dégaine ne permet de conclure que l'acheteur et le rapporteur ne forment qu'un seul et même individu. Rien non plus ne permet de conclure le contraire. On n'a qu'une certitude : le second ne peut pas être Rinfrette ; il était déjà mort.

*

À 20 heures 30, nous laissons Madame Latendresse seule avec ses ambitions fellationniques déçues et son commerce voué à la banqueroute.

Elle est au désespoir. Pourtant, ce ne sont pas les ennuis financiers qui la chamboulent. Non ! Elle ne peut admettre que la pipeuse top niveau qu'elle prétend être ait été éconduite par des mâles hétéros assez portés sur la chose. Elle songe à la retraite. Dans la honte la plus hideuse.

— Je ne m'en remettrai jamais, dit-elle. Vous m'avez tuée ! Me faire subir un pareil affront après une glorieuse carrière, je ne le supporterai pas ! Vous êtes des monstres d'ingratitude ! Refuser le plaisir, alors qu'il vous est si généreusement offert ! C'est une infamie ! À quoi bon avoir consacré ma vie à la défense et à l'illustration du pompier pour en arriver là ? J'ai perdu mon temps ! J'y ai laissé ma jeunesse ! J'y ai flétri mes lèvres ! Pour des prunes ! Ah ! quelle chiennerie ! J'ai redonné des bandaisons d'acier à des légions de pauvres mecs qui avaient perdu espoir de se tremper le biscuit une dernière fois avant de crever, j'ai fait jaillir des geysers de cyprine dans des vagins que la médecine avait déclaré à jamais taris. Tout ça pour en arriver là !

Elle se sent si amoindrie qu'elle oublie de mettre des majuscules aux pronoms personnels et aux adjectifs possessifs qui font référence à sa personne. C'est un signe de détresse indéniable.

En désespoir de cause, elle fait une ultime tentative sur le personnel de la police scientifique qui remballe ses outils. Sans succès. D'un côté, c'est gai de la tête aux pédales ; de l'autre, c'est jeune, ça aime la viande fraîche et ça ne semble pas en manquer. Son chagrin fait peine à voir.

Lebra met la cerise de la muflerie sur le sundae de l'indignation. En exploitant les ficelles des « arts et traditions populaires », il lui explique que :

— On peut mener un cheval à l'abreuvoir, mais on ne peut l'obliger à boire. C'est une loi de la nature.

Nous avons juste le temps de nous réfugier dans la Caprice, poursuivis par Madame Latendresse qui nous menace avec des ciseaux. Sa surcharge pondérale, ses harnais bridés serrés et ses talons aiguilles nous sauvent la vie.

*

Une fois à l'abri, je demande :
— Programme ?

— On va chez Sandra Kontour. La tâche de prévenir la famille m'incombe et je préfère m'en acquitter avant que les médias ne le fassent.

À la radio, le cirque médiatique autour du meurtre de la jeune femme roule déjà à plein régime.

Un animateur excité dirige une tribune téléphonique improvisée réunissant des personnalités du monde politique et syndical. Des spécialistes qui ont des opinions sur tout, des solutions à tout, mais qui ne sont jamais en mesure de les appliquer à cause de la conjoncture, à cause du gouvernement précédent, quand ce n'est pas à cause du 11 septembre. On a droit à la panoplie complète des funambules de la parlote qui sévissent au Québec.

Une voix indignée accroche mon oreille au milieu de l'indignation générale. Une femme. L'animateur la présente comme étant la chef du Service de l'équité scolaire au Conseil du statut de la femme. Son travail consiste à monter des programmes destinés à inciter les filles à poursuivre des études universitaires. Lorsqu'elle dit s'appeler Octavia Mars, j'ai la certitude qu'il s'agit de l'une des Dame-Foulard dont j'ai épié la conversation sur la terrasse de l'avenue Cartier le jour de la mort de Léa Painchaud. La patronne, autrement surnommée Caniche-gueule-de-carpe.

Madame Mars y va d'une charge à fond de train :

— Nous faisons face à un complot organisé, pléonasme-t-elle. Une brillante criminaliste et une jeune étudiante en génie ont payé de leur vie l'outrage d'avoir investi un domaine réservé aux hommes. Le message est clair : la clique patriarcale est en train d'opérer une offensive majeure contre les droits légitimes des femmes arrachés de haute lutte au cours des dernières décennies. Des hordes de sanguinaires Marc Lépine rôdent parmi nous. Qui sera la prochaine victime de ces phallocrates enragés ? Vous ? Moi ? Une gérante de Caisse populaire ?

Stéphane Dino, le croque-mitaine atrabilaire qui sévit à Ottawa, tente de l'interrompre pour lubrifier les oreilles des auditeurs à l'huile de foie de tordu. La dame ne s'en laisse pas imposer. Le ton haut perché, elle poursuit de plus belle :

— Ces agressions font partie d'une stratégie globale dans laquelle on retrouve la compression des enveloppes budgétaires réservées aux organismes voués à la défense des droits des femmes. Le patriarcat donne l'assaut sur tous les fronts ! Son plan de guerre est limpide : démoraliser les militantes en semant la terreur pour ensuite saper les infrastructures qui coordonnent notre lutte. Les femmes de tous les milieux doivent se mobiliser pour contrer ces attaques sauvages. Ne laissons pas l'assainissement des finances de l'État se faire sur notre dos. J'incite mes sœurs à se regrouper en comité de défense et à organiser dans les plus brefs délais une marche de protestation. Une vigile est en train de se mettre en place devant l'Assemblée nationale. J'exhorte les jeunes femmes à venir nous rejoindre – particulièrement celles qui refusent de se dire féministes sous prétexte que notre mouvement n'aurait plus sa raison d'être parce qu'il aurait atteint ses objectifs. Miroir aux alouettes que tout ça ! Désinformation insidieuse concoctée par des phalanges de mâles rétrogrades nostalgiques de l'époque où ils régnaient sur nos corps et sur nos destinées. Les événements que nous vivons démontrent que la bête est toujours tapie dans l'ombre, prête à fondre sur nous. Plus que jamais, nous devons redoubler d'ardeur et de vigilance ! Il faut préserver nos acquis et poursuivre la lutte pour l'accès à l'égalité. Le sexisme ne passera pas ! Répondons à l'intimidation par l'unité dans la détermination ! Toutes sur la Colline parlementaire !

À bout de souffle, elle est contrainte d'observer une pause. Stéphane Dino, qu'on entend grogner d'impatience depuis un moment, en profite pour lui ravir le crachoir. Sans doute occupée à refaire son rouge à lèvres, Octavia Mars ne peut empêcher le flot de vinaigre d'envahir les ondes. Avec un sens de l'à-propos qui étonne, l'homme descendu du fiel pour sauver le Canada se met à parler de clarté référendaire.

Heureusement, nous arrivons à destination.

# 11

La rue Dubord-Dhuly se trouve dans un coin cossu de Sainte-Foy à proximité de la falaise surplombant le fleuve.

Sandra Kontour habitait une superbe cabane de style victorien. Je ne m'y connais pas en évaluation foncière, mais voilà de la crèche qui va chercher dans les deux ou trois millions de dollars et peut-être davantage.

Une plaque en cuivre est vissée au mur près du bouton de la sonnette. Elle raconte que Maïssa Kekpar est psychothérapeute et qu'elle reçoit sur rendez-vous seulement.

— Un autre rapetisseur de têtes, remarque Lebra. Se dessinerait-il une convergence ?

— Rien d'autre qu'une coïncidence, voyons.

— Quoi qu'il en soit, on va consulter.

Il sonne.

Après un moment, la serrure joue et la porte s'ouvre. Une femme dans la mi-trentaine vêtue de noir, le sourcil interrogateur, apparaît dans l'embrasure. Belle et sombre comme l'idée que je me faisais de Shéhérazade à l'époque où la veuve poignet me consolait mal du désir insatisfait de serrer une femme en chair et en os (pas trop en os, tout de même) dans mes bras assoiffés de tendresse (ça, c'est du style !).

Lebra et moi ne pouvons retenir un haut-le-corps. Nous avons déjà vu cette gonzesse-là quelque part. Shéhérazade enregistre la réaction.

— Qu'est-ce qui vous surprend ainsi ? demande-t-elle d'une voix de contralto à la fois douce et assurée.

Lebra ravale son étonnement. Il lui montre son badge et dit :

— Police ! Je suis l'inspecteur Hector Lebra. J'aimerais vous poser quelques questions.

Un soupçon d'agacement passe dans les yeux de la femme.

Lebra pointe un doigt vers la plaque de cuivre et demande :

— C'est vous ?

— Oui. C'est à quel sujet ?

— Êtes-vous parente avec Sandra Kontour ?

— Pas vraiment, pourquoi ?

— Pas vraiment, ça laisse place à l'interprétation. Pourriez-vous préciser ?

— C'est la fille de mon mari. Pourquoi la recherchez-vous ?

— Et monsieur Kontour, il est à la maison en ce moment ?

— Il est décédé l'an passé. Un accident de voiture. Encore une fois, que voulez-vous ?

— Si nous discutions de tout ça ailleurs que sur le paillasson ?

— Suivez-moi.

On obéit d'autant plus volontiers que suivre une pareille croupe, on y passerait sa vie sans réclamer d'émoluments compensatoires (voir page 80, 3 derniers paragraphes). Nous débouchons dans un salon à peine plus petit qu'un terrain de football. Au fond, un foyer en marbre qui doit valoir à lui seul un pâté de maisons de pauvres.

Lebra en profite pour remplir sa mission.

— Vous revoilà en deuil, madame. Votre belle-fille a été assassinée, il y a quelques heures.

Si l'on s'attendait à la grande scène du deux avec pleurs, cris, arrachement de cheveux, on en est pour nos frais. Bien que la révélation soit brutale, la belle dame l'encaisse avec un calme déconcertant. Elle demande seulement :

— Comment est-ce arrivé ? Et où ?

— C'est moi qui pose les questions. Qu'avez-vous fait cet après-midi ?

— Des courses à place Laurier. Sandra m'accompagnait. Je l'ai perdue de vue chez Sears. Je pensais la retrouver plus tard dans un autre magasin. Nous suivons toujours à peu près le même circuit, vous savez.

— Justement, Sandra a été retrouvée morte dans une boutique de lingerie fine du centre commercial.

— Ah oui ?

— Le plus embêtant dans l'affaire, c'est que les caméras de surveillance de la boutique…

Caméras de surveillance ! L'euphémisme est des plus charmants.

— … vous ont filmée quelques minutes avant le décès de votre belle-fille. On a aussi de bonnes raisons de croire que le meurtrier était sur place en même temps que vous. La coïncidence n'est-elle pas étrange ?

— Qu'insinuez-vous ?

— Je n'insinue rien, je constate et j'interroge.

— Je me suis rendue dans cette boutique en croyant y retrouver Sandra…

Elle ne ment pas : Madame Latendresse nous a dit qu'elle cherchait quelqu'un répondant au signalement de la morte.

— … Elle m'avait parlé de son intention de se procurer des sous-vêtements érotiques. Elle avait un nouvel amant et il semblerait que… qu'il… enfin… un homme rose… vous voyez ce que je veux dire. Il paraît qu'avec eux, sans les accessoires idoines, la copulation ne quitte pas le domaine de l'hypothèse.

— Il y a plus embêtant : le meurtrier a profité du moment où vous accapariez l'attention de la vendeuse pour tendre son piège. Étrange, non ?

— Un gaz intestinal sonore échappé…

— Un pet, en somme ?

— Si vous préférez ; mon métier m'a appris à m'adapter à tous les niveaux de langage… même à celui des poulets. Donc, un pet échappé en même temps qu'un coup de tonnerre éclate n'autorise personne à établir une corrélation entre les deux événements.

— Où voulez-vous en venir ?

— À ceci : vous confondez proximité et causalité, monsieur le policier ! Comme argument, ça ne vaudrait rien devant une cour de justice.

— Nous n'en sommes pas là.

— Où en sommes-nous, alors ?

La chatte sort ses griffes, on dirait. Elle poursuit :

— Si vous me soupçonnez du crime, portez une accusation. Si ce n'est pas le cas, dites-moi comment Sandra a été assassinée et je pourrai peut-être vous mettre sur une piste. Après tout, je la connais mieux que vous.

Lebra lui explique l'affaire et termine :

— La psy que vous êtes en aurait sans doute long à dire sur le symbolisme du traquenard.

— Il n'y a pas à creuser trop profond, en effet : un dangereux misogyne rôde dans la région.

— Figurez-vous qu'on est arrivés à la même conclusion.

— Une femme déchiquetée par une bombe dans le vagin la semaine dernière et maintenant vous me parlez d'une attaque aux seins. N'y voyez-vous pas une parenté ?

— Ce rapprochement ne nous a pas échappé non plus.

— Si ces meurtres sont le fait d'une seule personne...

— Impossible ! Le meurtrier de l'avenue Cartier a rejoint sa victime le jour même.

— Vous en êtes sûr ?

— La certitude absolue n'existe pas, mais la présomption frôle les 100 %.

— En ce cas, il s'agit d'une pathologie identique. Le second meurtrier poursuit la séquence comme s'il s'était donné mission de terminer le travail en respectant le programme établi par son modèle.

— Expliquez-vous.

— Le premier s'en est pris au sexe, tandis que l'autre a visé un attribut sexuel secondaire. Il ne s'arrêtera pas là. La prochaine fois, la mort arrivera par la bouche, j'en suis convaincue. Je dispose de trop peu d'éléments pour établir un profil valable, mais je subodore déjà deux psychopathes ayant subi des frustrations amoureuses. Avec la mère en premier lieu, c'est certain.

L'objet du courriel de ce matin me revient à la mémoire : « *Toutes des chiennes... surtout ma mère !* »

— Qu'est-ce qui vous le laisse croire ? demande Lebra.

— Les psychopathes obéissent à une logique qui leur est propre. Ils identifient un responsable de leurs difficultés existentielles, puis ils cherchent à le détruire. Si ce n'est pas possible – quelle qu'en soit la raison –, ils transposent dans l'ordre symbolique leur besoin de tuer. Ici, la séquence est éloquente : le vagin par où transite la vie – et donc la mort –, le sein qui nourrit, mais dont on est sevré aussi, et la bouche qui embrasse, qui susurre des mots doux, mais qui commande, qui interdit, qui exige. Bref, la mère. La chronologie est respectée : la naissance/mort, le sevrage et le dressage.

— Merci pour la consultation, on verra ce qu'on peut en tirer. En attendant, serait-il possible de jeter un coup d'œil à la chambre de Sandra ?

— Je pourrais exiger un mandat, mais à quoi bon ? Venez.

Nous pénétrons dans une piaule qui pourrait héberger quinze familles de boat people. Le nid d'une jeune adulte qui n'avait pas encore bazardé tous ses joujoux d'adolescente. Les couleurs vives et saturées dominent ; on se croirait sur le plateau de tournage de *Passe-partout*, ce fleuron de la télé québécoise qui a abruti des cohortes de petits bouts de chou sans défense.

Rien de particulier à signaler si ce n'est une collection de figurines à l'image d'une seule bébite : la coccinelle (pas la voiture nazie, la mouche à patates). Il y en a en bois, en plastique, en peluche, en céramique, en ivoire, en cuivre.

— Ces œuvres sont de la main de Sandra ? demande Lebra.

— Oui. Elle a… enfin… elle avait un joli talent d'artiste. Son père aurait voulu qu'elle fasse les beaux-arts, mais elle avait plutôt choisi d'é-tudier en génie. Elle l'admirait beaucoup et souhaitait marcher sur ses traces.

— Bizarre cette obsession des coccinelles. Vous avez une explication ?

— Simple fixation clitoridienne. La couleur, la forme arrondie, tout y est.

— Des mauvaises langues prétendent que ce que vous appelez fixa-tion est le lot quotidien d'un grand nombre de femmes.

— Sans doute, mais il ne faut pas confondre pratique « normale » et pratique « obsessionnelle ». Sandra était d'ailleurs en analyse à ce sujet.

— Avec vous ?

— Vous n'y pensez pas ! Ce serait contraire à toute éthique. Je l'ai référée au docteur Aimé Gallo. Une sommité à Québec. Vous le trou-verez dans l'annuaire.

Lebra éprouve un léger haut-le-corps avant d'ajouter :

— Je vous demanderais de rester à la disposition de la police et de me prévenir si vous deviez quitter la ville. Merci de votre collaboration et bonsoir, Madame Kekpar.

Elle nous raccompagne vers la sortie. Nous la suivons avec un intérêt aussi soutenu qu'à l'aller, sans compter les coupons de réduction consentis par l'institution financière en collaboration avec les commerçants du quartier.

Nous voilà dehors. Madame Kekpar referme derrière nous.

Comme la porte de chêne va rejoindre le chambranle du même métal, il me vient un flash. Lebra a commis un oubli que je m'empresse de réparer. Les bonnes manières vont en souffrir, mais la cause est louable : d'un pied impertinent, je bloque le mouvement.

— Un instant, s'il vous plaît, Madame Kekpar.

— Oui ?

— Le nouvel amant de Sandra, cet homme rose qui a de la mollesse dans les genoux du manche à couilles, vous pouvez nous fournir ses coordonnées ?

— Je sais seulement qu'il se nomme Sigmund Debovoar et qu'il est interne à Robert-Giffard dans le département que dirige le docteur Aimé Gallo. Je crois que c'est par cette filière que Sandra l'a connu.

— Merci encore.

L'huître se referme… je veux dire l'huis se referme sur l'énigmatique Shéhérazade, ce qui nous plonge dans une nuit hésitante, cette pénombre ocreuse typique des banlieues dortoirs.

— Eh ben, mon vieux, si tu apprécies les coïncidences, te voilà servi ! Un autre psy dans le décor ! Ça tourne à l'épidémie ! Le pied, ce serait que…

— L'Aimé Gallo en question soit aussi le curateur pubique qui a foutu une gono à Juliette. C'est ça ?

J'opine.

— Tu peux t'épancher à ton aise dans tes bobettes surmenées. Gallo figure sur la liste des professionnels de la santé qui lui ont prodigué des soins.

— Quelle conclusion en tires-tu ?

— Aucune ! Nous pataugeons dans le coaltar.

— Dans la soupe aux coïncidences, tu veux dire.

— Tu ne te doutes pas à quel point. Écoute ça : Sigmund Debovoar est membre du MEC !

— Hein ???!!! Tu plaisantes, ou quoi ? Un homme rose qui serait militant masculiniste ? N'y a-t-il pas contradiction dans les termes ?

— Oui… sauf si on le considère comme un agent double.

Je ne dormirai pas à Montréal ce soir, la chose est certaine.

# 12

Dans la voiture, la radio nous apprend que Madame Octavia Mars n'a pas prêché dans le désert. Des centaines de femmes seraient déjà rassemblées devant l'Assemblée nationale.

Je branche mon laptop sur le site web du réseau des nouvelles (merci Bluetooth !). Des caméramans sont déjà sur place. Une foule bruyante se presse devant le Salon de la race. Des techniciens s'affairent à installer des micros en haut des escaliers menant à l'entrée principale. Des images provenant de Grande Allée et de René-Lévesque montrent un flot de femmes en route vers l'Assemblée nationale. Le party improvisé n'a pas fini de prendre de l'ampleur.

L'émission est interrompue pour permettre la diffusion d'un bulletin spécial. Le Service canadien de renseignement et de sécurité demande à la population de faire preuve de vigilance. Des messages interceptés sur Internet laissent croire que le Canada est dans la mire d'Al Qaïda. On craint que la tactique des bombes dans les centres commerciaux soit appliquée dans nos banlieues. L'alerte orange a été décrétée.

— Il ne manquait plus que ça, dit Lebra d'une voix lasse.

Je reviens au petit ami de Sandra Kontour :

— Ainsi, tu estimes que Debovoar joue double jeu ?

— Je me borne à formuler une hypothèse.

— Qui soulève une double interrogation : feint-il l'homme rose pour infiltrer le mouvement féministe ou, au contraire, se prétend-il masculiniste pour percer les desseins de l'ennemi macho tapi dans les jungles urbaines ?

— Une troisième voix est envisageable : il est peut-être masculiniste par conviction et il pose en homme rose par opportunisme.

— Mais encore ?

— Les féministes sont majoritaires dans son environnement et il joue les sympathisants pour se tremper le pinceau de temps en temps. Ça fera de la pé-peine aux militantes bien carrossées mais, comme sergent-recruteur, leur cul surpasse – et de loin ! – leurs plus savantes démonstrations.

— J'en sais quelque chose ! Combien de fois ne me suis-je pas mué en défenseur du droit des femmes pour arriver à culbuter de robustes émules de Kate Millet à la dialectique aussi rugueuse que phallophobe ?

— Qu'est-ce qu'il ne faut pas faire pour se mettre !

— À qui le dis-tu ! Je suppose que tu envisages une visite à Debovoar ?

— Je ne sais trop quoi penser. Quand je l'ai interrogé la semaine passée, j'ai cru deviner qu'il avait la tête plantée sur les épaules.

— Des antécédents judiciaires ?

— Aucun. Son dossier scolaire est également sans tache. Des A partout. Avant de faire sa médecine, il a obtenu un bac en informatique et travaillé dans le domaine pendant deux ans. Je lui ai demandé pourquoi il avait laissé tomber et il m'a répondu qu'il avait fait le tour de la question ; il voulait s'attaquer à la seule machine qui lui posait un défi : le cerveau humain.

— Un peu prétentieux, non ?

— Il semble capable de soutenir ses prétentions. Après sa médecine, il a entrepris des études post doc en neuro quelquechose. Loin d'être un deux de pique ! Je le vois mal en assassin. De plus, il aurait été maladroit de liquider sa petite amie une semaine après que le gourou du groupe masculiniste auquel il appartient ait plastiqué Léa Painchaud. Je l'ai interrogé et il devait se douter que je rappliquerais dès que j'aurais été informé de sa relation avec la victime. Et sachant tout cela, il aurait quand même procédé ? Ça ne colle pas. Les psychopathes ne commettent jamais ce genre de bourde. Surtout quand ils se coltinent un Q.I. évalué à plus de 150.

— Tu dérapes des méninges ! Quelle que soit l'intelligence de l'auteur de ce piège, il ne pouvait prévoir qui s'y laisserait prendre. Même si Debovoar savait que Sandra se procurerait un soutien-gorge ce jour-là et à cet endroit, il ne pouvait être certain qu'elle ne serait pas devancée par une autre femme ni qu'elle choisirait la pièce trafiquée. S'il a voulu tuer sa copine, il a utilisé un moyen incriminant pour lui et hasardeux quant au résultat. S'il est aussi bollé que tu le dis, il aurait compris ça.

— Oui, mais – et je vais prendre le contre-pied de ce que je viens d'affirmer pour le plaisir de te contredire – des gens qui se prétendent rationnels achètent des billets de 6/49 alors qu'ils n'ont qu'une chance sur 14 millions de toucher le gros lot. Notre détraqué a peut-être fait preuve de la même naïveté en tablant sur sa bonne étoile. Surtout qu'il avait une information qui réduisait les possibilités : sa victime chausserait du 34 C.

— Ce n'est pas la pointure la plus courante, j'en conviens, mais ça laisse encore beaucoup de place au hasard. Et bien davantage si on fait entrer dans le calcul les pulsions de conformité qui poussent certaines femmes à se raconter des histoires quant à leur volume mammaire.

— Je te suis mal.

— Qui n'a pas déjà entendu parler de ces personnes un peu enveloppées qui achètent des vêtements une taille au-dessous de leur taille véritable en croyant qu'elles finiront par entrer dedans ? Ce besoin de répondre aux stéréotypes joue aussi quand il s'agit de se procurer un soutien-gorge. On l'a vu en consultant les archives de Madame Latendresse : bon nombre de « 34 B » avérées apportaient un 34 C dans la cabine au cas où elles auraient rejoint, par la magie du désir, le club des gros nichons.

— Selon ce point de vue, seules les planches à repasser ayant admis leur statut de planche à repasser seraient vraiment à l'abri d'un tel piège.

— Rien, cependant, ne permet d'affirmer que le meurtrier se soit tenu un tel raisonnement. Peut-être visait-il effectivement les femmes ayant des seins plus gros que la moyenne. C'est une piste, mais elle possède autant de ramifications que le delta du Mississippi.

— Rien non plus ne dit qu'il a choisi un format plutôt qu'un autre.

— Facile à vérifier. On est là comme deux crétins de montagne à spéculer à vide, alors qu'on possède des images.

Je rallume mon laptop et repasse les archives de Madame Latendresse.

Je retrouve la séquence où notre type règle son achat à la caisse. Je recule dans le temps. Grâce à d'autres prises de vue, je retrouve le même qui entre dans le magasin. Il se dirige vers l'étagère des soutiens-gorge et en prend un sans en vérifier le modèle ou la taille. Voilà qui est clair.

Je tourne l'écran vers Lebra et lui fait voir la séquence. Il tire la même conclusion que moi :

— Le bayou de possibilités vient de prendre une singulière expansion.

— Ça n'innocente pas Debovoar, mais ça prouve que le meurtrier ne visait aucune femme en particulier.

— Un Marc Lépine sournois. Nous voilà bien avancés.

— Nous avons tout de même une certitude : nous avons affaire à un ou plusieurs malades qui tirent large. Et cela nous oblige à remettre en question la parenté que nous avons cru déceler entre le meurtre de Léa et celui de Sandra. Les similitudes nous ont caché les différences.

— Que veux-tu dire ?

— Le premier visait quelqu'un de précis – Juliette – alors que le second, on le sait maintenant, laissait le hasard choisir la victime parmi l'ensemble des femmes acheteuses de soutiens-gorge folichons.

— Le registre n'est plus le même, en effet. Le premier meurtre a été motivé par la vengeance, alors que l'autre ressemble à un acte terroriste aveugle.

— Maïssa Kekpar se serait donc trompée en parlant de psychopathes mus par un complexe mal digéré. Il va falloir réviser notre théorie : le terrorisme est le fait d'un groupe organisé et non celui d'un fou agissant seul. J'ai bien peur qu'Octavia Mars n'ait raison : des extrémistes mâles ont fomenté cet attentat et ils ont l'intention de poursuivre leur sanglante croisade.

— Pourtant, en niant la parenté entre le meurtre de Léa et celui de Sandra, on rend un fait inexplicable : pourquoi les meutriers portaient-ils une vielle Tissot et un anneau d'ingénieur ?

— Tu t'égares, Edgar ! L'acheteur du soutien-gorge en portait. Pour le rapporteur, on ne sait pas. Attends, je vérifie.

Je reviens à mon laptop. Je rassemble toutes les séquences où apparaît ledit rapporteur. Lors du premier visionnement, obnubilés par la découverte, on a cessé de nous intéresser à lui dès qu'on l'a vu accomplir son geste. Cette fois, je me concentre sur la suite.

Il n'est pas pressé de partir. Il poursuit son tour du magasin et entre dans le champ d'une autre caméra. Il s'arrête au rayon des strings, tend la main, effleure le tissu et... Que vois-je ? Une Tissot au poignet et un anneau au petit doigt ! Il répète le même manège devant trois objectifs différents.

L'histoire de la montre et de l'anneau est connue : j'en ai parlé dans *La Leçon*. Il n'est pas exclu que le rapporteur en ait eu vent. S'il porte des objets semblables dans la vie de tous les jours – et si de surcroît il est membre du MEC –, il aurait été mal avisé de les garder pour accomplir son forfait.

Surexcité comme si j'avais bouffé du lion assaisonné à la dynamite, j'explique ma trouvaille à Lebra. Je lui fais voir la séquence et ajoute :

— Ce type connaît le commerce en ligne de Madame Latendresse : il sait où sont placées les caméras. Il est clair qu'il a tout fait pour que sa montre et son anneau ne passent pas inaperçus.

— Conclusion : Il n'a rien à voir avec le meurtre de Léa, mais il veut diriger la police dans ce cul-de-sac. Pourquoi ? Qu'est-ce qui le motive ?

— Il sait que le MEC regroupe une forte proportion d'ingénieurs et il cherche à incriminer le mouvement.

— Corollaire : aucun membre du MEC n'a trempé dans cette affaire, ça serait trop bête. Je vais quand même commander une vérification. On a les numéros des cartes de crédits des clients de Madame Latendresse ; il s'agira de voir si l'un d'eux appartient à l'organisation de Rinfrette. En attendant, j'en ai plein les bottes : je vais me coucher. Je te dépose quelque part ?

— Dans les environs de l'Assemblée nationale, si tu n'y vois pas d'objection. Il faut que je me trouve un gîte meublé pour la nuit et il n'y a pas de meilleur endroit pour draguer à Québec ce soir.

La radio de bord grésille. Une voix monocorde récite :

— Appel à toutes les unités en service. Je répète : appel à toutes les unités en service. Ordre de vous rapprocher de l'Assemblée nationale. Je répète : tous les effectifs doivent se concentrer à la limite du Vieux-Québec et du quartier Saint-Jean-Baptiste.

Lebra échappe un juron qu'il serait malséant de reproduire ici.

Pendant que nous roulons, j'appelle Bellefeuille.

— Réserve-moi la une de demain, j'ai du nouveau.

— Trop tard, mon montage est bouclé. Je n'ai plus de place.

— Plus de place mon cul ! Tu remplis tes pages avec des resucées que les agences de presse te refilent pour des pinottes. Des histoires invérifiables qui se passent toujours dans des ailleurs énigmatiques. Tu dois avoir plusieurs entrefilets du type : « Une femme enlevée par une tornade en Chine ; on la retrouve saine et sauve trois cents kilomètres plus loin ».

— Oui, j'ai ça. Comment as-tu deviné ?

— C'est la quatrième fois que tu le ressers en un mois. Ça finit par se remarquer. Fais sauter des conneries de ce genre et personne ne s'en plaindra.

— De quoi s'agit-il ?

Je lui expose les faits.

— Ton histoire n'intéressera personne demain : les médias électroniques auront déjà défloré le scoop.

— Mais eux n'ont pas de photos de Sandra Kontour allongée quasi nue dans une cabine d'essayage. Avec une pareille planche en couleurs à la une, tu vas faire un malheur. De plus, je possède des informations que tes concurrents ne peuvent pas avoir obtenues.

Il fait semblant de céder à contrecœur, mais je sais que le visuel macabre le fait mouiller.

— Je te donne une demi-heure, pas plus.

— J'y pense : publie d'abord mon article sur le site Internet du journal.

En moins de quinze minutes, je chie ce qui suit :

## Le tueur à la Tissot ressuscité ?

*Québec – Tôt dans l'après-midi, une jeune femme a été trouvée morte dans un magasin de lingerie friponne de Sainte-Foy. Elle aurait été empoisonnée.*

*Des sources bien informées prétendent que la police aurait découvert que le meurtrier avait au poignet une montre de plongée de marque Tissot et un anneau d'ingénieur à l'auriculaire.*

*On se rappellera qu'une autre jeune femme a connu une fin atroce la semaine passée à Québec et que son assassin présumé portait des accessoires identiques. L'homme dirigeait un groupe masculiniste ; il est mort de façon inopinée quelques heures après sa victime.*

*La police, qui avait clos le dossier, se perd en conjectures. Se serait-elle trompée de coupable ? Le tueur aurait-il suscité un imitateur vouant une haine mortelle au sexe féminin ? La voie du terrorisme intersexe est également envisagée et certains groupes masculinistes seraient déjà sous enquête.*

*Par ailleurs, on apprend qu'un mouvement de protestation spontané prend forme dans la capitale. Des milliers de femmes seraient en train de se regrouper devant l'Assemblée nationale pour réclamer des mesures extraordinaires de protection auprès du ministre de la Sécurité publique.*

*La Leçon a dépêché sur les lieux le meilleur de ses correspondants. Restez branchés ! Des sources policières désirant garder l'anonymat laissent entendre que le plus fin limier du service de police de Québec – le célèbre inspecteur Hector Lebra – serait déjà sur une piste sérieuse. C'est à suivre !*

Je lis mon papier à Lebra avant de l'envoyer à Bellefeuille. Lorsque j'en ai terminé, il laisse tomber :

— Tu as vraiment un talent fou pour monter des intrigues fondées sur du néant. Cette piste sérieuse, où est-elle ?

— Je n'en sais foutrement rien ! À toi de la trouver !

— Ça ne te gêne pas de mentir sans vergogne ?

— Mon boss ne me paie pas pour dire la vérité, il me paie pour vendre du papier.

Le cellulaire de Lebra carillonne l'*Angélus* de Millet (la performance n'est pas à la portée de n'importe quel appareil, vu qu'il s'agit d'un tableau), ce qui m'évite des remontrances plus élaborées.

— Hector Lebra, j'écoute !

— …

— Tétro comment, dites-vous ?

— …

— Tétrodotoxine. Ça mange quoi en hiver ?

Il garde le silence un petit moment, puis dit merci et raccroche.

— C'était le laboratoire. Aucune empreinte sur l'inoculateur qui a tué Sandra Kontour. Le type devait porter des gants. Par ailleurs, on s'est trompés de curare. Le toxico affirme qu'elle a succombé à une dose de tétrodotoxine capable de tuer un cachalot. Par voie orale, ça provoque la mort en quelques heures ; en injection, l'effet serait fulgurant. L'expert a pu identifier la substance grâce au résidu trouvé dans l'inoculateur.

141

Le métier de journaliste, ce n'est pas ce qu'il y a de plus reluisant, mais ça comporte un avantage : à force d'écrire n'importe quelle stupidité à propos de n'importe quelle connerie, on finit par accumuler un bagage de connaissances générales, mince en profondeur certes, mais vaste en superficie.

Tout ça pour dire que la tétrodotoxine, je connais. Ça me vient de mes premières armes à *La Leçon* alors que je crevais la dalle comme pigiste à 30 piastres le feuillet. Je travaillais mon CV, comme on disait à l'époque.

Le gros dégueulasse de Bellefeuille m'avait collé la chronique de gastronomie par sadisme : il savait que je ne bouffais pas tous les jours. Évidemment, il s'enfournait les repas de faveur offerts par les restos, pendant que je me tapais le baratin qu'il publiait sous son nom.

Mais la justice immanente a frappé : les excès lui ont tellement fait prendre d'expansion alimentaire qu'il a fini par divorcer de lui-même, n'ayant plus les bras assez longs pour atteindre sa quéquette d'oiseau-mouche noyée dans des adiposités croissantes (en fin de journée).

Si vous ne voyez pas le rapport entre tétrodotoxine et gastronomie, c'est que vous ne connaissez pas le tétrodon, ou poisson-lune, une vicieuse bestiole à l'allure pourtant débonnaire. Les Japonais le nomment fugu et ils en raffolent, même s'il recèle un alcaloïde – la tétrodotoxine – qui paralyse le muscle cardiaque. Il paraît que ce poison n'a pas d'antidote et qu'il n'est pas détectable à l'autopsie. Idéal pour se débarrasser d'un conjoint violent, d'un associé ripou ou d'une belle-mère qui s'incruste.

En dépit des précautions sévères qui entourent la préparation de ce mets, quelques centaines de Nippons crèvent chaque année après en avoir consommé.

Ces pensées me traversent l'esprit en un éclair. Par le jeu des références croisées, le fugu me rappelle un autre poisson nippon dont il a été question au début de cet ouvrage qui risque davantage de passer au pilon qu'à l'histoire : les carpes koï rapportées du Japon par Octavia Mars.

Cette évocation provoque un brutal renversement de thèse. L'idée est monstrueuse, mais ne vivons-nous pas à une époque où, plus que jamais, la fin justifie les moyens ? L'opportuniste sans scrupules qui s'en met plein les poches fait figure de héros, de nos jours. Et tant pis s'il entube les actionnaires d'Enron ou s'il pille les fonds de pension des retraités de Tartempion et Cie ; ces connards n'avaient qu'à se montrer plus vigilants.

Oublions donc les Aimé Gallo, les Sigmund Debovoar, les tordus du MEC et tous les autres pauvres types qui prennent leur queue pour un fouet à dompter les gonzesses. Le mal vient d'ailleurs.

Je m'explique. Sachant que la clientèle des cégeps et des universités est aux deux tiers féminine, on peut croire que le Service de l'équité scolaire n'a plus sa raison d'être aux yeux des élus qui prêchent la réduction de l'État. Il doit aussi s'en trouver quelques-uns pour penser que le Conseil du statut de la femme n'est plus un organisme à soutenir à tout prix. Et pourquoi ne pas passer le Secrétariat à la condition féminine dans la moulinette pendant qu'on y est ? Ces excroissances bureaucratiques ne sont-elles pas des entraves au bon fonctionnement de la loi du marché ?

Vue sous cet angle, la question « à qui profite le crime ? » conduit à une non-réponse. Il n'avantage pas les groupes masculinistes, en tout cas. Leur étoile a pâli dès que les médias ont parlé du meurtre de Léa Painchaud attribué à un militant acharné. Avec l'empoisonnement de Sandra Kontour, ils vont perdre toute crédibilité. La cause va paraître ridicule, sinon suspecte, en regard de la violence qui frappe les femmes. Surtout si le carnage se poursuit – et je prévois que c'est ce qui va se produire.

J'ai bien peur d'avoir perdu quelques-uns de mes douze lecteurs dans les arcanes de l'analyse qui précède. À vrai dire, je m'y égare moi-même. À tout événement, je chauffe la machine et poursuis la réflexion.

Comme Lebra et moi le croyons, le meurtre de Léa est affaire de vengeance personnelle qui a foiré. Mais quelqu'un a décidé de faire du surf sur cette histoire sordide, la Tissot et l'anneau utilisés à dessein dans le second meurtre le démontrent.

Alors, je me dis que si on veut faire croire à un crime inspiré par une misogynie assassine, c'est pour cacher le vrai motif de la manœuvre : on cherche à manipuler l'opinion dans un but précis que je pense avoir identifié.

Imaginons qu'il se produise d'autres assassinats du genre de celui de la boutique de lingerie. Un vent d'indignation va balayer le Québec. Dès lors, aucun politicien n'osera s'attaquer à tout ce qui touche la condition des femmes. Tabou intransgressable ! Pire que celui de l'inceste ! Aucune carrière ne résisterait à une telle violation. Même des trucs objectivement superflus comme le Service de l'équité scolaire seraient à l'abri des compressions pour le prochain quart de siècle. Le temps que les « discriminées positives » arrivent à la retraite.

Il est clair également que le sacrifice de quelques innocentes relancerait le militantisme qui s'est essoufflé ces dernières années parmi la jeune génération. D'ailleurs, Octavia Mars le déplorait à la radio tout à l'heure. La manifestation qui s'organise devant l'Assemblée nationale indique que la manœuvre est rentable.

Bref, il y a quelqu'un quelque part qui a fait sienne la stratégie de la victimisation et qui l'a poussée jusqu'au sordide en se disant qu'avec de vraies victimes bien saignantes, son efficacité médiatique en serait décuplée. Les centaines de femmes battues, violentées, intimidées, ça ne compte pas. Les malheurs quotidiens ne font pas la nouvelle parce que les statistiques, ça n'est pas spectaculaire, ça ne se met pas en scène. Alors que la viande meurtrie… Je n'ose imaginer la suite.

La « piste sérieuse » évoquée dans mon article n'était donc qu'une intuition qui n'avait pas le courage de ses opinions. Si la mort de Sandra Kontour avait été provoquée par du curare, le déclic qui a provoqué le rassemblement des pièces du puzzle ne se serait jamais produit. En conséquence, les soupçons que je conçois à l'endroit d'Octavia Mars n'auraient pas quitté les entrelacs de mes limbes personnelles. Elle ne le sait pas encore, mais ses carpes koï, elle aurait mieux fait de les offrir au Mikado.

— Tu as l'air songeur, déclare Lebra en me jetant un regard en coin.

— Bof ! Mes neurones qui jouent au squash avec des idées folles.

Je ne lui en dit pas davantage. Mon histoire se tient, mais elle repose sur des présomptions vaporeuses. Une construction de l'esprit trop bancale pour être soumise à l'approbation populaire. Et puis, si on arrêtait Mars alors que la ville risque d'entrer en ébullition pour cause de violence à l'endroit des femmes, on crierait au machisme. On ne réussirait qu'à susciter une martyre de plus. Du coup, elle deviendrait un symbole inattaquable, même si on détenait la preuve irréfutable de sa culpabilité.

Non. Avant de mettre Lebra dans le coup, je vais envoyer un ballon d'essai dans les méandres d'Internet.

C'est au tour du flic d'avoir l'air songeur. Après un court silence, il dit :

— Plus j'y pense, plus je suis persuadé que Rinfrette a été empoisonné par la même substance que celle qui a tué la jeune Kontour. Les symptômes se ressemblent trop. Le légiste a dû se laisser tromper par les piqûres d'insuline.

— Possible : la tétrodotoxine ne laisse pas de traces.

— Tu vas râler, mais je ne peux m'empêcher de soupçonner ta Juliette. Elle seule avait un mobile sérieux.

— Pas touche ! Si c'est elle qui a fait le coup, elle a rendu service à ses sœurs et fait épargner un fric fou aux contribuables. On devrait la décorer. Et puis, comment la relier au meurtre de Sandra Kontour ?

À la hauteur de l'avenue Cartier, la circulation bouchonne en raison du flot de passantes qui dégorge des trottoirs. À partir du Grand Théâtre, rien ne va plus : René-Lévesque est envahi par des milliers de femmes qui descendent vers l'Assemblée nationale en scandant des slogans teintés de racisme sexuel. Il règne une ambiance folle.

Je l'ai déjà dit : j'ai toujours manifesté aussi peu de courage que possible. Je suis un pleutre qui a du front, tout au plus. Je révise donc mes plans en ce qui concerne le gîte meublé. Mieux vaut coucher dans mon char que de m'aventurer dans ce nid de frelonnes enragées.

Lebra installe un gyrophare sur le toit de sa voiture pour se frayer un chemin dans le tumulte. Avant qu'il ne déclenche la sirène, je lui dis :

— Tu m'excuseras, je m'arrête ici. Ma description de tâche ne m'oblige pas à affronter les foules en délire. Je te rappelle demain.

Au péril de ma vie, je descends de voiture après avoir pris soin de me coller un gros PRESSE fluorescent sur le cœur. Ça n'arrête pas une balle, mais j'espère que ça contiendra la fougue des militantes.

Changement de direction. Au lieu de prendre le chemin de l'Assemblée nationale, je descends la rue Claire-Fontaine jusqu'à la rue Saint-Jean.

Le danger écarté, je retire mon carton de presse et entre dans un bar. L'endroit est bondé. De joyeux biberonneurs de tous les sexes sont en train de se sculpter des gueules de bois de force dix à l'échelle Grosmol.

Je crawle dans la foule vers le comptoir comme un naufragé vers une île providentielle. J'y accoste après avoir évité de dangereux Charybde pour tomber sur de plus perfides Scylla.

Rien de nouveau sous le lampadaire. Que ce soit dans les refuges de ptits mononcles avinés, dans les discos de jeunes cadres prétentieux, dans les bouges de philosophes apathiques, partout on finit par avoir affaire à une barmaid charnue qui balade son fonds de commerce en évidence sur une façade ouverte au public jusqu'à trois heures du matin. C'est le syndrome du biberon, je suppose. Les tétons donnent soif, c'est inscrit dans leur fonction première. Pavlov veille au grain.

La sono crache à fond la caisse. Une représentante de l'espèce décrite ci-dessus s'amène devant moi derrière le bar. Penchée vers l'avant (autant pour mieux m'entendre que pour m'offrir une visite de son balconnet deux pièces avec vue imprenable sur les pensionnaires), elle se dit prête à combler mes désirs liquides. Je lui réclame une bière.

Mais je ne suis pas venu ici pour faire de l'anthropologie approximative sur le dos de l'*homo barmaidicus*. C'est le poste Internet mis à la disposition de la clientèle qui m'intéresse.

Je compte communiquer avec Octavia Mars pour lui faire part de mes déductions, histoire de lui égratigner la sérénité. Je vais me faire passer pour un maître chanteur. Si elle accepte de cracher, j'empoche tous les doublezons qu'elle voudra bien m'allonger. Il n'y a pas de petit profit.

J'accède au site *hotmail*. Pendant qu'il se charge, je branche mon laptop au réseau des nouvelles.

Les caméras sont encore braquées sur la manif des femmes. La place devant l'Assemblée nationale est noire de monde. L'estrade improvisée est prête et quelques dignitaires se préparent à haranguer la foule. Une manif sans son quota de prêt-à-penser, ça ne ferait pas sérieux.

Une grappe de journalistes entourent le podium. Micro au poing, les bras tendus à s'en déchirer les aisselles, ils se bousculent pour s'approcher de la source de baratin. Qu'est-ce qu'il ne faut pas faire pour gagner sa vie ?

L'aiguilleur de la station active la caméra 1 qui propose un plan d'ensemble de la tribune. Un zoom avant suivi d'un lent panorama nous montre une à une les bouilles de celles qui vont prendre la parole pour dire « que la violence faite aux femmes doit cesser, qu'il faut resserrer les rangs, que le sexisme ne passera pas, et que ceci, et que cela ».

Lorsque l'objectif cadre Octavia Mars, je n'éprouve aucune surprise. Elle gère son entreprise sur le terrain, voilà tout. Ses frisettes ont été rafraîchies et elle ressemble de plus en plus à un caniche teigneux.

(Dans niche, il y a chien, et dans caniche, il y a chicane ; les hasards de l'orthographe ont toujours été pour moi une source d'étonnement. Vous en voulez d'autres du même tonneau ? Dans baiser, il y a braise ; dans viagra, il y a vagira ; dans blouse, il y a boules ; dans couple, il y a copulé ; dans Éros, il y a rose, oser et séro ; et que sais-je encore. J'aurais tendance à croire que tout ça est fait exprès si dans lascif, il n'y avait pas fiscal.)

Madame Mars refait fébrilement son rouge à lèvres. Elle tient à être présentable lorsque viendra son tour de prendre le crachoir. Rien à en re-dire : on peut être à la fois assassine et coquette.

La maîtresse de cérémonie présente Madame Cachien à la foule et l'invite à venir aboyer son boniment. Elle se rend au micro, la démarche assurée et la dégaine résolue. Une femme d'action ! Elle envisagerait une carrière de politichienne que je n'en serais pas étonné.

Une fois devant l'amplificateur de conneries, elle se compose une tête de circonstance marquée par la colère et la détermination. Elle fait penser à un prédateur à l'affût. Si j'étais amateur de jeux de mots débiles, je dirais qu'elle a la mine antipersonnelle.

— J'ai fait un rêve, martinlutherkigne-t-elle, tandis que ses lèvres avancent et reculent comme si elle suçait le micro.

Génial ! Cette courte phrase qui a fait le tour du monde suffit à plan-ter le décor, à situer le propos et à canaliser l'attention de la foule.

Elle observe une pause en tournant lentement la tête à droite et à gauche pour donner l'illusion aux manifestantes qu'elle s'adresse à cha-cune personnellement. Elle poursuit :

— Oui, j'ai fait un rêve, un grand rêve, un grand rêve d'égalité, de liberté, de sororité ! Plus que jamais, il faut nous serrer les coudes ! Soli-darité ! solidarité ! solidarité ! mes sœurs !

La foule s'enflamme, comme prise d'un rut collectif. Un râle humide monte de la place. Il doit flotter des vapeurs de cyprine dans l'air sur-chauffé. Le temps que l'amidon fasse son travail et la petite culotte croustillante va être monnaie courante à Québec.

L'oratrice recule d'un pas et re-refait son rouge en attendant que le spasme s'estompe. La caméra la cadre en gros plan. Elle semble contra-riée, tout à coup. Un trac soudain devant la réaction de la foule ? Non ! Misère de misère ! son tube vient de rendre l'âme. Que va-t-elle devenir ?

Elle fouille dans son sac avec la fébrilité d'une junky en manque. Elle en bouffe tellement de ce cosmétique à la con qu'elle en a développé une dépendance. Si elle ne trouve pas ce qu'elle cherche dans la seconde, elle va perdre ses moyens, c'est certain.

Après un moment de panique, ses traits se détendent et elle esquisse un sourire de soulagement. Elle s'empresse de décapsuler un tube neuf et d'en faire jaillir le rouge comme une jeune fille prudente décapuchonne une bite pour s'assurer que le sillon balano-préputial n'est pas encombré d'une traînée de smegma porteur de germes.

Le caméraman et l'aiguilleur en studio doivent être des machos dégénérés : la séance de ressemelage de lèvres apparaît en gros plan à l'écran.

Madame Mars étend le pigment oléagineux selon une spirale excentrique, en ouvrant et en fermant la bouche comme un poisson à l'agonie au fond d'une barque. L'image de la carpe s'impose une fois de plus.

Je remarque que son nouveau rouge provient de la maison Elisabeth Hardon. Un *Lick Stick !* Quelqu'un lui a joué un mauvais tour, ou quoi ?

Je ne crois pas si bien dire. Aussitôt qu'elle relâche la pression, un cratère se creuse au milieu de sa figure et sa calotte crânienne éclate en même temps qu'un geyser écarlate jaillit de l'occiput.

Une fraction de seconde après, une forte détonation, amplifiée par les haut-parleurs, retentit, se répercute contre les fortifications et revient en écho comme un effet Larsen macabre.

Octavia Mars tombe à la renverse en se vidant de son sang.

Merde ! il va falloir que je me trouve un autre coupable.

# 13

Un caméraman se précipite pour filmer le cadavre. C'est du moins ce que laissent croire les images qui dansent à l'écran. Un collègue arrive à la rescousse pour permettre à l'aiguilleur d'alterner les prises de vue. Les gros plans succèdent aux plans d'ensemble.

Les femmes sur la tribune échappent un cri unanime avant de se disperser en catastrophe. Elles n'ont pas compris que le coup est venu du rouge à lèvres et elles redoutent qu'un tireur fou les cartonne une à une.

Tout encore à son frisson, la foule tarde à réagir. Bientôt la relation de cause à effet se fraye un chemin dans les esprits ; la panique se répand de proche en proche. La solidarité se disloque ; ça devient vite chacune pour soi. La bousculade !

La première stupeur passée, des manifestantes se ressaisissent. Elles se regroupent en bataillons de choc et chargent les journalistes mâles qui n'ont pas eu la bonne idée de déguerpir. Je ne saurais jurer de rien, mais j'ai l'impression que miss Baloné dirige l'opération.

Les gardes de sécurité qui bloquent les entrées de l'édifice du parlement n'osent pas intervenir. Ils ont été pris au dépourvu et ne sont pas assez nombreux pour faire face à la situation. Ils se contentent de rejeter les fuyards dans la mêlée. Il y a eu mort violente et les témoins doivent être interrogés.

L'écran se divise en deux fenêtres. L'une continue de montrer le charivari qui règne sur la place, tandis que l'autre passe un *replay* au ralenti de l'assassinat d'Octavia Mars. C'est du joli ! Sa tête se rejette vers l'arrière au moment de l'impact. Les fontanelles se déchirent et les os du crâne se disloquent. Le sang et les morceaux de cervelle volent à la ronde.

Le cadavre n'en finit plus de tomber. Un dernier spasme le secoue et il se fige à jamais.

Tout laisse croire qu'une balle était logée dans le tube de rouge. J'imagine un minipistolet du genre tirez-jetez. Je ne sais trop comment fonctionne le gadget, mais je suppose qu'en le pressant sur ses lèvres, la malheureuse a amorcé la détente et qu'en relâchant la pression, elle a fait partir le coup.

En contemplant ce drame insensé, je ne peux m'empêcher de penser que, sur le plan symbolique, ça nous ramène à l'attentat au tampon piégé. Forme phallique, décharge meurtrière, orifice corporel visé, tout y est.

L'analyse au premier degré suggère l'acte d'un mâle qui veut affirmer la supériorité de son sexe, comme il a été dit après la mort de Léa Painchaud. C'est l'explication qui sera retenue, cette fois encore. Mais il n'est pas interdit de croire qu'on a choisi cette forme d'assassinat pour continuer à surfer sur l'événement afin de manipuler l'opinion. Bref, aucune conclusion n'est définitive et je demeure Gros-Jean comme devant.

Je repense à la thèse de Maïssa Kekpar que nous avons peut-être rejetée un peu trop vite, Lebra et moi. Ses paroles me reviennent : « La prochaine fois, la mort arrivera par la bouche, j'en suis convaincue. »

Elle jouissait du don de voyance ou quoi, la psy callipyge, lorsqu'elle a formulé cette prédiction confirmée en moins d'une heure ?

Curieux, tout de même. Dès que je soupçonne Octavia Mars, on la transforme en viande froide. Idem pour Rémy Rinfrette. Quelqu'un aurait-il formé le projet d'éliminer mes coupables à mesure que je les déniche ?

Il ne faut pas se laisser abattre. Je procède par élimination et reporte mes soupçons sur Pierrette-Louise, celle qui veut devenir caniche à la place du caniche. En liquidant sa patronne, elle assure la pérennité du poste qu'elle convoite et hâte le moment de sa promotion.

Où s'est-elle procuré le tube de rouge assassin ? On m'accusera d'entretenir des préjugés sexistes, mais je ne crois pas qu'elle ait pu fabriquer ce prodige de miniaturisation. Il y a de la main-d'œuvre qualifiée et bien outillée derrière ce traquenard.

Un autre scénario s'impose et le fugu revient en avant-scène. La mort de Rémy Rinfrette ressemblait, on l'a vu, à celle de Sandra Kontour. Apparence de crise cardiaque dans les deux cas, expliquée par la tétrodotoxine dans celui de Sandra. Rinfrette a été tué par la même substance, j'en suis persuadé.

Mais d'où vient le poison ? Le fugu n'est pas chose courante sous nos latitudes. Dans le scénario qui m'a amené à soupçonner Octavia Mars, j'imaginais qu'elle en avait importé lors de son voyage au Japon. Rien de plus facile. Il suffit de laisser macérer des viscères de fugu dans du parfum, de filtrer le jus, de le remettre dans le flacon et le tour est joué.

Maintenant qu'Octavia Mars est morte, je dois ajouter une béquille à ma reconstitution : la complicité de Pierrette-Louise, le caniche substitut. De mèche avec sa patronne, elle aura décidé de jouer le tout pour le tout en la supprimant. Ce sont des choses qui arrivent : ne vivons-nous pas en régime de libre concurrence ?

Ça ne règle pourtant pas le problème du tube-pistolet ni celui de l'inoculateur de poison. Rinfrette les aurait fabriqués avant de crever et les aurait vendus à Octavia Mars ? Mais comment des ennemis jurés auraient-ils pu négocier une telle transaction ? Il y a plus embêtant : en admettant contre toute logique que l'affaire ait pu se conclure, Mars ne se serait pas laissée avoir par le tube assassin puisqu'elle en connaissait la fonction.

Et Sigmund Debovoar dans tout ça ? Ai-je eu raison de le rayer de la liste des suspects lorsque l'évocation du fugu a provoqué un revirement de thèse ? Un homme rose membre d'un groupe masculiniste. N'aurait-il pas pu servir d'intermédiaire ?

Plus je réfléchis, plus les choses s'embrouillent. Où est l'issue ?

Une voix chaude se fait entendre tout près de mon oreille, tandis qu'une main se pose sur mon épaule, glisse jusqu'à mon cou et remonte doucement vers ma nuque en m'étrillant la tignasse. Je réprime un frisson.

— Beau gâchis !

Je me retourne. Juliette ! Mon affaire de gîte meublé va peut-être s'arranger mieux que prévu. La chance des cocus. Ce qu'on a fait ensemble à la sauvette il y a une semaine n'était déjà pas mal. Dans des conditions adaptées à la procédure, la rencontre au sommier devrait déboucher sur des accords bilatéraux avantageux pour les parties (les miennes, du moins).

Je rétorque :

— Beau gâchis, en effet ! Mais comment se fait-il que tu ne sois pas sur place ? Tu ne te sens pas solidaire de la cause des femmes ?

— Je mène mon combat personnel avec les armes que je possède. Si chacune en faisait autant, on n'en serait pas là à s'entre-déchirer pour des histoires de tâches domestiques, d'équité salariale ou de violence conjugale. Une fois qu'on a compris que le sexe est l'ultime obsession des mâles normaux, bêtement normaux – animalement normaux, si tu préfères –, on a franchi un grand pas vers l'émancipation. Crois-moi, l'homme qui se fait purger les génitoires trois fois par jour regarde l'aspirateur d'un autre œil et son agressivité subit une baisse importante.

— La couille flasque serait garante de l'harmonie entre les sexes ?

— Bien sûr ! C'est ce que j'appelle la *déviolentisation par ponctions gonadiques extrêmes*. Sans compter que le prélèvement n'est pas forcément désagréable.

— Tu supposes donc que le fossé entre les sexes se trouve entre les cuisses des femmes et que c'est en le creusant qu'on parvient à le combler ?

— La contradiction n'est qu'apparente : quand tu prétends creuser, tu ne fais qu'emplir et, finalement, c'est toi qui te vides. Alors, le slogan des féministes dignes de ce nom devrait être : « Mouillons en chœur pour mieux les assécher ! » Rien n'est plus simple – et plaisant ! – que de mener les hommes par le bout de la queue. Surtout que chacun y trouve son compte. La jeune génération a d'ailleurs compris une partie de ce programme.

— Ah oui ?

— Regarde les petites cocottes : jamais elles n'ont été aussi « full sexuelles ». Elles suintent le sexe dans leur pantalon moulant à taille si basse qu'on a l'impression qu'elles vont le perdre au prochain déhanchement. Qu'est-ce donc, sinon une invitation à terminer le travail ?

— Les femmes revendiquent le droit d'être aguichantes sans pour autant accepter d'être harcelées par le premier venu.

— Ni par le second, crois-moi ! Cependant, on n'attache pas sa chatte avec des saucisses. Aussi j'ai peine à croire que ces ventres dénudés de la naissance de la touffe jusqu'aux contreforts des tétons aient une autre fonction que d'inciter l'amateur à entrer dans le magasin en l'alléchant avec un échantillon dans la vitrine. Idem pour ces poitrines pigeonnantes dressées dans de savantes armatures et découvertes jusqu'au grenu des aréoles. Un concentré de bandaison ! Et c'est bien ainsi. Cette jeunesse sait allumer ; il ne lui reste plus qu'à savoir éteindre dans la douceur et la sensualité partagées.

— Tu rejettes donc toute action collective ?

— Pas du tout ! Le mot d'ordre que je propose relève d'un collectivisme serein. Bien davantage que les radotages acrimonieux de certaines ténors du mouvement. Écoute-les ces féministes professionnelles : elles ont codifié une fois pour toute la sexualité féminine et établi le cadre dans lequel celle-ci doit s'exprimer. Elles se posent en gardiennes d'une nouvelle orthodoxie de la même manière que leurs mères ont été de farouches cerbères de l'orthodoxie catho qui était pourtant foutralement patriarcale. La religion ne faisant plus recette, elles ont adopté la cause de LA femme. D'ailleurs, ce singulier englobant toutes les femmes dans une catégorie unique en dit long sur leur façon d'envisager le problème. Pour elles, il y a L'homme, il y a LA femme, l'un est LE bourreau, l'autre est LA victime, un point, c'est tout ! La généralisation est commode, mais elle ne correspond à aucune réalité. On ne me fera jamais croire, par exemple, que la présidente du Conseil du trésor et la monoparentale sur le BS subissent les mêmes préjudices et qu'elles les subissent en raison de leur sexe.

— Comme tu y vas fort !

— Refuser d'admettre les incohérences du mouvement, ce serait lui rendre un mauvais service. Et un travers qui m'agace dans la pensée féministe, c'est justement l'infaillibilité dont elle se réclame. Tout ce qui reçoit l'onction féministe est inattaquable. Mettre en doute, ou apporter la moindre nuance à une affirmation féministe, c'est travailler pour l'ennemi, c'est verser dans l'antiféminisme primaire. La thèse de George W. Bush ne dit pas autre chose : si vous n'êtes pas avec nous, vous êtes contre nous.

— Si tu pouvais illustrer ton propos avec un cas concret, ça aiderait mon petit cerveau de mâle à le suivre.

— Tu te souviens, il n'y a pas si longtemps, ces mêmes braves dames affirmaient, la paupière lourde et la mine compassée, que la présence accrue des femmes à tous les paliers hiérarchiques humaniserait AUTOMATIQUEMENT l'ensemble de la société et rendrait celle-ci, PAR-LA-FORCE-DES-CHOSES, plus paisible, plus harmonieuse, plus *féminine*, pour tout dire. En somme, elles réclamaient l'égalité en se déclarant d'emblée d'essence supérieure. Vas-y voir ! On est encore loin de l'objectif ! Tiens, prends l'exemple de cette femme qu'on vient d'assassiner. Je l'ai connue naguère et je peux t'assurer qu'il n'y avait pas pire coupe-jarret au nord du Rio Grande. Ça ne m'étonnerait pas qu'elle ait été victime d'un règlement de comptes.

— Tu connais Octavia Mars ?

— Et comment ! Elle était chargée de projet chez Clochette Communication du temps où j'y travaillais. Elle a comploté pour me faire congédier sous prétexte d'accroc à l'éthique. Faribole ! Elle craignait que je lui ravisse son poste de petite boss pour qui la magouille tenait lieu de compétence. Je n'ai pas été la seule à faire les frais de son ambition – et c'étaient des femmes pour la plupart. Elle prêchait la sororité du matin au soir… mais malheur à celles qui convoitaient son rôle de grande sœur. Tout ça pour dire que la thèse de « la femme par nature porteuse de paix et d'harmonie » – tu auras senti les guillemets – n'a été en aucune façon corroborée dans la vie réelle. Et je ne crois pas que la présence de Condoleezza Rice à la tête du secrétariat d'État aux Affaires étrangères des USA va améliorer la moyenne. Pourtant, on continue de nous rebattre les oreilles avec l'argument. Si on proteste, si on ose fournir des contre-exemples, on est vite taxé d'antiféminisme. L'erreur féministe ne se conçoit pas, ne peut pas se concevoir !

— Il faut quand même admettre qu'il existe des cas flagrants d'inégalités qui réclament des revendications de masse organisées et qui ne peuvent se régler que par des pressions concertées sur le pouvoir. Comment expliques-tu, par exemple, que les femmes soient encore minoritaires aux sommets des hiérarchies alors qu'elles décrochent plus de diplômes universitaires que les hommes ? Ne s'agit-il pas là d'une chasse farouchement gardée par une clique de mâles jaloux de leurs prérogatives ?

— J'ai ma petite idée là-dessus aussi. La stratégie de la victimisation a été très féconde lorsqu'elle a inspiré les revendications féministes, il y a une quarantaine d'années. Elle prenait d'ailleurs source dans une triste réalité. Cependant, chaque médaille a son revers et on n'abuse pas de cette stratégie impunément. À force de se présenter comme des victimes, les femmes ont fini par en attraper les travers. Inconsciemment, elles en sont venues à considérer la vie sous l'angle de la victime. Devant chaque difficulté, elles invoquent le complot mâle et réagissent en conséquence. Ce n'est pas le genre de mentalité qui incite quiconque à foncer et à prendre la place qui lui revient au lieu d'attendre qu'on la lui offre par souci d'équité.

— Prétendrais-tu que cette façon de voir explique tout le problème ? Tiendrais-tu pour négligeables la résistance des mâles et les obligations familiales de celles qui ont des enfants ?

— Assurément pas ! Mais je suis persuadée que les femmes n'arriveront à rien de durable tant qu'elles n'abandonneront pas cette philosophie désormais contre-productive. On ne devient égale que lorsqu'on se perçoit comme telle. Heureusement, nous sommes de plus en plus nombreuses à en être conscientes. L'espoir demeure.

Je constate que j'ai affaire à une redoutable plaideuse qui a potassé son sujet sans se laisser aveugler par la partisannerie. Cela dit, elle aurait intérêt à ne pas tenir ce genre de discours dans une assemblée de la Fédération des femmes du Québec. Elle se ferait exciser, infibuler, lapider, hystérectomiser séance tenante. « S'unir pour être rebelles », certes, mais en respectant les dogmes sacrés.

Devant l'Assemblée nationale, le cirque se poursuit. L'escouade anti-émeute se déploie pour boucler la place. Une double rangée de flics bardés de plastique et armés de matraques longues comme ça (au moins) s'étale rue Honoré-Mercier. Deux autres détachements prennent position sur les flancs de la manifestation. L'ensemble forme, avec la façade de l'édifice du parlement, une enclave étanche.

Devant ce mouvement de troupe, Juliette s'insurge :

— Ils repoussent les manifestantes dans une souricière, les salauds. Ils vont provoquer une émeute !

— Ils se fabriquent un prétexte pour arrêter tout le monde.

La machine de répression est en branle. La forme en U se resserre à petits pas. Chacun des hommes qui la composent est devenu le prolongement du cerveau (?) de celui qui commande. La manifestation est illégale et celles qui y participent tombent sous le coup de la loi. Aucune ne doit échapper à sa juste sentence. Après tout, un meurtre a été commis. Voilà ce que se dit le capitaine Tolérance Zéro qui dirige la manœuvre.

Paniquées, les femmes se jettent de-ci de-là comme des poules décapitées. L'espace vital diminue. Chacune joue des coudes pour défendre son intégrité corporelle. Les cris de terreur s'additionnent pour ne plus former qu'une seule clameur qui ne cesse de s'amplifier.

Des remous de foule naissent au hasard des pressions qu'exercent les forces du désordre. Le tourbillon se déplace en spirale vers le parlement. Les gardes de sécurité qui en défendent les accès ne savent plus où donner de la matraque.

Le capitaine Tolérance Zéro poursuit la manœuvre de refoulement. Il copie la tactique des bouviers menant le bétail à l'abattoir : encercler le troupeau avant d'ouvrir une brèche vers les paniers à salade garés à proximité.

Il ordonne une accélération de la cadence. Ses hommes travaillent en heures supplémentaires et une prolongation pourrait grever son budget.

Débordés, les gardes de sécurité frappent de taille et d'estoc. Sans succès. La déferlante va bientôt les submerger.

Monté sur le toit d'un panier à salade, le capitaine Tézed voit la difficulté, mais il maintient la pression. Les gardes appartiennent à une classe de sous-flics et ils ne relèvent pas de sa juridiction. Qu'ils se démerdent !

Et c'est ce qu'ils font. Une moitié du détachement se replie et revient avec des masques à gaz et des bombes lacrymogènes. L'autre moitié recule à son tour et rapplique avec des fusils à balles de caoutchouc. Bientôt, la fumée couvre la place et les projectiles pleuvent sur la foule.

La débandade est indescriptible. Les plus faibles sont piétinées par les plus robustes rendues folles par la panique. Le bruit des sirènes est couvert par les cris d'horreur des femmes étouffées, meurtries, écrasées par la cohue. Une caméra munie d'un téléobjectif montre plusieurs corps désarticulés gisant dans leur sang. Le bilan va être terrible.

# 14

La soirée s'est soldée par la mort de huit femmes et d'un journaliste, sans compter plusieurs centaines de blessées.

Par voie de communiqué, Thomas Hawk, le ministre de la Sécurité publique, s'est empressé de nier toute bavure de la police dans l'affaire. Ses rédacteurs ont rejeté la responsabilité du carnage sur « une conjoncture défavorable doublée d'un malheureux concours de circonstances ». Aussi bien invoquer la main de Dieu, le bras canadien, le nez de Cléopâtre ou le cœur du frère André. Il y a des coups de pied au cul qui se perdent.

Après avoir été témoin de ce drame, Juliette et moi, on n'avait plus tellement la tête au batifolage. Je pratique assez volontiers le cynisme à froid, mais il y a des limites que je me refuse à franchir.

La nympho-graphiste m'a quand même accueilli dans sa piaule de la Grande Allée. Moyennant une rallonge de la part de Bellefeuille, j'ai passé une partie de la nuit à alimenter la version Internet de *La Leçon*. J'avais pris soin d'enregistrer tout ce que j'avais visionné de la manif. Juliette s'est emparée du matériel et en a tiré des images stupéfiantes.

Le rédac'chef, qui resuce tout ce qu'il trouve à resucer, a récupéré une partie du montage pour une édition spéciale à paraître le lendemain en fin de matinée. Il flottait sur un nuage, en route vers le paradis des vendeurs de papier. À la fin, il m'a déclaré :

— *La Leçon* a décidé d'offrir une récompense de cinq mille piastres à quiconque fournira des informations conduisant à l'arrestation du ou des meurtriers de Sandra Kontour et d'Octavia Mars.

— Tu vas inventer un gagnant bidon, je suppose ?

— Bien sûr ! Je ne vois pas pourquoi je jetterais mon argent par les fenêtres. C'est toi qui va empocher le magot. Tu joueras le rôle du journaliste qui a recueilli les confidences du bon citoyen qui a risqué sa vie pour que justice soit rendue. Cette somme sera assortie d'un mois de congé… sans solde à prendre lorsque l'affaire sera réglée.

— Bref, un coup de marketing orienté *people* qui ne te coûtera pas une kriss de cenne ! Mieux : tu vas épargner un mois de CSST, d'assurance chômage, de régie des rentes, de caisse de retraite et tu bénéficieras d'un crédit d'impôt pour fins charitables. Sans compter qu'en août, le journal tourne au ralenti et que tu m'aurais payé à me les rouler. Génial !

— C'est ce qu'on appelle un procédé de saine gestion. Alors, grouille-toi le cul ! Il faut que tu élucides le mystère avant la police. Si tu n'y arrives pas, tâche d'arranger l'affaire avec ton copain Lebra.

— Et si je refuse ?

— C'est ça ou le retour à la chronique de gastronomie. Et cette fois, tu te tapes la tambouille ! Note qu'on a décidé d'ouvrir nos pages aux grandes chaînes de *fast food* par souci de démocratisation. Exit la nouvelle cuisine de tapettes où une tache de tomate sur l'addition tient lieu de potage. Nous rejetons l'élitisme de l'ancienne direction pour nous placer au service du peuple et de ses goûts. Il faut vivre avec son temps. Compris ?

C'est ainsi que je suis devenu chasseur de primes. Je me voyais mal à passer mes semaines à faire l'éloge de la MacDope, du Burger de pinottes et autres douteux organismes génétiquement merdifiés.

Après tout, ma santé était en jeu.

*

Vers midi, je sors d'un rêve érotique pour me rendre compte que je ne rêvais pas tout à fait. Profitant de l'une de ces érections inopinées qui ponctuent le sommeil des mâles, Juliette s'est empalée sur ma turgescence à géométrie variable et s'offre un petit canter langoureux.

Lorsqu'elle se rend compte que j'ai réintégré la réalité diurne, elle pousse la machine et c'est la chevauchée des Walkiries vers la crampe vulvo-caudale. La cavalcade, mes aïeux ! Elle monte à cru de divine façon, cette amazone de turbulences. Une croupe aussi bien déliée, ça ne court pas les rodéos ni même les tripots, les confessionnaux ou les films pornos. Lorsqu'elle passe au trot enlevé, je dois m'accrocher les orteils aux barreaux du lit et me cramponner aux rebords du matelas pour ne pas être éjecté de la couche.

Ayant retrouvé une certaine stabilité, je m'inscris dans les foulées toujours plus amples et, bientôt, nous hennissons à l'unisson. Le cheval est la plus belle conquête de l'homme... après l'osso bucco.

Ce n'est pas tous les jours qu'on rencontre une femme qui connaît aussi bien les ressources de son corps et qui sait en tirer le maximum. Elle n'est surtout pas du genre à attendre que son partenaire la fasse jouir, comme certaines pétasses que je ne nommerai pas. Elle se sert elle-même et de la façon qui convient à sa morphologie. On devrait enseigner sa technique dans les écoles avec démonstrations *live* montrant aux moins imaginatives les petits riens salaces qui favorisent l'harmonie des couples et assurent la paix des foyers. Voilà une compétence transversale qui porterait vraiment son nom.

Juliette prend si bien ses responsabilités qu'après un tour de paddock, elle est envahie par un orgasme dévastateur. Elle modère la cadence pour savourer les spasmes qui la secouent. La tête rejetée vers l'arrière, elle se frotte contre moi en imprimant à son cul un mouvement de rotation excentrique qui lui arrache des rugissements à faire s'écailler la peinture du plafond. Trilles et roulades se succèdent, s'entremêlent et se répondent en une polyphonie démentielle. Une soprano colorature ne ferait pas mieux dans le style orné.

Puis, l'œil hagard, les naseaux frémissants, elle retrouve peu à peu son tonus et repart pour un autre climax en feulant comme une tigresse qui se taperait un zèbre, histoire de renouveler la garde-robe de ses descendants.

Ses contractions vaginales additionnées à ses mouvements de vrille me pompent la glande avec tant d'efficacité que je décolle à mon tour de la réalité en hurlant à tout rompre. Pendant un moment, je perds la notion du temps et des choses. J'en oublie mon NIP, mon NAS et mon nom. Je me suis si bien mélangé à ma cavalière que mon identité s'est dissoute dans la sienne. Comme partage des tâches domestiques, on ne peut imaginer mieux.

Lorsque les derniers soubresauts s'éteignent, Juliette me désenfourche dans un bruit de succion et se laisse rouler le long de mes flancs en cherchant son air. Nous restons allongés de longues minutes sans bouger, terrassés par l'excès de plaisir.

Puis le quotidien reprend ses droits et il faut se résoudre à déboucher une nouvelle journée en souhaitant que ce sera un bon cru.

*

À la télé et à la radio, on ne parle plus que de la tuerie d'hier. La colère gronde. Tout le Québec est en émoi et il est certain que l'indignation a déjà franchi les frontières. Même Stéphane Dino se la ramène pour parler de clarté référendaire avec ce sens de l'à-propos qui a établi sa renommée sur des bases indestructibles.

La Fédération des femmes du Québec annonce la tenue d'une grande marche de protestation qui s'assemblera devant le Musée national des beaux-arts dans le parc des Champs-de-Bataille. Elle sillonnera ensuite les rues vingt-quatre heures sur vingt-quatre pendant une semaine. Le jour, les marcheuses brandiront des banderoles dénonçant la violence faite aux femmes ; la nuit, elles défileront à la lueur de flambeaux en psalmodiant des chants funèbres. Les organisatrices se donnent trois jours pour tout mettre en place de façon à assurer la continuité de l'événement.

Après une douche réparatrice, je cueille *Le Soleil* sur le paillasson et vais prendre le café sur la terrasse pendant que Juliette remet de l'ordre dans ses intimités ravagées.

Les pages du quotidien sont presque exclusivement consacrées au massacre. On a rejoint les huiles du gouvernement tard dans la soirée pour obtenir une réaction à chaud. Je connais des attaché(e)s de presse qui ont dû piocher dans leur réserve de coke. Le PIB de la Colombie va connaître un redressement inespéré.

La déclaration de Clémence Lacharité, la ministre des Affaires sociales, retient mon attention. Pour calmer le jeu, elle annonce une bonne nouvelle. Le procédé est connu. La dépêche se lit comme suit :

*Dans la foulée des événements tragiques d'hier, le gouvernement du Québec tient à apporter un démenti concernant le projet d'implantation d'un réseau panquébécois de maisons d'accueil pour femmes en difficulté.*

*Contrairement à la rumeur qui circule depuis quelque temps, le projet sera maintenu dans son intégrité.*

*Ce sera donc plus d'une centaine de centres modernes équipés des derniers dispositifs de sécurité qui seront construits d'ici deux ans. Chacune des 87 MRC et chacun des 16 territoires équivalents aura le sien. On estime l'investissement à plus de 274 millions de dollars.*

*Pour ne pas retarder les mises en chantier, le processus d'appels d'offres piloté par le gouvernement précédent a reçu tel quel l'aval du nouveau Conseil des ministres. C'est donc la maison* Les Alarmes Crocodile *qui veillera à la conception et à l'installation des systèmes de sécurité destinés à protéger les bénéficiaires du harcèlement de conjoints habités par des velléités de vengeance. Quant à la construction des 103 unités, elle sera confiée à la firme* Grandmaison, Dutoit et Perron *de Québec. La première pelletée de terre...*

L'illumination me frappe ! Le journal a ressorti une photo d'archives montrant l'ancien ministre responsable du projet en compagnie des deux principaux actionnaires de la firme qui avait vu sa proposition retenue avant les élections : Aimé Gagné et Gérard-Jean Content, les Costards à cellulaires qui sévissaient sur la terrasse de l'avenue Cartier le jour où Léa Painchaud a été plastiquée. Et pour comble de coïncidence, Rémy Rinfrette travaillait pour eux ! Tout s'enclenche !

Je me jette sur le téléphone et appelle Hector Lebra. Il a dû passer une nuit d'enfer ; ça sonne longtemps avant qu'il daigne s'extraire des draps.

— Passe-toi la tête sous un robinet et écoute ce que je vais te raconter.

Lebra n'est pas au courant de l'anecdote des Costards à cellulaires. Je l'aurais moi-même oubliée sans cette photo qui a agi comme révélateur. Je comprends mieux maintenant leur obsession du sans-fil.

Lorsque le flic revient, je lui dis :

— On s'est fourvoyés sur toute la ligne !

— Laisse tomber les paraboles, je suis encore dans les vapes. Tu parles d'une histoire ! Nos confrères de la SQ nous regardent de haut, nous les flics municipaux, mais c'est nous qui avons ramassé leur merde. Tu aurais dû voir le carnage ! Ces femmes piétinées, étouffées... Ces masques de terreur... Ce sang partout... Je n'ai pas réussi à dormir... Enfin... Vas-y.

Je l'informe de ma trouvaille et ajoute :

— Fais placer les téléphones de Gagné et Content sur écoute. Ils doivent être en train de célébrer leur victoire et ils risquent d'échapper des informations qui confirmeront mes soupçons. De plus, je suis persuadé que ces deux magouilleurs ne font confiance à rien ni personne, alors…

— Excuse-moi, je te suis mal.

Je lui explique la curieuse habitude qu'ils ont de se parler par l'intermédiaire de cellulaires même quand trois pas les séparent.

— Ils se protègent d'une tentation mutuelle.

— Je te le répète : je n'ai pas les yeux en face des trous ni les neurones en face de synapses.

— C'est simple. Leurs appareils sont reliés à un double système d'enregistrement. Ainsi, chacun dispose d'un moyen de faire chanter son associé, ce qui élimine toute possibilité de chantage de l'un envers l'autre. Il y a encore plein de trous dans ma reconstitution, mais je tiens le bon bout. Demande un mandat de perquisition ; leurs archives te permettront peut-être de reconstituer le complot là où ma façon de voir présente des lacunes. Demande également un relevé de leurs cartes de crédit. Ça ne m'étonnerait pas qu'ils aient voyagé à l'étranger, récemment. Fais aussi comparer les numéros avec ceux des clients de Madame Latendresse.

Je raccroche.

Juliette vient me rejoindre dans une tenue de ville qui ferait bander tout un conclave de cardinaux aussi pédérastes que séniles.

— Tu sembles bien excité, dit-elle.

— Il y a de quoi !

Je lui montre l'article et lui fais part des déductions qu'il m'a suggérées. Elle ne contribue pas à faire baisser ma tension artérielle lorsqu'elle ajoute :

— Je les croise tous les jours, ces deux-là. Ils sont aussi propriétaires de la firme *Les Alarmes Crocodile*.

— De mieux en mieux ! On tient nos coupables ! Ne reste plus qu'à décortiquer l'affaire.

Je regarde Juliette droit dans les yeux et demande :

— Dis-moi, sincèrement et strictement entre nous et la boîte à bois, l'assassin de Léa, c'est toi qui l'as tué, oui ou non ?

Elle répond spontanément et sans manifester de surprise ou de gêne particulières.

— Rémy Rinfrette ? Hélas, non ! Et je ne crois pas davantage à la thèse de sa mort naturelle. Gagné et Content m'ont devancée, j'en suis maintenant certaine. Ce salaud m'appartenait et ils me l'ont volé !

Mon cellulaire l'interrompt. C'est déjà Lebra qui rapplique :

— Tu avais raison. Les cartes de crédit de Gagné et de Content apparaissent sur la liste de Madame Latendresse.

— On brûle !

— Mon contact chez Visa vient aussi de confirmer ton hypothèse : ils se sont rendus au Japon, il y a trois semaines.

— Plus aucun doute, ce sont nos coupables !

— En quoi ce voyage les incrimine-t-il ?

Lebra a beau posséder une vaste culture, il ne sait pas tout. En tant que docteur ès lettres, il est moins fort en gastronomie nipponne qu'avec les syntagmes figés qui se font du rentre-dedans à coups d'axe paradigmatique dans la polysémie au milieu d'un champ lexical.

Je lui explique l'affaire du poisson-lune et de la tétrodotoxine. Je termine en disant :

— Je suis persuadé qu'ils ont aussi liquidé Rinfrette avec ce poison discret. L'occasion était belle de se débarrasser d'un complice encombrant.

— Le temps est venu d'arrêter ces deux zigotos.

— Je ne crois pas. Nos soupçons reposent sur des déductions sans valeur devant une cour de justesse : aucune preuve admissible ne les corrobore. Tu vois le procureur de la Couronne essayer de démontrer que Gagné et Content avaient chargé Rinfrette de tuer des femmes de façon atroce dans le but d'agir sur l'opinion publique pour forcer le gouvernement à relancer le projet des maisons d'accueil ? La défense ne manquerait pas de faire valoir qu'il s'agit d'une candide vue de l'esprit issue d'une imagination trop fertile. Sans preuve concrète, ça ne vaudrait pas tripette. D'autant plus que le seul qui pourrait les incriminer n'est plus de ce monde. Nos oiseaux s'en sortiraient sans égratignures. Il faut d'abord mettre la main sur leurs archives téléphoniques en souhaitant qu'elles existent et qu'elles soient éloquentes.

— Maintenant que le but est atteint, ils vont s'empresser de les détruire.

— En ce cas, l'enfant se présente mal. Reste à souhaiter que l'écoute électronique donnera des résultats. As-tu obtenu un mandat de perquisition ?

— Oui.

— Attends avant de t'en servir. Dès qu'ils se sauront épiés, ils deviendront prudents comme trois compagnies d'assurance et cesseront toute allusion au téléphone. Avant de procéder, il vaudrait mieux interviewer Walter Hégault, il les connaît sûrement et pourra peut-être nous tuyauter. Je m'en charge.

Après avoir raccroché, je tourne les pages du *Soleil* jusqu'au dernier cahier. À la rubrique nécrologie, la photo d'un jeune homme décédé à l'hôtel-Dieu attire mon attention.

Je rappelle Lebra.

— Pourrais-tu me décrire le punk victime d'une overdose de PCP que tu as conduit à l'hôpital la semaine passée.

Il s'exécute.

— On annonce son décès dans le journal de ce matin.

— C'est ce qui pouvait lui arriver de mieux.

— Sans doute. Mais, crois-le ou non, c'est le punk qui a tenté de me voler mon appareil photo. J'ai l'impression que Content et Gagné lui ont donné un coup de main, à lui aussi.

— La facture s'alourdit !

— Je cours au Nombril Verbe et je te rappelle.

Pendant que je m'habille, je hèle Juliette sans obtenir de réponse. Je fais le tour de l'appartement. Introuvable !

Ah non ! Elle s'est tirée pendant que j'étais au téléphone. Il lui trotte sûrement des idées pas catholiques derrière la tête. Il faut que je l'empêche de faire des bêtises. Si elle zigouille mes coupables, c'est râpé pour mon congé.

Je sors et descends Grande Allée à grands pas. Cinq minutes plus tard, j'entre au Nombril Verbe.

— Tu n'es pas parti à Montréal ? s'étonne Amanda, la réceptionniste polyglotte.

— Je t'expliquerai. Juliette est-elle rentrée au travail ?

— Non.

Je fonce vers les bureaux de Grandmaison, Dutoit et Perron.

Derrière un comptoir, une cerbère carrossée pin-up s'enquiert de mes désirs avec la moue aguicheuse enseignée dans les écoles de secrétariat.

Je n'ai pas le temps de lui répondre ni d'apprécier le charme commercial qu'elle déploie avec une générosité de tiroir-caisse. Des cris de terreur parviennent du fond du couloir.

Mon sang ne fait qu'un tour. Juliette est allée se jeter dans la gueule des loups. Ils vont la charcuter !

J'enjambe l'obstacle et me précipite vers la source.

Les hurlements s'amplifient.

Une porte s'ouvre et Gérard-Jean Content débouche dans le couloir, le visage ravagé par la panique.

J'ignore ce qui se passe là-dedans, mais on n'est pas en train d'y sabler le champagne.

Pour parer à toute éventualité déplaisante, je balance une chaise en travers des jambes du fuyard ; il s'affale de tout son long. Je l'endors d'un coup de pied dans une oreille.

Dans le bureau, la scène se révèle pour le moins cocasse et assez différente de ce que j'ai imaginé.

Juliette est collée contre Aimé Gagné, lequel couine comme un goret qu'on égorge.

Je la vois de dos, en sorte que j'ignore ce qu'elle lui fait pour qu'il soit terrifié à ce point. À la position de ses bras, je pourrais croire qu'elle lui tord les couilles, mais ce n'est pas de la douleur que je lis sur le visage de Gagné. Il panique à en chier dans son froc, c'est évident.

D'une voix froide, Juliette lui dit :

— Maintenant, mon gros crisse de chien sale, tu vas baisser ton pantalon ! Calmement ! Au moindre geste suspect, on s'envole tous les deux.

Je m'approche et comprends. D'une main, elle tient deux tampons contre la braguette de Gagné et, de l'autre, elle appuie sur l'un des applicateurs.

— Je compte jusqu'à trois et, si tu ne te déculottes pas, j'amorce la bombe. Tu as été témoin des ravages sur le corps de la pauvre Léa ; alors, je te laisse imaginer ce que ça sera avec une double charge.

Gagné est vert de peur, mais il hésite. Sans doute qu'il mise sur l'instinct de survie de Juliette. Il sait aussi que la réaction hypergolique fonctionne à retardement. Il cherche une feinte.

Je me garde bien d'approcher. Le plastic a beau être à spectre restreint, les dommages collatéraux sont toujours possibles. Je me contente de refermer la porte du bureau et de me placer devant. Il en existe une autre qui donne sur des toilettes exiguës ne comportant pas d'autre issue. Le drame va se jouer en vase clos.

Juliette commence à compter.

— Un…

Gagné tente de s'esquiver, mais elle reste soudée à lui. Macabre tango !

— Deux… Si tu crois que je bluffe, tu te trompes, mon gros salaud ! D'ailleurs, en voici la preuve : trois ! Les carottes sont cuites !

La suite se déroule à la vitesse de l'éclair. Juliette place un des tampons entre ses dents, appuie sur l'applicateur de l'autre, tire sur la ceinture de Gagné et glisse la bombe amorcée dans sa culotte.

Il n'a pas le temps de réagir. Elle le contourne, agrippe son veston par le col et le descend dans le dos jusqu'à la saignée des coudes. Il a beau se débattre, elle lui immobilise les bras le long du corps. On dirait un gros pingouin qui trépigne sur place en s'agitant les moignons.

Quand elle parlait d'entraînement intensif le jour où Léa a été assassinée, elle n'usait pas d'euphémisme, je peux le certifier.

— J'ai consulté les notes du fabricant, dit-elle. Il te reste exactement une minute et demie pour décider de ton avenir.

— Enlève-moi cette saloperie et je vais parler ! hurle-t-il en braillant comme un veau.

— Baisse ton pantalon, que je te dis !

— Libère-moi les mains et je jure que je vais le faire.

— Nenni ! Je te tiens, je ne te lâcherai pas ! On va procéder autrement. François, détache la ceinture de Monsieur et déguerpis ! Le reste est une affaire personnelle entre lui et moi.

J'obtempère dans l'espoir d'épargner la vie de Juliette, car il est certain que sa détermination n'a pas fléchi d'un poil. Elle va aller au bout de sa vengeance, même si elle doit suivre son client dans la mort.

Une fois l'ardillon sorti du trou de la ceinture, je tire sur les deux pans du vêtement de toute mes forces. Le bouton saute, la fermeture éclair sort de ses rails et le pantalon tombe sur les genoux de Gagné. En même temps, une forte odeur de merde emplit la pièce. Le sphincter a lâché !

J'aperçois la bombe en équilibre sur un repli du tissu bouchonné.

— Penche-toi sur ton bureau ! ordonne Juliette. Et ne traîne pas, les secondes s'envolent.

Gagné a compris qu'il n'y a plus d'entourloupette possible ; il obéit.

Dans le mouvement, le tampon tombe par terre et roule à mes pieds. Putain ! il faut que je m'en débarrasse.

Je cueille l'objet et cours le jeter dans la cuvette des toilettes attenantes. J'ai tout juste le temps de tirer la chasse et de refermer la porte avant que l'explosion retentisse. Le chambranle résiste, mais il est probable qu'on va devoir refaire la plomberie.

Juliette ne s'est pas laissé distraire. Après avoir contraint Gagné à se pencher sur le plan de travail, elle a planté le deuxième tampon dans son gros cul souillé. À l'aide d'une règle de dessinateur, elle maintient l'applicateur en place. Les spasmes qui secouent la tubulure du patient et la merde qui gicle par les fissures de l'anus risquent de déclencher la réaction.

— Contiens-toi ! prévient-elle.

Gagné fait des efforts surhumains ; le reflux cesse.

Juliette se tourne vers moi et dit avec un sourire angélique :

— Je crois que Monsieur Gagné est mûr pour nous faire des confidences. Je laisse au journaliste le privilège de les recueillir...

Je déplie mon portable et convie Hector Lebra à la conférence.

# 15

Le lendemain, je publie l'article suivant dans *La Leçon* :

*Québec – Les femmes de la Vieille-Capitale peuvent enfin respirer. Grâce au courage d'un citoyen qui désire conserver l'anonymat, Aimé Gagné et Gérard-Jean Content, présumés responsables de la mort atroce de trois malheureuses, sont maintenant sous les verrous. Les deux monstres ont aussi avoué le meurtre de leur complice, Rémy Rinfrette, l'auteur des engins ayant servi à l'horrible carnage.*

*Ironie du sort, ce sinistre complot visait à faire pression sur le gouvernement pour qu'il maintienne la décision de doter toutes les MRC du Québec d'un centre d'accueil pour femmes victimes de violence. Un contrat de 274 millions de dollars était à la base de cette conjuration. Les experts estiment que les meurtriers auraient engrangé un profit net de 68 millions 700 mille dollars au terme de l'exercice.*

*Selon l'entente intervenue entre les trois hommes, Rinfrette devait fabriquer les pièges et les distribuer au hasard dans des magasins, de telle sorte qu'aucun lien ne puisse être établi entre eux et les victimes. Cependant, Rinfrette a dérogé à la consigne afin de satisfaire une vengeance personnelle. Pour éviter que la police ne remonte la filière, ses complices l'ont empoisonné avec la toxine qui a tué la deuxième victime.*

*Plusieurs éléments demeurent obscurs, mais la police a mis la main sur des enregistrements téléphoniques qui aideront à faire la lumière sur cette sordide affaire.*

*Tenant sa promesse, votre journal préféré a été très fier de remettre un chèque de 5 000 dollars au citoyen qui, par sa bravoure et son sens civique, a permis à la police d'écrouer les assassins.*

Évidemment, mon article ne révèle pas tout. Lorsque Rinfrette m'a vu en compagnie de Lebra à la sortie du bureau où travaillait la femme qu'il avait voulu tuer, il a perdu les pédales. Il savait que je l'avais pris en photo et il imaginait le pire. Il a eu la mauvaise idée d'en parler à ses complices. Ceux-ci ont essayé de rattraper le coup en chargeant un punk de me subtiliser mon Nikon en échange d'une dose de PCP capable de faire planer un cheval dans les azurs. Magnanimes, Gagné et Content lui ont remis la dope même s'il avait raté son coup.

N'ayant plus d'espoir de détruire les clichés, ils se sont occupés de Rinfrette. Ils l'ont trouvé chez lui en pleine crise d'hypoglycémie provoquée par la peur. Il avait d'ailleurs de bonnes raisons d'être inquiet. Juliette avait tenu parole : aussitôt revenue à son bureau, elle lui a téléphoné pour le prévenir qu'elle comptait lui faire goûter à sa médecine. Il n'a pas osé contre-attaquer parce qu'il croyait que Lebra et moi la protégions. Il se sera précipité chez lui pour constater que son appart avait été forcé. La disparition des tampons piégés a dû le plonger dans une panique sans nom.

Selon les aveux de Gagné, la faiblesse de l'ingénieur était telle qu'il était incapable de se faire une injection. Gagné et son complice n'ont eu qu'à mouiller la pointe d'une seringue d'insuline avec de la tétrodotoxine et lui planter l'aiguille dans une piqûre récente – et hop ! Rinfrette est parti comme un petit poulet, convaincu que ses amis venaient de lui sauver la vie. Voilà pourquoi le médecin légiste n'a rien vu.

Quant au soutien-gorge piégé, ils l'avaient gardé en réserve. Comme le gouvernement n'avait pas bougé une semaine après la mort de Léa Painchaud, ils ont décidé d'en remettre. C'est Content qui l'a rapporté à la boutique *Ose toujours, tu m'intéresses*. La montre et l'anneau qu'il portait étaient destinés à attirer l'attention sur le MEC. Le but poursuivi était à la fois simple et naïf : amener les flics à s'intéresser à l'organisation de Rinfrette plutôt qu'à son employeur.

Ce n'est pas le plus beau de l'affaire. Avec une bombe vissée au cul, Gagné est devenu d'une loquacité exemplaire. Il a juré ses grands dieux qu'Octavia Mars trempait dans la combine sans en connaître « officiellement » les ramifications. Non pas parce qu'elle aurait réprouvé la méthode, a-t-il tenu à préciser, mais parce qu'elle se serait montrée beaucoup plus gourmande si elle avait « su » que des femmes devaient être sacrifiées dans l'aventure.

Déjà qu'elle réclamait 5 % du profit net pour un boulot ne comportant aucun risque. D'une part, elle avait le mandat de faire jouer ses relations à l'intérieur de l'appareil gouvernemental ; d'autre part, elle devait susciter un mouvement de femmes en colère, en prendre la direction et leur chauffer l'esprit à blanc pour mettre de la pression sur les élus. Elle a rempli son programme avec brio, mais elle ne sera pas là pour en savourer les fruits.

Gagné et Content ont choisi de l'éliminer autant pour épargner trois millions que pour assurer leurs arrières. Quand on joue un pareil poker, il est préférable de liquider les autres joueurs.

Et tant qu'à faire, ils ont manœuvré pour que sa mort serve leur plan. Ils connaissaient son obsession du rouge à lèvres et savaient qu'elle conservait un tube de rechange dans son sac. Ils l'ont remplacé par le *Lick Stick* trafiqué après avoir réduit à presque rien celui qu'elle avait entamé. La substitution a eu lieu juste avant la manif. Les chances qu'elle se fasse sauter le caisson pendant qu'elle se trouverait sur l'estrade étaient très grandes. Pensez donc : en direct à la télé à une heure de grande écoute ! Après un coup pareil, il était clair que le gouvernement allait céder.

On a convenu, Lebra et moi, de taire le rôle d'Octavia Mars dans l'affaire. Après l'émeute sanglante provoquée par la police, le moment aurait été mal choisi pour rendre publique une pareille invraisemblance. Au mieux, on ne nous aurait pas crus. Au plus probable, on aurait soulevé la colère des femmes contre la perfidie patriarcale. À la veille de leur marche de protestation, il eut été maladroit de jeter de l'huile sur le feu.

On a donc eu tout faux pour finalement découvrir que l'appât du gain était responsable de ces crimes sordides. On aurait dû y penser : à la base de la violence, il y a presque toujours des motivations économiques. Les guerres – même celle des sexes – en sont les plus beaux exemples.

Petite consolation : j'ai vu juste quant à la manie de Gagné et Content de se parler par cellulaires : ils s'enregistraient sur deux systèmes différents. C'est Rinfrette, leur homme à tout faire, qui avait goupiller l'affaire. Grâce à ces documents, nous avons pu valider la déposition des criminels.

Un truc me chicote. On a retrouvé sur le disque dur de l'ordinateur de Rinfrette des images tronquées relatant les étapes de fabrication des tampons explosifs, mais aucune des deux autres bidules tueurs. Pourquoi ?

Avant qu'un lecteur plus teigneux que les autres ne me le fasse remarquer, j'en parle à Lebra qui me met en contact avec l'informaticien qui a dépiauté la machine. Un spécialiste de la sécurité. Un hacker, pour parler net. Un certain Jean Trougeveu. Je lui explique mes angoisses et il avance une explication qui se précise à mesure qu'il l'expose.

— L'inoculateur de poison et le rouge à lèvres ont été fabriqués en premier lieu.

— Ça fait quoi comme différence ?

— Toute la différence du monde. En cours de travail, les logiciels de traitement d'images créent des fichiers temporaires sur le disque dur…

— Ça, je sais. Mais pourquoi ?

— Pour libérer la mémoire vive. Ces fichiers s'autodétruisent dès qu'ils deviennent inutiles.

— Comment avez-vous pu retracé des vestiges de l'assemblage des tampons, alors ?

— Quand je dis détruire, je veux dire que la machine se contente d'effacer l'index pour libérer l'espace occupé par les fichiers temporaires.

— Attendez, je ne vous suis plus. Vous parler d'index, c'est quoi, ça ?

— C'est l'information en périphérie du disque dur qui indique à la machine où sont enregistrés les différents documents. Leurs coordonnées, si vous préférez. Exactement comme le catalogue d'une bibliothèque vous dit où sont les livres sur les rayons.

— Je vois. Si on détruit le catalogue, les livres ne disparaissent pas pour autant. C'est ça ?

— L'analogie se défend. La machine considère que l'espace est disponible, mais le document reste enregistré tant qu'elle ne copie pas autre chose par-dessus. Les images des tampons ont pris la place de celles qui étaient là avant, vraisemblablement celles des étapes de fabrication des autres bidules. Pour effacer toutes traces, Rinfrette aurait dû reformater son disque dur ou lui faire subir une routine de défragmentation. Vous voulez que je vous explique ?

— Non merci, j'ai déjà assez de mal à digérer ce que vous venez de me dire.

*

J'ai passé une autre nuit à Québec à sacrifier à Vénus et à quelques-unes de ses suivantes parmi les mieux rompues au jeu de la bête à deux dos.

Au matin, sous la douche, je trouve encore la force de kama-soutrer mon hôtesse, histoire de la saluer de façon convenable. Le réservoir d'eau chaude a vite été dépassé par les événements.

Juliette rentre au travail, tandis que je vais me promener sur les plaines d'Abraham pour faire provision de chlorophylle avant de prendre le chemin de Montréal.

J'hésite en ce qui concerne mon avenir immédiat. Je pourrais rester à Québec pour couvrir la manifestation des femmes, mais je suis tiraillé entre deux pulsions qui me jettent dans des langueurs ambiguës. Les excès érotiques y sont pour quelque chose, mais il y a plus : je me suis mis la queue dans un délicieux engrenage et je redoute le manque. Le cul est avant tout affaire d'épidermes compatibles, et trouver un grain de peau qui convienne au sien relève de la chance à l'état pur. Par contre, mon gagne-pain est dans la métropole et je serais mieux avisé d'y retourner avant d'être accroché pour de bon.

Des ouvriers sont en train d'installer une estrade devant le Musée des beaux-arts. Demain, la marche des femmes doit partir d'ici et des discours seront prononcés avant que le cortège ne se mette en branle.

Des cohortes de fumelles ont déjà commencé à envahir la place. Il y en a de toutes les couleurs, allégeances et formats. De la petite grosse chaleureuse à la grande bringue acariâtre en passant par la pin up dessalée qui travaille ses effets de croupe en gardant un œil dans le rétroviseur pour évaluer le rendement de la mise en scène, la panoplie est complète.

Tiens ! Miss Baloné et ses épouses sont là aussi en compagnie de plusieurs disciplesses de Sapho. Un si beau terrain de chasse, elles auraient tort de rater l'aubaine. On va jouer *La nuit des longs clitos* et je parierais que Miss Baloné tiendra le manche. Elles sont assises en cercle autour d'un énorme phallus gonflable pendu par le cou à une branche. Un écriteau attaché au corps du délit résume la pensée du groupe en trois mots voltairiens ne laissant aucune place à l'ambiguïté : *Écrasons l'infâme !*

En dépit de la chaleur, des feux, ces compagnons obligatoires de tout rassemblement de protestation, sont allumés çà et là. Un vieux réflexe qui remonte aux cavernes primordiales : quand un prédateur rôde, il vaut mieux se regrouper en rang serré autour de la flamme protectrice.

La nuit prochaine ne va pas être triste, j'en ai bien peur. Reste à souhaiter que les flics ne s'en mêleront pas.

Je me baguenaude sous les arbres le long de la rangée de vieux canons qui font de la figuration dans le parc des Champs-de-Bataille. Du temps que j'habitais Québec, les piqueniqueurs jetaient toutes sortes d'ordures dans la gueule de ces armes d'une autre époque. Je constate qu'on a solutionné le problème en enfonçant des billes de bois dans les tubes. L'extrémité arrondie et la peinture noire suggèrent mal le boulet, mais c'est préférable à des reliefs de sandwichs en train de pourrir. Sans parler des goélands et de leur carte de visite.

J'ai vécu mon enfance près d'ici et ces canons faisaient partie de mon terrain de jeu. Je ne sais combien de fois, ma bande et moi, on a changé le cours de l'histoire en gagnant et regagnant la bataille des plaines d'Abraham. Le nombre d'Anglais qu'on a rejetés en bas des falaises, ça tient du génocide par intention.

Il fait un temps splendide et plusieurs adeptes du patin à roues alignées tournent en rond sur l'anneau aménagé devant le musée.

Je m'assois sur un banc pour regarder évoluer les patineuses. Ah, ces culs retroussés durcis par l'effort et ces tétons tendus vers l'avant telles de vivantes figures de proue fendant l'air ! C'est le navire amiral de mes obsessions qui passe et qui repasse. J'ai beau savoir que tout ça n'est qu'une ruse que la vie utilise pour se perpétuer, je me laisse piéger à tout coup.

Je m'arrache au spectacle des patineuses et me lève pour aller récupérer la voiture du journal qui achève de pourrir à l'îlot Saint-Patrick.

Mais le cœur n'y est plus. L'envie de rentrer à Montréal est en train de céder la place à sa concurrente. Le désir se nourrissant de sa frustration, le meilleur moyen de le tuer n'est-il pas d'y succomber encore et encore ?

Soyons honnête : tout ça n'est que vaine rationalisation visant à donner du blé à moudre à mon orgueil de mâle. Je croyais tout savoir à propos des voluptés culières, mais Juliette m'a fait découvrir un coin de ciel dont je ne soupçonnais pas l'existence et je crains d'avoir contracté une robuste dépendance, cet autre nom de l'amour.

Au moment où je me résigne à quitter la place, je remarque, à 50 mètres sur la droite, un couple singulier en pleine discussion.

L'homme n'est nul autre que mon ami, l'impayable Walter Hégault, grand lecteur de nombrils devant l'Éternel.

Quant à la femme, on voit qu'elle n'a pas l'intention de passer inaperçue. Elle est vêtue d'une mini-robe diaphane qui arrive mal à contenir ses débordements glandulaires, variqueux, herniaires et, plus généralement, adipeux. Sur sa poitrine plantureuse, deux protubérances format nourrice surmenée pointent à travers le tissu et laissent deviner un degré d'excitation mammaire qui frôle l'indécence. Ma parole, elle s'est encapuchonné les tétines dans des dés à coudre !

Ces données font leur chemin dans ma boîte à souvenirs, la correspondance s'établit et je reconnais la sémillante Irma Latendresse.

Qu'est-ce qu'elle branle sur les Plaines en compagnie du plus célèbre ombilicomancien de la planète ? Le meurtre de Sandra Kontour aura porté un coup fatal à son commerce de fantasmes et elle tente de se consoler en draguant des monuments classés ?

Je subodore des échanges pas banals entre ces deux chefs-d'œuvre en péril. J'allume mon oreille à rallonge et prends le train en marche.

— … assure que JE peux être utile à votre entreprise, déclare la ci-devant vendeuse de harnais fripons…

Elle a surmonté sa détresse, la majuscule en témoigne.

— … J'ai eu vent de votre méthode de voyance et JE voudrais en faire l'expérience avant de vous indiquer comment JE pourrais y apporter un complément propre à fidéliser votre clientèle masculine.

Je la vois venir avec sa grosse mottine goinfreuse d'asperges. Elle cherche à se recycler et envisage de mettre sa langue bien pendue au service du mage. À sa place, je sauterais sur l'occasion sans hésiter. Quand on vend du vent, un ventilateur supplémentaire ne peut que stimuler les affaires.

— Qu'à cela ne tienne! répond l'ombilicomancien, très gentry (potent). Mes bureaux sont pourvus d'une salle de consultation qui permet l'examen ombilical sans heurter la pudeur de la clientèle. La mode actuelle banalise le nombril, mais il y a encore des dames jalouses de leur intimité peu disposées à exhiber le siège de leur identité profonde.

Là, je crains qu'il n'ait sous-évalué le degré d'ouverture d'esprit de sa prospecte. Rien qu'à voir, on voit bien que sa cicatrice originelle se terre au fond de l'un des replis de graisse qui bourgeonnent entre les boutonnières malmenées par les tensions. Si le devin disposait d'un spéculum, il pourrait procéder sur-le-champ à l'analyse et je ne crois pas qu'elle s'en offusquerait.

— Mais dites-moi, poursuit-il, quel est donc ce complément que vous comptez apporter à une méthode qui affiche déjà un taux de réussite frisant les cent pour cent?

— Une marge d'erreur, si mince soit-elle, peut se révéler désastreuse, surtout dans un domaine où tout repose sur la confiance. Or, J'ai la prétention de croire que MA contribution va éliminer cette zone d'incertitude. Voyez-vous, si vous êtes le maître incontesté de l'ombilicomancie, MOI JE pratique une science qui ne cesse de faire des heureux : la nodomancie.

— Mais encore?

— Du latin *nodus*, c'est-à-dire nœud. JE lis l'avenir à la surface des glands, si vous préférez.

— Et ça marche?

— Aucun de MES clients – JE dis bien : aucun! – n'a songé à se plaindre de MA technique. Même quand JE leur prédis des déboires amoureux, des fiascos monétaires, des ennuis de santé, ou le retour de Jean Chrétien à la tête du pays, ils en redemandent encore et encore. Voyez-vous, si nos méthodes se ressemblent à plusieurs égards – l'aspect scientifique, entre autres –, celle que JE pratique se distingue par la façon de prélever l'information.

— Ah, oui?

— Votre lecture est visuelle, alors que LA MIENNE s'apparente au braille; c'est avec la bouche et la langue que JE détecte et palpe les minuscules cannelures révélatrices du destin de l'individu. C'est autant une affaire d'étude de relief que de gustométrie. Croyez-MOI, en recoupant ces sources, J'obtiens des prévisions frôlant la certitude absolue !

— Charmante initiative ! En somme, il s'agit de joindre Lucille à l'oncle Réal[3]. Mais comment envisagez-vous la mise en commun de nos ressources ?

— J'ai remarqué que la nodomancie possédait un effet secondaire qui ne laisse pas d'étonner : l'organe a la curieuse propension à se gonfler et à se redresser en cours d'analyse. Tant et si bien que la tête du sujet tend irrésistiblement vers l'ombilic comme s'il voulait se rapprocher d'un être cher en vue d'échanger des confidences. On voit qu'ils sont faits pour s'entendre.

— Observation des plus pertinentes ! D'ailleurs, chez beaucoup de mâles, nombril et pénis font l'objet d'une égale préoccupation. Je commence à comprendre l'intérêt de votre démarche.

— J'ai aussi remarqué qu'il s'établit entre eux une résonance éloquente lorsque le patient est couché sur le dos. Il suffit de suspendre l'analyse nodale pour voir le borgne à col roulé enfouir son éminence dans la cavité ombilicale et s'y vautrer. Les soubresauts qui l'agitent montrent qu'un dialogue copulatoire est en cours et qu'il n'a rien de platonique.

— Intéressant ! Du moins d'un point de vue théorique. Avant de travailler en tandem, il faudra tout de même mettre votre hypothèse à l'épreuve du banc d'essai. Ma réputation est en jeu, après tout.

— Ce souci de validation témoigne d'une probité intellectuelle qui vous honore. Mais, voyez-vous, JE suis confiante et prête à faire subir à MA méthode tous les tests que vous jugerez nécessaire de lui faire subir.

— Quand seriez-vous disposée à tenter l'expérience ?

— Votre heure sera la MIENNE, cher MONsieur. Et si c'était tout de suite, ça ME conviendrait parfaitement. Pourquoi, en effet, remettre à demain ce qu'on peut plaire aujourd'hui ?

— Vous avez raison. La sapience populaire, cette source intarissable de bon sens, ne dit-elle pas qu'il faut battre le flair quand il est chiot ?

---

[3] Après de longues recherches lexicographiques, nous supposons qu'il a voulu dire : joindre l'utile à l'agréable.

Note du réparateur de clichés

— Sans compter qu'au royaume des borgnes, les cyclopes sont aveugles.

— Et que par ailleurs, qui vole un veuf, ne vole pas un neuf.

Les voilà partis dans les grandes déconnades flamandes. Je donnerais n'importe quoi pour assister à l'expérience qui va suivre. Un grand moment dans l'histoire de l'humanité va se produire ! La maîtrise du feu, l'invention de la roue, l'exploitation de la force motrice de la vapeur, le retour de *La poule aux œufs d'or*, toutes ces percées qui ont révolutionné la vie en société ne sont rien à côté du pas de géant que ces deux-là s'apprêtent à faire franchir à la sociologie participante.

Ils se lèvent, sortent du champ de mon écornifleur et disparaissent dans les limbes des entre-chapitres.

# 16

Je traîne sur les Plaines jusqu'au moment où les derniers fonction-naires regagnent leur stalle. La voie étant libre, je vais casser une croûte en continuant de ruminer l'affaire. Même si elle a été résolue, je ressens une insatisfaction que la raison n'explique pas. On a pincé les coupables, on connaît leur mobile, on sait comment ils ont procédé, on a recueilli des aveux complets, l'un des meurtriers est mort, on a retrouvé le reste du poison qui l'a tué, lui et une des victimes, les enregistrements des conversations de Gagné et Content ont corroboré tout ça. Que deman-der de plus ?

Pourtant, un malaise indéfinissable m'habite. Il manque des pièces au puzzle et ce sentiment d'incomplétude m'obsède, même s'il n'est fondé que sur un état d'âme apparenté aux langueurs floues du spleen baude-lairien. Mon petit doigt me dit que je ferais bien d'aller sonder Sigmund Debovoar. Un homme rose masculiniste, ça agace mon besoin d'établir des catégories définies et rigoureusement étanches. Lebra est débordé et ce n'est pas avec la manif qui se prépare qu'il trouvera le temps de lui ré-clamer des explications à propos de sa double allégeance.

J'hésite quant au parti à prendre. D'un côté, je voudrais crever l'ab-cès du doute qui me ronge, de l'autre, je me demande pourquoi me sub-stituer à la police alors que je suis en vacances avec cinq mille piastres à claquer.

Vers 15 heures, la curiosité l'emporte. Je récupère ma minoune et décide d'aller discuter le goût de bras avec Debovoar. Il a son bureau à Robert-Giffard, la cité des givrés indésinstitutionnables.

Approcher un spécialiste de cette sorte est une affaire de six mois, de nos jours… sauf quand on est un célèbre journaliste dispensateur de notoriété. Je ne m'explique pas le phénomène, mais tout le monde veut avoir son nom dans le journal.

L'aspirant Jivaro accepte de me recevoir après que son assistante a fait les schlicks-schlicks réglementaires avec ma castonguette. Il faut bien gagner sa vie. Il trône dans une pièce qui ressemble à une salle de torture high-tech. Il reçoit sans doute des patients agités dont il doit pouvoir contenir les débordements.

Beau gosse, la trente-cinquaine joyeuse, l'œil vif et la lèvre à la fois féroce et moqueuse. Le genre à provoquer le surmenage des glandes de Bartholin dans son entourage, ça se devine à la fébrilité de la jeune beauté qui m'a conduit à son bunker. Comme réducteur de têtes, l'avenir lui appartient. Amenez-vous, névrosées, psychosées, folles à lier de toutes tendances, il va vous mettre le doigt sur le bobo en trois coups d'écuyère à peau.

À moins qu'il n'ait de la mollesse dans le membre copulateur, ainsi que l'a prétendu Maïssa Kekpar en disant tenir l'information de sa belle-fille Sandra. Mais je crois que la psy se trompait en attribuant son manque d'ardeur à son hommerosité. J'ai plutôt l'impression que ses consultations le vident de sa substance. Quand vient le moment d'honorer la petite amie en titre, le cœur se fait tirer l'oreillette – et la bobinette choit lamentablement.

En guise d'entrée en matière, je lui raconte que je prépare une série d'articles portant sur les rapports hommes/femmes avec les meurtres des derniers jours en toile de fond. Je l'invite ensuite à se situer dans l'éventail des discours tenus sur les relations entre les sexes.

Il avoue volontiers être disciple du Dr Gault-Corni, ce psy sirop célèbre pour son masculinisme *soft* qui fait rugir les féministes parce qu'elles l'estiment plus dangereux que les grossières analyses des groupes comme le MEC. Et elles ont raison : le dialogue, l'ouverture à l'autre, le regret des abus passés, la désir de travailler main dans la main, la nouvelle sensibilité masculine qui s'exprimerait sans contrainte, tout ça c'est du baratin soporifique pour endormir la colère, le seul vrai carburant de tout militantisme.

Debovoar avoue aussi frimer à l'homme rose pour faire copain-copain avec des féministes proches de la tête du réseau dans l'espoir de glaner de l'information. Question d'ajuster le tir. Tous les stratèges vous le diront : partir en guerre sans les ressources d'un service de renseignement, c'est courir à la catastrophe.

Pour l'amener en douce au sujet principal, je lui demande :

— Croyez-vous que les meurtres des derniers jours ont été motivés uniquement par la recherche du profit ?

— Non. Certes, le profit était le but poursuivi – l'épiphénomène –, mais les moyens employés suggèrent que ces hommes nourrissaient une haine farouche des femmes. Si cette pulsion n'avait pas été déterminante, ils auraient procédé autrement. Il est donc plus juste de parler de motivation hybride.

— Vous voulez dire qu'ils faisaient d'une pierre deux coups ?

— Sans aucun doute, même s'ils n'en étaient pas forcément conscients. Ces trois femmes ont été victimes d'une ritualisation sacrificielle propitiatoire. Un avatar extrême du principe à la base du christianisme : la souffrance comme source de purification.

Mon dieu qu'il cause bien ! Je le ramène sur un terrain moins abstrait en lui faisant remarquer qu'il ne semble pas très chagriné par le décès de Sandra Kontour.

— Je devrais l'être ?

— N'étiez-vous pas amants ?

Il hésite. Il constate que je sais des choses qui ne sont pas du domaine public et il cherche à évaluer l'étendue de mes connaissances. Il pensait rencontrer un journaliste ordinaire et voilà qu'il tombe sur un journaliste informé. Ça change la donne. Il finit par dire :

— Le terme est fort. Avec elle, j'étais en service commandé. Vous comprendrez qu'il est préférable, dans ces cas-là, de ne pas trop s'attacher.

— Je ne vous suis pas très bien.

— Sandra était présidente de l'Association des étudiantes en génie de l'Université Laval et elle militait au sein d'un ONG charitable – Ox Femmes – qui servait de couverture à un groupe féministe dirigé par Octavia Mars…

Encore elle !

— … sans doute la plus grande siphonneuse de subventions que le Québec ait jamais produite. Par l'entremise de Sandra, je comptais m'infiltrer dans la bergerie et trouver un moyen de tarir la source.

Je me dis in petto que si Aimé Gagné n'avait pas vidé son sac, on tiendrait là un suspect tout à fait convenable.

— Et puis, poursuit-il, je dois vous avouer que Sandra, au lit, ce n'était pas une affaire. Elle habitait un corps de déesse, mais elle n'en avait pas encore potassé le mode d'emploi. C'était une manuelle, si vous voyez ce que je veux dire. En ce qui concerne le coït proprement dit, je crois qu'elle faisait surtout de la figuration.

Il observe une pause et ajoute :

— Ce manque d'enthousiasme m'a intrigué et j'ai fini par découvrir qu'elle était en service commandé, elle aussi. Elle avait percé ma couverture et m'intoxiquait à coups d'informations bidon, tout en essayant de me tirer les vers du nez.

— Et vous en faisiez autant de votre côté, je suppose ?

— Bien sûr. Nous étions devenus des ennemis qui jouaient au chat et à la souris en mimant la comédie de l'amour. Et je vous assure que, sauf au lit, nous étions très convaincants. Je n'ai jamais souhaité sa mort, mais puisque l'irréparable s'est produit, je prends la chose du bon côté : ça ne fera toujours qu'une féministe de moins.

— Une militante qui fréquentait les boutiques de lingerie salace, ces symboles de l'exploitation du corps de LA femme ? Permettez-moi de douter.

— C'est la nouvelle tendance, assure-t-il. Les jeunes féministes ont perdu les scrupules de leurs aînées à propos du sexe. Elles ont rejeté toute culpabilité et décidé de tirer parti des avantages que la nature leur a prodigués…

Tiens, ça ressemble aux thèses de Juliette, ça.

— … Elles se disent que non seulement elles pouvaient, mais qu'elles devaient être à la fois femme-objet et femme-sujet. Nous affrontons désormais un féminisme païen et paillard. La gratification libidineuse au service de la Cause ! L'arme est redoutable et fait beaucoup de victimes parmi nos membres. Il faudra apprendre à profiter de l'aubaine sans tomber dans le piège.

— Connaissez-vous le MEC ?

— Vous parlez de ce mouvement soi-disant masculiniste qui était dirigé par le type qui aurait fait exploser une femme la semaine passée ?

Cette réponse désinvolte allume une alerte dans ma tête. Pourquoi essaie-t-il de me faire croire qu'il a appris l'existence du MEC par ouï-dire ?

— C'est ça.

— Bien sûr que je connais.

— J'ai visité le site web de ce groupe et il me semble que sa philosophie ne correspond pas tellement à ce que préconise votre gourou.

— Et quelle est-elle, cette philosophie ?

Il s'enfonce encore par excès de prudence.

— On y déplore que les femmes investissent les domaines traditionnellement masculins, ce qui acculerait de plus en plus d'hommes au chômage.

— En ce cas, rien à voir ! Si des femmes veulent devenir plombières, dynamiteuses, mineuses de grands fonds, monteuses de lignes, ou quoi que ce soit d'autres, c'est leur droit le plus strict. Cette histoire ridicule de vol de jobs, c'est pour les imbéciles qui nourrissent des ambitions de vers de terre. Notre combat se situe à un niveau différent.

— Pourquoi, alors, avoir rejoint les rangs de ce ramassis de petits mononcles frustrés jusqu'au trognon parce qu'ils n'ont pas digéré leur divorce et la pension alimentaire qui vient avec ?

Il me regarde en relevant un sourcil, un rien surpris. Il se rend compte qu'il a peut-être sous-estimé son interlocuteur. Je n'ai pas affaire à un imbécile ; il trouve aussitôt une explication qui se défend :

— Vous êtes bien renseigné, M. Langlois ! Bravo ! Mais je vais vous décevoir : ce n'est pas ce que vous croyez. J'y suis en mission de recrutement et je ne tiens pas à le crier sur les toits. Or, vous êtes journaliste, donc indiscret par profession…

Il observe un court silence avant de poursuivre :

— Il y a peut-être des éléments récupérables dans le lot. Nous devons augmenter nos effectifs et il faut démanteler ces groupuscules aux idées primaires qui ternissent notre image. Les hommes occidentaux ont perdu la deuxième guerre des sexes, la chose est entendue.

— Il y en aurait donc eu une première ?

— Bien sûr ! L'histoire de l'humanité est une incessante scène de ménage où l'on observe deux renversements complets du pouvoir d'un sexe sur l'autre. Lorsque les femmes des tribus de chasseurs-cueilleurs ont inventé l'agriculture au début du néolithique, il y a environ dix mille ans, le travail des chasseurs mâles a été déprécié et ils ont perdu leur ascendant.

— La suite de l'histoire montre qu'ils sont revenus à la charge.

— Bien sûr. Ce nouveau mode de subsistance, parce qu'il produisait des surplus, a suscité des rivalités interclans qui ont provoqué des guerres de rapine. Le chasseur a retrouvé son rôle en devenant guerrier et il a imposé sa loi par les armes.

— Ainsi seraient nées les sociétés patriarcales ?

— Voilà ! Dans le bassin méditerranéen, le berceau de notre culture, le patriarcat a trouvé un puissant allié au IV<sup>e</sup> siècle de notre ère le jour où Constantin a élevé le christianisme au rang de religion d'État de l'Empire romain. La première guerre des sexes prenait fin par la déconfiture totale des femmes.

— Quand et comment ont-elles pu s'en relever, alors ?

— Ça peut paraître paradoxal, mais c'est la Révolution industrielle au XIX<sup>e</sup> siècle qui a permis de renverser la vapeur, si j'ose dire. Le machinisme a peu à peu dévalorisé la force physique, en sorte que les femmes ont progressivement été intégrées à la production et ont commencé à revendiquer une autonomie légitime. L'homme n'étant plus le seul pourvoyeur, il n'y avait pas de raison qu'elles continuassent de se plier à ses quatre volontés...

Oh, le bel imparfait du subjonctif ! Je le croyais mort, celui-là.

— ... Pendant la Seconde Guerre mondiale, le phénomène s'est accéléré pour pallier la pénurie de main-d'œuvre dans les usines.

— Je connais la suite. La paix revenue, on a voulu refouler les femmes dans leur foyer, mais le goût de la liberté et la logique capitaliste du profit maximum – le travail féminin coûtait moins cher – ont été les plus forts.

— Tant et si bien qu'aux alentours des années 70, il est devenu évident qu'elles allaient tôt ou tard obtenir l'égalité réclamée. Et c'est ce qui s'est produit.

— Vous allez sans doute me dire que, comme tous les mouvements de masse motivés par les meilleures intentions du monde, celui-là a continué à courir sur son erre et a dépassé l'objectif visé. Les femmes, naguère oppressées, seraient maintenant devenues oppresseuses. C'est ça ?

— Exactement! Nous avons perdu la deuxième guerre des sexes, c'est indéniable. Et nous l'avons perdue sur le champ de bataille de la médiatisation. Même certaines féministes lucides le reconnaissent. Au surplus, les rôles de chiffes molles que l'on fait tenir aux mâles dans la pub et dans les téléromans le prouvent à longueur de semaine. La certitude que tous les hommes sont des espèces d'anthropoïdes mal dégrossis aux comportements infantiles – quand ils ne sont pas brutaux – est si bien ancrée dans les mentalités qu'il n'est plus possible d'évoquer le concept de virilité sans provoquer le rire ou le mépris. Essayez, vous verrez. Pourtant, la stupidité est sans contredit la chose la plus équitablement distribuée sur la planète et quiconque soutiendrait qu'elle a un sexe prouverait qu'il en est atteint.

— Si les hommes avaient perdu la deuxième guerre des sexes, ils auraient aussi perdu le pouvoir. Or, les faits contredisent cette affirmation.

— Ils n'ont pas perdu tout pouvoir, mais ils ont perdu la face. Comme je viens de l'évoquer, l'image mâle non seulement ne domine plus, mais elle est complètement dévalorisée. Et vous savez comme moi que le pouvoir repose avant tout sur la façade et que la moindre lézarde annonce la chute prochaine de la structure.

Il regarde discrètement sa montre. Je dois avoir encore droit à quelques-unes de ses précieuses minutes, car il ajoute :

— Et il y a bien d'autres indices. Que dire, par exemple, de la mode chez les adolescents? Regardez-les ces jeunes hommes qui traînent en grappes mornes dans les rues, le dos rond, la démarche caoutchouteuse, le fond de culotte sur les genoux et la tête engoncée dans des tuques même en pleine canicule. Quelle image se font-ils de leur corps pour le camoufler ainsi dans des hardes de clown dépité?

— Je suppose que si vous posez la question, c'est que vous avez une réponse à fournir.

— Certainement! On leur a dit et répété, avant même qu'ils n'aient leur première érection, qu'ils étaient tous des violeurs en puissance, des batteurs de femmes, des abuseurs d'enfants; bref, des brutes. Le matraquage a porté fruit et, inconsciemment, ils font tout ce qu'ils peuvent pour faire oublier qu'ils sont des mâles avec l'attirail que ça implique. Ils ont honte de leur sexe, ça crève les yeux! Et cette honte n'est pas tombée du ciel; ils l'ont attrapée quelque part. Puisqu'il n'est pas défendable de l'imputer à une mutation biologique, on doit admettre qu'elle est consécutive à une mutation sociale. Il n'y a pas d'autre explication! Regardez les filles du même âge, maintenant. Le contraste est sidérant! Elles rayonnent de joie de vivre et leurs tenues sont autant de parures conçues pour exalter leurs attributs féminins alors qu'ils sont à peine naissants.

Sur la question de l'emballage, difficile de lui donner tort. À partir de douze ans, on dirait que les filles ont l'ambition de se transformer en clone de Brithney Spear. Vachement bandogènes, pour parler net... et je ne souffre pas du syndrome de Lolita. Les gamins qui les côtoient ne manquent pas de motifs de s'astiquer le pompon à grelots – et plutôt deux fois qu'une.

Debovoar poursuit sur sa lancée :

— De toute évidence, elles sont fières de leur corps parce qu'elles sont fières de ce qu'elles sont. Ou l'inverse, peu importe. Et cette fierté n'est pas non plus tombée du ciel : elle est un produit de l'environnement idéologique dans lequel elles ont grandi. Il n'y a pas d'alternative. Les succès scolaires des filles, entre autres, découlent de cette image positive d'elles-mêmes qu'elles ont appris à cultiver dès l'enfance. Tout le reste est à l'avenant.

— Selon vous, le féminisme serait le seul responsable de cette mutation sociale ?

— Il s'agit d'appliquer la règle des flics : chercher à qui profite le crime. Lorsque j'ai commencé ma médecine, il y avait à peu près parité entre les inscrits mâles et femelles. Aujourd'hui, les femmes représentent plus de soixante-quinze pour cent des admissions. On observe la même tendance dans toutes les facultés. Les projections établies dans les polyvalentes et les cégeps à partir des résultats scolaires démontrent que l'écart va continuer à se creuser. Que conclure, sinon que nous vivons dans une société qui favorise la réussite des filles, une société qui a muté du patriarcat autoritaire à un matriarcat plus souterrain, plus insidieux ?

— Vous ne croyez pas que si les filles obtiennent de meilleures notes, c'est bêtement parce qu'elles bûchent davantage ?

— Bien entendu! Mais pourquoi bûchent-elles davantage ? Parce qu'elles évoluent dans un environnement qui les y incite, voilà tout. Vous me servez l'argument ambivalent des féministes qui imputent tous les problèmes des femmes à des causes sociales – l'oppression mâle, notamment –

et qui attribuent leurs succès à leur seule volonté de réussir. Il s'agit là d'un raisonnement éclectique qui relève d'une logique frauduleuse et je vous estime assez intelligent pour le comprendre.

— Votre érudition et la force de votre argumentation sont admirables, mais ça n'empêche pas votre analyse de souffrir aussi d'un travers logique.

— Lequel ?

— Elle repose tout entière sur une réduction de paramètres.

— Mais encore ?

— La société humaine est infiniment plus complexe que n'importe quel modèle théorique qui prétend décrire les mécanismes de son évolution. Le climat est plus vaste que la climatologie, la vie plus subtile que la biologie.

— Évidemment, mais où voulez-vous en venir ?

— À ceci : les mutations sociales ne peuvent s'expliquer par l'étude d'une seule variable – la lutte entre les sexes, en l'occurrence. Par exemple, le mouvement d'émancipation des femmes dans les années 1970 aurait pris une forme différente si le clergé n'avait pas, en même temps, perdu son hégémonie ; et l'on peut croire que le recul du clergé aurait été plus lent si ce mouvement d'émancipation n'avait pas eu lieu. Sans parler des moyens de contrôle de la fécondité devenus accessibles à celles qui désiraient faire échec à la fatalité biologique de la maternité. Sans pilule, on se demande comment le féminisme aurait pu prospérer. Tout est imbriqué, et bien malin celui qui pourrait identifier une cause première dans ces entrelacs d'influences réciproques. En somme, vous raisonnez comme quelqu'un qui voudrait produire un algorithme rendant compte des fluctuations climatiques en faisant uniquement intervenir les vents du sud dans son calcul.

— Votre objection est aussi réductrice que la thèse qu'elle veut démolir.

— Sans doute, mais elle n'est qu'une objection et, à ce titre, elle n'a pas à répondre aux exigences d'un système rigoureux d'explication du monde. Vous savez comme moi que la plus parfaite des théories peut être remise en cause par un simple contre-exemple, aussi banal soit-il. Qu'on découvre un seul grain de sable qui n'obéisse pas à la loi de la gravitation universelle et il faudra amender la théorie de Newton. Il ne serait pas défendable de se demander si ce grain de sable montre assez de cohérence pour ébranler une si belle création du génie humain. Je vous retourne le compliment : vous êtes assez intelligent pour saisir cette évidence.

Mais j'ai affaire à un converti qui pratique une misogynie documentée. Il a si bien raisonné ses croyances qu'il est imperméable aux arguments qui mettent leur pertinence en doute. Ainsi réagissent les chrétiens, les juifs et les musulmans : ils se réclament tous d'une structure rationnelle qui légitime leur credo respectif et invalide tous les autres.

Debovoar se carre dans son fauteuil en joignant les mains derrière la nuque. Il me regarde droit dans les yeux et ajoute avec un sourire assuré :

— On pourrait gloser pendant des heures, peser le pour, évaluer le contre, apporter des nuances, peaufiner les enchaînements, chercher des poux à la logique, mais on ne saurait nier les faits : l'influence des hommes dans la société occidentale se rétrécit comme une peau de chagrin depuis un demi-siècle. Regardez autour de vous et vous verrez que le phénomène n'est pas en voie d'essoufflement. En tout cas, une chose est certaine : la tendance existe, elle n'est pas sortie du néant, pas plus qu'elle ne s'inversera d'elle-même. Voilà la réalité ! Voilà le mouvement de masse que nous devons infléchir, autrement on va devenir des poodles castrés que l'on garde pour la beauté du geste !

Cette fois, il regarde ostensiblement sa montre. Les sept minutes prévues à la convention sont écoulées. Peu avare de son temps, il me consent une rallonge :

— Tout n'est pas perdu, cependant. La troisième guerre des sexes est déclarée et nous allons tout mettre en œuvre pour la gagner, celle-là.

— Votre gourou se montrerait plus onctueux et parlerait plutôt de faire match nul, non ?

— Certainement. Mais lui, il est chargé des relations publiques, alors que moi j'ai mission de motiver les troupes. Voilà pourquoi, à l'interne, nous insistons sur la notion de victoire. Les soldats ne montent pas aux barricades avec l'idée de seulement égaliser le score. Il faut leur faire miroiter un gain tangible pour qu'ils donnent leur plein rendement.

Je prends congé en me disant que si la « misogynie documentée » du psy se propage, la paix entre les sexes ne se signera pas demain.

Au moment où je m'apprête à franchir le seuil du bunker, je lui fais le coup de la fausse sortie. C'est un truc de flic qui donne parfois des résultats. Le type vient de subir un interrogatoire serré et il a su éviter de se mouiller. Il croit que tout est fini, il est content de sa performance et relâche l'attention. C'est là qu'il faut placer la botte secrète.

Je me retourne et demande à brûle-pourpoint :

— J'y pense : en tant que membre du MEC vous avez dû rencontrer Rémy Rinfrette ?

Il hésite une fraction de seconde avant de répondre par une question.

— Qu'est-ce qui vous le laisse croire ?

Il est clair qu'il est aux aguets. Il pourrait m'envoyer paître, mais il ne le fera pas. Ce type a une haute estime de lui-même et croiser le fer avec un con de journaliste ne lui fait pas peur. Au contraire, il trouverait veule de se défiler devant l'attaque qu'il sent imminente et qu'il ne doute pas de repousser.

— Vingt-trois membres, comme secte, ce n'est pas précisément dans les pointures d'Amway, de Tupperware ou des Témoins de Jéhovah.

— Décidément, vous êtes bien renseigné !

— J'ai un peu potassé le dossier, en effet.

Le bluff est gros, mais il en cache un autre. L'idée est de l'amener à croire que je connais la réponse à toutes les questions que je lui pose, ce qui peut rendre ses mensonges plus révélateurs que la vérité. J'ai affaire à une bolle capable de se tenir ce raisonnement et d'essayer d'en tirer avantage. D'autant plus que je l'ai échaudé tout à l'heure lorsqu'il a prétendu connaître le MEC par ouï-dire. Il a sûrement retenu la leçon. Pour m'en apprendre le moins possible, tout en évitant d'être pris en défaut, il est contraint de louvoyer dans le champ des connaissances qu'il estime que je possède. Il n'a pas le choix : il doit enrober son propos d'un peu de vérité.

— Vingt-trois membres, donc. On peut supposer que le patron du MEC prenait la peine de sonder les convictions de chacun de ses postulants, non ? Ne serait-ce que pour éviter l'infiltration d'éléments indésirables.

Il sourit, mais d'un sourire crispé.

— On n'a eu qu'un bref entretien. Le temps de lui remettre un chèque.

— Quel genre de personnalité était-ce ?

— Sommaire. Binaire, si vous voulez. Oui/non, blanc/noir, vrai/faux…

— Homme/femme…

Il échappe un grognement. Le trait a porté. Je commence à lui courir sur les couilles de façon trop appuyée à son goût. Il poursuit sur un ton plus rocailleux :

— Un ingénieur, quoi ! Bien qu'on n'ait pas échangé trois phrases, j'ai compris que ma première mission était tracée : le déloger et prendre sa place. D'après ce que j'ai lu dans le journal, la première partie du programme n'a plus sa raison d'être.

Fausse sortie numéro deux. J'affiche une mine satisfaite et reprends ma marche vers la porte du bunker en disant :

— Je vous remercie d'avoir répondu à mes questions, docteur Debovoar.

— Il n'y a pas de quoi !

Même si je lui tourne le dos, je sens qu'il se détend. Je porte le coup d'estoc :

— Une petite dernière, si vous permettez. Selon vous, Rémy Rinfrette savait-il qu'Octavia Mars était impliquée dans la combine des maisons d'accueil ?

— Ce n'est pas impossible.

— Et vous, comment le savez-vous puisque cette information n'a pas été divulguée ?

Comme dit Richard Desjardins, j'aurais dû, ben dû, donc dû, farmer ma grand' gueule !

# 17

Le visage du psy se durcit. Un rictus lui tord la gueule et ses yeux roulent dans leur orbite comme s'il était soudainement devenu fou. Sur le ton déclamatoire propre aux accès de démence mégalomane, il crache :

— Tu te crois malin, mais tu as commis l'erreur de vouloir te montrer plus fort que moi. Ce péché d'orgueil va te coûter cher, scribouilleur de merde ! Je tolère mal l'insulte lorsqu'elle provient d'un cloporte qui se prend pour Bertrand Russel. On ne sous-estime pas impunément un génie comme le mien. Si tu penses que je ne t'ai pas vu venir, tu te trompes !...

— D'éléphant !

— C'est ça, vas-y, rigole avec tes calembours de garderie ; profites-en pendant qu'il en est encore temps. Tu vas la trouver moins drôle, bientôt. J'ai feint de mordre à l'hameçon pour te procurer un plaisir destiné à rendre la désillusion subséquente encore plus cuisante. Question de contraste. On apprend ces techniques dans les écoles de psychanalyse. J'aurais pu te répondre que je ne savais pas de quoi tu parlais à propos de l'implication d'Octavia Mars. Le piège était gros comme ta connerie !...

Autre symptôme : il réinvente la réalité au lieu d'admettre qu'il s'est fait piéger. Il *aménage* sa susceptibilité. Il vit dans une fable qu'il retouche à volonté parce qu'il s'en croit l'auteur. Maître de son destin, démiurge de lui-même ! Ce type d'individu peut se révéler dangereux lorsque le scénario qu'il croit maîtriser lui échappe.

— ... J'ai deviné que tu nourrissais des soupçons à mon égard et que tu ne m'aurais pas lâché d'une semelle. J'ai d'autres projets et il est hors de question qu'une mouche à merde qui a des ambitions de condor les fassent échouer.

Au lieu de fuir, je demeure figé sur place, subjugué par cette incroyable transformation. Le fin rhétoricien qui argumentait posément il y a une minute a fait place à un psychopathe d'autant plus redoutable qu'il jouit d'une vive intelligence. Une personnalité double, un œuf à deux jaunes : psy/psychopathe, homme rose/masculiniste, rationnel/désaxé. À la fois lui-même et son contraire. Le tumulte dans sa tête ne doit pas être triste.

Je ne sais quel rôle Debovoar a joué dans l'affaire des meurtres reconnus par Gagné et Content, mais il vient d'avouer qu'il a des projets qui semblent liés à ces assassinats et cet aveu laisse présager de gros ennuis de santé pour ma carcasse. Il ne peut pas me laisser vivre.

Je me précipite vers la sortie. Debovoar appuie sur le bouton d'une console jouxtant son bureau. Un bruit métallique émane de la porte. En même temps, un panneau de plexiglas descend du plafond entre lui et moi.

Je me secoue. Je ne vais pas me laisser piéger par ce malade. Il va prétendre que je l'ai agressé et me déclarer fou en criant schizo. J'ai vu et lu *Vol au-dessus d'un nid de coucou* et je sais dans quel enfer je risque de déchoir.

Le panneau arrive au milieu de sa course. Je pousse ma chaise en travers de sa trajectoire et me jette à plat ventre. Les montants du dossier craquent sous la pression. Je rampe aussi vite que je peux. La guillotine écrase le cadre puis les pattes du siège comme s'il s'agissait de fétus de paille. Je débouche de l'autre côté alors que le plexi coince le bout de mes souliers. Je me débats comme un diable et sors de mes godasses.

Je me relève et fonce sur Debovoar qui farfouille fébrilement dans un tiroir. Il met la main sur un vaporisateur qui n'a rien à voir avec l'hygiène des aisselles. Je lui attrape le poignet et lui retourne l'avant-bras dans le dos. Il échappe sa bombe que je cueille au vol. Une giclée sous le nez et il devient tout mou. Je lâche prise : il s'effondre.

Je récupère mes pompes et pousse une porte qui s'ouvre sur un local rempli de machines branchées sur Manic-5. On te plogue là-dessus et tu oublies ta date de naissance illico.

Des sons sourdent des murs. Le psy a eu le temps de donner l'alarme. Trois coups brefs et deux longs qui se répètent à intervalles fixes. Ça doit vouloir dire « fou en fuite ».

J'ouvre une autre porte qui donne sur une grande salle hantée par des bénéficiaires hagards, nus sous des jaquettes fendues dans le dos jusqu'au cou. Je fonce au milieu de cette cour des miracles sans savoir où aller. Des fantômes d'humains me regardent en riant, en pleurant, en se masturbant, en enculant le voisin, en chiant par terre et que sais-je encore. J'ai droit à l'éventail complet des émotions humaines. Si Dieu a vraiment créé l'homme à son image, il s'est produit des ratés dans la transmission de la recette.

J'arrive en vue d'une porte qui s'ouvre sur un couloir. De robustes infirmiers surgissent et me barrent la route. Ils sont armés de bâtons électriques semblables à ceux qu'utilisent les bouviers pour maîtriser le bétail.

Je ne suis pas venu ici les mains vides. Je m'empare du Beretta glissé dans ma ceinture à l'aplomb de la raie culière et le pointe vers le comité d'accueil. Je hurle :

— Écartez-vous !

Ils hésitent. Moi pas. Je vise un néon au plafond et tire. Les éclats de verre n'ont pas atteint le plancher que les mastars s'égaillent. Ils doivent être partis consulter leur délégué syndical pour savoir ce que la convention collective stipule en pareil cas.

Je planque mon pistolet et poursuis ma course sans m'illusionner. La maison est sûrement équipée d'un dispositif de sécurité capable de gérer les imprévus. Tôt ou tard, on va m'épingler. Je ne ralentis pas pour autant. J'enfile corridor sur corridor. Jamais je n'aurais cru que cette cage à fous était si vaste et si labyrinthique. En moins de rien, je perds le nord, le sud et le Saint-Esprit.

Au détour d'un dédale, je me heurte à un véhicule électrique qui roule vers d'improbables rivages (ne me demandez pas de quoi il s'agit, l'insanité du lieu déteint sur ma raison). Une jeune femme le pilote en sifflotant le dernier tube de Sénile Dion. Ça reste dans l'ambiance.

En dépit du fait que je suis à bout de souffle et que l'inquiétude se lit sur mon visage, la conductrice ne marque aucune surprise. Je présente pourtant tous les signes extérieurs du fugitif. Je suppose que les poursuites font partie de la routine dans cet établissement. Elle se contente de brandir un bâton électrique en déclarant sur un ton à peine agacé :

— Allez, dégage ! J'ai pas le temps de jouer au fou avec toi.

Son véhicule tracte un chariot rempli de linge. Sale, vraisemblablement. James Bond sauterait sur l'occasion. Je vais l'imiter : je laisse passer le convoi et me coule dans la guenille.

Pouacre ! J'aurais été mieux avisé de plonger dans une fosse septique. On ne change pas la literie tous les jours dans cette hostellerie de luxe. Ou alors la clientèle est mal élevée. Des colibacilles voraces vont me faire un sort.

Mon stratagème est vite éventé : le poids supplémentaire trahit ma présence. La femme arrête sa machine et farfouille dans le chargement avec sa baguette magique. Je pointe le nez hors la fange et lui fais voir mon arme.

— Direction buanderie et pas d'entourloupette ! Vous n'avez rien à craindre, je ne suis pas le fou que vous croyez.

— Ils disent tous ça, déclare-t-elle en relançant l'engin sans avoir l'air trop inquiète.

À l'évidence, elle n'a pas l'intention de jouer les héroïnes. Au prix où on la paie, je la comprends.

Elle met toute la sauce et, quelques minutes plus tard, elle claironne d'une voix presque enjouée :

— Terminus !

Je sors du chariot couvert de sanie des pieds à la tête. Je pue la misère humaine concrétisée dans ses déjections.

Ma convoyeuse me regarde en souriant.

— Vous avez belle mine, dit-elle. Venez, il y a des douches par là.

Je lui emboîte le pas en remerciant le ciel. D'autant plus qu'elle n'est pas trop mal roulée du côté de la malle arrière. Je ne vois que ça par les temps qui courent. C'est typique à Québec, dit-on. Les côtes, paraît-il.

— Pourquoi faites-vous ça ? je demande.

— J'ai fini par vous reconnaître, beau journaliste. J'étais dans la foule l'autre hiver pendant le défilé du carnaval. Au premier rang, boulevard René-Lévesque, avec ma bande d'amis. Sans vous, on ne serait plus de ce monde. J'ai une dette à payer, voilà tout. Je ne sais pas ce que vous fabriquez ici, mais je ne crois pas que vous soyez dangereux. Promettez-moi seulement de mentionner mon nom dans l'article que vous ne manquerez pas d'écrire. Je m'appelle Mireille Sontanrtar.

Une autre qui réclame son quinze minutes de gloire. Je promets tout ce qu'elle veut, me fout à poil et me précipite sous la douche.

Lorsque j'en sors, la bonne Samaritaine me propose un uniforme d'infirmier assorti d'un sarrau aux larges poches.

Elle me reluque l'appareil reproducteur que le jet d'eau chaude a mis dans d'heureuses dispositions qui ne demanderaient qu'à s'affermir si les circonstances s'y prêtaient.

Après un moment, elle me regarde droit dans les yeux et dit :

— Dommage ! je n'aurais pas détesté en faire l'essai. Il y a une rumeur qui prétend que les journalistes bandent mou... en général.

— Ce n'est que partie remise, ma belle enfant. Je reviendrai en des temps plus cléments et vous verrez que j'ai le général assez particulier.

J'enfile les hardes de secours et transfère mes effets personnels dans les poches du sarrau. Je roule une pelle ravageuse à ma bienfaitrice en guise d'acompte provisionnel et me dirige vers la sortie en prenant l'air du type qui rentre chez lui après une journée de labeur.

Je sors sans encombre et me rends au stationnement des VIP. Il y a là dix véhicules haut de gomme. Celui de l'ami Sigmund est sûrement du nombre. Je les passe en revue et décide que la Mini Cooper S, mouture BMW, appartient à mon oiseau. Ne s'agit-il pas d'une voiture à double personnalité, au fond ? Inspirée d'un modèle poussif jadis destiné aux petits budgets, elle est hors de prix et permet des performances étonnantes.

L'hypothèse se tient et je vais la vérifier sur-le-champ.

Je retrouve ma minoune sur le parking des visiteurs. Je garde en permanence un rouleau de « duck tape » dans le coffre à gants. Il sert à raccommoder les morceaux qui cherchent à s'émanciper de la carrosserie.

Je reviens à la Mini Cooper. Un clignotant au tableau de bord indique que la petite bombe est équipée d'un antivol muni d'un avertisseur sonore.

J'allume le portable bogué dont Bellefeuille m'a fait cadeau et place la sonnerie en mode vibration. Cela fait, je scotche l'appareil sous le déflecteur en laissant dépasser un quart de pouce d'antenne afin de permettre la communication avec les satellites de positionnement. Aussitôt, l'antivol se met à beugler. Je n'en ai cure. Je consolide l'installation en vitesse et cours me cacher derrière un Hummer de cinq tonnes.

Un garde de sécurité vient aux nouvelles sans se presser. Un collègue le rejoint. Je chausse mes oreilles à rallonge. L'un dit à l'autre :

— C't'encore le tit maudit châr du docteur Debovoèr. Y'a parsonne dans les alentours. L'buzzeur part tuseul, on dirait.

— Ça doit d'ête comme les autes fois : y doit avoir un chat qui a frôlé un bumpeur ac sa queue. Ces patentes-là sont sensibes pour arien.

— Moi, j'te dis queul doc y'eume trop sa tite viarge de Mini, c'est pas normal, y doit d'ête crack potte. T'as-tu vu commint qui l'argâode ? Pour moi, y doit a fourrer dans le tuhau d'egzaze kein un bandage eul pogne.

— Une maudite chance qui nous reste ses clés, ajoute l'autre en riant de la plaisanterie de son collègue.

Il appuie sur le désactiveur du démarreur à distance et le bruit cesse. Les deux gardes s'en retournent à leurs mots-mystères en filant la métaphore du « tuhau d'egzaze ».

Je récupère ma minoune et quitte les lieux. À nous deux, mon petit psy ! Je te suis à la trace, désormais.


Je contacte Lebra pour lui faire part des derniers événements.

— Ah, c'est toi, dit-il, lorsqu'il me reconnaît. Où es-tu ?

Le ton de sa voix ne me dit rien de bon.

Au lieu de répondre, je demande :

— Il y a quelque chose qui ne va pas ?

— Cette fois, tu t'es mis dans la merde pour vrai ! Robert-Giffard vient de porter plainte contre toi pour menace de mort et tentative de meurtre. Il paraît que tu as pointé une arme sur un médecin et tiré sur des infirmiers. Il y a de nombreux témoins. Le médecin en question affirme que tu lui as confessé éprouver des pulsions assassines. À l'égard de femmes, prétend-il. Lorsqu'il a voulu te convaincre de te laisser soigner, tu lui as brandi un pistolet sous le nez avant de fuir.

— Ce médecin, c'est Debovoar, le petit ami rose de Sandra Kontour ! Ce type est fou comme cent balais et trois aspirateurs ! Il fréquentait Rinfrette.

— Normal, il est membre du MEC.

— Leur relation allait plus loin que le radotage masculiniste. Je l'ai mis en boîte et il a perdu la tête. Une métamorphose inimaginable. Il pensait m'avoir à sa merci et il a dit textuellement qu'il avait d'autres projets. C'est assez clair, non ? Il y a quelque chose qui nous a échappé dans le meurtre de la boutique de Madame Latendresse. Ça ne m'étonnerait pas que Debovoar y soit mêlé d'une façon ou d'une autre. Il faudra refaire nos devoirs.

— Peut-être, mais il appartient maintenant à la Sûreté du Québec de démêler l'écheveau. Je ne peux plus rien pour toi. Le chef m'a prévenu en me retirant le dossier. L'agent Grotâdehem l'a mis au courant de la fleur que je t'ai faite quand tu as pissé dans la voiture de police. Je risque ma job et une accusation de complicité. Ne compte plus sur moi pour te sortir du pétrin. Tu devrais plutôt te trouver un bon avocat et te rendre.

— Tout ça va prendre un temps fou ! Je te le répète : Debovoar va frapper ! Embarque-le et chauffe-lui les pieds à la lampe à souder, il va avouer !

— Impossible, je n'ai rien à lui reprocher. Tu parles ! Un docteur, en plus ! En revanche, un mandat d'arrêt a été émis contre toi.

— Aussi rapidement ? Tu vois bien que Debovoar a fait jouer ses relations : un des capitaines de ton chenil est membre du MEC.

— Profiter d'un raccourci bureaucratique pour faire arrêter un criminel, ce n'est pas un délit…

— Debovoar sait qu'Octavia Mars trempait dans l'affaire des maisons d'accueil, alors que nous avons convenu de taire l'information. Si tu as tenu parole, personne n'est au courant. C'est avec ça que je l'ai coincé. Quand il s'est rendu compte de son erreur, sa folie a pris le dessus et le masque est tombé. N'est-ce pas la preuve qu'il est impliqué dans cette histoire ?

— Gagné a tout avoué. Content a corroboré ses aveux. On n'a décelé aucune dissemblance significative entre les deux versions des faits, bien que les accusés aient été tenus incommunicado. Je ne vois pas pourquoi ils auraient décidé d'épargner Debovoar sans avoir eu l'occasion de se concerter.

— Parce qu'ils ignoraient sa participation dans l'affaire. Le psy devait être de mèche avec Rinfrette et avec Rinfrette seulement. Voilà l'explication !

— Tu sembles détenir des renseignements qui pourraient aider l'enquête. Viens faire une déposition au poste, c'est la seule manière de te disculper. Tu es coincé. D'ici peu, ta photo sera diffusée dans les voitures de patrouille. Après, ce sera à la télé et dans les journaux. Ta tête est archiconnue ; tu n'as aucune chance de t'en tirer. Si on ne t'attrape pas aujourd'hui, on le fera demain, après-demain, la semaine prochaine. Tu ne peux pas vivre dans la clandestinité pour le reste de tes jours. Je ne crois pas non plus que tu songes à refaire ta vie en Amérique centrale à jouer les péons exploités par United Fruit. Il n'y a qu'une issue : te livrer à la police.

— Je comprends que tu te trouves dans une situation délicate, mais ne compte pas là-dessus. Si tu avais été témoin de la métamorphose de Debovoar, tu saurais qu'il faut le neutraliser. J'ignore ce qu'il projette, mais ce n'est sûrement pas une action charitable. J'ai beaucoup de défauts et j'ai tendance à croire que l'humanité est composée d'imbéciles. Je l'avoue honteusement et en demande pardon à ceux que le verdict pourrait froisser. Pourtant, l'humanité, c'est ma seule famille et je n'admets pas qu'un fou s'en prenne à des innocents pour se procurer un frisson que la baise semble lui refuser. Ça s'appelle de la compassion et c'est une denrée rare de nos jours. Alors, fais de ton mieux de ton côté, j'en ferai autant du mien. On va procéder comme l'autre jour quand on cherchait Juliette dans les boîtes de la Grande Allée : celui qui met dans le mille a droit à une bébine. Ça joue ?

— Je te répète que...

Inutile d'insister. La machine à procédures est contre moi. Même Lebra ne peut en dévier la course. Je coupe la communication.

Si j'avais des ambitions de *lonesome cow-boy*, me voilà servi. Maintenant, je suis seul, vraiment seul. Avec la police au cul et dans la mire d'un désaxé à double personnalité qui se coltine un cerveau de prix Nobel... et ce n'est pas celui de la paix.

# 18

Je téléphone au gros Bellefeuille.

— Ici Langlois. Écoute bien ce que je vais te dire.

— Tu as rebranché ton portable, j'ai le signal à l'écran. Je viens de t'appeler, mais tu n'as pas répondu. Que se passe-t-il ?

— Beaucoup de choses. N'essaie plus de me joindre à ce numéro. C'est une question de vie ou de mort. Tu m'entends ?

— Qu'est-ce que tu fabriques à Robert-Giffard ? Tu as sauté une coche ?

— C'est une longue histoire et je vais la raconter dans *La Leçon* quand j'en connaîtrai les tenants et les aboutissants. C'est en rapport avec les meurtres de femmes qui défraient la chronique à Québec depuis une semaine.

— Ce n'est pas réglé, cette affaire-là ? J'ai déjà viré 5 000 piastres dans ton compte. À partir de maintenant, tu travailles sur ton bras.

— Il y a un épilogue au feuilleton et ça va te remplir les poches, gros pingre ! En attendant, tu te colles à ton GPS comme un morpion à son poil de cul. Je dois savoir où se balade ce portable. Dès qu'il commence à bouger, tu m'appelles au 418-xxx[4]... Je tiens un scoop qui va porter le tirage de ton canard à des sommets jamais atteints. Allez ciao, sac à merde !

Je dégote des vêtements dans ma valise et je me change. Les caméras de surveillance de l'hôpital ont dû me tirer le portrait sous tous les angles. La police va rechercher un homme en blanc.

---

[4] Ne comptez pas sur moi pour publier mon numéro de portable ; vous me faites déjà assez chier avec vos pourriels à la con.

Inutile de songer à remonter dans la haute-ville avec ma minoune ; elle est trop voyante. Je la laisse sur le parking de la SAQ, au coin de la rue d'Estimauville et du boulevard Sainte-Anne.

Lebra connaît l'adresse de mes trois pied-à-terre à Québec : Juliette, Amanda Darais et Walter Hégault. Jusqu'où va-t-il pousser la conscience professionnelle ? Va-t-il communiquer ces renseignements à ses collègues de la SQ qui ont hérité du dossier ?

Certes, j'ai commis des gestes répréhensibles, mais c'était autant par légitime défense que par altruisme. Évidemment, je ne pourrai jamais le prouver. La parole d'un fou n'est pas recevable et je défie quiconque de démontrer, devant un comité d'experts, qu'il jouit de toutes ses facultés. Vaut mieux s'attaquer à la quadrature du cercle ; le problème n'est pas davantage soluble mais lui, au moins, il ne pue pas de la gueule.

Pour me disculper, je dois percer les desseins de Debovoar.

Je me rends à pied jusqu'au premier motel du boulevard Sainte-Anne. L'endroit est charmant en lui-même et en vertu de son environnement : il est voisin d'un centre commercial désaffecté ; ça se devine à l'immense parking vide qui s'étend devant la façade westernisante.

À la réception, une mâcheuse de gomme maquillée à la truelle et décolletée jusqu'aux ovaires regarde la télé en attendant le chaland. Elle se lève et s'enquiert de mes désirs en me gratifiant d'effets de faux cils ravageurs accompagnés de jeux de vraies hanches qui ne le sont pas moins. M'est avis qu'elle cumule les tâches et que le service aux chambres tarifé à la minute fait partie de ses attributions.

Du reste, elle me tend la clé du 12 en disant :

— Si vous avez besoin de quoi que ce soit, n'hésitez pas à m'appeler. La maison offre le forfait « détente complète », vous savez. Nos prix et la qualité de nos soins défient toute concurrence.

Je l'assure que j'en prends note et me replie dans mon motel cinq étoiles (la vitre de la porte-fenêtre est fêlée). La bâtisse a dû travailler depuis sa construction et il y a tellement de jeu dans ladite porte-fenêtre qu'elle risque de sortir de sa coulisse à la moindre vibration.

À l'intérieur, le panneau de préfini dispute la palme du bon goût au tapis d'Osite constellé de brûlures de cigarettes. Quant à l'insonorisation, elle est du type convivial et témoigne d'un sens aigu du partage. À preuve : dans la chambre d'à côté, une femme assure que « non non non, tu vas me tuer ! », puis que « oui oui oui, je meurs... heur... heur... rhaaaaaahaa !... ha !... ha !... ha !... »

Bel endroit pour méditer sur les méfaits du tabagisme et sur le rôle prépondérant de l'adultère dans la santé de l'industrie hôtelière péri-urbaine.

En attendant que Debovoar bouge, j'allume mon ordinateur et me mets en frais de revoir les archives de Madame Latendresse. Le feu roulant des événements nous a empêchés, Lebra et moi, de les analyser attentivement. Et avec ce qui se passe en ville, le flic a d'autres chattes à fouetter.

J'ignore ce que je cherche, mais je cherche tout de même. Je butine d'une séquence à l'autre en essayant de ne pas m'attacher aux détails. Je laisse mon subconscient engranger de l'information en espérant qu'il me régurgitera une de ces synthèses dont il a le secret.

Bien vite, je sombre dans un état second, hypnotisé par la succession d'images entrecoupées de sauts dus aux temps morts. Mon cerveau s'ankylose. Les personnages dansent dans ma tête, se mélangent, composent des scènes qui ne sont pas sur le DVD. Je suis victime d'hallucinations si tordues que je me rends compte dans ma demi-somnolence que je rêve.

C'est la tête de Sandra Kontour en train de mourir qui crève la bulle de ma transe. Insoutenable ! Ce visage tout de grâce et d'harmonie subitement déformé par une grimace de douleur a quelque chose de si atroce qu'il condense en lui toutes les laideurs du monde.

Je recule de vingt secondes. Sandra vient d'entrer dans la cabine. Elle se déshabille, mais garde sa petite culotte. Elle voulait sans doute apprécier l'effet d'ensemble. Elle passe les bretelles du soutien-gorge, ajuste les bonnets à ses seins, joint les mains dans le dos pour agrafer l'attache. L'une des bretelles retombe. C'est à ce moment que l'aiguille pénètre dans sa chair. Aux mouvements de sa bouche, je devine qu'elle pousse un cri de terreur. Elle s'effondre comme si son squelette s'était soudainement liquéfié.

Je reprends la séquence un cadre à la fois. Sur sa figure ravagée par la souffrance, on peut lire la certitude qu'elle a d'être en train de crever. Elle sait que le néant l'aspire et que ce sera définitif. Ses yeux révulsés confirment l'effroyable prise de conscience.

Ses lèvres s'ouvrent et se ferment comme si elle prononçait un mot de deux syllabes. Un spécialiste de la lecture labiale pourrait le confirmer, mais j'ai l'impression que la première commence par une consonne que les phonéticiens nomment « fricative alvéolaire » ou « sifflante », alors que la seconde semble s'amorcer par une occlusive et se terminer sur une dentale.

Quelque chose comme Sig-mund !

En rendant l'âme, elle aurait tout compris et identifié son assassin ? Dommage que je ne puisse plus compter sur le soutien technique de Lebra.

L'indice ne vaut rien en droit, mais il renforce ma conviction. Debovoar a trempé dans l'assassinat de sa petite amie, j'en suis convaincu.

Je remonte la séquence jusqu'à l'entrée de Sandra dans la boutique. Elle se rend au rayon des soutiens-gorge. Elle s'intéresse aux démonstrateurs sur mannequins. Ils sont identifiés par un numéro permettant de repérer l'équivalent parmi les tailles disponibles sur les tablettes. Sandra choisit un modèle qui fait pigeonner la laiterie sans couvrir l'hémisphère nord des aréoles. Elle s'empare d'une boîte correspondant à son choix et se dirige vers une cabine d'essayage.

Je repasse plusieurs fois la même séquence. Quelque chose m'agace dans cette scène et je suis incapable d'en identifier la cause.

Ça devient obsessionnel. Les hallucinations de tantôt s'en mêlent. Des images se superposent, s'interpénètrent sans logique apparente. Mon subconscient a réalisé sa synthèse et il essaie de m'en faire part à l'aide de collages au contenu fluctuant et aux contours indécis.

Soudain, deux scènes se fondent en une seule. Elles ondulent comme si l'écran de mes hallucinations gondolait. Je me concentre sur cette vision en essayant de la stabiliser. Peu à peu l'amalgame s'organise et l'évidence me frappe.

Je charge la séquence où Gérard-Jean Content replace la boîte sur l'étagère. Je la passe plusieurs fois en alternance avec celle où Sandra en choisit une. Le détail qui cloche me saute aux yeux : *Content ne la dépose pas à l'endroit où Sandra prend la sienne.*

Bordel à cul ! Qu'est-ce que ça signifie ? Il s'est passé six minutes quinze secondes entre les deux événements. Madame Latendresse aurait modifié son étalage dans ce court laps de temps ? Une cliente aurait déplacé la boîte ?

Je visionne en accéléré toutes les images prises par les différentes caméras au cours de ces six minutes. Il y a eu des va-et-vient et des sauts temporels, mais personne n'a touché à cette section du magasin.

Une conclusion s'impose : deux pièges ont été tendus. L'un par Content, il l'a avoué. Et l'autre ? Par Debovoar ? À quel moment ce dernier aurait-il déposé le sien ? Avant ou après celui de Content ? Intuitivement, je penche pour le deuxième choix. J'ai l'impression que le psy a voulu profiter d'une sorte d'écran. Mais pourquoi les caméras n'ont-elles pas enregistré la scène ?

Me voilà confronté à un autre mystère. Au lieu d'avancer, je m'enfonce.

Je reprends une des séquences et la laisse filer à vitesse normale. Les six minutes de temps réel représentent trois minutes et demie d'enregistrement. Les détecteurs de mouvement ont donc repéré des temps morts.

Je reviens au début et relance le visionnement en m'intéressant aux discontinuités. Il y en a trois. L'une d'elles attire mon attention parce qu'elle n'est pas précédée d'un plan immobile de cinq secondes. Ce n'est donc pas le détecteur de mouvement qui a commandé l'arrêt de l'enregistrement. La fébrilité me gagne. Je touche quelque chose !

Je vérifie les prises des autres caméras ; elles présentent la même anomalie : le *time code* saute de 13: 11: 18 à 13: 12: 47 sans plan fixe de 5 secondes en amorce. Une coupure d'une minute trente neuf secondes, voilà qui est suffisant pour déposer un piège et disparaître.

Mais pourquoi les caméras ont-elles cessé de fonctionner ? Une panne de courant ? L'hypothèse est un peu capillotractée : comment Debovoar aurait-il pu prévoir la défaillance ? À moins qu'il ne l'ait lui-même provoquée.

Je vais en avoir le cœur net. J'ai le numéro du cellulaire de Madame Latendresse. Je l'appelle. Elle tarde à répondre ; elle doit être en pleine séance de nodomancie. Après six coups, elle décroche enfin.

— IRMA LATENDRESSE à l'appareil. Que puis-JE faire pour votre bonheur ?

— Ici François Langlois. Vous me replacez ?

— Bien sûr que si, MON beau chéri aux roubignoles charnues comme des louises-bonnes ! Comment pourrais-JE vous oublier ? MA main droite sourit encore au seul souvenir de vous avoir soupesé les roustons.

La voix est enthousiaste et évolue dans les tonalités vulvaires. Elle aura été victime d'un prolapsus freudien récemment, ou alors elle s'est lubrifié les cordes vocales avec la quintessence de l'avenir de sa nouvelle conquête.

Elle ajoute en roucoulant de plus belle :

— Puis-JE oser croire que vous avez décidé de reconsidérer MON offre ?

— Les circonstances s'y prêtent mal, malheureusement. Je voudrais seulement vous poser une question.

— Vous finirez par ME tuer avec vos atermoiements injustifiables de la part d'un gentleman. JE vous écoute, bourreau des cœurs !

— S'est-il produit une courte panne de courant quelques minutes avant que Sandra Kontour pénètre dans votre boutique ?

— Non.

— Vous en êtes certaine ?

— JE M'en souviendrais : chaque fois que la chose arrive, un technicien doit venir réactiver MON site web et ça ME coûte la peau des fesses.

(Ce qui, en l'occurrence, représente une somme appréciable.)

— Comptez-vous rouvrir votre commerce de charmes bientôt ?

— Dès que la police lèvera les scellés. JE sais que la mauvaise publicité va ME compliquer la vie, mais IRMA LATENDRESSE ne S'avoue jamais vaincue. Jamais ! JE vais reconquérir MA clientèle à force de poignets, s'il le faut ! Mais J'ai confiance ; J'ai MES fidèles et ils vont ME revenir. Ce n'est pas possible autrement : JE panse tellement de plaies !

— Si vous voulez en avoir une de moins à panser, foncez à votre magasin et inspectez l'étalage des soutiens-gorge. Soyez prudente. Je suis certain que vous en trouverez un autre qui a été trafiqué.

— Vous vous moquez de MOI ?

— Pas du tout ! Faites ce que je vous dis et rappelez-moi.

— Mais les scellés ?

— Brisez-les ! Mettez des gants pour éviter les empreintes. Sauver une vie est plus important qu'obéir à la police. Une deuxième victime dans votre commerce, ça ne ferait pas trop bon genre. Votre avenir est en jeu !

— Il est vrai qu'on vient de ME prédire de gros ennuis si JE ne posais pas les bons gestes. Ce serait donc ça ? On M'a aussi assuré qu'un bel homme viendrait à MON secours et que JE ferais bien d'exaucer ses désirs. On M'a même laissé entendre qu'une passion réciproque pourrait nous unir. JE cours chez MOI vérifier vos dires et JE vous recontacte, grand fou ! Je sens que nous deux, ça va être la fiesta son et lumière… J'en ai déjà la chatoune qui ronronne d'aise…

Je raccroche. Comme en écho aux supputations lubriques de Madame Latendresse, le couple d'à côté remet le couvert. La dame reprend ses vocalises, tandis que le monsieur, sans doute le nez planté dans l'oreiller, y va d'un sprint défonce-sommier en éructant de grands han ! han ! pathétiques. Le préfini ondule à l'unisson. « Que c'est beau, c'est beau, la vie ! »

En attendant que la boutiquière rapplique, je me replonge dans la réflexion. Inutile de chercher midi à quatorze heures. Un saut d'une minute trente neuf secondes sans qu'il y ait eu panne, ça ne s'explique que d'une façon : quelqu'un a effacé ce segment. Mais comment ?

J'appelle Jean Trougeveu, le type qui a dépiauté l'ordinateur de Rinfrette. Je lui expose le problème qui me taraude.

— En somme, vous voulez savoir s'il est possible d'entrer dans un site web et d'en modifier le contenu ?

— En somme !

— Pas à la portée du premier venu, mais facile pour un hacker compétent. Vous savez qu'un site a besoin d'entretien. Le webmestre y entre à l'aide d'un mot de passe. Une fois sur place, tout est possible. Changer les illustrations, modifier les textes, ajouter ou enlever des hyperliens ; bref, refaire le site au complet et même le détruire si ça lui chante.

— Et si on ne connaît pas le mot de passe ?

— Il faut le « craquer », c'est-à-dire le décrypter en cherchant dans les tripes du système d'exploitation de l'ordinateur visé.

— Et ça se fait aisément ?

— Pour la plupart des sites, c'est une affaire de quelques secondes. Les gens choisissent des mots de passe faciles à mémoriser et donc faciles à percer. Il suffit d'un logiciel de permutations associé à un dictionnaire – et voilà le travail ! C'est devenu une véritable plaie, d'ailleurs.

— Le service est disponible ?

— Vous trouverez ça sur Internet. Il en coûte environ 200 $ pour faire craquer la plupart des mots de passe. Bien sûr, si vous voulez hacker le site du ministère de la Défense ou du Revenu, c'est plus cher.

Voilà qui est intéressant. Debovoar a été informaticien avant d'étudier la médecine. Il aurait réorienté sa carrière parce qu'il n'y avait plus qu'un seul ordinateur qui lui posait un défi : le cerveau humain.

J'imagine la scène suivante : il craque d'abord le mot de passe de la boutique *Ose toujours, tu m'intéresses*. Il vient ensuite y déposer son piège, en ressort et, à l'aide d'un laptop, pénètre dans le site et détruit la séquence où il apparaît. Il a eu tout son temps : il s'est écoulé au moins trois quarts d'heure entre cet instant et le moment où Lebra et moi avons commencé à visionner les enregistrements dans le studio de Madame Latendresse.

Je reviens à Trougeveu :

— Hier, vous m'avez expliqué comment on pouvait retrouver des documents effacés sur un disque dur. Est-il possible d'en faire autant à distance ?

— Avec le mot de passe, vous avez accès à toutes les fonctionnalités de l'ordinateur, comme si vous aviez le clavier devant vous.

Je pourrais rappeler Madame Latendresse pour obtenir son mot de passe, mais je tiens à faire la preuve qu'un étranger peut entrer dans son site sans détenir cette information.

J'explique à Trougeveu ce que je cherche. Il s'agit de retrouver un saut qui n'est pas précédé d'un plan immobile de 5 secondes. Madame Latendresse a affirmé avoir coupé le lien entre les caméras et les disques durs après la mort de Sandra Kontour, de sorte que rien n'a été copié sur le segment effacé. Je demande aussi à Trougeveu de localiser un autre saut de même nature dans un horizon de dix jours. Si Debovoar a acheté lui-même le soutien-gorge, il a pris soin de couper ce passage. Je termine en enjoignant le hacker de me communiquer le résultat de ses recherches par courriel et d'envoyer la facture à Bellefeuille par le même chemin.

Les pièces du puzzle commencent à se mettre en place. Les confirmations que j'attends de Madame Latendresse et de Jean Trougeveu vont être déterminantes pour la suite des événements.

Mais quelle est la finalité d'un tel déploiement de ressources ? Si Debovoar voulait liquider sa petite amie, il a pris un drôle de détour. J'ai peine à croire que seul le goût du risque le motivait. Et qu'en est-il de ses projets ? Ce type a une haute opinion de lui-même ; s'il en a un, celui-ci doit être à la mesure de sa mégalomanie.

J'ouvre la télé au réseau des nouvelles. Une équipe de tournage a été dépêchée sur les plaines d'Abraham. La foule a encore grossi.

Qu'est-ce que Debovoar manigance ? Il va s'attaquer à ces femmes ? Mais comment ? En détournant un avion et en le faisant s'écraser sur la foule ? Il a dégoté une méga bombe en solde dans une cour à scrap de l'ex-URSS et il va la larguer sur la manif lorsqu'elle aura atteint son apogée ? Difficile à croire. L'opération exigerait beaucoup de ressources et plusieurs intermédiaires.

Mon portable sonne.

— J'écoute !

— Vous aviez raison, déclare Madame Latendresse en trémolant de dépit.

— Quelle taille ?

— 38 AA. Un modèle invendable !

— Comment cela ?

— Qui voudrait attirer l'attention sur un vide ! Qu'est-ce que J'en fais ?

— Déposez-le en lieu sûr et quittez les lieux !

— Et les flics ?

— Jamais ils ne pourront prouver que vous êtes l'auteure de l'effraction.

Un bip me prévient que j'ai un appel sur la deuxième ligne. Je place Madame Latendresse en attente. Le nom de Bellefeuille apparaît sur l'afficheur.

— L'oiseau a pris son envol. Il descend d'Estimauville vers la bretelle de l'autoroute Dufferin-Montmorency, direction Ouest. Il rentre en ville.

— Ne le lâche pas et note sa trajectoire.

— Pas besoin, l'ordinateur s'en charge.

— Reste en ligne un moment.

Je reviens à la pourvoyeuse d'érections.

— Walter Hégault est avec vous, n'est-ce pas ?

— MA parole, vous êtes devin !

— Non, seulement technofouille-merde. Passez-le-moi, s'il vous plaît.

Dès que j'entends son souffle, je demande :

— Et alors, la nodomancie, ça donne des résultats ?

Nullement décontenancé, il rétorque :

— Oui, mais ils sont en train de se transformer en calories sous l'action de sucs gastriques voraces.

— Quelle fin atroce pour tes petits protégés !

— Tu crois qu'ils auraient été mieux avisés de s'incarner dans un tas de viande putrescible, de se traîner sur Terre pendant 40, 50 ou 100 ans en s'échinant pour gagner leur vie, puis de crever dans la souffrance comme n'importe quel autre chien ? Tu le crois vraiment ?

— Laissons ces minuties eschatologiques[5]. Je me suis fourré dans une gadouille pas possible ; j'ai besoin d'un char avec chauffeur. Es-tu disponible ?

— Il va y avoir du sport, je suppose ?

— J'en ai peur !

— On pataugera dans l'illégalité ?

— À pieds joints et jusqu'aux oreilles !

— Alors, je suis partant. Je commence à m'encroûter dans les fonctions de vendeur de savon. Mes compétences transversales de délinquant réfractaire en souffrent. Un peu d'exercice va me faire du bien.

Je lui explique la situation et lui indique où me cueillir.

Je reviens à Bellefeuille. Il m'apprend que la Mini a dépassé la sortie du boulevard Charest et se dirige vers la haute-ville.

— Il roule à fond la caisse… Il s'arrête à l'intersection de la rue Saint-Jean… Je suppose que le feu est rouge… Il repart et poursuit tout droit… Le voilà devant le parlement…

Je parierais ma chemise qu'il va remonter Grande Allée.

— Qui c'est, ce type ? Schumacher ?

---

[5] Walter Hégault, à qui on avait demandé d'expliquer à des gens peu scolarisés la différence entre « scatologie » et « eschatologie », avait eu ce mot remarquable de concision : la scatologie, c'est la marde, alors que l'eschatologie, c'est le bout de la marde. Voilà un raccourci sémantique qui témoigne d'un vif esprit de synthèse et d'un art de la vulgarisation hors du commun.

— T'occupe pas! Contente-toi de le suivre.

À la télé, on montre une vue aérienne des plaines d'Abraham. La place devant le musée ne cesse de s'emplir. Des autobus y déversent des coulées de femmes venues de l'extérieur. Une joyeuse kermesse se prépare.

Un bouchon s'est formé sur Grande Allée. La chaîne de télé propose un travelling sur la file de voitures. Rien ne bouge sur deux kilomètres.

Le hasard est grand : la Mini de Debovoar est coincée dans l'embouteillage entre les rues de la Chevrotière et Berthelot, près de l'hôtel Le Concorde.

— Il est sur Grande Allée et ne bouge plus, dit Bellefeuille.

— Il en a pour un moment. Il est allé s'engoudronner dans une mélasse de chars.

— Comment le sais-tu ?

— Ouvre ta télé au CNN du pauvre et tu vas le voir, il pilote une Mini Cooper rouge. Rappelle-moi dès qu'il reprendra sa vitesse de croisière.

Le reportage est interrompu pour permettre la diffusion d'un communiqué spécial. Ma tête apparaît en gros plan avec la mention « Recherché ». On demande aux citoyens de fournir tout renseignement pouvant conduire à ma capture, en précisant que je suis armé et dangereux. Lebra m'avait prévenu, mais je ne croyais pas que ça irait si vite.

— Te voilà encore en vedette, râle Bellefeuille. Belle pub pour le journal !

Je n'ai pas de temps à perdre à discuter avec le boss. Je coupe le jus.

Je vérifie si des courriels sont entrés. Jean Trougeveu donne déjà des nouvelles. Il n'a pas traîné. J'ouvre le document avec fébrilité. Il dit :

« J'ai localisé une séquence effacée entre 13 : 11 : 18 et 13 : 12 : 47. Trois caméras ont réagi au détecteur de mouvement et enregistré des images. J'ai reconstruit les trois documents ; ils sont annexés à la présente.

Quant à la seconde coupure que vous m'avez demandé de retracer, le résultat est négatif. Je n'en ai trouvé aucune dans les deux jours précédant le meurtre. Pour les autres jours, je ne peux rien affirmer : l'ordinateur a créé tellement de fichiers temporaires les uns par-dessus les autres qu'il n'y a plus qu'une bouillie de bits indéchiffrables.

Au plaisir de vous servir !

Jean Trougeveu »

Je clique sur l'icône du premier document. RealVideo le prend en charge.

Plan fixe de l'entrée de la boutique vue de l'intérieur. Un type en sort. Il s'agit de Gérard-Jean Content déguisé en bonhomme Michelin. Il vient de déposer son piège en s'assurant que les caméras ont noté sa montre et son anneau. Il est suivi d'une dame au postérieur souriant ; je reconnais la croupe de Maïssa Kekpar. Elle quitte la place, son portable vissé à l'oreille.

Dix secondes s'écoulent. Madame Kekpar revient. Elle sort du cadre. Des adolescents tapageurs déferlent alors dans la boutique. Madame Latendresse pénètre dans le champ de la caméra et s'empresse de les refouler à grands gestes ponctués de coups de gueule.

Je laisse filer la séquence jusqu'au bout. Personne d'autre n'entre. Qu'est-ce à dire ?

# 19

J'ouvre le deuxième document. Les images ont été captées par un objectif grand angle placé au-dessus de la porte d'entrée et font contrechamp aux prises de vues que je viens de visionner.

Le plan couvre la moitié du magasin. Madame Latendresse parle avec Maïssa Kekpar. Celle-ci sort un cellulaire de son sac et le porte à l'oreille. Elle s'excuse auprès de la vendeuse et se dirige vers la sortie. Madame Chose fulmine : elle a été dérangée par des pèlerins qui n'ont rien acheté.

Elle esquisse un sourire en voyant revenir Madame Kekpar. Elle va peut-être faire une vente, après tout. Et puis, non. Dès que la Levantine réapparaît dans le cadre, la commerçante se met à gueuler en direction de l'entrée. Elle y fonce à grandes enjambées pour chasser les jeunes trouble-fêtes.

La psy se déplace vivement vers l'étalage des soutiens-gorge et dépose une boîte à l'endroit exact où Sandra Kontour a pris la sienne.

Voilà un fait irréfutable : Kekpar a participé à l'assassinat de sa belle-fille. Elle était donc en relation avec Rinfrette ou avec Debovoar d'une façon ou d'une autre. Je pencherais plutôt pour le psy puisqu'ils sont de la même mouvance professionnelle. Elle mentait quand elle a prétendu ne pas le connaître. Debovoar aura obtenu la pièce trafiquée de Rinfrette et il aura chargé Madame Belles-Fesses de la déposer à la boutique.

Le jour du crime, Lebra et moi avions conclu que le piège ne visait personne en particulier. L'hypothèse ne tient plus. La chausse-trappe a été tendue une minute ou deux avant l'arrivée de Sandra, Maïssa Kekpar connaissait sa taille et, si ça se trouve, elle lui aura même conseillé d'acheter ce modèle-là précisément. Dans ces conditions, il était presque certain que la malheureuse tomberait dans le panneau.

Foutument bien joué ! La psy a répondu aux questions de Lebra sans se défiler, elle a mis sa science au service de la police, elle a même identifié le petit ami de Sandra (en prétendant ne pas le connaître, cependant), toutes attitudes qui la rendaient plutôt sympathique.

Un seul détail l'a trahie : Sandra n'a pas pris le soutien-gorge tueur à l'endroit où Content avait déposé le sien. Sans ce coup du sort, je n'aurais jamais pu remonter la filière.

Reste à déterminer pourquoi Madame Kekpar s'est résolue à éliminer ou, du moins, à participer à l'élimination de Sandra. Jalousie ? Vengeance ? Appât du gain ? Mission divine ? Haine idéologique ou raciale ? Folie pure ? Service commandé ? Comment savoir ?

Le troisième document ne fait que confirmer les deux autres. Le plan est pris de profil par rapport à la trajectoire de Maïssa Kekpar ; on la voit entrer dans la boutique bientôt suivie du monôme d'ados chahuteurs. Elle croise Madame Latendresse et se rend directement au rayon des soutiens-gorge, tandis que la commerçante refoule les intrus.

*

J'entrouvre le rideau pour voir si les secours arrivent. Nulle trace de Walter Hégault et de son paquebot (une Lincoln Continental 1989, un fantasme roulant qui fout la trouille aux BMW).

La démarche n'aura pas été inutile : trois voitures banalisées sont regroupées sur le parking du centre commercial désaffecté. Je compte six têtes. Ce comité d'accueil m'est destiné, c'est certain. La rapidité de la réaction ne laisse pas une fois de plus de m'étonner.

Pour m'assurer que j'ai affaire à des flics, je mets mon oreille à rallonge à contribution. Peine perdue ! elle ne porte pas jusque-là.

Je sonne à la réception. J'explique à la préposée aux soins intensifs que, tout bien réfléchi, je désire profiter de son forfait détente complète.

Elle marque un moment d'hésitation avant de bafouiller :

— C'est que... heu... voyez-vous... je suis prise en ce moment.

Elle semble nerveuse et même un peu paniquée.

— N'auriez-vous pas une remplaçante à proposer ?

— Heu… Hélas non !… Toutes mes femmes de chambre sont occupées.

Elle essaie de me mener en bateau, la coquine. En arrivant, j'ai vu le panneau où sont accrochées les clés. Il est clair qu'on n'en est pas à l'heure de pointe, si je peux me permettre cette saillie.

Il n'y a pas à tournicoter : la mâchouilleuse a vu ma tête d'assassin à la télé et elle a prévenu la flicaille. Son commerce d'appoint est sans doute connu des forces du désordre et puisqu'un service en attire un autre…

Inutile de harceler cette pauvre femme qui protège son gagne-pain. Je dis merci et raccroche. Après tout, son attitude confirme mes doutes. J'ai intérêt à ne pas moisir ici. En attendant Walter Hégault, je dois me mettre à l'abri près de l'endroit où je lui ai demandé de me quérir.

Mon clapier ne comporte aucune autre fenêtre que celle qui fait office de porte. On a toutefois percé le mur du fond pour y installer un appareil de climatisation. Il est si vétuste qu'il doit surtout servir à couvrir les bruits de la baise ambiante.

Justement, au 11 à côté, on plane encore dans des apothéoses. J'allume la machine pour couvrir ces pâmoisons qui nuisent à ma concentration. L'engin tremble de toutes ses pièces en menaçant de s'extraire de son cadre. J'examine l'installation : seules quatre vis le maintiennent en place. À l'aide de mon couteau suisse (merci Victorinox !), je défais les fixations. Le climatiseur choit sur le plancher dans un bruit de ferraille déglinguée.

Je me glisse à l'extérieur par l'orifice. Quand les flics vont débarquer, ils croiront peut-être que j'ai filé vers le fleuve en espérant me cacher dans les ajoncs qui bordent les battures. Fasse le ciel qu'il n'y ait pas de chien quadrupède dans l'escadron.

Je contourne la rangée de cages à poules par l'extrémité opposée à la réception. Je jette un coup d'œil vers le stationnement du centre commercial désaffecté. Une quatrième voiture est venue grossir le peloton. Ils sont maintenant huit pignoufs autorisés à porter des armes.

Le convoi se met en branle. Il remonte d'Estimauville et rejoint le boulevard Sainte-Anne où est l'accès au motel. Ça urge !

Je fonce vers le 11 où le cirque copulatoire se poursuit de plus belle. La porte est barrée, mais il y a tellement de jeu dans les rainures qu'il suffit d'une lame de couteau pour soulever le loquet.

Le panneau glisse en grinçant. Le concert de sommier atteint des paroxysmes. Tout à leurs émois, les amoureux n'ont rien entendu. Je referme en douceur et remets le loquet en place.

Joli spectacle! Couchée sur le dos, la femme dessine le V de la victoire avec ses gambettes. Pattounes récentes, c'est évident. Entre les deux, une chose poilue s'active le croupion. Le dos arqué, la tête rentrée dans les épaules et les avant-bras plantés dans le matelas, il pioche dans la dame avec une fréquence admirable.

La bénéficiaire de la tringlée s'agrippe à la toison dorsale de l'anthropoïde et pousse une goualante qui monte dans les aiguës. Un dièse plus haut et elle se pète les amygdales! Elle est encore en train de rendre l'âme. Toutes les chattes ont sept vies, c'est connu.

Il serait dommage d'interrompre une si belle envolée. Je me glisse dans la salle de bains et attends.

Pas longtemps.

Des bruits saccadés indiquent que la troupe descend de voiture et approche au pas de course. Un grand fracas de verre cassé retentit dans la chambre que je viens de quitter. L'intimation ne tarde pas:

— *Police! Don't move or you're dead!*

De l'anglais? À Québec? Du diable si j'y comprends quelque chose. Le Canada nous aurait-il envahis à la suite d'une flambée d'amour irrépressible? Stéphane Dino aurait-il lâché les chiens de la clarté référendaire sur la piste des questions ambiguës à poils durs?

Des clapotis marécageux indiquent que la surprise a fait déjanter le véloce satyre. Le sommier se tait après avoir encaissé quelques coups de boutoir déviés de leur course. Un «nonnnnn! je t'en prie, continuuue!!!» lourd de reproches retentit. En voilà un qui va se faire coller une poursuite en refus de pourvoir s'il ne se remet pas à l'établi.

De l'autre côté du mur, on se rend compte que la proie a filé. Des *shit!* et des *fuck!* fusent (ô la belle allitération!). Le commando ressort de la chambre aussi vite qu'il y est entré. Quelqu'un hurle:

— *You three search on the left and you four on the right! This mother fucker can't be far!*

Les bruits de bottes s'éloignent. Je respire.

Au moment où je m'apprête à sortir de la salle de bains, des coups insistants secouent la porte du motel.

— *Police! Open the door!*

Branle-bas de combat dans le baisodrome. Les trempettes d'après-midi se décident au restaurant pendant le lunch, en sorte que la robe de chambre salvatrice est absente du baise-en-ville.

Je décide de jouer le tout pour le tout. Le flic est seul, ses sept collègues étant partis en chasse. De toute façon, je suis coincé et je dois réagir.

Pistolet au poing, je me fais voir des amoureux. Enroulés dans les draps, ils écarquillent de grands yeux paniqués. Pas de chance : l'enfer leur tombe dessus alors qu'ils étaient en bonne voie de s'envoyer au ciel.

Le type, surtout, semble au bord de la crise de nerfs. Je comprends son trouble : il a dépassé la cinquantaine et sa partenaire n'a pas atteint l'âge de la baise légale. Vu qu'il n'a rien du Casanova, je suppose que la fille est en service rétribué. Le phénomène est courant à Québec, paraît-il.

Il y a de la scorpionnade dans l'air ! Foyer qui part en couille, amis qui changent de trottoir, carrière détruite, petit chèque de BS, taudis insalubre, queue à la soupe populaire, le film de sa déchéance doit lui passer par la tête dans un éclair douloureux.

À voix basse, je dis à la fille :

— Répond « un moment, s'il vous plaît » et va ouvrir sans te presser !

Elle se lève en se couvrant la façade d'un oreiller.

J'interviens :

— À poil ! Et n'oublie pas de sourire.

Elle obéit avec aisance. Beau morceau ! Elle n'aura pas à faire d'effort pour capter l'attention du flic.

Je m'adresse au quinquadégénaire :

— Je n'ai rien à foutre de tes galipettes, et j'encule tous les scorpionneux du monde avec la bite de Jeff Trouduc, l'homme au système digestif inversé. Mais on est dans la merde ; pour s'en sortir, on doit collaborer. Ton ménage et ta réputation sont en jeu.

Il opine du chef. J'ajoute :

— Place-toi de ce côté. À mon signal, on lui saute dessus. Il faut l'endormir vite fait. Compris ?

Il ne se le fait pas dire deux fois. La cellulite tremblotante et la quéquette qui dodeline du bonnet au gré d'une érection en décroissance, il accourt et se met en position.

Je me colle au mur. Lolita fait coulisser la porte. Le grésillement d'un walkie-talkie se fait entendre.

En apercevant la fille, le flic échappe un hoquet de surprise. Il déglutit avec difficulté. Il se ressaisit et ferme son appareil radio avant de s'exclamer :

— *Holy shit ! What a nice piece of meat !*

Il a coupé le lien qui le réunit à ses collègues… Des idées vicieuses sont en train de grignoter son sens du devoir. Une enfilade express, ça ne casserait pas cinq pattes à un canard.

Voilà une autre âme vertueuse qui craque. Les culs-bénis sont prêts à castrer les salauds qui couchent avec des mineures, mais glissez-en une dans leur lit en leur assurant l'impunité et vous verrez.

Prudent, il demande d'une voix déjà altérée par la convoitise :

— *Are you alone ?*

Lolita a compris l'enjeu. Au choix, elle préfère se taper des vieux croûtons qui la paient cash que de s'enfourner gratos les nazis de la DPJ. Sans parler des matrones des centres d'accueil qu'il faut minetter sans fin pour un bout de joint coupé de persil.

Elle lance un sourire aguichant au flic et pivote pour l'inviter à entrer.

Dès qu'il franchit le seuil, je pousse un cri à réveiller les morts et lui aligne un uppercut à la mâchoire, doublé d'un crochet au pif. Le cartilage craque. En même temps, le dégénaire lui laboure les côtes d'une volée de coups de coudes avec la même célérité qu'il mettait à baiser à bite que veux-tu. Le flic pique du nez. Lolita le reçoit d'un coup de genou dans les bijoux de famille qui prennent un x au pluriel et une teinte bleuâtre en supplément.

Bon pour le compte.

En tombant, il échappe sa pétoire. Un pistolet mitrailleur de marque Uzi. Cette arme d'assaut fabriquée en Israël ne fait pas partie de l'arsenal de la police de Québec. Curieux…

Je fouille l'allongé et ne trouve ni badge ni papiers. Même ses vêtements ne portent pas d'étiquette du fabricant. Cette discrétion ne me dit rien qui vaille. J'aurais-ti les barbouzes du Mossad sur le dos, maintenant ? Ces sourcilleux Jacob ne sont pas reconnus pour leur mansuétude et leur sens des nuances. Mais pourquoi ne s'expriment-ils pas en yié-breu ? Et qu'est-ce qu'ils viendraient foutre dans cette histoire ?

Je demande au dégénaire :

— J'espère que tu n'as pas payé la chambre avec une carte de crédit et que tu n'as pas fourni un numéro d'immatriculation.

— Non, non. J'ai réglé en argent et nous sommes venus en taxi ; il nous a laissés à trois rues d'ici.

— Et toi, la môme, tu es connue dans la crèche ?

— Non, c'est la première fois que j'y viens. D'habitude, je travaille sur le boulevard Hamel, mais Monsieur habite dans le secteur et… enfin…

— En ce cas, allez finir de vous vidanger les glandes ailleurs. Les flics n'ont aucun moyen de vous retracer.

Ils ne se font pas prier.

Je traîne mon client dans la salle de bains et le ligote à la tubulure du lavabo avec le cordon du téléphone. Je lui bourre la gueule de papier chiotte. Je lui enlève ensuite sa ceinture, la lui passe entre les dents et l'attache derrière la nuque. Il peut toujours essayer de crier.

Si ce type appartient à la police, je risque la prison et la raclée du siè-cle – et peut-être un pruneau d'agent dans le bocal. Un accident est si vite arrivé.

Je voudrais attendre qu'il sorte des vapes pour l'interroger, mais une voiture arrive dans un bruit de pneus qui dérapent. La Lincoln de Walter Hégault ! Je m'assure que la voie est libre, sors, ouvre une portière et plonge sur la banquette arrière. Le monstre rugit et repart en laissant une traînée d'huile brûlée dans son sillage.

Une odeur de parfum à trois piastres le litre m'agresse les narines. Je constate que Madame Latendresse a suivi son prince charmant sur les chemins de la délinquance. Elle se dévisse le cou (sous la torsion, ses mentons prennent des airs de poteau de barbier dont les torsades seraient en relief) et me lance un sourire si gras que mon taux de cholestérol en subit une hausse brutale.

— Où va-t-on ? demande le conducteur.

— Ailleurs ! Il y a de la volaille mal identifiée dans le secteur et son premier souci n'est pas de faire respecter la loi.

Mon portable réclame mon attention. Bellefeuille, affirme l'afficheur.

— Ton client a réussi à s'extraire de l'embouteillage par une rue perpendiculaire. Il roule maintenant boulevard René-Lévesque vers l'ouest. Il approche de l'Université Laval. Il prend l'embranchement du boulevard Laurier.

Je crois deviner où il va.

— Dès qu'il s'arrête, préviens-moi.


— Si tu m'expliquais l'affaire, demande Walter Hégault.

Je lui brosse un résumé des derniers chapitres. Il arrive à la même conclusion que moi :

— Parions que Debovoar va rejoindre sa complice.

— C'est ce qu'on va vérifier.

Nous rejoignons Sainte-Foy par les boulevards périphériques. Quinze minutes plus tard, la rue Dubord-Dully est en vue. Bellefeuille rapplique pour me donner la position de Debovoar. Inutile : sa Mini est arrêtée devant la demeure de Maïssa Kekpar.

Un coup de klaxon ; la belle sort de chez elle et monte dans la voiture. La portière est à peine refermée qu'elle se jette sur le conducteur et l'embrasse goulûment.

Debovoar se tapait donc la maisonnée. Voilà qui apporte un éclairage nouveau sur l'affaire. Mais l'ennui, avec la lumière, c'est qu'elle crée toujours sa part d'ombre.

— On dirait que l'élimination de la concurrence a motivé le meurtre de Sandra, déclare Walter Hégault.

— Avec les psys on ne peut jamais jurer de rien. Il faudra voir.

Un autre truc étonne : pourquoi Maïssa Kekpar a-t-elle soulevé des doutes sur la virilité de Debovoar, alors qu'elle se le farcit depuis Dieu sait quand. Pourquoi cet aveu ? Après tout, on ne lui avait rien demandé. Je ne vois qu'une explication : elle savait que Lebra avait interrogé Debovoar en tant que membre du MEC et elle a compris qu'après la mort de Sandra, il reviendrait à la charge. Elle aurait donc voulu attirer l'attention sur sa réputation d'homme rose pour brouiller les pistes ? C'est un peu tordu comme stratégie mais, je le répète, avec les psys, on peut s'attendre à tout.

Les amoureux se broutent les amygdales pendant un moment ; je crois même qu'ils se tripotent aussi l'appareil génital selon les méthodes en usage dans nos contrées. Puis ils s'amènent promener.

— On leur file le train ?

— Pas tout de suite ! Je vais investiguer le nid pendant que la louve est en chasse.

— La maison est peut-être protégée par un système d'alarme.

— S'il y en a un, il n'est pas relié au poste de police. On ignore ce qu'ils fricotent, mais ils ne se livrent pas à des activités caritatives au profit du Tiers-Monde. Ils n'ont pas intérêt à attirer les flics dans leur repaire. Ne reste pas ici ; ta minoune de mafieux des temps anciens va attirer l'attention des gens du quartier. Va m'attendre dans le parking de la place Laurier. Si je ne suis pas revenu dans un an et un jour, ma marge de crédit t'appartient !

Dès que la Mini tourne le coin de la rue, je descends du paquebot. À la faveur de la nuit qui tombe, je contourne la maison et trouve un soupirail donnant sur le sous-sol. Je l'effractionne et me glisse à l'intérieur. Si une alarme se déclenche, elle est discrète.

J'atterris dans un décor style « sultanat des Abbassides » au temps où Bagdad, la Cité de la Paix, pouvait se targuer d'être le plus grand centre intellectuel de la planète. On y sauvait de l'oubli les grands philosophes de l'Antiquité grecque, on y inventait l'algèbre, on y peaufinait l'astronomie, et que sais-je encore. À la même époque, la chrétienté croulait sous les minuties scolastiques en discutant du sexe des anges, quand ce n'était pas de la platitude de la Terre. L'âge d'or de l'Islam ! L'or en question est maintenant noir, ce qui explique que l'avenir apparaît plus sombre entre le Tigre et l'Euphrate.

Donc : lourdes tentures, coussins opulents et tapis de grand prix créent une ambiance rappelant les splendeurs passées de l'Orient mystérieux. Les murs sont couverts de gravures comportant des légendes écrites en vermicelle d'origine. L'ensemble est chaud et harmonieux. Ça change du modèle polynésien avec singes en peluche et palmiers en plastique.

Un système de cinéma maison de dernière génération trône au milieu de cette débauche de textile islamisant. On a aussi aménagé un coin-bureau avec ordinateur, imprimante, scanner, etc. L'écran de veille montre un croissant de lune qui pivote en tous sens.

L'envie me prend de jeter un coup d'œil au disque dur. Je laisse tomber : mes connaissances sont vraiment trop rudimentaires et je ne tiens pas à m'attarder ici. La châtelaine peut revenir à tout moment.

Je grimpe au rez-de-chaussée. L'escalier donne sur l'entrée arrière, avant de bifurquer vers la cuisine. Je déverrouille la porte afin de m'assurer une retraite rapide. Je fais de même avec celle de devant.

Je visite ensuite la chambre de Sandra. La pièce est dans l'état où on l'a trouvée avant-hier. Je fouille dans une bibliothèque remplie de manuels scolaires dans l'espoir de mettre la main sur un journal personnel ou sur quelque chose de ce genre.

Je ne trouve rien de semblable mais, entre deux traités discutant de supraconductivité, d'impédance et de quelques autres morceaux de résistance de la même farine, est coincée une coupure de journal : une pub de la boutique *Ose toujours tu m'intéresses* annonçant des soutiens-gorge folichons. L'un d'eux a été encerclé avec un surligneur – et il s'agit du modèle que la jeune étudiante a essayé.

Voilà qui conforte mon point de vue. Maïssa Kekpar a pu apercevoir cette coupure annotée – ça ne tiendrait pas du miracle – et elle aura décidé de passer à l'action. Dans ces conditions, la probabilité d'atteindre Sandra frôlait la certitude. Une autre pièce à verser au dossier.

Pourtant, il me manque le mobile : pourquoi cette femme jouissant d'un statut social enviable aurait-elle pris le risque de tout foutre en l'air en assassinant la fille de son défunt mari ? Je n'arrive pas à croire que la rivalité amoureuse ait justifié un tel acte. Surtout que dans les cas d'homicides, les flics commencent par s'intéresser aux proches de la victime. À plus forte raison quand ils subodorent un triangle amoureux qui a mal tourné.

Il fallait donc que l'enjeu en vaille la chandelle, pour parler comme les *vrais* journalistes (relevés dans *Le Soleil* sous la plume d'une poétesse de l'expression idiomatique ravaudée : « le paysage vaut son pesant d'or », « pousser sa moto dans ses derniers retranchements », « le ciel tourne au vinaigre »; un jour, elle va nous brandir un « géant au talon d'argile », que je n'en serais pas surpris).

J'avise un classeur à deux tiroirs. Le premier est réservé aux activités militantes de Sandra. À travers la paperasse, je trouve un carnet où figurent des adresses, numéros de téléphone, dates et codes d'installation de logiciels.

L'autre tiroir contient un petit coffre en polymère indestructible. Une serrure à puce le ferme. Une molette et un afficheur ACL permettent d'entrer la combinaison.

L'envie de l'ouvrir est grande. Mais attention : ces serrures électroniques se bloquent après trois tentatives avortées. Pour éviter les ennuis, la plupart des gens notent la clé sans l'encrypter. Je cherche partout mais ne trouve rien d'assez évocateur pour courir le risque de gaspiller un essai.

Une étudiante baignant dans l'informatique ne se serait pas contentée d'une date comme mot de passe. De plus, le chiffreur à molette (au lieu du clavier) rappelle le mécanisme des anciens coffres-forts : le nombre et le sens des tours font partie de la clé. Une date ne suffirait pas à noter ces informations supplémentaires.

L'évocation de l'informatique me ramène aux codes d'installation de logiciels. Je les scrute au peigne fin, comme disait l'autre.

B 7-202-406-87-70-231-312-7-87-312-31 J

A 10-226-197-401-312-7-87-312-31 X

312-31-15-446-106 R

7-490-7-202-15-31 W

Les récurrences laissent croire à une logique interne. Mais laquelle ? J'appelle Jean Trougeveu et lui explique l'affaire. Il m'interrompt après la lecture de la première ligne.

— Quel est le prénom de la propriétaire ?

— Sandra.

— Six lettres. C'est bien ce que je croyais. Les gens sont incorrigibles. Ils mettent toujours un peu d'eux-mêmes dans leurs codes. Chaque nombre est le carré d'un nombre entier plus 6.

— Et les lettres ?

— Un problème à la fois. En soustrayant 6 à chacun d'eux et en extrayant la racine carrée on obtient : 1-14-20-9-8…

— Épargnez-moi la suite et dites-moi à quoi ça rime.

— L'encrypteur ne s'est pas cassé le cul. Il n'a même pas prévu un second niveau de chiffrage. Le plus grand nombre étant 20, on peut parier qu'il y a équivalence entre l'ordre numérique et l'ordre alphabétique :

1=a, 2=b, 3=c, etc. Quant aux lettres, je crois que c'est l'inverse : B=2, J=10, X=24, R=18 et W=23.

— Pourquoi une formule aussi simple ?

— Facile à mémoriser, donc pas besoin de la noter, ce qui évite qu'un intrus s'en empare. Cela dit, c'est banal après explication, mais faites un test et vous verrez que peu de gens arriveront à percer ce code. Vous êtes de ceux-là sans être un imbécile pour autant. C'est une question d'habitude et de tournure d'esprit, voilà tout.

Leçon de modestie...

— Et ça donne ?

— 2 A-N-T-I-H-O-R-A-I-R-E 10 ; 1 C-O-N-T-R-A-I-R-E 24 ; R-E-C-U-L 18 ; A-V-A-N-C-E 23. 2 tours sens antihoraire, arrêt sur 10 ; 1 tour sens horaire, arrêt sur 24 ; etc.

— Merci !

Je m'empresse de vérifier, et ça marche ! Je trouve des notes rédigées sur papier à entête d'OxFemmes, l'ONG d'Octavia Mars.

Mon doute est confirmé : Sandra avait découvert que Debovoar fricotait avec Rémy Rinfrette et qu'il mijotait quelque chose.

Debovoar a admis que sa façade rose ne tenait plus. Pour évaluer les connaissances de Sandra, il a dû fouiller où faire fouiller sa chambre. Décrypter le code aura été pour lui un jeu d'enfant.

Mais pourquoi la psy n'a-t-elle pas détruit ce document dès son retour du centre commercial ? Oubli imputable à la fébrilité ? Après tout, on ne tue pas sa belle-fille tous les jours.

Quoi qu'il en soit, j'ai l'impression que Schéhérazade mentait en prétendant avoir perdu Sandra de vue chez Sears le jour du meurtre. Elle a plutôt inventé un prétexte pour s'en séparer après avoir convenu de la rejoindre à la boutique érotique. Ainsi, elle pouvait tendre son piège juste avant que la victime s'y pointe.

Debovoar devait se trouver dans le centre commercial et l'informait par cellulaire de la trajectoire de Sandra. Ne voit-on pas la psy parler au téléphone sur les séquences récupérées par Jean Trougeveu ?

Debovoar savait que Gérard-Jean Content se présenterait à la boutique ce jour-là et à ce moment précis. Comment ? Rinfrette avait bidouillé les cellulaires de ses complices ; il a très bien pu ajouter une autre déviation au bénéfice du psy. Dans ces conditions, il était facile de synchroniser l'affaire.

Je me remémore les trois meurtres en considérant la réaction populaire. L'évidence m'éblouit. Le premier a suscité de l'indignation, le second l'a portée à son paroxysme et le troisième est en train de produire l'effet escompté : pousser une foule à se presser en un lieu déterminé par Debovoar et sans doute déjà piégé par ses soins.

Mais les plus beaux complots ne sont pas à l'abri des impondérables. L'opinion publique a la mémoire courte ; il fallait relancer la machine pour profiter de l'effet cumulatif. Or, le soutien-gorge rapporté par Content risquait de moisir sur les étagères. Pourquoi ? Madame Latendresse l'a dit : taille invendable. Debovoar connaissait ce détail par Rinfrette. Il s'est donc empressé de trafiquer une pièce d'un format plus demandé et a chargé Kekpar de la replacer sur les tablettes de la boutique. Il avait une 34 C sous la main et elle risquait de faire foirer sa mise en scène. Il a décidé qu'elle en serait la vedette.

Génial ! Il s'agissait de s'assurer d'un coupable assez convaincant pour satisfaire la police et de se faufiler derrière. Qui aurait pu deviner que, parmi ce lot de séquences vidéo discontinues, se dissimulait une discontinuité imputable à un effacement délibéré ?

La mécanique n'avait que deux points faibles : la place du soutien-gorge tueur sur l'étagère et la présence sur l'enregistrement d'un saut temporel non précédé d'un plan immobile de 5 secondes. C'est peu.

Debovoar a conçu son stratagème suivant la règle des dominos qui tombent en entraînant la voisine. La mort de Sandra, après celle de Léa Painchaud, a provoqué une manifestation spontanée devant l'Assemblée nationale au cours de laquelle Octavia Mars a été assassinée. Le rassemblement a dégénéré en émeute qui a tourné au massacre. Une vague d'indignation a secoué le pays et poussé les groupes de femmes à organiser une marche de protestation qui donnera lieu à une hécatombe vingt fois pire que celle du World Trade Center.

Pour parvenir à ses fins, Debovoar a utilisé les pulsions mercantiles de Gagné, Rinfrette et Content. Il a sans doute aussi conçu les gadgets que Rinfrette a fabriqués. Ce génie du mal savait que ces façons de tuer en s'attaquant à des organes associés aux activités sexuelles frapperaient l'imagination et provoqueraient une réaction de masse que rien ne saurait endiguer.

Il pouvait même prévoir le lieu du rassemblement : toutes les grandes manifestations tenues à Québec partent du seul endroit capable d'accueillir des foules considérables : les Plaines – et plus précisément le vaste terrain qui s'ouvre devant le Musée des beaux-arts.

Un corollaire s'impose : le piège est déjà tendu ; Debovoar attend que la place soit bondée pour le déclencher. Il l'a même installé avant le plasticage de Léa Painchaud. Il ne pouvait compter sur l'improvisation : une fois le processus amorcé, la vitesse de réaction de l'opinion publique était imprévisible. Tout devait être prêt dès le début afin qu'il puisse ajuster son traquenard au déroulement aléatoire des événements.

La marche des femmes doit se mettre en branle dans moins de douze heures. Elles seront combien à y prendre part ? Cinquante mille ? Cent mille ? La tuerie va être terrible.

Ces réflexions me ramènent en tête la prophétie de Schéhérazade : « La prochaine fois, la mort arrivera par la bouche, j'en suis convaincue. » Ainsi, ce qui apparaissait divinatoire le soir de l'émeute s'explique sans faire intervenir les anges : elle connaissait le programme.

Mais pourquoi avoir pris le risque de vendre la mèche ? Parce qu'elle voulait que la thèse du *serial killer* soit retenue. Sans doute était-elle persuadée qu'on ne pourrait jamais la relier au meurtre de Sandra. Et l'accuser de trop bien connaître son métier ne serait pas défendable.

Il faut alerter Lebra. J'hésite à le contacter directement. S'il est sur écoute, je ne ferai que le compromette davantage.

Un personnage tampon s'impose. J'appelle Walter Hégault et le charge d'informer Lebra de mes dernières trouvailles.

Il ne se passe pas trois minutes que l'ombilicomancien me revient.

— Pas de chance : notre copain vient d'être arrêté ! On en parle à la radio.

— Sous quel motif ?

— Collusion avec un criminel. Dans son rapport sur l'affaire des tampons, Lebra n'a pas mentionné tes empreintes trouvées dans le condo de Rinfrette et ça s'est su. On t'accuse de complicité. Juliette a également été arrêtée sous le même motif.

Merde ! Et remerde !

— As-tu demandé à un gradé de faire évacuer les Plaines ?

— J'ai parlé à un capitaine, mais il m'a pris pour un farceur et m'a envoyé sur les roses. Il paraît qu'il y a déjà plus de cinquante mille femmes devant le musée. Il en afflue sans arrêt des quatre coins du Québec. On a tenté sans succès de bloquer les accès de la ville. Après la bavure de l'Assemblée nationale, le ministre de la Sécurité publique marche sur des œufs. Il a dû donner l'ordre de mettre la pédale douce.

— Ramène-toi en vitesse ! Il faut rattraper Kekpar et Debovoar !

Le flot d'informations qui m'arrive de tous côtés depuis quelques heures tourne à la pizza dans ma tête. En attendant mon taxi, j'essaie de schématiser le film des événements pour essayer d'y voir clair.

• Trois femmes sont tuées de façon spectaculaire par trois types motivés par l'argent.
• Le fabricant des gadgets tueurs est mort et ses complices ont avoué.
• L'amant de la deuxième victime est de mèche avec lui.
• Il avoue avoir d'autres projets.
• Le deuxième meurtre n'est pas le fait des hommes qui ont admis l'avoir commis.
• La belle-mère de la deuxième victime a tendu le piège.
• En spéculant sur la psychologie du tueur en série, elle a établi le *modus operandi* du troisième meurtre.
• Elle entretient des relations très sexuelles avec l'amant de sa belle-fille.
• Celle-ci se doutait que son amant manigançait quelque chose.
• On l'a éliminée pour l'empêcher de nuire et hâter la réaction d'indignation devant conduire au rassemblement des plaines d'Abraham.

Il faut ajouter un fait troublant au tableau : les flics se sont lancés à mes trousses à la suite de la plainte de Debovoar, mais les hommes qui ont tenté de m'intercepter au motel du boulevard Sainte-Anne n'appartiennent pas aux forces policières du Québec.

Qu'est-ce que t'en penses, Hortense ?

Tu m'excuseras de ne pas attendre ta réponse, Alphonse. Deux types au teint ambré font irruption dans la maison. Ça m'étonnerait qu'ils soient nés au Lac-Saint-Jean.

Tout compte fait, mon intrusion a dû déclencher une alarme quelque part. Dans la caverne d'Allah Babi dans les montagnes d'Afghanistan, peut-être ?

# 20

J'ai un réflexe qui ne me sauvera peut-être pas la vie, mais je ne vois rien de plus intelligent à tenter. Mon cellulaire est dans la poche gauche de mon veston. J'y glisse la main et appuie sur le bouton « redial ». Comme je me suis placé de profil par rapport aux arrivants, le geste passe inaperçu. En même temps, j'échappe un cri de surprise que je prolonge afin de couvrir la faible tonalité de la recomposition.

Le dialogue Nord-Sud s'engage mal. Le plus petit des deux (ce n'est pas un freluquet, pour autant) pointe un Magnum .357 sur moi. Son collègue – un colosse genre lutteur de souk – travaille plutôt dans le champ symbolique en faisant mine de se raser la gorge avec un poignard à lame courbe : un jambiya yéménite ! Un couteau rituel qui va participer à la cérémonie de mon exécution. Il s'agit d'un modèle compact – 18 centimètres, manche inclus –, mais largement suffisant pour me faire perdre le goût du pain.

Un spasme me retourne les entrailles. J'ai vu un otage américain se faire trancher le cigare sur Internet et je ne suis pas disposé à enrichir mon vécu (ou plutôt mon mouru) d'une telle expérience.

— Les mains en l'air, ordonne Magnum.

J'obéis en disant à voix très haute :

— Qui êtes-vous et que voulez-vous ? Pourquoi êtes-vous déguisés en disciples de Ben Laden ? L'Halloween, c'est dans trois mois. Vous avez envie d'entonner *Oussama au plus haut des chieux* avant terme, ou quoi ?

Si Walter Hégault m'a entendu, il a compris qu'il n'y a plus de temps à perdre. L'homme est imaginatif, mais saura-t-il trouver un moyen de me tirer du merdier ? Il n'est pas armé et ce n'est pas sa grosse dondon bouffeuse de bites qui pourra lui être d'un grand secours.

J'en remets :

— Sans kalachnikov, les gars, le déguisement n'est pas complet ; personne ne vous prendra au sérieux ! Allez, cessez de me faire languir et dites-moi ce que vous voulez.

En guise de réponse, Jambiya me plante la pointe recourbée de son arme sous la pomme d'Adam. Une torsion de poignet et me voilà en train de jouer à la ballerine qui répète ses pointes. L'acier me perce la peau. J'échappe un cri. La douleur est si cuisante que ma vue s'embrouille. Un flot de bile me remonte de l'œsophage et m'emplit la bouche d'un fiel amer. Je voudrais reculer pour me soustraire à l'agression, mais Jambiya me retient par la ceinture. Il brûle d'envie de m'égorger.

L'autre sicaire jappe quelques mots où dominent les *h* aspirés et Jambiya relâche la pression en grimaçant de dépit. On a prévu un autre scénario pour ma mise à mort.

Je respire mieux, mais ne me fais pas d'illusions : je vais passer à la casserole tôt ou tard. La tradition de l'arme blanche est bien implantée dans leur culture et ils vont la respecter.

Magnum me contourne et va pêcher mon Beretta directement dans sa cachette. Je n'ai pas affaire à des marchands de tapis.

— Avance ! ordonne-t-il en me montrant la direction de la cuisine. Lentement ! On va au sous-sol.

Il semble connaître les lieux, ce qui suppose une collusion avec Kekpar. Je note le détail, mais à quoi bon ? On ne m'emmène pas dans les catacombes pour me présenter une séance de cinéma maison. Mon avenir est en train de s'achever. Je marche avec difficulté, tellement j'ai les jambes en flanelle. Il faut pourtant que je tienne jusqu'à l'arrivée des secours.

Je tente un coup de bluff, davantage pour informer mon ami de l'état des lieux que pour convaincre mes ravisseurs d'abandonner leur projet :

— Des gens à moi attendent à proximité. Ils ont reçu la consigne de venir aux nouvelles si je ne donne pas signe de vie dans la minute. À deux, avec un revolver et un couteau, vous n'avez aucune chance. Et ce n'est pas en fuyant au sous-sol que vous pourrez leur échapper. Il est même possible qu'ils y soient déjà entrés en passant par le soupirail ouvert sur la cour arrière. La réception risque d'être brutale.

Il faut aussi que j'informe Hégault que les portes avant et arrière ne sont pas verrouillées. J'y vais en joual mêlé de chiac, mes bourreaux ne risquent pas de comprendre un traître mot.

— La door d'en ardjihiére est pas lockée pis l'stairway dla cavapatates arrivions jusse dessus. La ceuss du fronte dla hââsse est touvartossi.

En entendant ce charabia, Jambiya tourne à l'écarlate. Il se doute que je ne suis pas en train de réciter les sourates en vernaculaire araméo-syriaque des pêcheurs de pneus du lac Tibériade. Il m'attrape par-derrière, me coince la tête dans l'articulation du coude et appuie sa lame sur une de mes jugulaires. Suffit d'une entaille et je me vide comme un sac de lait crevé.

— Ta gueule, chien de chrétien ! aboie-t-il. Un mot de plus et je te saigne !

Je la ferme d'autant plus volontiers que je suis incapable de l'ouvrir. Heureusement, j'ai eu le temps de passer mon message. Walter Hégault sait à quoi s'en tenir. Je souhaite seulement qu'il trouve quelque chose de génial avant la semaine prochaine.

On me pousse dans la cuisine, puis vers le sous-sol. En tournant l'angle de l'escalier au niveau de la sortie côté cour, l'envie me prend de faire faux bond à mes bourreaux.

J'hésite pendant une fraction de seconde ; Jambiya n'apprécie pas. D'un coup de pied dans les reins, il me projette dans les marches. Je me mets en boule et roule en bas sans me rompre les os. Je reste étendu par terre en feignant l'inconscience.

Ils me rejoignent. Jambiya range son poignard dans un étui en argent qu'il porte à la ceinture. Il m'empoigne par les revers du veston, me soulève et m'assène une volée de gifles recto-verso qui malmènent mes plombages. Je décide de retrouver mes esprits, autrement il va me tapocher le portrait jusqu'au prochain ramadan.

Jambiya reprend son couteau en main, se place derrière moi et appuie la pointe sur mon cou. La panique me noue les tripes. Encore un peu et je chie dans mon froc.

Magnum s'empare d'une télécommande qui traîne sur une table et la dirige vers l'écran ACL accroché au mur du fond. Il pitonne quelques chiffres et des grincements de mécanique mal huilée se font entendre.

L'écran se relève comme un panneau de garage et laisse voir une porte en métal gris oxydé – du plomb – renforcée par une armature d'acier. On dirait l'entrée d'un abri antinucléaire comme on en construisait – Dieu sait pourquoi ! – chez les riches au début des années soixante de l'autre siècle.

Magnum fait tourner le volant du système de fermeture et les tenons se rétractent. La porte pivote vers l'intérieur. Après un court pallier, un escalier s'amorce et plonge en pente raide dans une cage bétonnée.

Jambiya me pousse dans cette direction. Compte-t-il me jeter au fond de l'abri pour m'y laisser pourrir jusqu'à la consommation des siècles ? À moins qu'il ne profite du lieu pour m'égorger en toute tranquillité.

J'opte pour la seconde éventualité, car je sens flotter une odeur de mort dans l'air. Ils sont résolus à me tuer et des phéromones émanent de leurs corps. Je perçois un changement d'attitude, comme s'ils entraient dans une transe rituelle. On a beau être un tueur sans scrupules, les exécutions à l'arme blanche engendrent toujours une certaine solennité.

Jambiya m'entraîne vers l'abri percé dans les profondeurs telluriques. J'essaie de résister, d'appliquer les freins, de me cramponner aux meubles, mais aussi bien pisser dans un violon.

Qu'est-ce que Walter Hégault branle, à la fin ? Il est encore en train de se faire sucer, ou quoi ?

Je me mets à hurler dans l'espoir qu'un passant m'entendra. En dépit de l'effet tunnel qui amplifie les sons, la tentative est vouée à l'échec – et je le sais. Des gens qui risqueraient leur peau pour sauver celle d'un inconnu, on trouve ça seulement dans les livres édifiants ; or, celui-ci n'en est pas un, nul ne cherchera à le contester. Mais devant la mort, la raison abandonne ses prétentions et même les plus sceptiques se mettent à croire au père Noël, paraît-il (l'existence de cet abri en est une preuve).

Avant de perdre Magnum de vue, je l'aperçois qui se dirige vers l'ordinateur en affichant un sourire satisfait.

Un bruit insolite provient alors du rez-de-chaussée. Magnum se désintéresse de la machine et crache quelques mots en vermicelle de semoule. Ils s'immobilisent tous les deux, les yeux tournés vers le plafond. Ils se consultent ensuite du regard en montrant des signes d'inquiétude. Ils commencent à se dire que je ne racontais peut-être pas des salades, tout à l'heure. Qui sait ? la cavalerie est peut-être en train de se déployer.

Magnum avance à pas feutrés vers l'escalier. Il tient son revolver à deux mains, la tête rentrée dans les épaules et les bras tendus à hauteur du visage.

Après avoir gravi six marches, il s'arrête et prête l'oreille.

Silence.

Il soulève un pied lentement. Au moment où il le dépose sur la marche suivante, il pousse un cri d'effroi. Après une demi-seconde d'hésitation, il rebrousse chemin. Un énorme pneu monté sur jante d'acier dévale l'escalier en rebondissant d'un degré à l'autre. Avant que Magnum n'ait franchi trois pieds, le projectile le frappe avec force au milieu du dos.

La roue de secours de la Lincoln !

Sous le choc, Magnum pique du nez et se pète le front sur le sol de béton. À l'issue d'un énième bond, la roue s'écrase sur lui là où l'épine dorsale s'attache à la base du crâne. Comme la tête prend appui sur le plancher et que les épaules reposent sur la dernière marche, le choc est fatal. À voir l'angle du cou, on devine que les vertèbres cervicales ont pris du jeu.

Le bélier roulant poursuit sa course sans ralentir. Il se dirige vers l'entrée de l'abri. En s'engageant dans les gradins, il va gagner de la vitesse.

Jambiya comprend qu'il doit faire quelque chose, et vite, sinon il va se faire emplâtrer sérieux à son tour. Moi aussi, par la même occasion.

Il laisse tomber son couteau et remonte vers la sortie. Bien qu'il ne me retienne plus, je le suis ; il en va de mon salut. Jambiya a le temps de refermer la porte de dix degrés avant l'impact. Le pneu heurte l'obstacle de biais, dévie de sa trajectoire et percute la paroi opposée à celle où nous sommes rivés. Il rebondit et continue à dégringoler en tournant en tous sens.

Dès que le bolide est passé, je tente de fuir. Jambiya m'attrape par une aile avant que je n'aie fait un pas. Au lieu de tirer pour me soustraire à la tenaille, je me laisse tomber sur le cul. Surpris par la manœuvre, le colosse perd l'équilibre et glisse sur les marches humides.

À quatre pattes, je me hâte vers la sortie. Un coup d'œil par-dessus l'épaule m'informe que le lutteur de souk a stoppé sa dégringolade et qu'il s'est lancé à ma poursuite – à quatre pattes, lui aussi. Même s'il déplace un gros paquet de viande, il gagne du terrain. Il sait que je convoite le revolver de Magnum et il met toute la sauce pour m'empêcher de l'atteindre.

Me voilà en dehors de l'abri. L'arme gît à moins de trois mètres. Je puise dans mes dernières énergies. Il faut que j'y arrive ! Ma vie en dépend !

À trente centimètres du but, Jambiya se jette à plat ventre dans un ultime élan, m'attrape par une cheville et m'immobilise. J'ai beau crawler sur le plancher, je glisse vers lui. J'essaie de lui asséner des coups de pied dans la figure ; mes ruades ne portent pas. Lorsqu'il m'agrippe l'autre cheville, je sais que je suis cuit.

Madame Latendresse déboule alors du rez-de-chaussée avec une vitesse étonnante de la part d'une dame corpulente chaussée de talons aiguilles.

— Le revolver ! crié-je. Là, près du cadavre ! Vite !

Au lieu de se jeter sur l'arme, elle court jusqu'à mon agresseur. Celui-ci me lâche une patte et se retourne sur le dos pour faire face à l'attaque.

Je croyais qu'elle allait lui crever les yeux ou lui défoncer le portrait avec ses aiguilles, mais elle emploie une tactique moins brutale... à première vue. La sensibilité féminine dans ses œuvres mêmes !

Elle retrousse sa robe – bien entendu, elle ne porte pas de culotte – et se laisse choir de tout son poids sur la figure du monsieur. Il tente de s'esquiver, mais les grosses fesses gélatineuses tombent vite et couvrent large. En atterrissant, elles se déploient comme une fleur carnivore géante et lui emprisonnent la tête et une partie du tronc. Les cascades de graisse continuent à déferler et épousent les moindres courbes du corps. Les surplus se répandent tout autour sur le plancher. Le cataplasme ! Obéissant à la loi de la gravité, les différentes couches se réagglomèrent en se superposant selon une structure conique évasée du haut vers les bas. Il en résulte des plouches ! plouches ! et replouches ! Aucun doute : l'étanchéité est parfaite.

Jambiya lâche prise dès que cette énormité variqueuse le coupe de son air. Il essaie de s'extraire de l'avalanche carnée en se débattant et en poussant de toutes ses forces. Ses mains s'enfoncent dans la masse adipeuse sans trouver de point d'appui assez solide pour déplacer l'ensemble. Il ne réussit qu'à déformer les amas de cellulite qui trouvent un nouvel équilibre en se redistribuant selon le principe des vases communicants.

Les chairs sont si molles et si abondantes qu'elles s'insinuent dans les moindres cavités comme le ferait une coulée de lave. Une calamité à géométrie variable est tombée sur la gueule du géant des dunes.

Madame Latendresse ne bouge pas de son trône pour autant. Loin de paraître énervée ou inquiète, elle maintient la pose en conservant un calme souverain. C'est à peine si elle cligne de l'œil en plissant le front, tandis qu'une moue ambiguë lui creuse les commissures. On pourrait croire qu'elle est simplement en train de soulager un petit besoin. Allez savoir ? c'est peut-être ce qu'elle fait.

L'agitation du supplicié diminue d'amplitude. Ses soubresauts perdent de la vigueur. Les amas de gélatine du cataplasme tremblotent à l'unisson. L'asphyxie fait son œuvre. Après une courte agonie, ponctuée de râles à peine audibles, Jambiya, martyr du jihad, part dans les nues toucher sa récompense. À l'heure qu'il est, il doit se vautrer en galante compagnie sur les coussins moelleux du grand lupanar céleste.

Belle arme de destruction lascive !

Madame Latendresse se relève, le souffle court, la bouche méchante et le regard soudainement aigri. La métamorphose est radicale. D'une voix où perce de l'acrimonie mêlée d'amertume, elle déclare :

— Ah, le salaud ! Ah, le traître ! Ah, l'ingrat ! Ah, le détestable crouille ! Ah, le sinistre bicot inmangeur de porc ! Ah, l'horrible rebeu dépourvu de conscience professionnelle ! Ah, le foutu bougnoule enculeur de chèvre vérolée ! Ah, le misérable raton pas laveur pour deux sous ! Ah, le sombre arbi de MES fesses incapables de mener ses dossiers à terme !

— Pourquoi cette colère, chère amie ? Vous devriez plutôt vous réjouir. En terrassant ce colosse, vous avez sauvé la vie à l'un de vos plus ferments admirateurs.

Ce pieux mensonge motivé par la gratitude ne la détourne pas de son ire.

— Colosse peut-être, mais mauviette comme pas un ! Question rayon d'action, on a déjà vu mieux. Quant à la galanterie, il faudra repasser...

— J'avoue que je ne vous suis pas très bien...

— Il n'aurait pas pu tenir le coup encore quelques secondes, ce *carpet rider* à la con ! J'étais à un quart de poil de jouir, MOI ! Et ce qui se préparait, ce n'était pas de la petite crampette qui chatouille la motte et qui s'éteint dans la seconde ! Non ! J'étais partante pour le grand spasme qui fout le feu à chacune de vos fibres avant de vous plonger dans des voluptés si brûlantes que le détecteur d'incendie risque de se déclencher ! Mais voilà que ce mangeur de semoule cesse de remuer. Niet ! Plus rien ! Aux abonnés absents ! ME faire ça à MOI ? ME larguer alors que J'allais toucher le pactole, c'est inadmissible ! C'est de la cruauté mentale ! Du harcèlement psychologique ! De l'iniquité salariale ! De la violence conjugale ! De la misogynie primaire ! Un crime contre MA féminité !

Elle reprend son souffle et ajoute :

— Maintenant, JE vais devoir ME finir à la manivelle ; sinon, JE ne réponds plus de rien, MOI !

Faut de la santé ! Deux cadavres tout chauds gisent sur le plancher et elle se désole de n'avoir pas réussi à prendre son pied.

Sa tirade a dû informer Walter Hégault que la voie était libre. Il gagne le sous-sol à son tour.

— Alors, l'artiste, on est arrivés à moins une, on dirait.

— Le coup de main est apprécié même s'il est arrivé un peu tard…

— À mèche !

Je ne relève pas cet indigent calembour et poursuis :

— C'est toi tout craché, cette idée de pneu.

— Pas du tout ! C'est la belle Irma qui l'a eue. D'ailleurs, sans son aide, j'aurais été incapable de l'extraire du coffre et de le transporter dans la maison. Tu ne te doutes pas à quel point les ressources de cette femme sont vastes.

Comme tout le reste, pensé-je sans le dire. Après tout, je lui dois une sacrée chandelle à cette force de la nature.

Je récupère mon arme et l'ombilicomancien cueille celle de Magnum. Madame Latendresse, qui aime les objet phallique, réquisitionne le jambiya et son étui en argent.

— Prise de guerre, dit-elle en guise de justification. JE crois l'avoir mérité.

Nous voilà équipés pour sortir dans le monde. Je reprends goût à la vie.

Je fouille les corps et ne trouve rien d'intéressant, sinon un cellulaire à la ceinture de Magnum. Je le confisque avec l'idée de jeter un coup d'œil à l'historique des communications quand j'aurai une minute.

J'entraîne mon ami vers l'abri antinucléaire, pendant que Madame Latendresse s'offre, comme promis, un solo de mandoline avec une conviction admirable. Celle-là, je vous dis…

Le pneu de secours (il n'a jamais si bien porté son nom) de la Lincoln s'est arrêté quatre mètres plus bas contre une porte identique à celle qui donne sur le sous-sol. Je fais jouer le système de verrouillage.

Je ne m'étais pas gouré. Nous débouchons dans un bunker conçu pour abriter une petite famille. Quatre lits rabattables sont fixés au mur. Dans un coin, un lavabo et des chiottes semblables à ce qu'on trouve dans les prisons. Sur des étagères, des boîtes de conserve habillées à l'ancienne somnolent dans une pérennité indolente. Un vieux téléphone à roulette fait de la figuration sur une table. Je le décroche : aucune tonalité.

L'ancienneté des provisions et la vétusté de cet appareil indiquent qu'on a compris l'inutilité de l'abri et abandonné l'idée de l'utiliser un jour.

Pour le reste, le bunker est nu. Rien qu'un cube de béton serti dans le roc. Un artefact aussi utile qu'un grigri, un talisman ou une médaille de saint Christophe pour se protéger des accidents de la route.

— Les cadavres d'en haut connaissaient l'existence de ce lieu, dis-je. À ton avis, ils voulaient m'emmener ici seulement pour m'égorger en paix, ou bien ils y venaient dans un autre but ?

— Si Kekpar leur a révélé l'existence de cet abri, c'est sûrement parce qu'il a un rapport avec leur projet ?

— Sans doute, mais on ne va pas moisir ici pendant quarante ans à se demander ce que ça peut être. Il faut traquer Debovoar et sa complice. J'appelle Bellefeuille pour obtenir la position de la Mini Cooper.

Évidemment, le signal ne pénètre pas jusqu'ici. Nous remontons à l'autre niveau pour découvrir Madame Latendresse en plein rut pachydermique. On la trouve à demi couchée sur le fauteuil à roulettes placé devant l'ordinateur. Elle s'est calé les pieds dans les tiroirs ouverts de chaque côté du bureau pour empêcher le siège de bouger. Les genoux pliés à angle droit et les cuissots largement écartés, elle s'astique la luette méridionale avec une telle frénésie que la surchauffe est à craindre.

Le traitement suffirait à l'amener au septième ciel, mais elle tient à exploiter toutes les ressources de son anatomie. En guise de godemiché, elle se carre la souris de l'ordinateur dans la chatte (un geste propre à favoriser l'harmonie entre des espèces peu enclines à fraterniser). En tirant sur le fil et en synchronisant ses contractions aspirantes et foulantes, elle imprime un mouvement de va-et-vient à la petite bête. Pas de favoritisme : clito et point G ont droit à la même fervente attention. Du grand art !

Je ne crois pas si bien dire !

La manœuvre désactive l'écran de veille. PhotoShop est ouvert sur un document vierge… du moins, l'était-il l'instant d'avant. Au hasard des clics et des déplacements de la souris, le curseur choisit différents outils dans les menus et dessine une œuvre abstraite de belle facture. De l'improvisation à l'état brut ! Tout est là : harmonie des couleurs, pureté de la ligne, équilibre de la composition, tout ! Kandinski, Miró, Klee et compagnie peuvent aller se rhabiller ! Dalí et sa paranoïa critique ? De la branlette neuronique à côté de cette performance totalement aléatoire ! Borduas et les automatistes ? De la peau de vache à numéros, en comparaison ! Une nouvelle école est née – le culisme ! – et le chef-d'œuvre fondateur est en train de prendre forme sous nos yeux ahuris.

L'agitation de plus en plus rapide du curseur laisse deviner l'imminence de l'apothéose. Un électro-encéphalogramme ne serait pas plus éloquent. Un long barrissement montant du fond des entrailles de Madame Latendresse confirme le diagnostic. L'extase qui la secoue est telle que la résidence en est ébranlée dans ses fondations ! Lorsqu'elle atteint le paroxysme, les contractions pelviennes deviennent si puissantes que la souris est expulsée de son nid dans un bruit d'éructation humide ; elle survole le moniteur et s'écrase contre le mur. Sous l'impact, l'armature de plastique éclate.

Ma parole, le cul de cette femme est peut-être un artiste de talent, mais il constitue également un véritable danger public !

Irma revient sur terre en gloussant de plaisir.

— Oh là là ! dit-elle dans un râle, JE crois que cette fois J'ai aperçu un coin de paradis ! Le meilleur de MES vibromasseurs ne M'a jamais procuré d'aussi intenses voluptés ; ah, ça non !

Trêve de cul, maintenant ! Il est déjà minuit et huit. Il faut agir.

J'allume la télé à la chaîne des nouvelles. Le rassemblement des plaines d'Abraham s'est multiplié par vingt depuis la fin de l'après-midi. L'animateur avance le chiffre de soixante-quinze mille manifestantes. Il ne cesse d'en arriver de tous côtés. De partout en Amérique, des avions nolisés convergeraient également vers Québec. Les derniers se poseraient à l'aube à l'aéroport Jean-Lesage. On prévoit que plus de cent cinquante mille femmes seront présentes lorsque la manif se mettra en branle vers neuf heures.

CNN en tête, toutes les grandes chaînes de la planète ont dépêché des correspondants dans la capitale. C'est l'industrie touristique qui doit se réjouir de la manne.

Toutefois, les autorités commencent à redouter que cet afflux de population ne provoque des problèmes d'approvisionnement et d'hygiène publique dans l'arrondissement de la Cité. Sans parler des vandales qui vont profiter du désordre pour se livrer au pillage.

Je rejoins Bellefeuille qui m'indique que la Mini Cooper se trouve dans le parc industriel, au pied de la falaise.

— Elle s'y est rendue après un détour à Sainte-Foy et n'a pas bougé depuis.

Je redescends dans l'abri et prends soin d'effacer les empreintes que nous avons pu y laisser. Les autres pièces visitées subissent un pareil nettoyage. Je cueille aussi les débris de la souris tombés derrière le bureau. Un test d'ADN pourrait compromettre Madame Latendresse.

En récupérant la partie supérieure qui recouvre les composantes électroniques, je découvre un truc étonnant. La pièce s'est cassée en deux, mais les morceaux de plastique sont restés attachés l'un à l'autre par un bout de ruban cache appliqué sur la face intérieure. Quelqu'un y a inscrit une séries de chiffres. J'en compte quatorze. Je fais voir la chose à mes compagnons en me demandant tout haut :

— S'agirait-il encore d'un code ?

— Ne cherchez pas si loin, dit Madame Latendresse. Selon MOI, ce sont simplement deux numéros de téléphone.

Facile à vérifier. J'ouvre le portable de Magnum et compose la première série. Elle a vue juste, la grosse coquine. Après un seul coup, la sonnerie cesse comme si quelqu'un décrochait, mais aucune voix ne se fait entendre. Une boîte vocale silencieuse ? J'essaie avec la deuxième série : même phénomène. Curieux !

Serait-ce cette information que Magnum cherchait tout à l'heure avant que mes sauveteurs ne le neutralisent ? Cette question m'aiguille sur un souvenir et m'arrache un cri d'épouvante.

— Merde ! Qu'est-ce que j'ai fait là ?

Hégault et Latendresse me regardent sans comprendre.

— Rappelez-vous les attentats de Madrid en mars 2004. Les détonateurs ont été déclenchés par des cellulaires. J'ai peut-être provoqué une tuerie quelque part.

— Pas sur les plaines d'Abraham, en tout cas, rétorque l'ombilicomancien. On aurait vu l'explosion à la télé.

À demi rassuré, je récupère le bout de ruban et le colle sur le revers du collet de mon veston avant d'écrabouiller du talon les restes de la souris. Je jette tout ça dans la cuvette des toilettes et tire la chasse.

Nous transportons ensuite le pneu de secours dans le coffre de la Lincoln. Mes comparses m'attendent dans la voiture pendant que je rentre dans la maison pour une ultime vérification. Tout semble correct.

Au moment où je ressors, le cellulaire de Magnum se met à sonner.

Que faire ? Il est certain que les deux macchabées ne sont pas venus ici pour saluer la châtelaine. Ils cherchaient quelque chose. Et le fait qu'ils soient entrés sans s'annoncer laisse croire qu'ils savaient que la psy était absente. Il est probable qu'ils devaient informer quelqu'un du résultat de leur mission et ce quelqu'un s'inquiète de leur silence.

Je décide de répondre. On nage dans le caviar dans cette affaire, alors vaut mieux obliger le ou les fantômes à réagir. Peut-être qu'ils me fourniront une amorce de piste.

— Oui ? dis-je en essayant de prendre l'accent arabe (pas facile avec un seul mot dépourvu de consonne).

Une pleine boîte de vermicelle déferle dans mes oreilles sans trouver le chemin du cerveau.

J'y vais à la franchise :

— Écoute, Mohamed, je ne comprends pas le dromadaire des regs. Pourrais-tu me recracher tout ça en indo-européen de l'ouest ? Je ne suis pas sectaire : français, anglais ou espagnol – italien à la rigueur ; à ta convenance.

J'entends un silence étonné mêlé de rage muette (les cellulaires de dernière génération font des prodiges). Avant qu'il raccroche, j'ajoute :

— Note que tes méharistes sont partis rouler leur bosse dans des jardins merveilleux où le miel coule à torrent et où les rahat-loukoums tombent du ciel avec la rosée du matin en même temps que des ondées de gonzesses à poil. Une sorte de club moha-Med, quoi. La chose qu'ils sont venus chercher chez la Kekpar, c'est moi qui l'ai et si tu la veux, il faudra que tu te plies à mes conditions. Compris, Nadji ?

— Tu peux faire ton testament, chien d'infidèle ! Tu seras mort avant que le jour se lève ! Compris, roumi ?

— Holà, Abdulah ! Ne monte pas sur tes grands chameaux. Me tuer serait le plus sûr moyen de perdre ce à quoi tu tiens.

Pour la suite, je vais à la pêche au gros :

— J'ai trouvé les codes et les ai placés en lieu sûr. Je sais que tu dois composer avec des délais serrés, alors ne gâche pas la chance que je t'offre.

Il hésite. Je ne prêche donc pas dans le désert. Il finit par demander :

— Qu'est-ce qui me prouve que tu dis vrai ?

— Les codes étaient cachés dans la souris de l'ordinateur. Quatorze chiffres. Ça te dis quelque chose ?

— Qu'est-ce que tu veux ?

— Du cash, beaucoup de cash !

— Combien ?

— 500 000 $ US.

— Rendez-vous boulevard Champlain en dessous du pont de Québec dans une heure.

Il coupe la communication sans attendre mon accord.

Il me prend pour un con, ce Mustapha Saklak. Il a autant l'intention de se pointer à ce rendez-vous que de bouffer un sandwich au jambon en plein ramadan. Il est déjà en route pour me faire la peau, c'est évident. Il sait où je suis et il est certain de me retrouver même si je fonce aux antipodes.

Pourquoi ?

Parce que le cellulaire de Magnum est sûrement équipé d'un système de repérage par GPS. C'est la moindre des précautions à prendre quand on a formé le projet de mettre l'Occident à genoux.

# 21

On n'a pas de temps à perdre. Le commando vengeur peut débarquer d'une minute à l'autre puisqu'on ignore où il est basé.

Dans le placard où l'on range les produits de nettoyage, je trouve une bouteille de Drano à demi pleine. Je m'en empare et me dirige vers l'entrée avant. Le coup est vieux comme le cinéma de farces et attrapes, mais tant pis : je ne tiens pas à épater les foules, je veux affaiblir l'ennemi.

La porte de chêne pivote vers l'intérieur. Je l'entrouvre de cinq centimètres de façon qu'elle ne sorte pas complètement de son cadre. J'enlève le bouchon de la bouteille de Drano et la couche sur la tranche de la traverse supérieure. Je l'appuie contre le chambranle et la stabilise avec un morceau de papier plié en quatre. Je glisse ensuite un carton d'allumettes sous le cul de la bouteille. Le niveau du liquide arrive juste à l'amorce du goulot. Lorsqu'on ouvrira, l'acide va couler du côté externe.

Le comité de réception étant en place, je laisse le cellulaire de Magnum sur une table et rejoins la Lincoln.

— On va recevoir de la visite, dis-je au conducteur. Éloignons-nous.

Je lui raconte les derniers événements.

— On reste dans les environs et on avise, dis-je en terminant.

On se planque dans la rue voisine. La pente et l'espacement des maisons permettent de surveiller la résidence de Maïssa Kekpar et un bout de rue.

Le temps file. Déjà 1 heure 15.

Bellefeuille me téléphone et m'informe que la Mini de Debovoar vient de se mettre en mouvement.

— Je te préviens, dit-il, la batterie du GPS est basse.

Je le remercie et on se quitte en s'envoyant chier. Si notre relation continue d'évoluer dans ce sens, on va devenir inséparables, je le crains.

Une vingtaine de minutes plus tard, une Honda CR-V passe devant la résidence Kontour en ralentissant, mais sans s'arrêter. Peu après, la Mini de Debovoar se pointe et fait de même.

— Tiens, tiens! L'ami Debovoar fricote avec les terroristes. Je me serais donc trompé en attribuant ses pulsions psychopathes à la misogynie.

— L'un n'empêche pas l'autre, remarque Walter Hégault.

Les deux véhicules contournent le pâté de maisons, reviennent en roulant lentement et s'arrêtent un peu plus loin.

— Dommage qu'on n'ait pas de longue-vue, dis-je.

— Il suffit de demander, rétorque Walter Hégault en tirant des jumelles de la boîte à gants.

Quatre personnes armées descendent des voitures en laissant tourner les moteurs. Elles veulent déguerpir en vitesse une fois leur forfait accompli.

Seconde surprise : la Mini de Debovoar est là, mais le propriétaire est absent. Maïssa Kekpar n'est pas non plus du contingent.

Deux hommes se faufilent à l'arrière de la maison, tandis que les autres marchent vers l'entrée avant. Ils s'arrêtent et écoutent.

Après une pause, l'un d'eux s'approche du seuil. Il constate que la porte n'est pas engagée à fond dans le chambranle. Il me croit seul à l'intérieur. Il doit se dire que Jambiya et Magnum ont mal refermé en arrivant. Sans plus hésiter, il ouvre d'un coup de pied et fonce dans le vestibule.

Au cinéma, on filmerait la scène au ralenti. La bouteille piquerait du nez en se vidant. L'acide se déploierait en plusieurs fleurs oléagineuses qui tomberaient en spirale avant de couvrir la tête et les épaules de l'homme. D'abord incrédule, celui-ci comprendrait la nature du traquenard à l'instant où la douleur se ferait sentir.

La suite serait tournée à vitesse normale comme j'en suis témoin présentement. L'homme lâche son arme et porte les mains au visage en hurlant comme un damné. Des cloques se forment sur sa peau.

Son collègue réagit avec promptitude. Sa réaction prouve qu'on a affaire à des combattants qui ont subi un entraînement sévère et qu'ils sont prêts à tout. Il dégaine un couteau, se jette sur son complice et lui tranche la gorge. La vie de l'individu ne compte pas ; il s'agit avant tout de protéger la cellule.

Alertés par les cris, ceux entrés par l'arrière apparaissent dans l'embrasure, l'air effaré. Ils constatent qu'on les a dupés. Ils parlent tous en même temps à voix basse et en agitant les bras. La discussion doit porter sur l'évacuation des trois cadavres et sur la suite du raid.

Ils finissent par se calmer. L'un d'eux téléphone et un autre court vers la Honda. Le troisième traîne son collègue égorgé à l'intérieur pour le dissimuler à la vue de passants éventuels.

C'est le moment ou jamais. Walter Hégault dispose d'une batterie de rechange couplée à un chargeur plogué dans l'allume-cigares. Le ciel est avec nous : le modèle est conforme.

Pendant que la CR-V recule vers la demeure Kontour, je me glisse entre les maisons et traverse la rue. Je retire le cellulaire du déflecteur de la Mini, change la batterie et remets le mouchard en place. Heureusement, le moteur qui tourne couvre le bruit et empêche l'antivol de se déclencher.

Le cul de la CR-V s'engage dans l'entrée du garage. Les trois hommes partent récupérer les cadavres. Je file vers la Lincoln et reprends les jumelles.

Charger les viandes froides à l'arrière du véhicule demande un bon moment. Monter Jambiya du sous-sol sans l'aide d'une grue, ce n'est pas une partie de plaisir.

Le travail terminé, un des hommes retourne dans la maison et revient en emportant un truc noir qui brille sous le réverbère. Merde ! Le téléphone à roulette de l'abri !

— Qu'est-ce que cette antiquité vient faire dans ce micmac ?

— Si vous voulez MON avis, c'est le troisième élément du puzzle, affirme Madame Latendresse.

— Mais encore ?

— Rappelez-vous : le numéro de ces vieux appareils apparaissait toujours au centre du cadran sous une pastille de mica.

— Et alors ?

— Vous avez trouvé deux numéros dans la souris de l'ordinateur. Vous ne croyez pas qu'il y en a un troisième et qu'il a été camouflé de cette façon ?

— Ça se tient, intervient Walter Hégault. Il n'y a pas de meilleure manière de cacher un objet que de le placer en vue dans un contexte où sa présence va de soi. Les terroristes ne s'intéressent pas à ce vieux téléphone pour enrichir la collection du calife Hadeulamm. Ces gens sont loin d'être candides ; s'ils ont pris autant de risques pour s'en emparer, il doit y avoir une raison. Même après avoir perdu deux hommes, ils sont revenus à la charge.

— Pourquoi apporter l'appareil ? Il suffisait de noter le numéro.

Walter Hégault aime enseigner en illustrant son propos de cas concrets :

— Ces cellules terroristes sont organisées comme les armées dites légitimes : tout y est compartimenté. Autant pour éviter les fuites que pour cacher la merde au chat à ceux qu'on envoie au casse-pipe sans être sûr de leur conviction. Par exemple, lors des attentats du 11 septembre 2001, seuls les chefs de mission – les pilotes – connaissaient le but ultime de l'opération. Les autres avaient des tâches précises à accomplir : saigner les hôtesses, étriper les passagers récalcitrants, expliquer aux autres que tout irait bien pour peu qu'ils se tiennent tranquilles, ces broutilles-là. Ils ignoraient que les avions termineraient leur course dans les Twin Towers.

— Admettons que le premier commando ait reçu l'ordre de récupérer la souris de l'ordinateur et le vieux téléphone sans savoir pourquoi. Admettons encore qu'on ait confié la même mission à la seconde vague sans l'informer davantage. En ce cas, quel est le rôle des psys dans le scénario ? S'ils étaient de mèche avec les terroristes, tout ce bazar n'aurait pas été nécessaire.

— Ta remarque est pertinente. En plus, elle réduit le champ des possibles à deux éventualités : 1) les psys travaillaient à leur compte et la cellule terroriste a eu vent de leur projet et a décidé de le détourner à ses fins ; 2) Kekpar et Debovoar sont des complices d'Al Qaïda, mais ils sont devenus inutiles une fois leur part du contrat remplie.

— Ton analyse suppose que Kekpar et Debovoar poursuivent le même objectif. Or, rien ne le prouve.

— On ne peut pas dire qu'ils avaient l'air d'être à couteaux tirés lorsque Kekpar est montée dans la Mini.

— Et alors ? La compatibilité des glandes n'exige pas la communauté des esprits. Rappelle-toi la chanson de Léo Ferré, *Le lit* :

*Cette fraternité de nuit*
*Qui peut assembler dans un lit*
*L'intelligence et la bêtise*

— Ah, quelle belle et grande vérité ! déclare Madame Latendresse au bord de l'extase. Combien de fois n'en ai-JE pas MOI-même vérifié la justesse ! Le nombre de génies que J'ai essorés, vous ne pouvez pas savoir.

Je m'empresse de poursuivre avant que son Phénix à moustache ne renaisse de ses cendres :

— Debovoar souffre d'une sérieuse misogynie, doublée d'une psychose meurtrière. Le cas Kekpar est plus nébuleux. Elle est d'origine arabe et sans doute musulmane. Peut-on la supposer sympathique à la cause islamiste ?

— Tous les musulmans ne sont pas islamistes.

— Assurément ! Mais tous les islamistes sont musulmans.

— Admettons donc qu'il y a trois factions dans l'association. Quel est le ciment qui les soude ?

— Chacune des parties détient un secret, connaît un procédé ou possède des ressources dont les autres parties ont besoin pour atteindre leur objectif. Une sorte de symbiose temporaire.

— Pour le moment, on dirait que la faction islamiste a pris le pouvoir. Pourtant, je crois que Debovoar et Kekpar sont encore vivants. Du moins, l'un d'eux l'est.

— Pourquoi ?

— Parce que les terroristes n'ont pas mis la main sur le code caché dans la souris.

— Mémoriser trois séries de sept chiffres, ce n'est pas la fin du monde. Et quoi que l'on prétende dans les récits d'héroïsme, sous la torture on peut faire avouer n'importe quoi à n'importe qui. Où serait l'intérêt de disposer d'un document écrit quand on a obtenu des aveux ?

— Les terroristes en cherchent un et ce n'est pas par caprice. Je crois d'ailleurs deviner ce qui les motive.

— Je t'écoute.

— Comment avoir la certitude que le supplicié dit vrai ? Lorsqu'il s'agit d'un objet concret, la vérification est facile. Tu cherches à savoir où Tartempion a caché les lingots volés. Tu lui casses un bras, ou deux, ou trois, et il finit par avouer qu'il les a enfouis sous une pierre tombale dans le cimetière Machin. Tu vas vérifier, et te voilà fixé. Le problème est tout autre dans le cas qui nous occupe.

— Je vois. S'il s'agit d'un code devant déclencher quelque chose à un moment précis, on ne peut pas vérifier avant l'heure H si celui obtenu sous la torture est bien le bon. Autrement, on risque de tout gâcher.

— Donc, pour plus de sécurité, on poursuit les chatouilles pour apprendre où est cachée la version écrite du code afin de valider l'information.

— Tu as raison : l'un des psys, ou ce qu'il en reste, est encore vivant et il est probablement détenu à l'endroit où la Mini a stationné pendant plusieurs heures. On va aller jeter un coup d'œil de ce côté-là.

Je m'adresse à Madame Latendresse qui écoute en prenant ses aises sur la banquette arrière :

— Écoutez, madame, on s'en va sur les trois heures du mat, il vaudrait mieux rentrer. Le manque de sommeil pourrait être néfaste à votre teint de pêche. On va vous déposer à la prochaine station de taxi.

— Hors de question ! hurle-t-elle, indignée.

— Il risque d'y avoir du sport et…

— Des clous ! J'ai passé les vingt dernières années à croupir dans MA foutue boutique à vendre de la guenille à des rombières décaties et voilà que JE découvre que JE suis faite pour l'action, pour l'aventure, pour les montées d'adrénaline. JE ne ME suis jamais autant amusée et JE n'ai pas l'intention que ça cesse. La crampe de tantôt, vous croyez que J'aurais éprouvé la même en situation normale ? Que dalle ! Sans le défi, sans le pied-de-nez à la mort, le cul ne remue pas davantage qu'un éternuement de rond-de-cuir sous Prosac ! JE suis de la partie et J'y reste ! Vous M'entendez ?

Inutile de tenter de la dissuader ; elle a beau remorquer un cul requérant un permis de classe poids lourd, elle ne connaît pas la marche arrière.

De toute façon, la discussion devient subitement sans objet lorsque trois cagoulards sortis de l'ombre pointent sur nous un nombre égal d'AK-47.

# 22

Un des cagoulards me glisse le canon de son arme sous le menton et m'oblige à relever la tête. Je dois me décoller le cul de la banquette pour éviter l'étranglement. Mon front heurte le toit de la voiture.

Le doigt sur la détente, il déclare sur un ton qui se veut ironique :

— Tu te croyais malin au téléphone, eh, dis, roumi ! Tu as oublié que nous prévoyons toujours deux cercles d'attaque, l'un qui va aux nouvelles, l'autre en périphérie qui observe et intervient au besoin. Tu vois, nous ne sommes pas tombés de la dernière pluie, putain de ta mère !

— Heureusement ! La dernière pluie dans ton bled, Mohamed, ça doit remonter à la veille de la préhistoire !

— Rigolo, en plus !

— C'est un truc pour éviter les ulcères.

— Excellente initiative. On va bientôt voir si le remède est efficace. Alors, la souris, où est-elle ?

— Écrabouillée et flushée dans les chiottes.

— Je te parle du contenu.

— À l'abri dans un coffre de banque suisse encore plus blindé qu'un régiment de Polonais. Pas de chance : j'ai oublié le numéro.

Il pousse un peu plus fort sur son arme. En dépit de la cagoule, je devine qu'une moue de colère lui déforme le faciès. Le canon me comprime la trachée-artère et le guidon de mire me déchire la peau sous le menton. Je respire difficilement. L'index sur la détente tremblote de façon inquiétante. J'incline la tête sur l'épaule pour me soustraire à la pression. J'ai l'oreille et la joue droites collées contre la garniture du toit.

— Mollo, Mohamed, tu me dépeignes !

Je crâne, mais je suis mort de trouille.

L'envie de me loger une balle dans la gorge le démange. Après un moment de tension, il se ravise. Ce n'est pas un imbécile ; il sait qu'un mort n'est pas facile à cuisiner. Il finit par dire :

— On va te faire retrouver la mémoire, rassure-toi.

Il recule et ordonne :

— Descend !

Je n'ai pas le temps d'hésiter. La portière s'ouvre et des mains m'arrachent de la voiture. L'impulsion est si forte que je traverserais le quartier sur mon erre si on ne me stoppait pas d'un double coup de genou dans le bas-ventre. Je plie en deux sous la douleur. Pendant un moment, je vois jaune.

Avant que je comprenne ce qui m'arrive, on me ligote les poignets derrière le dos avec une de ces attaches en plastique utilisées par les électriciens pour lier des couettes de fils et par les flics pour neutraliser les altermondialistes. Mes chevilles sont pareillement entravées. On me vide les poches : pistolet, cellulaire, oreille à rallonge et Victorinox me sont confisqués. Un coup de crosse en travers de la gueule et je tombe à la renverse sans pouvoir garantir ma chute. La constellation d'Andromède se matérialise dans mon cerveau.

À demi conscient, je sens qu'on me roule sur le ventre. Mes bras liés faisant office de poignées, on me soulève comme on porte un cercueil et on me traîne vers je ne sais où. La douleur aux épaules est atroce.

J'entends des grincements métalliques. Un autre sbire agrippe le bas de mon pantalon et tire. Je me retrouve à l'horizontale à un mètre au-dessus du sol. Quelques balancements, un vol plané et j'atterris dans le coffre de la Lincoln. Je me pète le pif sur le plancher ; le sang gicle. Andromède s'estompe ; Orion prend la relève.

Le couvercle se referme dans un bruit sourd. Le compartiment est si étanche que mes tympans réagissent à l'augmentation de pression. J'en conclus que l'air se renouvelle lentement. Étant donné le volume du coffre, je crois pouvoir tenir une heure, pas davantage.

Je récapitule les dernières minutes. J'ai l'impression que la troupe n'était pas aussi proche que Mohamed l'a prétendu. Autrement, il m'aurait vu bricoler la Mini. J'en déduis qu'il tient à paraître mieux organisé qu'il ne l'est en réalité.

J'entends Madame Latendresse protester à travers le tapis et le carton qui séparent le coffre du dossier de la banquette arrière. Elle pioche dans la carrosserie, elle gueule, elle grogne ; sans doute mord-elle et griffe-t-elle aussi. Ça ne dure guère. Un choc suivi d'un couac et elle cesse de protester.

Aux mouvements de la suspension, je devine qu'on l'extraie de la voiture. Un temps mort. Le coffre s'ouvre. Au prix de mille efforts, ils y font basculer Madame Latendresse. Je remarque qu'on lui a entravé les poignets et les chevilles. Elle est donc vivante.

J'ai beau me pousser pour éviter d'être écrasé, elle me tombe dessus. Le couvercle se referme.

Je me contorsionne pour faire rouler le tas de graisse qui m'écrase. Je ne tiens pas à subir le sort de Jambiya. Je réussis à m'extraire la face de sous un nichon de quarante-cinq livres. Je respire un peu mieux. L'ennui, c'est que l'arrivante fonctionne à l'oxygène, elle aussi. À deux, l'heure de grâce supputée se trouve réduite de moitié.

Je poursuis le déblaiement. À force de pousser dans le lard, je parviens à me dégager. Nous voilà couchés sur le côté, imbriqués en cuillères comme des amoureux. L'image de la boîte de sardines conviendrait peut-être mieux.

Les portières claquent. Le craquement des ressorts de la banquette indique que deux cagoulards prennent place à l'arrière.

La voiture démarre. Qu'en est-il de l'ombilicomancien ? Les possibilités ne sont pas nombreuses : ou bien il est au volant, ou bien on l'a égorgé et laissé sur place.

La voiture cesse de rouler presque aussitôt. J'entends des voix qui discutaillent en arabe. Mohamed est allé donner ses ordres à ceux qui s'occupent d'évacuer les cadavres de la demeure Kontour. Si seulement je pouvais comprendre ce qu'ils racontent.

Après ce court échange, la Lincoln reprend la route.

Ma compagne d'infortune gémit ; elle va bientôt sortir des limbes. Ça y est, elle émerge. À peine a-t-elle refait surface qu'elle se met à râler :

— Ah, les misérables crouillats de MON cul, ils vont ME le payer chérot ! JE vais leur faire voir MOI de quoi IRMA LATENDRESSE est capable ! Ils ne perdent rien pour attendre ! Ah ! ça, non ! JE M'en vais la leur dilater, la sourate, MOI ! Ah ! ça, oui !

Bel optimisme ! Que je suis loin de partager, est-il besoin de le préciser ? La santé de cette femmes ne cessera donc jamais de m'étonner. *Carpe diem*, c'est sa devise ! Profiter de l'instant présent quoi qu'il arrive, voilà son credo, sa raison d'être, son mode de vie.

Je ne crois pas si bien dire. Lorsqu'elle se rend compte que nous sommes plaqués l'un à l'autre, son ventre contre mes fesses, elle glousse comme une poule mûre pour le coq. Par bonheur, je lui tourne le dos et ma braguette est close, autrement elle se trémousserait le pétrousquin de façon que son sexe me happe le manchon et le mâchouille jusqu'à ce qu'il prenne une consistance utile. Je lui fais confiance : elle y arriverait.

Elle n'abandonne pas tout espoir pour autant. À défaut de grives, on mange des merles. Elle roucoule :

— Vos mains peuvent atteindre MA chatte, n'est-ce pas ?

— Croyez-vous que ce soit le moment ?

— Allez-y, vous verrez, vous ne serez pas déçu.

Je commence par refuser, mais elle se fait si pressante que je finis par céder. Après tout, elle m'a sauvé la vie au risque de perdre la sienne ; je lui dois cette fleur qui ne me coûtera rien et qui va peut-être embellir ses derniers moments. Ce sera l'ultime service que je rendrai sur Terre, aussi bien partir en ayant l'impression d'avoir été utile à quelqu'un.

Mes doigts gravissent des bourrelets, dévalent dans des vaux profonds, remontent vers des éminences plus vertigineuses encore avant de glisser dans la toison touffue et pleine de touffeur. Je voudrais m'attarder au clito ainsi que l'enseigne la bienséance, mais la bénéficiaire m'enjoint de poursuivre vers l'entrée des artistes. J'obtemmère (en la circonstance, « obtempère » relèverait d'un machisme suspect). Les lèvres humides s'entrouvrent à mesure que j'approche. Je perçois les contractions du muscle périvulvaire. Le majeur se fraye un chemin sur une piste balisée plusieurs milliers de fois. Les heures de vol qu'il y a là-dedans, mon vieux !

Malgré tout, la texture fait son travail et un émoi me traverse la viande. Que voulez-vous ? Brassens l'a dit avant moi : « la bandaison, ça ne se commande pas ». Dans un sens comme dans l'autre.

Soudain, je me heurte à quelque chose de dur. Je sursaute. Aurais-je affaire à un hermaphrodite ? Pourtant, tout à l'heure, quand elle s'astiquait le bitoniau et se ramonait le couloir de la (petite) mort avec la souris de l'ordinateur, elle m'a semblé être de sexe extrêmement féminin.

Je poursuis l'exploration et identifie l'intrus. Du coup, je comprends l'optimisme de Madame Latendresse en même temps que son insistance : elle s'est fourré le jambiya et son étui dans le vagin ! Ah, la rusée Mata-Hari !

Elle jubile.

— Qu'est-ce que JE vous disais ? IRMA LATENDRESSE n'est jamais à court de ressources ! Jamais ! Dès que J'ai vu apparaître ces faces de mardi gras, JE n'ai pas hésité. Allez hop ! dans la moustache, l'eustache ! J'étais déjà en train de ME taquiner la coquille avec le bout de l'étui ; ça a été l'affaire d'une demi-seconde.

Je m'empresse de retirer l'objet de la soute à bagages.

— Vite ! Plaçons-nous dos à dos, dis-je.

L'opération se révèle ardue. Impossible de passer par-dessus, l'espace en hauteur fait défaut. Par ailleurs, le volume à déplacer est considérable et la marge de manœuvre restreinte.

— Tournez-vous.

Je me tasse au fond du coffre et je la pousse pendant qu'elle tente de pivoter sur elle-même. La voilà sur le dos. C'est la partie la plus facile ; le versant ascendant va être autrement plus coton à franchir.

— Encore un effort et on y sera !

Il ne faut pas traîner. La chaleur est insupportable et l'air se raréfie.

Dès que la fesse se décolle du plancher, je me glisse dessous le plus loin possible et j'exerce une torsion du bassin pour faire levier. La masse se soulève encore un peu. Je gagne du terrain. La sueur qui l'a rendue moite comme une vulve en délire facilite la pénétration. Un dernier coup de cœur conjugué et Madame Latendresse roule enfin sur l'autre côté.

Je retire le jambiya de son étui. À tâtons, je localise les poignets de ma compagne d'infortune et insère la lame entre les deux. J'opère avec délicatesse. Je m'en voudrais de lui taillader les veines.

— Allez-y, ça baigne ! dit-elle.

Le poignard est tranchant comme un rasoir : quelques va-et-vient et la lanière de plastique cède. Une minute plus tard, tous nos liens sont défaits.

Je tire le câble qui actionne l'ouverture du coffre depuis l'intérieur de la voiture. Je soulève le couvercle juste assez pour déclencher l'éclairage.

Nous sommes en nage et haletons comme après une baise sauvage. L'air frais qui entre est accueilli avec gratitude.

— Au prochain feu rouge, vous sautez, dis-je.

— Et vous ?

— Je reste. Si mon copain est encore vivant, il a besoin d'aide.

— JE reste aussi. MON commerce est foutu et JE ne veux pas perdre un partenaire précieux, alors qu'on a jeté les bases d'une science du pronostic qui va révolutionner le monde. On lui a même trouvé une raison sociale qui cerne sa mission : *Le nœud du problème.* On est assis sur une mine d'or ! Sans compter les produits dérivés que nous vendrons à des cliniques de fertilité.

L'enthousiasme de cette femme confine à l'inconscience. Elle parle d'avenir alors que nous n'avons pas une chance sur dix mille de survivre à la prochaine heure. Cette témérité m'inquiète. Que faire ? Je ne peux pas lui dire qu'elle va nuire après les trésors de débrouillardise qu'elle a déployés. On n'est pas sortis de l'auberge, mais sans sa présence d'esprit, on était cuits comme un enfant qui vient de naître. À coup sûr !

Je lui demande de retenir le panneau entrouvert pour assurer l'éclairage et rampe au fond du coffre.

Je découpe le tapis et le carton collés au dossier de la banquette arrière. Seul le capitonnage me sépare des sots-l'y-laisse des passagers. L'enfoncement des ressorts permet de les localiser. L'envie de leur perforer les reins à coups de couteau me démange. Je me retiens : il y a un troisième larron à l'avant ; il va tirer à travers la banquette sans se soucier de ses complices.

Je pense tout haut :

— Si seulement je pouvais communiquer avec Walter Hégault.

Madame Latendresse me demande :

— Vous avez déjà été scout, JE suppose.

— Oui, bien sûr.

— Et votre ami ?

— Aussi. Mais pourquoi ces questions, saugrenues en la circonstance ?

Elle répond par une autre question :

— Dans ces bagnoles de luxe, il y a sûrement des lampes témoins qui informent le conducteur des irrégularités ; JE ME trompe ?

Je l'embrasserais ! Je la laisserais même me sucer, tiens ! Je me contente d'apprécier :

— Génial ! Vous pensez au morse, n'est-ce pas ?

— Vous avez tout compris.

Le temps de me remémorer le code et je fais une tentative. En soulevant légèrement et en refermant le couvercle du coffre, je compose le message suivant : « Si tu me reçois, appuie trois fois sur la pédale de frein juste ce qu'il faut pour allumer les feux de stop sans ralentir l'allure. »

La réponse me parvient aussitôt, ce qui indique que Walter Hégault n'a pas été sacrifié. Je lui explique mon plan.

Je retourne au fond du coffre et localise les ancrages des ceintures de sécurité. Je tranche les sangles sur 99 % de leur largeur. Au moindre choc, elles vont se rompre.

Je reviens à l'arrière. Un coup d'œil à l'extérieur m'informe que nous roulons à bonne vitesse sur une autoroute menant à de paisibles banlieues. À part une paire de phares au loin, la voie est déserte.

Par contre en direction de la ville, le bouchon du matin sévit avec quelques heures d'avance. Des femmes en colère continuent de déferler sur Québec sans se douter que leur destin se joue à quelques dizaines de mètres.

Le moment est venu de procéder. Je communique un complément d'information au conducteur : « Dès que tu entends un cri de douleur, tu laisses passer trois secondes et tu freines à mort. Attend-toi à recevoir de la visite venue de l'arrière en mode urgence. »

C'est ici que les Bernois se font berner. Je me tortille jusqu'à la banquette où apparaissent en rondes-bosses le dos des passagers.

Je glisse mon poignard entre les mailles des ressorts à l'endroit que j'estime situé entre la dernière côte flottante et l'os iliaque du client de gauche. Et je pousse de toutes mes forces. Le couteau ne rencontre aucun obstacle osseux et s'enfonce dans les viscères. Il s'ensuit un cri de douleur à fendre l'âme. Je retire la lame et traite l'autre client de la même façon à l'instant exact où Walter Hégault freine à mort.

Sous l'effet de l'inertie, Madame Latendresse et moi sommes projetés contre le dossier. L'impact est si violent que les attaches-pression cèdent, les ceintures de sécurité se déchirent et les deux passagers volent vers l'avant, propulsés par les masses additionnées de nos corps.

Une rafale de mitraillette éclate en même temps que la voiture amorce un tête-à-queue dans un concert de pneus qui dérapent. J'ai l'impression de plonger dans un enfer de fracas et de fureur.

La force centrifuge fait dévier vers la droite tout ce qui n'est pas attaché, en sorte que l'un des hommes percute celui qui occupe la banquette avant.

Ballotté en tous sens, je m'active comme un fou. Poignard en main, je perce tout ce que je trouve en tâchant d'épargner ma compagne. Le sang gicle de partout. L'odeur de poudre me porte aux sens. Je m'acharne avec une rage que je ne me connaissais pas.

La voiture s'immobilise enfin. L'habitacle ressemble à un abattoir. Je constate que les trois hommes ne sont plus cagoulés. Rouler masqués, ça pourrait éveiller les soupçons.

À l'avant, Mohamed essaye de repousser le type qui lui est tombé dessus avant de se péter le crâne contre le montant du pare-brise. Son AK-47 a glissé sous le tableau de bord ; il tente l'impossible pour le récupérer.

Je nage vers lui par-dessus les corps secoués de spasmes. Je plante mon couteau dans le dos de l'homme qui gît sur Mohamed et m'en sers comme d'un piton d'alpiniste pour me hisser par-dessus le dossier.

Mohamed parvient à mettre la main sur la crosse de l'arme. Je plonge et la lui transperce en mettant tout mon poids sur le jambiya. La pointe pénètre profondément dans le bois. Je maintiens la pression. En râlant de douleur, il essaie de se dégager.

On se trouve tous deux dans une situation inconfortable. Lui, penché vers l'avant avec une main clouée au sol et un poids mort sur le dos ; et moi, tête première par-dessus la banquette, le nez dans le shag du plancher.

En me dévissant le cou, je me rends compte que celui que j'ai poignardé dans le dos reprend conscience. Une farouche détermination se lit dans ses yeux moribonds. Il fouille dans ses vêtements avec difficulté. Merde ! il en sort un revolver. Il a peine à le tenir tellement il est faible. Pourtant appuyer sur la détente ne demande pas une force considérable.

Je voudrais le désarmer, mais Mohamed me maintient en déséquilibre, cul par-dessus tête, en tirant sur ma ceinture de sa main valide. Son complice fait des efforts pour viser. Il relève le chien en y mettant les deux pouces. L'index cherche en tremblant la détente sous le pontet. Le doigt trouve son chemin sous l'arceau de métal. Je vais recevoir la décharge en pleine face.

Mais juste comme le blessé va faire feu, l'arme se relève ; le coup part et l'atteint sous le menton. L'occiput éclate et un geyser de sang en jaillit.

La détonation en vase clos est si forte que je perds le son et l'image. Lorsque je retrouve l'usage de mes sens, je constate que quelqu'un a vissé le canon fumant du revolver dans l'oreille de Mohamed. Le chien est réarmé. Deux mains baguées tiennent solidement la crosse.

— Tu vas apprendre qu'on ne s'en prend pas impunément à IRMA LATENDRESSE, biquet de MES fesses ! Lâche MON pote et ne fais aucun geste brusque, autrement JE te fais sauter la couscoussière. Du coup, ta guerre sainte va t'apporter la sainte paix !

Irma la Rude ne plaisante pas ; Mohamed l'a compris. Il me libère sans rien dire. Il n'est pas encore prêt pour le paradis, faut croire.

Elle poursuit :

— JE vais t'apprendre un truc qui va t'aider à piger, trouduc : JE suis juive séfarade née pied-noir ; pendant la guerre d'Algérie, MON père et MES oncles M'ont appris par l'exemple qu'entre écraser une mouche à merde et occire un crouille du même bois, il ne fallait pas faire de différence. J'ai retenu la leçon. Tu entraves mieux à qui tu as affaire, maintenant ?

Je m'empare de l'AK-47 et retrouve une position plus honorable. La main de Mohamed suit dans la manœuvre en subissant les inconvénients que l'on imagine. Pas mauvais diable, j'arrache le couteau de la crosse. Le sang gicle abondamment.

— Pose tes paluches sur le tableau de bord et ne t'avise pas de les en retirer, ordonne la Dame de fer.

D'un coup d'œil circulaire, je prends la mesure du revirement de situation. Le premier que j'ai piqué à travers la banquette est en train de crever. Il fuit de partout. Il faut dire qu'en déboulant dans le cockpit, je lui ai offert le service « Maria Goretti » avec couvert à poisson et tout le bataclan.

La chance roule pour nous. Deux morts chez l'ennemi et le dernier survivant est entre les mains d'une dame qui a le racisme en général comme article Premier à son code de déontologie et le racisme anti-arabe inscrit en triple exemplaires dans son code génétique.

Tout n'est pas réglé pour autant. Couverts de sang comme nous le sommes, il sera difficile de passer inaperçus. De plus, la voiture a terminé sa course à plusieurs mètres de la route et s'est embourbée dans un sol instable. Impossible de la sortir de là. Bientôt quatre heures et nous voilà sales comme des bouchers et immobilisés à une dizaine de kilomètres de la ville.

Au hasard des bouleversements, le dossier arraché à la banquette arrière s'est coincé entre le conducteur et la place du mort (où est assis le seul survivant de la troupe, d'ailleurs). Je repousse l'objet pour prendre avis auprès de Walter Hégault.

Merde !

Je le trouve effondré sur son volant. Il ne bouge plus. Un morceau de son épaisse tignasse a été arraché ; un filet de sang coule dans son cou.

Une bouffée de détresse mêlée de rage impuissante me monte à la tête, tandis que Madame Latendresse échappe un cri.

— Merci, mes amis, dit le mort en se redressant. Je voulais seulement me rassurer quant à l'estime que vous me portez.

À y regarder de près, sa blessure est superficielle. Une balle lui a frôlé le crâne et grillé une plaque de cuir chevelu.

Nous n'avons pas le temps de nous réjouir ou de nous indigner. Une Honda CR-V stoppe au bord de la route. Les gens qui en descendent ne sont probablement pas de bons Samaritains venus prêter main-forte.

# 23

Je reconnais les silhouettes de deux des trois survivants de l'assaut chez Maïssa Kekpar. Ils ne tirent pas puisqu'ils ignorent ce qui s'est passé dans la Lincoln. Comment imaginer que nous aurions pu prendre le contrôle de la situation ? Sans doute croient-ils que le conducteur a voulu jouer les héros et que sa tentative s'est terminée par une sortie de route. Seul contre trois hommes armés, il est inconcevable que son entreprise ait réussi.

Un appel en arabe parvient du bord de la chaussée.

Madame Latendresse souffle à l'oreille de Mohamed :

— Tu réponds que tout baigne et rien d'autre. Si tu crois ME blouser avec ton dialecte de ruminant à gros sabots, oublie ça : JE cause l'arbi ; JE l'ai appris en pompant des pointes biques dans la casbah d'Alger pendant MA jeunesse. Tu vois un peu l'abnégation : JE n'étais pas encore mécréante et MA religion, comme la tienne, M'interdisait de manger du porc.

Et pour preuve, elle se met à lui parler en aspirant les H avec une habilité acquise en exerçant son rude métier. J'ignore ce qu'elle lui raconte, mais la démonstration est convaincante : Mohamed lance quelques mots et deux des sbires descendent vers nous, l'arme en berne le long de la jambe.

À la faveur de la nuit, je sors par une vitre du côté opposé à la route. L'envie de passer les arrivants à la sulfateuse me grattouille l'index. Je refoule cette pulsion indigne d'un esprit rationnel. Mohamed est chef de peloton, mais je parierais qu'il obéit à des supérieurs planqués quelque part. C'est là qu'on doit frapper. Et pour remonter la filière, il faut garder un lien.

Lorsque les hommes arrivent à quelques pas de la Lincoln, l'otage de Madame Latendresse se ravise et se met à crier en arabe.

J'oublie la stratégie de la raison et fais feu sans viser. J'en touche un, mais l'autre plonge et disparaît dans l'ombre de la voiture. Je le poursuis en tirant. Il roule dans les broussailles. Des clapotis indiquent qu'il patauge dans une mare. Je n'avance pas davantage. Ma silhouette se découpe sur le halo des réverbères, ce qui me rend très vulnérable.

Pendant que je joue les James Bond, la Honda démarre à pleins gaz. Le temps de contourner la Lincoln et de faire feu, il est déjà trop tard. L'imprécision de l'AK-47 est aussi légendaire que ma maladresse au tir.

— Qu'est-ce qu'il a dit ? demandé-je à Madame Latendresse.

— Il a ordonné au type resté dans la voiture de fuir. Il doit porter le vieux téléphone à qui de droit.

Walter Hégault vient me rejoindre.

— Nous avons au moins une certitude, dit-il en guise de consolation.

— Laquelle ?

— Tu avais raison quand tu parlais de ressemblance avec les attentats de Madrid. Ce que je ne comprends pas, par contre, c'est comment un foutu téléphone peut amorcer une bombe. Tu sais, toi ?

— Je suppose qu'un cellulaire couplé à un mécanisme de mise à feu était scotché à la bombe.

— C'est quoi ça, un mécanisme de mise à feu ?

— Quand tu composes un numéro, ça provoque dans l'appareil récepteur un influx électrique qui actionne la sonnerie.

— Ce courant est beaucoup trop faible !

— Il suffit de l'utiliser pour activer un interrupteur à électro-aimant, lequel transmet le jus d'un pack de batteries au détonateur. Et voilà, ça saute.

— C'est un peu risqué, non ? Il suffit d'une erreur de numéro comme il s'en produit souvent pour déclencher l'explosion au mauvais moment. Pendant que les terroristes mettent leur merde en place, par exemple.

— Les journaux n'en ont pas parlé pour ne pas donner des idées aux copycats craintifs, mais on a dû ajouter un dispositif de sécurité au système.

— Genre ?

— Genre deux étapes d'activation dans le circuit. Quelque chose comme un mot de passe donnant accès à une boîte vocale. Lorsque j'ai composé les numéros trouvés dans la souris de l'ordinateur, j'ai justement eu l'impression d'avoir atteint des boîtes vocales muettes. Ce serait plutôt à ce niveau que le faible courant engendré par la composition du mot de passe fait le travail que je viens de décrire.

— Et ce mot de passe, ce serait le numéro inscrit au centre de la roulette du vieux téléphone ?

— J'en ai bien peur.

— Pourquoi deux numéros à la première étape ?

— Par mesure de sécurité supplémentaire. Pour palier une panne de cellulaire, par exemple.

— Et si on en parlait à notre ami ?

Nous faisons sortir Mohamed de la voiture en le surveillant de près. Madame Latendresse se place derrière et lui plante son revolver dans le dos. Avant même qu'on lui pose la moindre question, il crache :

— Bavards comme des Français ! On voit bien que vous êtes issus de la même souche pourrie. Incapables de vous retenir de la ramener. Des coqs stupides ! Des oies piaillantes ! Des paons ridicules qui réinventent la roue chaque fois qu'ils s'ouvrent le clapet !

Il me regarde avec des yeux pleins de mépris et ajoute :

— Ta reconstitution n'est pas mal à quelques détails près : le détour par la boîte vocale est réalisable, mais implique des manipulations complexes. Il est plus simple de s'en remettre au système D en utilisant trois téléphones qui activent autant d'interrupteurs : A, B et C. Pour éviter les surprises, il suffit de les brancher en série de telle manière que seules les séquences ABC et BAC puissent établir le contact.

Je compute la fiabilité d'un tel système. Pour fin de raisonnement, fixons à 1 sur 1000 la probabilité que chacun des numéros soit composé par erreur au cours d'une période donnée. La probabilité que les trois numéros soient atteints fortuitement au cours de la même période est infiniment plus faible. Quant à la probabilité qu'ils le soient selon une bonne séquence, elle est trois fois moindre.

— Pourquoi pèches-tu par bavardise à ton tour ? demandé-je.

— Pour le plaisir d'assister à ta déconvenue et aussi pour que tu puisses révéler le maximum de faits aux lecteurs de ton torchon. Il faut que les croisés sachent que nous pouvons frapper – et frapper fort – partout où bon nous semble. La pétasse s'est mise à table, elle qui pensait nous doubler. Une femme ! Faut pas craindre ! Nous avons quand même voulu nous assurer qu'elle disait vrai. Nous n'y sommes parvenus qu'à moitié, mais ce demi-échec n'a plus aucune importance.

— Elle a peut-être menti.

— Ça ne change rien. Tu viens de dire que tu as composé les numéros trouvés dans la souris. Les deux premiers interrupteurs sont donc activés. Merci pour le coup de main ; Allah t'en saura gré à l'heure du trépas. Il suffit maintenant de composer le troisième numéro pour que le pétard éclate à la face de la Grande Putain d'Occident. Le moment de vérité est arrivé ! Nous allons détruire l'idolâtrie chrétienne ! Assez de cette philosophie diabolique qui a détourné la femme de son devoir d'épouse soumise et de mère dévouée ! Nous allons convaincre la chienne occidentale de renouer avec la pureté en se pliant avec humilité aux préceptes du Saint Coran ! Le sacrifice sera grand, mais le Prophète l'a dit : le sang doit couler à la mesure du péché qui le réclame !

Je me traite de tous les noms. Mohamed a raison. Si ses chefs n'obtiennent pas confirmation des aveux de Maïssa Kekpar, ils vont tout de même essayer les numéros qu'elle leur a fournis. Ensuite, ils vont composer celui du vieux téléphone et ça va péter. Par ma faute !

— Ton sermon est terminé ? demande Irma Latendresse sans attendre de réponse. Maintenant que tu as exposé les grands principes d'équité qui guident ta quête de spiritualité, tu vas répondre à deux questions simples : où est la bombe et où est ton état-major ?

Il se contente d'esquisser ce sourire fatigué qu'affiche Ben Laden sur ses photos christiques. Mata Hari ne se laisse pas impressionner.

— Il y a des câbles de survoltage dans la malle arrière. On va te préparer un sérum de vérité qui a fait ses preuves. Tu as une idée de la force du courant qui passe dans une bougie d'allumage lorsque le moteur tourne ? Tu as une idée de la fréquence des décharges lorsqu'il tourne à plein régime ? Tu as une idée des modulations qu'on peut obtenir en appuyant sur l'accélérateur ? On va te brancher ! Il y en aura pour tout le monde : une pince accrochée aux génitoires et l'autre qu'on va déplacer pour éviter que l'effet ne s'émousse : sur une oreille, sur la langue, dans l'anus. Tu vas devenir loquace, tu ne te doutes pas à quel point !

Mohamed ne semble pas inquiet outre mesure. Il a plutôt les yeux exaltés de celui qui s'apprête à accomplir une action héroïque.

— Ne te donne pas cette peine, guenon lubrique! Je ne suis qu'un modeste intermédiaire qui ne sait rien d'autre que ce qu'il doit savoir – et ça, je peux l'avouer de plein gré, et même le crier à la face du monde pour que les mécréants apprennent à redouter la colère d'Allah. Tout est en place et rien ni personne ne pourra arrêter l'inévitable.

Il continue à déclamer avec la grandiloquence fiévreuse de ceux qui possèdent la Vérité et qui ont mission de la transmettre aux brebis égarées.

— Nous vaincrons parce que nous sommes les messagers du Ciel!

Le grand mot est lâché! Messagers du Ciel, Peuple élu de Yahvé, enfants de Dieu sauvés par le sacrifice de Son Fils fait homme, il n'y a rien de trop beau! De l'islam au judaïsme en passant par le christianisme, ils prêchent tous l'humilité, mais ce n'est pas la modestie qui les étouffe.

L'autre tordu poursuit sa litanie:

— Nous vaincrons parce que nous sommes le bras armé d'Allah. Nous avons su contourner le piège que nous a tendu la CIA…

*La CIA? Voilà du nouveau, maintenant!*

— … comme nous l'avons fait avec le FBI au Pentagone en 2001.

— Tu m'en diras tant!

— Un agent provocateur avait infiltré une de nos cellules et l'avait alléchée avec un projet ambitieux: lancer un missile de l'armée américaine sur le ministère de la Défense. L'idée consistait à amener un nombre maximum de combattants à sortir de l'ombre avant de donner un coup de filet. Nous avons joué le jeu et, au dernier moment, nous avons pris le contrôle de la situation et nous avons lancé le missile. La version du Boeing 757 détourné est un mensonge pour endormir l'opinion publique…

Il est vrai que si on a montré sous tous les angles les attentats du WTC, on a été plus discret avec celui du Pentagone. La seule vidéo diffusée est confuse et elle a été trafiquée. Pourtant, ce complexe hautement protégé est farci de caméras. Des radars scrutent le ciel environnant sans arrêt. Il est même sous surveillance satellite constante. Cinq batteries de lance-missiles disposées en étoile sont en alerte vingt-quatre heures sur vingt-quatre pour intercepter tout objet qui s'en approcherait. Comment croire qu'un avion, dévié de son plan de vol et piloté sur plus de cinq cents kilomètres par un apprenti peu doué (selon son instructeur), aurait pu se faufiler entre les mailles de ce réseau d'appareils de détection ? Difficile à avaler.

— ... Depuis ce fiasco, le FBI a passé la main à la CIA et celle-ci continue de nous tendre des leurres en se gardant d'opérer sur le territoire étatsunien. En Arabie saoudite, au Kenya, à Tunis, à Bali, oui ; mais plus jamais sur le *homeland* sacré. Quand le coup foire – et on peut compter sur nous pour le faire foirer –, la bavure est plus facile à camoufler et le bon peuple américain n'en souffre pas. C'est précisément ce qui se passe à Québec aujourd'hui. La CIA a fait les trois quarts du travail en croyant détruire une de nos cellules. Elle nous a fourni du matos juste assez artisanal pour qu'on reconnaisse la signature d'Al Qaïda. Maïssa Kekpar a cru nous blouser, mais nous l'avons baisée en levrette au moment où elle était certaine d'avoir l'affaire en poche. Et nous continuerons d'agir ainsi avec quiconque se placera en travers de notre chemin ! Nous ne pouvons pas perdre parce que nous tenons notre mission de l'Unique Lui-Même !

« Et c'est ainsi qu'Allah est grand ! » alexandrevialatte-t-il en terminant.

Il fait mine de se recueillir en inclinant la tête, mais il se retourne à la vitesse d'une mangouste attaquant un cobra et appuie sur la détente du revolver de Madame Latendresse braqué sur son cœur.

Il s'écroule en souriant par anticipation du sourire des têtes de mort.

Nous restons sans voix, inspirés par une sorte de respect envers le courage de cet illuminé qui s'est donné la mort pour faire triompher ses lubies.

Ce que nous venons d'apprendre a aussi de quoi couper le sifflet. Maïssa Kekpar agent de la CIA ! Cette même CIA qui monte un attentat meurtrier sur le territoire canadien ! Ça explique certaines choses, mais ça en embrouille certaines autres. Et que fabrique Debovoar dans ce sac de nœuds ?

Irma Latendresse sort la première de la torpeur qui nous pétrifie.

— Ce n'est pas tout, MES loups. Il faut remettre la bagnole sur la route.

— Impossible sans dépanneuse ! objecte Walter Hégault. Les roues sont embourbées jusqu'aux essieux.

— T'as un cric dans la malle ?

— Bien sûr !

— Alors, magne-toi le cul et soulève celui de ta caisse.

— Pourquoi ?

— Ne discute pas et fais ce que JE te demande. Et vous, le journaliste, sortez les cadavres de la voiture ; ils font désordre.

Lorsque le train arrière arrive à hauteur convenable, elle ordonne :

— Glissez le pneu de secours sous une roue et le dossier de la banquette sous l'autre.

Elle s'installe au volant et ajoute :

— Reposez-MOI cette guimbarde sur ses pattes, maintenant.

Elle appuie sur l'accélérateur pendant qu'on pousse à s'en déchirer le ventre. La voiture avance de quatre mètres et s'immobilise.

— Allez, on répète la médecine !

Une demi-heure plus tard, la Lincoln est de retour sur la chaussée.

Il faut encore se débarbouiller. Avec une lampe de poche, je scrute les broussailles où l'un des sbires a disparu. Je le trouve à trois mètres derrière la frondaison, flottant à plat ventre dans un étang. Il ne semble pas blessé, pourtant. Je le retourne et comprends : en fuyant, il est tombé sur un chicot coupé en biseau et s'est sectionné l'artère fémorale.

Je le repousse et invite Irma et Walter à venir faire trempette. L'eau est douteuse, mais il faudra s'en contenter. Il faudra aussi résister aux attaques perfides de la nodomancienne.

Avant de reprendre la route, je récupère mon équipement.

Le niveau d'alerte a dépassé la cote rouge. Il suffit que quelqu'un compose, délibérément ou par erreur, le troisième numéro et l'horreur va frapper sur les hauteurs de Québec.

La lassitude me tombe dessus. Une quinzaine d'heures que je suis sur la brèche. Je dormirais debout comme un cheval dans sa stalle si la faim ne me tiraillait pas autant. Je dois pourtant tenir le coup. Non seulement il faut retrouver les terroristes et les empêcher d'agir, mais il faut aussi désamorcer un piège dont on ignore la nature et l'emplacement. Et même si on connaissait l'une et l'autre, qui voudrait s'y risquer en sachant que ça peut sauter à tout moment ? Les artificiers de la S.Q. ? Permettez-moi d'en douter.

Inutile de songer à faire évacuer les plaines d'Abraham, non plus. Il faudrait l'armée et encore elle n'aurait jamais le temps de vider la place sans provoquer une émeute mille fois plus sanglante que celle qui a éclaté devant l'Assemblée nationale il y a trois jours.

J'appelle Bellefeuille.

— Où est la Mini ?

— Elle est revenue là où elle a passé une bonne partie de la soirée.

Il me donne l'adresse probable : l'impasse Moalsel, un cul-de-sac du parc industriel qui va de la falaise à la rue Jean-Talon. Mohamed se dirigeait vers le nord ; son Q. G. est donc en banlieue. Pourtant, il faudra aller voir de ce côté en espérant reprendre contact avec la cellule.

La circulation en direction de la ville est toujours aussi congestionnée.

— On ne va pas se laisser arrêter par le code de la route ! déclare Walter Hégault en reprenant le volant.

Il engage la Lincoln en sens inverse sur l'accotement et appuie sur le champignon. On se fait klaxonner par les rares voitures croisées, mais nous atteignons les contreforts de Québec sans inconvénient. Heureusement, les flics sont occupés ailleurs.

Nous trouvons la Mini garée entre la falaise et une entreprise d'import-export : Les tapis Ceyho'lih. Un entrepôt en tôle ondulée sans fenêtres. Il possède un accès piétons sur le côté et une porte camionnière devant.

— Rebrousse chemin, dis-je à mon chauffeur. S'il y a du peuple hostile là-dedans, il ne faut pas le mettre en alerte.

Il remise son tank au milieu d'une flotte de camions de la rue voisine.

Avant de descendre de voiture, je tente encore une fois de convaincre Madame Latendresse de nous attendre à l'abri du danger. Rien à faire, elle tient à nous accompagner.

Je me leste de mon équipement de campagne – et en route vers le pied de la falaise où poussent des broussailles. Elles sont assez fournies pour servir de paravent sans toutefois nous empêcher d'avancer.

La pente est raide. La belle Irma est contrainte de marcher à reculons, en utilisant ses talons aiguilles comme des crampons qui s'enfoncent dans la couche d'humus. Femme du monde jusque dans ses moindres fibres, elle ne s'est pas départie de son sac à main en véritable peau d'alligator du (vi)Nil.

Nous approchons de la baraque que l'on voit en plongée, en même temps qu'une section du parc industriel. Rien ne bouge dans les parages.

Je chausse mon oreille à rallonge. Je ne perçois qu'un ronron sourd comme celui d'un appareil de climatisation entendu de loin. La place doit être remplie de rouleaux de tapis qui insonorisent le bâtiment.

Quatre heures quarante-cinq. Il faut agir avant que le jour se lève.

— Je vais tenter de pénétrer dans l'entrepôt, dis-je.

— Je t'accompagne, déclare Walter Hégault.

— J'en suis également, enchaîne Madame Latendresse.

Au moment où l'on amorce la descente, quatre grosses voitures tournent le coin et s'immobilisent devant Les tapis Ceyho'lih.

Des hommes armés – vingt au total – s'éjectent des véhicules et prennent position devant l'entrepôt. L'un d'eux colle un engin contre la porte camionnière et recule. Une explosion sourde retentit. Deux hommes font glisser le panneau, tandis qu'un troisième jette une grenade lacrymogène à l'intérieur. Des cris étouffés parviennent de l'entrepôt, mais personne n'en sort.

Le commandant (on dirait John Wayne) hurle des ordres en anglais avec un fort accent du Sud. Des hommes équipés de masques à gaz foncent dans la fumée. Ils ressortent en portant une femme à moitié nue, les yeux bandés et ficelée comme un saucisson : Maïssa Kekpar. Je ne suis pas surpris.

Les marques sur sa peau indiquent qu'elle a été torturée. Elle tousse comme trente tubards. Entre deux quintes, elle apostrophe John Wayne en anglais. Elle lui reproche de s'être traîné les pieds. On la libère de ses liens.

— Des terroristes étaient encore sur les lieux il y a à peine trois minutes, déclare-t-elle. Quelqu'un les a prévenus de votre arrivée. Ils ont fui par une sortie secrète. Je crois savoir où elle est.

John Wayne pousse un cri et la troupe investit l'entrepôt. Kekpar les suit pour leur montrer le chemin (le tour de force est appréciable).

À ce moment, des ombres se faufilent entre la falaise et la bâtisse. L'une d'elle se glisse dans la Mini pendant que les autres la poussent dans

267

l'impasse Moalsel. Elles montent à leur tour, le moteur démarre et la voiture roule lentement jusqu'au coin de la rue. Elle accélère et disparaît.

Lorsqu'une partie du commando étatsunien sort de terre au milieu d'un terrain vague à cent mètres derrière l'entrepôt, les terroristes sont déjà loin.

# 24

Les honnêtes gens qui accordent une confiance sans limite à nos voisins étatsuniens[6] croient peut-être que nous allons nous faire voir et crier :

— Houhou! Par ici les amis, nous savons comment retrouver les fuyards.

Nous nous en gardons bien. Le premier souci de la CIA ne sera pas de sauver des vies, mais de sauver la face. Si des gradés apprennent que des aborigènes sont au courant de l'affaire, ils vont donner l'ordre d'en tirer tout le jus avant de tirer tout court. Raison d'État oblige. Il est impensable de laisser couler une pareille information. Imaginez : les gendarmes de la planète se font complices des terroristes et organisent des attentats meurtriers sur le territoire de pays souverains pour traquer Al Qaïda – et ils échouent!

\*

Maïssa Kekpar et John Wayne ressortent de l'entrepôt, tandis que le reste de la troupe reste à l'intérieur, sans doute à la recherche d'indices. Ils affichent une mine déconfite.

— Le plan fonctionnait sans anicroche, plaide Kekpar (j'assure la traduction). Ma couverture était intacte. Et pour cause : je travaille mon personnage depuis quatre ans. J'ai étudié le Coran, j'ai fréquenté la

---

[6] Je vise ici la classe dirigeante et non pas les sympathiques *red-necks* qui aiment la tarte aux pommes avec la même ferveur qu'ils mettent à haïr les Nègres, les juifs et les communistes.

mosquée, j'ai marché sur mon orgueil de femme libre ; j'ai même exécuté mon mari juif et sa fille pour m'assurer une crédibilité à toute épreuve.

— Que s'est-il passé ?

— On attendait que la cellule se rassemble dans l'entrepôt. Les chefs devaient se joindre à nous pour la fiesta finale. Vous savez tout ça aussi bien que moi : vous deviez profiter de l'occasion pour les liquider. Il en est venu un seul et il était masqué. Il savait que j'avais transmis de faux codes à ses hommes. Quelqu'un m'avait donc vendue. Il m'a torturée pour que je lui révèle les bons. J'ai d'abord fourni des informations erronées pour gagner du temps. Mais il a poursuivi les sévices pour obtenir une preuve tangible de ce que j'avançais. J'ai flanché en espérant que vous alliez rappliquer avant qu'ils mettent la main sur les vrais codes. J'avais bipé l'agent Debovoar en catimini. Il devait vous prévenir en cas de pépin.

John Wayne rétorque :

— Debovoar a communiqué avec la base pour demander de retarder l'intervention sous prétexte que tous les personnages-clés n'étaient pas encore arrivés. À quatre heures et demie, on a compris que l'opération ne se déroulait pas comme prévu et on a décidé d'intervenir.

— Il faut se rendre à l'évidence : ce fils de pute est passé à l'ennemi…

— Je crois plutôt qu'il y est depuis le début. C'est lui qui vous a vendue.

Mohamed a donc dit vrai : la CIA est derrière cette affaire et elle en a perdu la maîtrise.

— Il faut désactiver le piège. Vous avez le code ?

— Oui, mais j'ai bien peur que ce sera sans effet.

— Pourquoi ?

— C'est Debovoar qui a mis le système au point. Maintenant qu'on a la preuve de sa trahison, on peut parier qu'il y a ajouté un circuit de remise en marche. L'homme est des plus retors et ne laisse rien au hasard.

— Assez retors en tout cas pour séduire et rouler une brillante recrue sur laquelle on fondait beaucoup d'espoir.

Kekpar ne s'en laisse pas imposer :

— Il a dû aussi séduire quelques singes au sein du Service puisqu'on l'a recruté comme agent spécial au lendemain des attentats de 2001 !

Comme moi, il devait infiltrer la diaspora maghrébine du Québec. On craignait que des islamistes s'y cachent. Personne ne m'a prévenue qu'il pouvait présenter un risque.

John Wayne lève la main en signe d'apaisement et enchaîne :

— Laissons. La Régie interne va s'occuper de son cas.

— Il faut aussi colmater les fuites. Un journaliste – un certain François Langlois – a interviewé le traître hier sous prétexte d'articles à propos des relations entre les sexes faisant écho aux événements des derniers jours. J'ai des raisons de croire que c'était de la frime. Langlois se doutait de quelque chose et il allait à la pêche...

Tu parles !

— ... Debovoar a prétendu l'avoir mis en boîte, mais son attitude trahissait une nervosité inhabituelle. Langlois accompagnait l'inspecteur venu me prévenir de la mort de Sandra. Je le connaissais déjà par ses textes truffés d'humour de salle de garde. Je n'ai pas été déçue : il est aussi sommaire à la ville qu'à la scène. Seulement, j'ai cru deviner qu'il compense son manque d'intelligence par un acharnement de pit-bull...

Oh ! la pas fine !

— ... Un tâcheron qui s'accroche est plus dangereux qu'un surdoué trop conscient de sa supériorité pour ressentir le besoin d'en faire la démonstration. Langlois possède un cerveau moyen, mais c'est un raisonneur, un analytique. Bien que grossiers, ses écrits laissent deviner le scribouilleur qui se documente. Il n'est pas capable de raccourcis lumineux, mais il sait décortiquer. Je pense aussi qu'il jouit d'une bonne mémoire ; il accumule les détails, de sorte qu'il finit par avoir en tête un portrait complet d'une situation donnée. S'il a perçu la moindre irrégularité dans le témoignage de Debovoar, il va assembler les pièces du puzzle de toutes les façons possibles jusqu'à ce qu'il identifie l'élément qui cloche.

Te fatigue pas, poupée, c'est déjà fait.

— Il faut éliminer le sujet.

— Je m'en occupe.

— Il est recherché par la police ; vous avez intérêt à le faire taire avant qu'on lui mette le grappin dessus.

Au train où vont les choses, la moitié de la planète sera bientôt à mes trousses. On deviendrait parano à moins.

— Je vous dis que je m'en occupe ! Il y a des téléphones dans les voitures. Allez composer le code de désactivation ; même si ça ne sert à rien, ça ne peut pas nuire.

La fumée lacrymogène s'est dispersée, mais une odeur étrange persiste. Kekpar et John Wayne reniflent de concert ; ils l'ont flairée eux aussi. Un des membres du commando ressort de l'édifice en titubant comme s'il était ivre.

La psy comprend la nature de ces relents en même temps que moi. Elle hurle en se ruant vers une voiture :

— Décampons !

Elle n'a pas fait trois pas qu'une détonation plus forte que cent coups de tonnerre retentit et l'entrepôt s'enflamme en se disloquant. Les plaques de tôle volent en tous sens. L'une d'elles sectionne le cou de John Wayne au ras des épaules. Sa tête est soufflée par l'explosion, portée par la feuille de métal. Pendant une fraction de seconde, le reste de la carcasse reste debout telle une Victoire de Samothrace éphémère. Kekpar est soulevée de terre et projetée contre un pare-brise. Elle glisse sur le securit incliné et repart en vol plané avant de s'écraser au milieu de l'impasse Moalsel. Des monceaux de tapis en flammes virevoltent tout autour.

Pendant un moment, nous demeurons abasourdis.

— Qu'est-ce que c'est que ça ? demande enfin Madame Latendresse d'une voix éberluée.

— Du gaz ! Les terroristes ont piégé la place avant de déguerpir. L'ouverture de la porte a dû déclencher la fuite. La fumée lacrymogène a couvert l'odeur. Un simple contacteur électrique branché à un détecteur de gaz décalibré a dû produire une étincelle lorsque l'entrepôt a été saturé. Inutile de chercher des survivants.

Je dévale la falaise pour prendre des nouvelles de l'espionne.

Elle gît par terre, couverte de sang. L'image est éculée, mais ce n'est pas le moment de rafraîchir les clichés de la littérature d'action : on dirait un pantin désarticulé. Elle gémit en hoquetant. Des caillots rosâtres lui sortent du nez et de la bouche à chaque respiration. Sans doute des éclats de poumon qui remontent par les bronches sous la poussée de l'hémorragie.

Elle émet des sons informes. Les divagations de l'agonie. Deux syllabes imprécises reviennent comme un mantra lancinant. Quelque chose qui ressemble à « ah hon », « ah hon ». Ou peut-être « ah non » ? Elle a conscience d'être en train de crever et elle refuse l'inévitable ? Allez savoir ce qui se passe dans la tête lorsqu'on se sent mourir.

Les deux manciens me rejoignent au moment où Maïssa Kekpar éructe un « ah non » plus fort et plus clair que les précédents avant de se figer à jamais, les yeux tournés vers le néant.

— Pourquoi parle-t-elle de canon ? demande Madame Latendresse avec cette candeur de jeune fille qu'elle a su conserver en dépit des milliers de bites qu'elle a sucées. Elle croit qu'on lui a tiré dessus ?

Je l'embrasserais, la divine !

## 25

— Avec la clarté, la Lincoln n'est plus utilisable, dis-je. Les vitres et la lunette arrière sont éclaboussées de sang séché.

— Réquisitionnons une des voitures de l'oncle Sam, déclare la belle Irma.

— L'idée est excellente, mais que fait-on du paquebot ?

— On enlève la plaque et on le laisse ici, propose Walter Hégault.

— Et le numéro de série ?

— Disparu depuis longtemps ! On a parfois besoin de discrétion…

Nous montons dans une Ford Crown Victoria et vidons les lieux. Plus question de pister les terroristes, maintenant. Je sais où sont planquées les bombes ; il faut les désamorcer au plus sacrant. Chaque seconde compte. Si nous n'intervenons pas à temps, la boucherie va être encore plus terrible que je ne l'ai imaginée. Démentiel comme carnage !

Madame Latendresse a fourni sans le vouloir l'élément qui m'a dessillé les yeux. Kekpar n'essayait pas de jouer la scène du repentir prémortem afin de présenter à son créateur une âme repeinte à neuf. Non. On ne voit ce genre de tableau que dans les films débiles où le complice-pas-si-méchant-que-ça-après-tout-c'est-pas-sa-faute-il-a-été-suborné-par-le-vrai-méchant se rachète en fournissant au héros une information capitale avant de crever. À quelques secondes d'une mort causée par de multiples traumatismes, le cerveau est incapable d'une telle initiative. Les semblants de mots sortis de la bouche de la moribonde n'avaient rien à voir avec une quelconque réalité. Que les ultimes cliquetis d'une machine déglinguée qui se meurt.

Le hasard a voulu que la belle Irma, sous le choc d'une forte détonation, établisse un rapprochement inconscient et l'évidence m'a frappé.

Kekpar a bien décrit ma méthode : j'ai passé la journée et la nuit à accumuler des éléments disparates et, tout à coup, grâce à ce déclencheur tombé du ciel des potentialités romanesques, les pièces se sont emboîtées.

À la radio, les *morning men* ont ouvert la radoteuse et c'est à qui alignerait le plus grand nombre de stupidités entre trois pubs et une chanson. L'homme qui réclame la *libarté* de parole pour son anus et ses dépendances y va de considérations bien senties (c'est le cas de le dire) à propos de ce qui se passe sur les Plaines : « Cé lé zostie d'gouines frustrées du plateau Mont-Royal qui sont darrière çâ. Ç'tin naffére montée pour fére du recrutemaint. Y'en â lad dins killon liché assez d'plotes killon a langue rendue comme un glain. »

Ailleurs, on avance des chiffres : deux cent mille femmes seraient déjà rassemblées dans la haute-ville. Les Plaines débordent. La congestion est totale. La police ne sait plus où donner de la tête.

Une rumeur circule : un homme qui s'est mêlé aux manifestantes aurait été lynché après avoir bénéficié d'une pipe anthropophage. La place est fortement déconseillée aux couillus, fussent-ils roses, roux ou blonds.

Pourtant, il va falloir affronter cette armada de femmes en colère. Sans parler du risque de sauter avec elles si je survis au bain de foule.

Walter Hégault me jette un œil interrogateur.

— Tu fais la tête de celui qui a découvert quelque chose. On pourrait savoir de quoi il s'agit ?

— Les bombes sont dissimulées dans les vieux canons disposés en demi-cercle en bordure du terrain devant le musée des Plaines. Il y en a une quarantaine étalés sur un demi-kilomètre.

— Ils sont bouchés avec des billes de bois.

— Debovoar les a enlevées, a glissé la bombe à l'intérieur et les a remises en place. Comment n'y ai-je pas pensé avant ? Au lendemain de l'émeute de l'Assemblée nationale, je contemplais ces armes anciennes en évoquant mon enfance. Quand j'ai compris que la manif des femmes était visée, j'aurais dû faire le rapprochement, connard que je suis !

— Quarante pièces ! C'est beaucoup de travail pour un seul homme !

— Debovoar a procédé de nuit sans se presser. Il n'avait pas à respecter l'horaire d'un événement programmé à l'avance. C'est lui qui décidait du moment où il amorcerait le processus devant mener à la manif d'aujourd'hui : le plastiquage d'une femme présumément choisie au hasard.

— Machiavel peut aller remettre son pourpoint !

— Tu te rends compte du pétard ? Huit pouces de diamètre sur cinq pieds de long ! Bourré de dynamite ! Multiplié par 40 ! Quand ça va sauter, non seulement les bouchons vont être projetés dans la foule et faire plusieurs victimes, mais les canons eux-mêmes vont exploser en millions de millions de shrapnels projetés à plusieurs centaines de mètres à la ronde. Les cadavres vont se compter par dizaines de milliers.

— Sans parler de la panique qui va frapper les survivantes…

— S'il y en a !

— Il faut rattraper Debovoar et lui faire rendre gorge !

— Trop tard ! Et même si on lui mettait la main au collet, ça ne changerait rien. J'ai déjà composé deux des numéros et la cellule terroriste possède le dernier. Il n'y a pas d'autre choix : je dois désamorcer le système. Après tout, je fais partie du problème…

— Tu n'y penses pas ! Tu as entendu ce qu'on vient de dire à la radio ? Tu vas te faire arracher la tête avant d'avoir fait trois pas dans la foule.

— Avec MOI, il ne risquera rien, déclare Madame Latendresse en me lançant un regard en coin lourd de convoitise. Nous formons un si beau couple !

Elle explique son idée. Une fois encore, elle parle de sagesse même si la proposition n'est pas sans risques.

Les rues sont noires de monde. Tous les accès automobiles au promontoire sont bloqués. On doit abandonner la Ford au pied de la côte Salaberry et monter vers les Plaines *pedibus cum jambis*.

La pente est raide et la cohue étourdissante. Nous arrivons à la haute-ville à bout de souffle. Les hommes se font rares dans les rues. À mesure que nous approchons du lieu du rassemblement, l'agressivité envers mon copain et moi ne cesse de croître.

Au coin de René-Lévesque, des femelles enragées se déploient autour de nous, déterminées à nous occire haut et court (comme dirait l'impayable Mylène du quotidien *Le Soleil*). Elles ont les traits ravagés par la fatigue et les nerfs à fleur de peau. De vraies tigresses prêtes à fondre sur une proie.

Au Grand Meaulnes, les grands remakes. Je sors mon Beretta et tire en l'air. La meute bat en retraite en grognant. Walter Hégault exhibe son Magnum et un chemin s'ouvre devant nous.

Nous tournons à droite vers Cartier où nous trouvons une boutique de prêt-à-porter pour dames. Il est sept heures, l'endroit est désert et n'a pas encore été vandalisé, mais ça ne saurait tarder. Un coup d'épaule dans la porte et le pêne passe à travers le bois vermoulu du chambranle.

Je dégote une minijupe à ma taille et l'enfile. Malheureusement, j'ai le bataclan qui forme une bosse suspecte. En tout cas, ça pourrait difficilement passer pour un mont de Vénus d'honnête facture.

— Il va falloir remiser l'engin en un lieu plus discret, déclare l'inénarrable Irma en gloussant de plaisir anticipé.

Elle passe derrière moi, glisse une main déterminée entre mes fesses sous le caleçon, m'agrippe l'appareil et ramène toute la grappe vers l'arrière.

— Serrez bien les cuisses ! ordonne-t-elle.

Elle farfouille dans le magasin et revient avec un porte-jarretelles. Elle relève ma jupe et fixe l'objet à ma taille. Elle m'attache ensuite un lacet autour des grelots en incluant la robinetterie et y agrafe les jaretelles de croupe. Ça ne facilite pas la marche à pied, mais ça aplanit la difficulté.

— Et voilà le travail ! Plus rien n'y paraît.

Un top en tissu extensible bourré de guenille me fabrique une poitrine approximative. Un chemisier ample à manches courtes gomme un peu le manque de conviction du camouflage.

Cela fait, l'infatigable Irma sort une trousse de maquillage de son sac en peau de crocodile du (vi)Nil et se met en frais de me déguiser en poupoune fardée, type brouteuse de cressonnière.

Je me coiffe d'un chapeau à large bord pour en montrer le moins possible. J'apprécie le résultat dans une glace : le déguisement ne résisterait pas à un examen un tant soit peu attentif. La barbe pointe à travers l'épaisse couche de fond de teint. Au mieux, on va me prendre pour la femme à barbe qui a oublié de se raser. Au pire, je vais passer pour une fausse tante condamnée au travelo forcé.

Ma nouvelle tenue est dépourvue de poche. Je trouve un sac à main et y transfère mon matériel. Riche idée : je ne pourrais jamais me faire passer pour une femme sans le réticule (je n'ai pas dit ridicule) qui vient, pour ainsi dire, en équipement standard. Je complète l'accoutrement en chaussant des espadrilles roses du plus bel effet.

— En route, méchante troupe ! déclare Madame Latendresse.

Walter Hégault récupère mes hardes et dit :

— Ma présence n'aurait d'autre effet que de vous compliquer la vie en plus de mettre la mienne en péril. Je retourne à la Ford. Bonne chance !

— Essaie de joindre Lebra ; il a sans doute bénéficié d'une libération sous caution. Explique-lui l'affaire.

Nous remontons Cartier vers les Plaines, bras dessus, bras dessous. La vicieuse Irma profite de la situation pour me rouler des pelles à en perdre souffle. En même temps, elle taquine la tête du chauve par derrière en faisant mine de me tapoter les fesses. Je suis contraint de me prêter au jeu pour ajouter de la crédibilité au couple de tondeuses de velcro que nous sommes censés être. Elle en roucoule d'aise, la salope !

Pendant que nous progressons, je réfléchis salement en dépit des attouchements dont je suis l'objet. Où Debovoar a-t-il planqué le récepteur devant retransmettre le signal à chacune des bombes ? Je ne peux tout de même pas dépiauter au hasard la quarantaine de canons autour desquels s'agite une foule aussi enragée que compacte. Il y en aurait pour trois jours.

Debovoar est un type méthodique ; je fais le pari qu'il a d'abord installé le « central » et une première charge de dynamite dans le premier canon. Les nuits suivantes, il a farci les autres tubes un à un. C'est d'ailleurs la logique même. S'il devait interrompre son bricolage pour une raison ou pour une autre, il valait mieux que le dispositif de mise à feu soit en place avec quelques bombes prêtes à fonctionner plutôt que de se retrouver avec plusieurs bombes sans pouvoir les faire sauter.

La marée humaine est de plus en plus dense. Irma a enlevé ses talons aiguilles et s'en sert pour nous ouvrir un chemin dans la foultitude de corps qui se pressent les uns sur les autres. Elle pique les côtes des manifestantes qui sursautent et se tournent en tous sens pour voir d'où vient le coup. Nous en profitons pour foncer dans la brèche.

Le bruit est infernal et suggère une hystérie latente au bord de l'explosion. Le soleil tape fort ; une odeur de sexes surchauffés m'émoustille et me chamboule à la fois. Tous ces tétons qui me frôlent, tous ces pubis qui se frottent contre mes cuisses me brûlent la peau. La moiteur des bras nus qui glissent sur les miens me jette dans des émois indicibles. J'ai l'impression d'être ballotté au milieu d'une monstrueuse partouze, comme si dix mille mains grouillantes, cent mille doigts fébriles me tripotaient de toutes parts.

Des manifestantes excitées par le vent de folie se sont foutues à poil et improvisent des danses frénétiques copiant les rituels extatiques des mythologies méditerranéennes anciennes. Quand la mort rôde, la vie déploie son antique contre-offensive : le cul, toujours et encore le cul ! Ça me rappelle une scène du film *Les diables* de Ken Russell dans laquelle des nonnes, prises d'un accès de délire érotique, arrachent leurs vêtements et sombrent dans une frénésie sexuelle collective.

La fièvre libidineuse qui me retourne les sens ne cesse de croître. Il en résulte des tensions dans le système de retenue installé par l'astucieuse Irma ; les élastiques sont mis à rude épreuve. Si ça pète, je ne réponds de rien.

Nous avançons malgré les bousculades qui nous déportent de-ci delà. La peur s'ajoute au cocktail d'émotions. Chaque seconde qui passe augmente la probabilité que l'explosion se déclenche à la seconde suivante. Je suis tendu comme une bite de noce. J'essaie de me rassurer en me disant que je vais crever comme je suis né : sans en avoir conscience.

Tant bien que mal, nous gardons le cap sur l'obélisque élevé à la mémoire de l'un des deux imbéciles de généraux qui se sont livré bataille ici le 13 septembre 1759. L'Anglais Wolfe a tout fait pour la perdre, alors que le Français Montcalm a été trop stupide pour la gagner. Fiasco sur toute la ligne ! Or nous, les *De-souches*, sommes nés de cette comédie d'erreurs. Pas étonnant que, poussés par des penchants ch'ovins, nous ayons pris le mouton comme emblème avant de nous métamorphoser en Pure-laine ombrageux. Sur une base historique, ça fait une moyenne.

Le martial phallus se dresse au centre d'un rond-point en face de l'entrée du musée. Le canon que je cherche à atteindre est situé à une quinzaine de mètres sur la droite.

Nous finissons par y arriver après beaucoup de détours. Une femme est assise à califourchon sur le tube et elle ondule de la croupe, comme en état second. Si elle savait quel monstre est tapi entre ses cuisses, elle courrait vite s'astiquer le bleuet dans l'autre hémisphère.

Je sonde la pièce de bois qui obstrue la bouche de l'arme. J'appuie la main sur la partie arrondie et applique une torsion : ça tourne ! Je visse le tire-bouchon de mon canif dans le bois et fais glisser la pièce de deux centimètres.

La femme qui chevauche le canon demande entre deux gloussements :

— Qu'est-ce que tu fabriques là, ma belle ?

— Je lui fais dégorger le bigorneau, ma chérie ! Dépêche-toi de te finir. Tu sais ce que c'est : après son lâcher de potage, il va devenir tout mou, et ça va être tintin pour la crampe.

— Ça je sais, dit-elle. Tous les mêmes… surtout certains !

Elle s'y remet de plus belle. Ah ! l'insouciante jeunesse !

Je tire sur la pièce de bois et finis par l'extraire de sa cavité. Le bouchon a été amputé pour augmenter le volume utile. La coupe est récente.

Autour, on commence à être intrigué par mes agissements. Irma flaire le danger. Elle s'empare du tronçon de bois (j'ai enlevé le tire-bouchon, pour ce qui va suivre, c'est préférable), le pose debout sur sa base et s'assoit sur l'extrémité arrondie en écartant les cuisses.

Ma parole, elle a formé le projet de l'héberger ! Elle s'est fait une bouche avec la souris et le jambiya au cours de la nuit – et voilà qu'elle veut relever le défi de la pitoune ! Admirable vocation !

Du coup, l'intérêt change de pôle. Deux camps se forment. Il y a celles qui refusent d'y croire et celles qui seraient plutôt pour. Les paris sont ouverts ! L'échec se prend à dix contre un. Un cercle se forme autour de l'attraction. On fait la ronde en tapant des mains et en scandant Vas-y ! Vas-y ! pour encourager l'artiste.

Je profite de la diversion pour inspecter l'âme du canon. Les bâtons de dynamite sont liés par paquets de dix. Il y en a cinq qui sont empilés dans le tube. Au sommet reposent trois portables scotchés à une batterie de moto, elle-même reliée à un bidule qui ressemble à un boîtier de disque dur. L'objet est surmonté d'un ressort hélicoïdal en inox qui entre en contact intime avec le métal de l'arme. Je n'y connais rien, mais je parierais qu'il s'agit de l'appareil devant transmettre l'impulsion aux autres charges par ondes hertziennes. Ce sont les canons eux-mêmes qui font office d'antennes émettrice et réceptrices. Génial !

Que faire maintenant ? Hélas ! je n'ai pas pris l'option déminage au cégep. Si je touche à cette vicieuse machine, je vais peut-être tout faire sauter. Par ailleurs, si je ne tente rien, ça va sauter à coup sûr. J'hésite ; il n'est pas facile de jouer sa vie à pile ou face même en sachant qu'on la perdra de toute façon un jour ou l'autre.

À côté, un hourra ! de triomphe retentit. Madame Latendresse a réussi son pari et elle accueille avec modestie l'ovation de ses partisanes. Elle éjecte le tronçon et le brandit au-dessus de sa tête comme un trophée. Elle le replante ensuite debout devant elle en mettant un pied dessus comme une fière chasseresse ayant terrassé une proie redoutable. Le clan des larges est en liesse, alors que celui des étroites crie à la mystification.

L'extravagante Irma tend les mains, paumes tournées vers le sol, pour obtenir le silence. Lorsqu'un calme relatif s'installe, elle déclare :

—— JE remets MON titre en jeu ! Il y a des amateuses ?

Une femme d'un gabarit comparable au sien fend la foule et se déclare prête à relever le défi.

Irma cède sa place et accourt aux nouvelles.

— Qu'est-ce que vous attendez ?

Je n'ai pas le temps de lui expliquer mon hésitation. Elle plonge les mains dans l'âme du canon et remonte les cellulaires scotchés à la batterie. Sans hésiter, elle empoigne la couette de fils qui relie l'ensemble au détonateur.

Un frisson de panique me parcourt l'échine.

D'un coup sec, elle arrache le câblage.

— Pas plus compliqué que ça, dit-elle en souriant. Vous pouvez remettre le bouchon, maintenant ; la bête est…

Un des téléphones se met à sonner… Une bouffée d'angoisse me fait tressaillir pendant une nanoseconde.

— Morte ! termine Madame Latendresse qui a compris en même temps que moi que nous l'avons vraiment échappé belle.

Pas autrement perturbée, Irma s'en retourne vers l'attraction qu'elle a créée. Avant qu'elle retraverse le cordon formé autour de l'aspirante (!) au championnat, je l'entends déclarer :

— Petite nature, va !

J'en déduis que ce n'est pas aujourd'hui qu'on va lui ravir son titre.

Sur le canon, la fille vient de toucher le gros lot.

La vie continue comme si de rien n'était.

# ÉPILOGUE

Lorsque la queue de la marche des femmes eut enfin quitté les Plaines deux heures plus tard, j'ai appelé la police d'une cabine téléphonique. Évidemment, on m'a envoyé promener. Alors, j'ai contacté les médias et leur ai raconté mon histoire en précisant que j'avais transmis le scoop à la concurrence. Il a suffi d'évoquer Al Qaïda pour provoquer la ruée.

Bellefeuille m'a fourni les coordonnées de la Mini. Nous avons retrouvé le psy dans un chalet du parc des Laurentides à soixante kilomètres au nord de Québec. Deux terroristes le retenaient prisonnier. Le massacre des Plaines n'ayant pas eu lieu, ils avaient l'ordre de l'exécuter. Nous sommes intervenus alors que le rituel de l'égorgement allait s'amorcer.

Deux cadavres plus tard, nous avons interrogé Debovoar. Il a commencé par refuser de parler, mais Madame Latendresse lui a appliqué la médecine automobile qu'elle comptait servir à Mohamed le long de l'autoroute. Il y avait tout ce qu'il fallait dans la Ford de la CIA. Le psy est devenu loquace comme on ne peut pas l'imaginer. Nous avons pris soin d'enregistrer ses aveux avec le matériel de bord.

Le psy était non seulement agent de la CIA, mais il faisait aussi partie d'un organisme ultrasecret relevant du secrétaire à la Défense : la TTA, pour *Terrorists Terminator Agency*. Le président et le patron du Pentagone n'avaient plus confiance en la CIA et ils avaient recruté certains de ses agents pour l'espionner de l'intérieur et agir lorsqu'elle se montrait trop frileuse dans ses interventions.

Les hommes venus me cueillir au motel du boulevard Sainte-Anne appartenaient au TTA et étaient sous les ordres de Debovoar. Lorsque la tenancière m'a dénoncé à la police, le psy a été prévenu par une taupe de la Sûreté municipale et il a envoyé ses chiens me tuer.

Mes déductions se sont révélées justes : l'affaire des Plaines a été pensée par Debovoar, après que Maïssa Kekpar eut identifié une cellule islamiste dormante dans la région de Québec. Lorsque le psyspion a compris que je risquais de compromettre son plan, il a vendu sa collègue, d'abord pour donner de la crédibilité à sa couverture, ensuite parce qu'il savait qu'elle annulerait l'opération si les cerveaux de la cellule restaient dans l'ombre. Déjà qu'elle avait fait des difficultés pour éliminer Sandra Kontour alors qu'elle menaçait d'éventer le complot.

Or, les ordres de la TTA étaient formels : quoi qu'il arrive, la tuerie devait avoir lieu. Elle légitimerait aux yeux de l'opinion mondiale les accrocs à la démocratie et aux conventions internationales que multiplie l'administration Bush pour éradiquer l'engeance islamiste. Après un tel massacre, la propagande de l'oncle Sam allait pouvoir en remettre à satiété : Voyez, aucun pays n'est à l'abri de la fureur terroriste ; chacun doit collaborer avec nous, les forces du Bien, pour détruire l'axe du Mal. Les faucons républicains évangélistes avaient ouvert la chasse au Grand Satan et le goupillon gicleur était chargé à l'agent Orange[7] béni à l'usine de Dow Chemical.

Quant au dédoublement de personnalité, Debovoar a prétendu que c'était une feinte. Lorsqu'il a commis l'erreur révélant ses liens avec Rinfrette, il aurait choisi de jouer les psychopathes pour mêler les cartes. Il espérait me lancer sur la piste d'un désaxé qui avait en tête des crimes d'ampleur équivalente à ceux commis jusque-là. Il croyait m'amener ainsi à orienter mes recherches vers des mises en scène plus modestes que celle des Plaines. Il s'agissait de me maintenir en échec pendant une quinzaine d'heures – ou moins, si ses sbires parvenaient à me neutraliser.

Debovoar a beau dire, il n'est pas interdit de douter. Son diagnostic selon lequel les motivations mercantiles de Gagné, Rinfrette et Content n'étaient qu'un épiphénomène porté par la misogynie pourrait s'appliquer à son cas. Je reprends ses termes : si cette pulsion n'avait pas été déterminante, il aurait inventé autre chose pour leurrer les islamistes.

---

[7] L'agent Orange n'est pas un barbouze de la CIA, c'est un herbicide de destruction massive. Les valeureux gendarmes de la planète en ont déversé quatre-vingts millions de litres sur les rizières du Nord-Vietnam entre 1961 et 1971. À peine vingt-deux mille litres par jour, 365 jours par année.

*

Après ses aveux, on aurait pu croire que Debovoar ressentirait une certaine culpabilité, des remords, quelques regrets ; une sorte de lassitude postcoïtale, quoi. Pas du tout ! Il a tenté au contraire de nous convaincre du bien-fondé de son projet. Il travaillait à une noble cause, affirmait-il !

Une obsession aussi furieusement rationalisée, ça défie l'entendement. Pour éviter de porter atteinte à la subtilité démente de son propos, je transcris l'enregistrement mot à mot en y ajoutant les enchaînements requis :

— Vous n'avez pas idée du gâchis que vous avez fait, dit-il. En laissant les bons sentiments prendre le dessus sur la raison, vous avez signé l'arrêt de mort de l'Occident. Vous avez obéi à une pulsion indéfendable : sacrifier la maison pour épargner quelques meubles.

— L'Histoire se chargera de nous juger, ai-je répliqué avec dans la voix une pointe d'ironie grosse comme la tour du CN à Toronto.

— Puisque vous parlez d'histoire, qu'est-ce qui la fait tourner, selon vous ?

— La lutte incessante entre ceux qui possèdent et ceux qui sont dépossédés.

— Cette thèse du XIX$^e$ siècle est dépassée. Il existe une opposition bien plus fondamentale – et bien plus constante au cours des âges : le combat entre le principe mâle et le principe femelle. Plus fondamentale et plus constante parce que cette opposition est à la base même de la reproduction de la vie, parce qu'elle est le vecteur de la force de différenciation qui assure la diversité des caractères individuels. Elle n'est rien de moins que le moteur de l'évolution. Les protozoaires – je devrais dire LE protozoaire – sont les mêmes depuis leur apparition, il y a trois ou quatre milliards d'années.

— Comment expliquer une telle stabilité ?

— Ils se multiplient pas scissiparité et donnent naissance à des clones d'eux-mêmes. Le protozoaire originel est donc encore parmi nous.

— Ils se raëlisent, en quelque sorte. Sa Sainteté aurait donc des ambitions d'amibe ? Il est vrai qu'il a une petite gueule d'infusoire filtreur de cash qui a quelque chose d'antédiluvien.

— Vous n'arrêtez donc jamais de déconner ? Qu'est-ce qui se cache derrière ce besoin constant de ridicule ?

— Ça répond sans doute à un penchant irrépressible pour le mimétisme, docteur. Le complexe du photocopieur. Ou du miroir. Ou du caméléon. Au choix. Mais excusez-moi, je n'ai pas l'habitude de discuter avec les grands humanistes de ce siècle et je perds le fil. Reprenez-moi si je me trompe : ce que vous venez de dire, ça consiste à pousser un peu plus loin le concept de la scène de ménage universelle évoqué lors de notre entretien d'hier ?

— C'est cela même. Or, il se trouve que cette scène de ménage s'est polarisée ces dernières années entre deux grandes cultures qui s'affrontent depuis presque mille cinq cents ans : l'Occident chrétien et l'islam. Je ne vous ferai pas l'affront de démontrer l'évidence : les factions intégristes qui, sous prétexte de jihad, se sont juré de détruire l'Occident obéissent à des pulsions purement machistes et à rien d'autre. La surdose de testostérone dans toute sa splendide violence ! La charge brutale du phallus quintessentielle furieusement attiré par l'Utérus global et en même temps déterminé à l'anéantir parce qu'il n'a pas la maîtrise du désir inassouvisable qu'il lui inspire ! La saillie létale ! L'insémination terminale !

« L'Occident, par contre, s'est peu à peu défait des interdits chrétiens et a évolué vers une idéologie dominée par des valeurs féminines, des valeurs molles. En même temps, une nouveauté est apparue : l'individu. L'individu n'existant que par et pour lui-même, et qui aurait des droits du seul fait de son existence. L'antithèse du troupeau. Ou plutôt le troupeau constitué d'éléments qui n'ont plus conscience d'en faire partie. La dépréciation féministe de la maternité, sous prétexte que « notre corps nous appartient », découle de cette mentalité perçue comme un caractère naturel, alors que ce n'est qu'une construction culturelle. Voilà pourquoi il était inévitable qu'une guerre à finir éclate entre ces factions inconciliables : la phallocratie islamiste et l'hystérocratie postchrétienne. La guerre des sexes à l'échelle planétaire ! Voilà où nous en sommes !

— Et dans cette dualité inconciliable, vous avez choisi votre camp ?

— À partir du 11 septembre 2001, je me suis appliqué à défendre l'Occident avec les modestes moyens que la nature m'a donnés.

— Défendre l'Occident, alors que vous pactisez avec Al Qaïda pour éliminer des dizaines de milliers d'Occidentales ? Défendre l'Occident, alors que vous estimez qu'il étouffe sous le joug d'un féminisme castrateur ?

— Parfaitement ! L'objectif est double. D'abord faire comprendre la force de l'ennemi et sa volonté de ne reculer devant aucune atrocité pour vaincre. Aucune ! Nous vivons dans une indolence pernicieuse et seule une action énergique peut mettre en lumière l'urgence d'agir. Il faut sortir du rêve de la coexistence pacifique, cet avatar de la lubie multiculturaliste. Il faut se pénétrer d'une évidence : nous sommes en guerre. Il n'y a pas d'aménagement possible : une faction vaincra et l'autre périra, la chose est inéluctable.

— Et le deuxième volet de votre action humanitaire ?

— Puisque l'Occident affronte la Brute Mâle Primordiale qui piaffe de rage à ses portes, il doit rétablir chez lui l'équilibre entre ses pulsions mâles et femelles. Il faut qu'il renoue avec l'instinct guerrier déprécié par les idéologies roses de tout poil, autrement il va être rayé de la surface de la Terre.

— Ainsi, selon votre théorie, on doit tuer un maximum de femmes dans un spectaculaire holocauste pour foutre la trouille aux autres, ce qui redonnera le goût de combattre à nos mâles découillés ?

— Vous réfléchissez à la surface des choses ; vous vous arrêtez à des détails collatéraux. Posez-vous la question : advenant la talibanisation de l'Occident, qui aurait le plus à perdre, sinon les femmes ?

— Le but ultime de votre projet n'était-il pas justement d'en arriver à une certaine talibanisation de la société occidentale ?

— Il faut faire la part du feu ! Il n'y a plus de sentimentalisme qui tienne : une guerre totale nous a été déclarée et tous les moyens pour ne pas la perdre sont bons ! La scène de ménage a dépassé le stade de l'intimidation pour entrer dans la phase de violence réelle et elle ne prendra fin que par l'élimination de l'un des conjoints. Il n'y aura pas de divorce à l'amiable possible.

Je n'ai pas insisté. Comment faire entendre raison à un fou qui a conçu une logique de la déraison et qui l'applique avec une rigueur sans faille ?

Mais avant de le livrer à la police, je lui ai posé une dernière question :

— Pourquoi n'avez-vous pas détruit les notes dans lesquelles Sandra exprimait des soupçons à votre endroit ? C'était risqué.

— J'ignore de quoi vous voulez parler.

— N'est-ce pas en ouvrant son coffre que vous avez découvert qu'elle se doutait de quelque chose ?

— Pas du tout ! Me prenez-vous pour une pipelette de film français des années 1940 ? J'avais mis son cellulaire sur écoute et j'interceptais ses courriels.

*

Lebra a servi d'intermédiaire entre les flics et moi. Les termes du marché étaient simples : je leur remettais Debovoar et l'enregistrement de ses aveux ; en échange, ils levaient les accusations qui pesaient sur mon messager, sur Juliette et sur moi. Les médias les avaient déjà mis dans l'eau bouillante en révélant au public leur inaction dans l'affaire des Plaines : ils ont compris qu'ils avaient intérêt à lâcher du lest.

Quand tout a été réglé, j'ai récupéré ma minoune et rejoins Irma et Walter à son loft de la rue Saint-Paul, où j'ai dormi quinze heures d'affilée.

Au réveil, j'ai trouvé Madame Latendresse en train d'exercer ses talents de nodomancienne sur la personne du facteur. Soucieux de laisser la science s'exprimer dans des conditions propices au succès, je me suis gardé de perturber la séance. Surtout que si l'homme des postes n'avait pas sonné si tôt, elle aurait pu satisfaire sur moi sa soif de connaître.

Après toutes ces péripéties, j'avais le goût de changer d'air. J'ai appelé Juliette à son travail.

— Ton séjour en taule n'a pas été trop dur ? ai-je demandé.

— J'ai frôlé la catastrophe ! Imagine-toi que j'ai eu affaire à la brouteuse de cresson que j'ai un peu malmenée le jour de la mort de Léa. Heureusement, mon avocat est intervenu juste au moment où elle allait me faire subir les derniers outrages… avec le balai des chiottes.

— Oublions ça ! J'ai 5 000 $ à claquer. Si on s'offrait un petit voyage pour se refaire une santé ?

— Ça tombe bien, je viens de terminer un gros contrat et le boss est si soulagé qu'il m'ordonne de prendre des vacances.

Le soir même, nous partions au Pérou pour un séjour de trekking sur la piste des Incas. La cure de *déviolentisation par ponctions gonadiques extrêmes* que Juliette m'a fait subir, je ne vous dis pas ! J'en suis revenu transformé en homme mauve... surtout dans les régions gl... andines.

*

Au retour, à l'escale de Chicago, j'ai aperçu Debovoar dans la foule. En tout cas, si ce n'était pas lui, le sosie était étourdissant de vérité. À la TTA, on se sera dit qu'il était hors de question de perdre un agent de cette qualité.

*

En rentrant à Montréal, un courriel de Lebra m'informait qu'on avait remonté la filière de l'adresse *hotmail* d'où m'était parvenue la pub de tampon conçue par Juliette. Imprudente ou ignorante, Octavia Mars s'était inscrite au portail à partir de l'ordinateur de son bureau. Elle avait donc gardé une copie de la pub en se disant qu'elle pourrait servir un jour. Voilà qui démontre qu'elle n'ignorait rien de la combine de Rinfrette, Gagné et Content. Probablement qu'elle comptait sur moi pour relancer la psychose du tueur en série dans la turbulence médiatique afin d'inciter le gouvernement à revenir sur sa décision. Elle y tenait à ses trois millions.

Dans ma boîte aux lettres réelle, un carton de la poste m'enjoignait de prendre livraison d'un paquet. Mes vêtements abandonnés à Robert-Giffard. Lavés, repassés et emballés avec soin.

Il va falloir que je m'invente un prétexte pour retourner à Québec. Une promesse est une promesse et je m'en voudrais de manquer à ma parole. Surtout à l'égard d'une femme qui a transgressé les pires interdits en exécutant des tâches domestiques humiliantes au profit d'un indécrottable macho.

Reste à souhaiter que mon prochain séjour dans la capitale sera plus calme que les deux derniers.

# RÉCITS et ROMANS
## aux Éditions Triptyque

Allard, Francine. *Les mains si blanches de Pye Chang* (roman), 2000, 156 p.

Andersen, Marguerite. *La soupe* (roman), 1995, 222 p.

Anonyme. *La ville: Vénus et la mélancolie* (récit), 1981, s.p.

Arsenault, Mathieu. *Album de finissants* (récit), 2004, 142 p.

Association des auteures et auteurs des Cantons de l'Est. *En marge du calendrier* (anthologie), 1994, 128 p.

Bacot, Jean-François. *Ciné die* (récits), 1993, 133 p.

Beaudoin, Daniel-Louis. *Portrait d'une fille amère* (roman), 1994, 102 p.

Beaudoin, Myriam. *Un petit bruit sec* (roman), 2003, 116 p.

Beccarelli Saad, Tiziana. *Les passantes* (récits), 1986, 88 p.

Beccarelli Saad, Tiziana. *Vers l'Amérique* (roman), 1988, 96 p.

Beccarelli Saad, Tiziana. *Les mensonges blancs* (récits), 1992, 71 p.

Bereshko, Ludmilla. *Le colis* (récits), 1996, 152 p.

Berg, R.-J. *D'en haut* (proses), 2002, 75 p.

Bibeau, Paul-André. *Le fou de Bassan* (récit), 1980, 62 p.

Bibeau, Paul-André. *Figures du temps* (récit), 1987, 112 p.

Bioteau, Jean-Marie. *La vie immobile* (roman), 2003, 179 p.

Blanchet, Alain. *La voie d'eau* (récit), 1995, 76 p.

Blouin, Lise. *L'absente* (roman), 1993, 165 p.

Blouin, Lise. *Masca ou Édith, Clara et les autres* (roman), 1999, 228 p.

Blouin, Lise. *L'or des fous* (roman), 2004, 265 p.

Boissé, Hélène. *Tirer la langue à sa mère* (récits), 2000, 188 p.

Boisvert, Normand. *Nouvelles vagues pour une époque floue* (récits), 1997, 137 p.

Bouchard, Camille. *Les petits soldats* (roman), 2002, 405 p.

Bouchard, Reynald. *Le cri d'un clown* (théâtre), 1989, 120 p.

Bourgault, Marc. *L'oiseau dans le filet* (roman), 1995, 259 p.

Bourque, Paul-André. *Derrière la vitre* (scénario), 1984, 105 p.

Brunelle, Michel. *Confidences d'un taxicomane* (récit), 1998, 169 p.

Butler, Juan. *Journal de Cabbagetown* (roman), 2003, 262 p.

Caccia, Fulvio. *La ligne gothique* (roman), 2004, 153 p.

Caccia, Fulvio. *La coïncidencee* (roman), 2005, 132 p.

Campeau, Francine. *Les éternelles fictives ou Des femmes de la Bible* (nouvelles), 1990, 114 p.

Caron, Danielle. *Le couteau de Louis* (roman), 2003, 127 p.

Chabin, Laurent. *Écran total* (roman), 2006, 98 p.

Chabot, François. *La mort d'un chef* (roman), 2004, 108 p.

Champagne, Louise. *Chroniques du métro* (nouvelles), 1992, 123 p.

Chatillon, Pierre. *L'enfance est une île* (nouvelles), 1997, 125 p.

Clément, Michel. *Le maître S* (roman), 1987, 125 p.

Clément, Michel-E. *Ulysse de Champlemer* (roman), 1997, 155 p.

Clément, Michel-E. *Phée Bonheur* (roman), 1999, 283 p.

Clément, Michel-E. *Sainte-Fumée* (roman), 2001, 361 p.

Cliche, Anne-Élaine. *La pisseuse* (roman), 1992, 243 p.

Cliche, Anne-Élaine. *La Sainte Famille* (roman), 1994, 242 p.

Cliche, Mireille. *Les longs détours* (roman), 1991, 128 p.

Collectif. *La maison d'éclats* (récits), 1989, 116 p.

Corbeil, Marie-Claire. *Tess dans la tête de William* (récit), 1999, 92 p.

Côté, Bianca. *La chienne d'amour* (récit), 1989, 92 p.

Daigle, Jean. *Un livre d'histoires* (récits), 1996, 105 p.

Daigneault, Nicolas. *Les inutilités comparatives* (nouvelles), 2002, 134 p.

Dandurand, Anne. *Voilà, c'est moi: c'est rien, j'angoisse* (récits), 1987, 84 p.

Daneau, Robert. *Le jardin* (roman), 1997, 167 p.

Depierre, Marie-Ange. *Une petite liberté* (récits), 1989, 104 p.

Déry-Mochon, Jacqueline. *Clara* (roman), 1986, 84 p.

Désaulniers, Lucie. *Occupation double* (roman), 1990, 102 p.

Desfossés, Jacques. *Tous les tyrans portent la moustache* (roman), 1999, 271 p.

Desfossés, Jacques. *Magma* (roman), 2000, 177 p.

Desrosiers, Sylvie. *Bonne nuit, bons rêves, pas de puces, pas de punaises* (roman), 1998 (1995), 201 p.

Desruisseaux, Pierre. *Pop Wooh, le livre du temps, Histoire sacrée des Mayas quichés* (récit), 2002, 252 p.

Diamond, Lynn. *Nous avons l'âge de la Terre* (roman), 1994, 157 p.

Diamond, Lynn. *Le passé sous nos pas* (roman), 1999, 200 p.

Diamond, Lynn. *Le corps de mon frère* (roman), 2002, 208 p.

Duhaime, André. *Clairs de nuit* (récits), 1988, 125 p.

Dupuis, Hervé. *Voir ailleurs* (récit), 1995, 211 p.

Dussault, Danielle. *Le vent du monde* (récits), 1987, 116 p.

Forand, Claude. *Le cri du chat* (polar), 1999, 214 p.

Forest, Jean. *Comme c'est curieux... l'Espagne!* (récit), 1994, 119 p.

Forest, Jean. *Jean Forest chez les Anglais* (récit), 1999, 168 p.

Fortin, Julien. *Chien levé en beau fusil* (nouvelles), 2002, 152 p.

Fournier, Danielle. *Les mardis de la paternité* (roman), 1983, 109 p.

Fournier, Danielle et Coiteux, Louise. *De ce nom de l'amour* (récits), 1985, 150 p.

Francœur, Louis et Marie. *Plus fort que la mort* (récit-témoignage), 2000, 208 p.

Fugère, Jean-Paul. *Georgette de Batiscan* (roman), 1993, 191 p.

Gagnon, Alain. *Lélie ou la vie horizontale* (roman), 2003, 121 p.

Gagnon, Alain. *Jakob, fils de Jakob* (roman), 2004, 166 p.

Gagnon, Daniel. *Loulou* (roman), 2002 (1976), 158 p.

Gagnon, Lucie. *Quel jour sommes-nous?* (récits), 1991, 96 p.

Gauthier, Yves. *Flore ô Flore* (roman), 1993, 125 p.

Gélinas, Pierre. *La neige* (roman), 1996, 214 p.

Gélinas, Pierre. *Le soleil* (roman), 1999, 219 p.

Gervais, Bertrand. *Ce n'est écrit nulle part* (récits), 2001, 90 p.

Gobeil, Pierre. *La mort de Marlon Brando* (roman), 1989 (1998), 135 p.

Gobeil, Pierre. *La cloche de verre* (roman), 2005, 151 p.

Gosselin, Michel. *La fin des jeux* (roman), 1986, 147 p.

Gosselin, Michel. *La mémoire de sable* (roman), 1991, 140 p.

Gosselin, Michel. *Tête première* (roman), 1995, 156 p.

Gosselin, Michel. *Le repos piégé* (roman), 2000 (1988), 188 p.

Gray, Sir Robert. *Mémoires d'un homme de ménage en territoire ennemi* (roman), 1998, 188 p.

Guénette, Daniel. *J. Desrapes* (roman), 1988, 149 p.

Guénette, Daniel. *L'écharpe d'Iris* (roman), 1991, 300 p.

Guénette, Daniel. *Jean de la Lune* (roman), 1994, 229 p.

Harvey, François. *Zéro-Zéro* (roman), 1999, 172 p.

Jacob, Diane. *Le vertige de David* (roman), 2006, 155 p.

Julien, Jacques. *Le divan* (récits), 1990, 74 p.

Julien, Jacques. *Le cerf forcé* (roman), 1993, 174 p.

Julien, Jacques. *Le rêveur roux: Kachouane* (roman), 1998, 206 p.

Julien, Jacques. *Big Bear, la révolte* (roman), 2004, 230 p.

Kimm, D. *Ô Solitude!* (récits), 1987, 142 p.

Lacasse, Lise. *L'échappée* (roman), 1998, 216 p.

Laferrière, Alexandre. *Début et fin d'un espresso* (roman), 2002, 232 p.

Laferrière, Alexandre. *Pour une croûte* (roman), 2005, 120 p.

Lamontagne, Patricia. *Somnolences* (roman), 2001, 126 p.

Landry, François. *La tour de Priape* (récit), 1993, 88 p.

Landry, François. *Le comédon* (roman), 1997 (1993), 410 p.

Landry, François. *Le nombril des aveugles* (roman), 2001, 267 p.

LaRochelle, Luc. *Amours et autres détours* (récits), 2002, 124 p.

Lavallée, Dominique. *Étonnez-moi, mais pas trop!* (nouvelles), 2004, 121 p.

Lavallée, François. *Le tout est de ne pas le dire* (nouvelles), 2001, 173 p.

Laverdure, Bertrand. *Gomme de xanthane* (roman), 2006, 193 p.

Le Maner, Monique. *Ma chère Margot,* (roman), 2001, 192 p.

Le Maner, Monique. *La dérive de l'Éponge* (roman), 2004, 155 p.

Le Maner, Monique. *Maman goéland* (roman), 2006, 156 p.

Lemay, Grégory. *Le Sourire des animaux* (roman), 2003, 110 p.

Lepage, Sophie. *Lèche-vitrine* (roman), 2005, 147 p.

Lépine, Hélène. *Kiskéya* (roman), 1996, 147 p.

Lépine, Hélène. *Le vent déporte les enfants austères* (roman), 2006, 114 p.

Lévy, Bernard. *Comment se comprendre autrement que par erreur* (dialogues), 1996, 77 p.

Lévy, Bernard. *Un sourire incertain* (récits), 1996, 152 p.

Maes, Isabelle. *Lettres d'une Ophélie* (récits), 1994, 68 p.

Manseau, Pierre. *L'île de l'Adoration* (roman), 1991, 180 p.

Manseau, Pierre. *Quartier des hommes* (roman), 1992, 207 p.

Manseau, Pierre. *Marcher la nuit* (roman), 1995, 153 p.

Manseau, Pierre. *Le chant des pigeons* (nouvelles), 1996, 167 p.

Manseau, Pierre. *La cour des miracles* (roman), 1999, 280 p.

Manseau, Pierre. *Les bruits de la terre* (récits), 2000, 176 p.

Manseau, Martin. *J'aurais voulu être beau* (récits), 2001, 144 p.

Martel, Jean-Pierre. *La trop belle mort* (roman), 2000, 238 p.

Martin, Daniel. *La solitude est un plat qui se mange seul* (nouvelles), 1999, 145 p.

McComber, Éric. *Antarctique* (roman), 2002, 175 p.

McComber, Éric. *La mort au corps* (roman), 2005, 303 p.

Ménard, Marc. *Itinérances* (roman), 2001, 242 p.

Messier, Judith. *Jeff!* (roman), 1988, 216 p.

Michaud, Nando. *Le hasard défait bien des choses* (polar), 2000, 216 p.

Michaud, Nando. *Un pied dans l'hécatombe* (polar), 2001, 241 p.

Michaud, Nando. *Virages dangereux et autres mauvais tournants* (nouvelles), 2003, 181 p.

Michaud, Nando. *La guerre des sexes* (polar), 2006, 289 p.

Monette, Pierre. *Trente ans dans la peau* (roman), 1990, 112 p.

Moutier, Maxime-Olivier. *Potence machine* (récits), 1996, 109 p.

Moutier, Maxime-Olivier. *Risible et noir* (récits), 1998 (1997), 164 p.

Moutier, Maxime-Olivier. *Marie-Hélène au mois de mars* (roman), 2001 (1998), 162 p.

Neveu, Denise. *De fleurs et de chocolats* (récits), 1993, 96 p.

Neveu, Denise. *Des erreurs monumentales* (roman), 1996, 121 p.

Nicol, Patrick. *Petits problèmes et aventures moyennes* (récits), 1993, 96 p.

Nicol, Patrick. *Les années confuses* (récits), 1996, 95 p.

Nicol, Patrick. *La blonde de Patrick Nicol* (roman), 2005, 93 p.

Noël, Denise. *La bonne adresse* suivi de *Le manuscrit du temps fou* (récits), 1995, 161 p.

O'Neil, Huguette. *Belle-Moue* (roman), 1992, 95 p.

O'Neil, Huguette. *Fascinante Nelly* (récits), 1996, 127 p.

Painchaud, Jeanne. *Le tour du sein* (récits), 1992, 95 p.

Paquette, André. *La lune ne parle pas* (récits), 1996, 159 p.

Paquette, André. *Les taches du soleil* (récits), 1997, 219 p.

Paquette, André. *Première expédition chez les sauvages* (roman), 2000, 180 p.

Paquette, André. *Parcours d'un combattant* (roman), 2002, 183 p.

Paré, Marc-André. *Chassés-croisés sur vert plancton* (récits), 1989, 92 p.

Paré, Marc-André. *Éclipses* (récits), 1990, 98 p.

Pascal, Gabrielle. *L'été qui dura six ans* (roman), 1997, 115 p.

Pascal, Gabrielle. *Le médaillon de nacre* (roman), 1999, 180 p.

Patenaude, Monique. *Made in Auroville, India* (roman), 2004, 211 p.

Pépin, Pierre-Yves. *La terre émue* (récits), 1986, 65 p.

Pépin, Pierre-Yves. *Le diable des marais* (contes), 1987, 136 p.

Perreault, Guy. *Ne me quittez pas!* (récits), 1998, 113 p.

Perreault, Guy. *Les grands brûlés* (récits), 1999, 173 p.

Poitras, Marie Hélène. *Soudain le Minotaure* (roman), 2002, 178 p.

Poitras, Marie Hélène. *La mort de Mignonne et autres histoires* (nouvelles), 2005, 171 p.

Poulin, Aline. *Dans la glace des autres* (récits), 1995, 97 p.

Quintin, Aurélien. *Barbe-Rouge au Bassin* (récits), 1988, 257 p.

Quintin, Aurélien. *Chroniques du rang IV* (roman), 1992, 193 p.

Raymond, Richard. *Morsures* (nouvelles), 1994, 169 p.

Renaud, France. *Contes de sable et de pierres* (récits), 2003, 152 p.

Renaud, Thérèse. *Subterfuges et sortilèges* (récits), 1988, 144 p.

Ricard, André. *Une paix d'usage. Chronique du temps immobile* (récit), 2006, 211 p.

Robitaille, Geneviève. *Chez moi* (récit), 1999, 142 p.

Robitaille, Geneviève. *Mes jours sont vos heures* (récit), 2001, 116 p.

Saint-Pierre, Jacques. *Séquences ou Trois jours en novembre* (roman), 1990, 134 p.

Schweitzer, Ludovic. *Vocations* (roman), 2003, 188 p.

Shields, Carol. *Miracles en série* (nouvelles), 2004, 232 p.

Soudeyns, Maurice. *Visuel en 20 tableaux* (proses), 2003, 88 p.

St-Onge, Daniel. *Llanganati ou La malédiction de l'Inca* (roman), 1995, 214 p.

St-Onge, Daniel. *Trekking* (roman), 1998, 240 p.

St-Onge, Daniel. *Le gri-gri* (roman), 2001, 197 p.

Strano, Carmen. *Les jours de lumière* (roman), 2001, 246 p.

Strano, Carmen. *Le cavalier bleu* (roman), 2006, 251 p.

Tétreau, François. *Le lai de la clowne* (récit), 1994, 93 p.

Thibault, André. *Schoenberg* (polar), 1994, 175 p.

To, My Lan. *Cahier d'été* (récit), 2000, 94 p.

Turcotte, Élise. *La mer à boire* (récit), 1980, 24 p.

Turgeon, Paule. *Au coin de Guy et René-Lévesque* (polar), 2003, 214 p.

Vaillancourt, Claude. *L'eunuque à la voix d'or* (nouvelles), 1997, 159 p.

Vaillancourt, Claude. *Les onze Fils* (roman), 2000, 619 p.

Vaillancourt, Claude. *Réversibilité* (roman), 2005, 256 p.

Vaillancourt, Marc. *Le petit chosier* (récits), 1995, 184 p.

Vaillancourt, Marc. *Un travelo nommé Daisy* (roman), 2004, 185 p.

Vaillancourt, Yves. *Winter et autres récits* (récits), 2000, 100 p.

Vaïs, Marc. *Pour tourner la page*, 2005, 113 p.

Valcke, Louis. *Un pèlerin à vélo* (récit), 1997, 192 p.

Vallée, Manon. *Celle qui lisait* (nouvelles), 1998, 149 p.

Varèze, Dorothée. *Chemins sans carrosses* (récits), 2000, 134 p.

Villeneuve, Marie-Paule. *Derniers quarts de travail* (nouvelles), 2004, 105 p.

Wolf, Marc-Alain. *Kippour* (roman), 2006,